I0591511

DIE SCHÖNE UND DER HALUNKE

DARCY BURKE

Übersetzt von
PETRA GORSCHBOTH

Die Schöne und der Halunke

Copyright © 2013 Darcy Burke
All rights reserved.
ISBN: 9781637260739

Das ist ein fiktives Werk. Namen, Charaktere, Orte und Vorfälle sind das
Ergebnis der Fantasie der Autorin oder werden fiktiv verwendet. Jede
Ähnlichkeit mit tatsächlichen Ereignissen, Orten oder Personen, lebendig
oder tot, ist rein zufällig.

Buchgestaltung: © Darcy Burke.
Buchumschlag: © Elizabeth Mackey.
Umschlagfoto: © Period Images.
Deutsche Übersetzung: Petra Gorschboth.

Alle Rechte vorbehalten. Vorbehaltlich der Bestimmungen des U.S.
Copyright Act von 1976 darf kein Teil dieser Publikation ohne vorherige
schriftliche Genehmigung des Urhebers in irgendeiner Form oder mit
irgendwelchen Mitteln reproduziert, verteilt oder übertragen oder in einer
Datenbank oder einem Abrufsystem gespeichert werden.

❀ Erstellt mit Vellum

DIE SCHÖNE UND DER HALUNKE

Um die Dinge richtigzustellen, muss sie das Falsche tun ...

Der frühere Konstabler Daniel Carlyle hat nicht die blasseste Ahnung, wie man ein Viscount ist. Als seines Vaters zweiter Cousin und dessen Sohn am selben Tag sterben, ist niemand schockierter als er. Dankbar, einen Fürsprecher zu haben, nimmt er das Angebot eines berühmten Earls an, ihn in die Gesellschaft und das House of Lords einzuführen. Die Dinge scheinen sich zu fügen, als er eine bezaubernde junge Dame kennenlernt, die er gern zu seiner Viscountess machen würde. Bis er sie erwischt, wie sie seinen Mentor bestiehlt.

In dem Moment, als Jocelyn Renwick die entwendeten Erbstücke ihrer Familie im Besitz eines wohlhabenden Earls entdeckt, verlangt sie deren Rückgabe. Herablassend weist er sie zurück und beharrt darauf, dass sie sich bereits seit Generationen im Besitz seiner Familie befinden, woraufhin sie sich insgeheim schwört, die Stücke um jeden Preis zurückzubekommen. Doch der gesetzestreue Lord Carlyle durchkreuzt ihre Pläne und widerstrebend verbündet sie sich mit ihm, um den Diebstahl ihres Besitzes aufzuklären. Als die beiden enthüllen, dass der Earl bis über beide Ohren in kriminelle Machenschaften verstrickt ist, droht dieser damit, Daniel mit seiner Diebesbande in Verbindung zu bringen. Jocelyn muss entscheiden, ob die Gerechtigkeit für ihre Familie es wert ist, eine Chance auf die Liebe aufs Spiel zu setzen.

KAPITEL 1

London September 1818

$\mathcal{D}$ ie nackte Frau, die sich auf dem Tisch räkelte, zwinkerte. Ein langsames Lächeln umspielte Lord Lockwoods Mundwinkel, als er zurückzwinkerte. Die Kurtisane im Mittelpunkt seines Salons war reizvoll und einladend, genau wie sie sein sollte, um einen zahlenden Gast zu bezaubern. Und gleichwohl Jason keiner von ihnen war, gab es hier jede Menge davon.

Als er sich abwandte, zog sie vor Enttäuschung einen Schmollmund. Wie weit er gekommen war, von den ersten Tagen seiner Feste, als ihn die Halbweltdamen mit einer Mischung aus Angst und ein wenig Abscheu – zumindest, wenn sie in sein vernarbtes Gesicht blickten – betrachteten. Der Rest von ihm war, wie sie allesamt beteuerten, exzellent.

Noch immer lächelnd wandte er sich vom Salon ab. Nirgends war er lieber als auf einem lasterhaften Fest, das in vollem Gange war, und nichts tat er lieber, als sein Gastgeber zu sein. Sein eigenes, persönliches Vergnügen käme später an die Reihe.

Ausgenommen der Kurtisanen, die er eingeladen hatte, um seine Gäste zu unterhalten, trugen alle Anwesenden Masken. Ein paar nickten in seine Richtung und er erwiderte die Geste. Hierherkommen und sich zu vergnügen, aber seine Identität nicht preiszugeben. Das war der ungeschriebene Vertrag von Lockwoods Hauspartys. Es gab einige, die der Anonymität mit Geringschätzung begegneten, doch sie blieben ausschließlich im Spielzimmer.

Maske oder nicht, wusste Jason genau, wer an seinen Partys teilnahm. Niemand wurde hereingelassen, ohne die kleine Karte vorzuzeigen, auf der ein schwarzes L prangte. Gelegentlich versuchten ein paar junge Gecken, sich hereinzustehlen, doch Jasons Dienstboten waren überaus wachsam.

Er durchquerte einen kleinen Salon, in dem sich Paare – oder sogar Trios – im Dämmerlicht zusammenfanden und die Vorzüge des anderen prüften, ehe sie sich entschieden, nach oben zu gehen. Einige Gentlemen kamen, um sich mit einer Halbweltdame zu vergnügen, aber andere brachten ihre eigene weibliche Unterhaltung mit – und manchmal sogar von ihrem eigenen Stand. Das war der Grund, warum die Geheimhaltung so wichtig genommen wurde.

Doch allem voran ermöglichten seine Feste den Menschen, zu sein, was sie sein wollten, während sie sich unter dem Schleier der Tarnung sicher fühlten. Einst war es die einzige Möglichkeit gewesen, mit der er sich Gefährtinnen hatte verschaffen können, ehe er sich einen gewissen Ruf geschaffen hatte, der dafür sorgte, dass die Frauen – zumindest die Kurtisanen – seine Gunst suchten.

Das Spielzimmer war während der lasterhaften Feste der am hellsten erleuchtete Raum. Männer und einige maskierte Frauen spielten Karten, Würfelspiele und Billard. Die Stimmung war lebhaft, gleichwohl sie mit fortschreitender Stunde und steigenden Wetteinsätzen ernst werden konnte.

Jason schlenderte zwischen den Tischen umher und fing

an, etwas Sonderbares zu bemerken. Mehrere Gäste sahen von ihren Karten oder Würfeln auf, um ihm einen langen Blick zuzuwerfen, als er vorbeiging. Einige darunter beugten sich zu ihren Nachbarn und tuschelten, ohne dass er etwas verstehen konnte. Als er seinen Rundgang beendet hatte und sich an die Wand lehnte, um der nächsten Runde Siebzehnundvier zuzuschauen, fühlte er sich eindeutig unbehaglich. Das Gefühl fraß an ihm – er sollte sich nirgends wohler fühlen, als in seinem eigenen Haus während eines Festes, dessen Gäste seine Großzügigkeit voll und ganz zu schätzen wussten.

Was um alles in der Welt war los?

Jason verließ das Spielzimmer und machte sich auf die Suche nach seinem Kammerdiener. Er würde wissen, was im Gange war, und wenn nicht, würde er es herausfinden. Er machte dem Diener in der Eingangshalle ein Zeichen. »Schicken Sie Scot in mein Arbeitszimmer.«

Der Diener nickte. North, der Jasons Butler und Scots Zwilling war, kam herein, als Jason sich gerade ein Glas Whiskey einschenkte.

North schloss die Tür, nachdem er eingetreten war. »Mylord, Ihr sucht nach Scot, habe ich gehört. Vielleicht kann ich Euch behilflich sein?« Er war ebenso stoisch und unerschütterlich, wie Scot – oder »The Scot«, was sein ursprünglicher Spitzname war – lebhaft und unverblümt war.

Jason drehte sich zu North. »Ich hätte auch nach euch beiden schicken sollen, aber ich hatte nach Scot gefragt, weil er normalerweise alles weiß. Was ist heute Abend los? Die Leute schauen mich an ... auf merkwürdige Weise.« Es war Jahre her, seit irgendjemand ihn mit einem verhaltenen Interesse oder schlimmer – Furcht betrachtet hatte. Oder am schlimmsten von allem – Mitleid. Und deshalb ging Jason der feinen Gesellschaft tunlichst aus dem Wege, in deren

Kreisen es ihm vorbestimmt war, all diese Gefühlsbekundungen und mehr zu ertragen.

Ein leichtes Zucken umspielte Norths Mund, das jedoch nicht von Belustigung herrührte. Wenn Jason raten sollte, welche Emotion sein Butler unterdrückte – und das tat er oft –, würde er sagen, dass er unbehaglich wirkte. »Ich habe ein paar Gerüchte gehört. Ich habe versucht, mehr Informationen zu sammeln, ehe ich Euch ins Bild setzen wollte.«

Mit welcher niederträchtigen Tat würde Jason jetzt schon wieder in Verbindung gebracht? Die gediegeneren Mitglieder der feinen Gesellschaft sahen ihn gern als einen ausgemachten Halunken mit den niedersten Begierden, der auf seinen lasterhaften Festen mit Vorliebe die sündigsten Sehnsüchte anderer erfüllte (zumindest dieser Teil stimmte), und darüber hinaus natürlich so verrückt wie König George war. »Raus mit der Sprache.«

»Es scheint, als sei Mr. Ethan Jagger, der sich jetzt Mr. Ethan Locke nennt, am vergangenen Sonntag in St. James in Begleitung von Lady Aldridge gesehen worden.«

Jason starrte North an, als wäre dem Mann ein weiterer Arm gewachsen. Sein unehelicher Halbbruder war aus der Versenkung aufgetaucht, um eine reiche Witwe zur Kirche zu begleiten? »Warum?«

»Niemand weiß es, Mylord. Das ist ja das Mysteriöse daran und der Grund, warum die Leute Euch heute Abend zweifellos mit gesteigerter Neugier anschauen. Wie Ihr Euch vorstellen könnt, wird spekuliert, wo er herkommt, woher er Lady Aldridge kennt und ob Ihr und er tatsächlich Brüder seid.«

Jason blickte finster vor sich hin und trank einen Schluck Whiskey. »Warum glauben sie, dass wir Brüder sind? Weil er sich mit einer verfälschten Version meines Namens schmückt?« *Locke?* Gleichwohl Jason der Meinung war, dass es besser klang als FitzBenjamin, was eindeutig bedeuten würde, dass er das uneheliche Kind von Benjamin Lockwood war. Jason hätte Ethan ein Gespür für subtile Klasse zugestanden, wenn er es nicht besser gewusst hätte.

»Die Leute sagen, Eure körperliche Merkmale seien von ähnlicher Natur.« Norths Mund nahm einen grimmigen Ausdruck an. »Ich würde allerdings behaupten, die Beharrlichkeit von Lady Margaret Rutherford, dass Ihr tatsächlich Halbbrüder seid, hat die Leute letztendlich überzeugt.«

Jasons Finger krampften sich um das Whiskeyglas. »Ich hätte mir denken können, dass die alte Hexe ihre Finger im Spiel hat.« Margaret war ein alter Drachen der schlimmsten Sorte – eine kannibalische Harpyie, die sich am Elend anderer labte, indem sie Gerüchte und Klatsch verbreitete, und das ohne ersichtlichen Grund, außer sich in ihrer eigenen moralischen, sozialen oder finanziellen Überlegenheit zu sonnen. Vor sieben Jahren hatte sie seine Mutter zu einem Nervenzusammenbruch getrieben, von dem sie sich bis heute nicht erholt hatte. Und wenngleich das Gerücht uralt war – vor einer Ewigkeit hatten die Leute spekuliert, dass Jasons Vater ein uneheliches Kind gezeugt hatte –, war es nun wieder neu und aufregend, da Ethan sich in der feinen Gesellschaft blicken ließ.

Jason musste sich nicht nur mit dem Wiederauftauchen seines Halbbruders auseinandersetzen, sondern anscheinend auch noch mit diesem boshaften Luder. Er nahm einen weiteren Schluck aus seinem Glas und sein Blick fiel auf das Porträt seines Vaters – ihrer beider Vater –, das über dem Kaminsims hing. Jason hatte es dort aufbewahrt, als ständige Erinnerung, kein selbstsüchtiger Schnösel zu sein.

Ethan besaß keine Kopie des Gemäldes. Vielleicht war er deshalb ebenso egoistisch wie ihr Vater geworden – wenn ihre verbale und körperliche Auseinandersetzung vor sieben Jahren als Anzeichen zu deuten war. Und jetzt, da er sich mit einer betuchten jungen Witwe arrangierte, fragte Jason sich, ob er auch die Vorliebe ihres Vaters für die Jagd nach Weiberröcken geerbt hatte. Offenbar tat sich Ethan auch darin hervor, denn seit dem Tod ihres Mannes im letzten Frühjahr war Lady Aldridge nicht mehr in der Stadt gesehen worden. Was hatte Ethan getan, um sie aus ihrem Haus zu locken? Hatte er mit seinem »Namen« vor ihr scharwenzelt? Oder hatte er einfach sein hübsches Gesicht eingesetzt und entwaffnend gelächelt? Etwas, das Jason nicht mehr tun konnte.

Jason warf North einen finsteren Blick zu, der die Geschichte der Brüder gut kannte. »Vermutlich versucht er, sich einen Platz in der Gesellschaft zu ergattern? Vielleicht lässt sich eine reiche Braut finden?« Das ergab einen Sinn. Bei ihrem letzten Treffen war Ethan ein Diebesfänger gewesen. Nach seiner Kleidung zu schließen, schien er recht gut zurechtzukommen. Im Laufe der Jahre hatte Jason ihn hin und wieder bei Boxkämpfen gesehen. Wenn sie auch nie ein Wort miteinander gewechselt hatten, so hatte Ethans modische Kleidung viel verraten.

»Vielleicht, Mylord.« Norths Stirn runzelte sich nur leicht. »Haltet Ihr seine Verbindung zu Lady Aldridge aufgrund der Umstände des Todes ihres Mannes verdächtig?«

Im letzten Frühjahr war der Earl of Aldridge ermordet am Ufer der Themse aufgefunden worden. Er war als Anführer eines Diebesrings entlarvt worden, der Häuser in Mayfair ausgeraubt und die gestohlenen Objekte verkauft hatte. »Das ist interessant, wenn man bedenkt, dass Ethan von Beruf ein Diebesfänger ist. Ich denke, ich werde Lady Aldridge einen Besuch abstatten.«

North wölbte beide Augenbrauen. »Ihr geht aus?«

Nur selten zeigte sich der Mann überrascht, und Jason nahm sich einen kurzen Moment Zeit, den Anblick zu genießen, ehe er eine Antwort gab. »Es ist ja nicht so, als würde ich Lockwood House nie verlassen.«

Norths Augenbrauen sanken auf ihre normale Höhe, und die Miene des reservierten Butlers war wiederhergestellt. »Natürlich nicht, Mylord, aber Ihr habt schon sehr lange keinen Höflichkeitsbesuch mehr abgestattet. Haltet Ihr es für klug, Lady Aldridge aufzusuchen?« North bemühte sich höflich und feinfühlig zu sein, doch sie beide wussten genau, wovon er sprach.

Jason war wegen seines Lebenswandels in der feinen Gesellschaft nicht sehr willkommen, wohingegen dies auf seinen Halbbruder, dem es an der geringsten Ahnung mangelte, wie man sich zu benehmen hatte, offensichtlich nicht zutraf. Die ätzende Wut, die er so oft auf Ethan verspürte, wallte in Jason auf. »Du hast Bedenken, ich könnte Ihre Ladyschaft mit meiner Anwesenheit empören?«

Norths Miene war gleichmütig und gelassen. »Ich habe keine Bedenken, nein, Mylord. Ich denke sogar, Ihr solltet gehen.«

Ein Klopfen ertönte an der Tür des Arbeitszimmers. »Herein«, rief Jason.

Scot trat ein. North und er waren identisch, abgesehen von Scots etwas längerem braunen Haar und den zusätzlichen Falten um seine Augen, die nicht seinem Alter zuzuschreiben waren – die Brüder waren nur wenige Jahre jünger als der dreißigjährige Jason –, sondern der Häufigkeit, mit der er lachte. Abgesehen davon waren sie identische, ein Meter achtzig große, athletisch gebaute Schotten.

Scot bemerkte die Anwesenheit seines Bruders und kombinierte – richtigerweise, dass etwas im Gange war. »Ihr habt nach mir geschickt?«

»Wir sprechen über Jaggers Auftauchen in der Stadt«, gab North knapp bekannt und ohne irgendeine Regung, als würde er über das Wetter sprechen.

Scot schoss Jason einen empörten Blick zu, dessen
Betrachtung überaus befriedigend war. »Verdammt hässliche
Sache.« Er verschränkte die Arme. »Was gedenkt Ihr, deshalb
zu unternehmen?«

Jason wusste, dass er auf Scots Hilfe zählen konnte. Mit
einer Gabe zum Schließen von Freundschaften gesegnet, war
er besonders versiert darin, Dinge in Erfahrung zu bringen,
weshalb er ihn in erster Linie herbeigerufen hatte. »Zuerst
einmal, Informationen sammeln.«

Er grinste und rieb die Hände aneinander. »Ich freue
mich schon darauf.«

North dagegen nickte bloß leicht mit dem Kopf. Es war
seine liebste und am häufigsten angewandte Geste.

Scot stieß seinen Bruder mit dem Ellbogen an. »Das wird
ein Spaß werden, nicht wahr?«

North richtete einen genervten Blick auf den Mann, der
zehn Minuten älter war als er, aber Jason wusste, dass die
Verzweiflung gespielt war. Größtenteils. »Versuche, ein
Mindestmaß an Anstand zu wahren, bitte.«

»Wenn eine Situation Anstand erfordert, handle ich
danach«, entgegnete Scot und strich dabei seine Livree glatt.
Er warf seinem Bruder einen neckenden Blick zu, ehe er
seine Aufmerksamkeit wieder auf Jason lenkte. »Noch eine
Sache, Mylord. Miss Stroud erwartet Euch oben.«

Cora. In seiner Aufregung über die Neuigkeiten bezüglich
Ethan hatte er sie ganz vergessen. Wie die anderen Gentle-
men, die seine Feste besuchten, stand Jason der Sinn nach
Gesellschaft und sie war die seine. Gleichwohl sie nicht seine
Mätresse war. Sein Vater hatte mehr als eine gehabt, und
Jason setzte alles daran, überhaupt keine zu haben.

»Im südlichen blauen Salon«, fügte Scot hinzu.

Da Lockwood House eine Reihe von Zimmern für die
Teilnehmer an den Festen anbot, war jedem Schlafgemach –
abgesehen von Jasons, das für alle unantastbar war, und

sogar Jason benutzte es in diesen Nächten nicht – im Obergeschoss zum Zwecke der Identifizierung eine Richtung und eine Farbe zugeordnet.

Jason nickte, ehe er den Rest seines Whiskeys trank und das leere Glas auf die Anrichte stellte. »Danke.« Er schritt zur Tür und dann drehte er sich um. »Das hätte ich beinahe vergessen. Behaltet Dilly heute Abend im Auge. Es wäre mir lieber, wenn er unten bliebe. Letztes Mal hat er den Requisitenraum benutzt und dabei einige Dinge beschädigt.«

Scot lachte laut. »Ich erinnere mich. Der Mann hat keine Finesse.«

Beinahe unmerklich schüttelte North den Kopf. Es war, wie Jason wusste, ein Ausdruck von Humor und wenn er noch so klein war.

Als Jason das Arbeitszimmer verließ, strebte er auf die große Treppe im rückwärtigen Bereich seiner Eingangshalle zu. Er kam an einem maskierten Paar vorbei, das auf dem Weg nach unten war. Ineinander versunken, bemerkten sie ihn nicht, also ging er einfach an ihnen vorbei.

Seine Gedanken wanderten zu seinem Halbbruder. Er hatte immer gewusst, dass es zu einer weiteren Konfrontation kommen würde, und es schien, als stünde die Abrechnung kurz bevor. Ethan wäre mit seinen Sticheleien und dämlichen Erklärungen wieder zurück. Jason wäre dieses Mal allerdings vorbereitet.

Worum ging es Ethan? Vornehmheit? Achtbarkeit? Da Jason weder das eine noch das andere erwirken konnte, verbitterte ihn der Gedanke sehr, dass Ethan dies gelang. Er war der Grund, warum Jason ausgestoßen worden war, und es schien, als wäre für Jason die Zeit reif, es ihm heimzuzahlen.

*W*ieder einmal ging Lady Lydia Prewitt einem vergeblichen Auftrag nach. Tante Margaret war begierig, alles über Mr. Lockes plötzlichem Auftauchen in der Gesellschaft zu erfahren, angefangen mit der Natur seiner Beziehung zu der jungen und kürzlich verwitweten Lady Aldridge. Und da Tante Margaret gedroht hatte, Lydia zu ihrem Vater in das abgelegene Northumberland zurückzuschicken, falls sie scheiterte, die Wahrheit ans Licht zu bringen, hatte Lydia keine Wahl, als ihren Anordnungen zu gehorchen.

Mr. Locke war interessant, weil er der uneheliche Bruder des berüchtigten – und sehr wahrscheinlich verrückten – Lord Lockwood war, der in der feinen Gesellschaft weder gesehen wurde noch erwünscht war. Informationen über ihn zu sammeln war für Tante Margaret wichtig, da sie fest daran glaubte, dass Wissen Macht bedeutete. Was bedeutete, dass Tante Margaret eine der mächtigsten Frauen in ganz London sein musste.

Allerdings war mächtig nicht das Gleiche wie beliebt oder bewundert, und Lydia hatte entschieden, dass sie Letzterem den Vorzug vor Ersterem gab. Es war eine Einstellung, die von Tante Margaret nicht geteilt wurde, weshalb sie in letzter Zeit sehr uneins gewesen waren – deshalb auch Tante Margarets Drohung, Lydia mitten ins Nirgendwo, auch als »Zuhause« bekannt, zurückzuschicken. Sie war eine außergewöhnlich dominierende und rechthaberische Person.

Das Haus der Aldridges tauchte vor Lydia auf. Größer als die meisten Stadthäuser, maß seine Fassade mindestens die dreifache Breite des Hauses ihrer Tante. Ein schmiedeeisernes Tor trennte einen Weg, der zur Tür führte vom Trottoir.

Gleichzeitig mit einem großen, gut gekleideten Gentleman kam Lydia am Tor an. Sie hob den Blick zu seinem

Gesicht und unterdrückte ein Keuchen. Eine lange Narbe zog sich über seine linke Wange und zeichnete das ansonsten als gut aussehend zu bezeichnende Gesicht. Er drehte den Kopf seitlich, sodass seine rechte Wange ihr zugewandt war.

»Wollen Sie zu Aldridge House?«, fragte er.

»Ja.« Lydia durchforstete ihre Erinnerung nach seiner Identität. Sie war stolz darauf, jeden zu kennen, aber sie war sicher, dass sie sich noch nie begegnet waren. Dann kam es ihr: die Narbe. Und dann keuchte sie doch. »Sind Sie … Lord Lockwood?«

Sein Blick verengte sich ein wenig.

Tante Margaret hatte gesagt, dass Locke und Lockwood Halbbrüder seien. Es kursierte auch ein Gerücht, dass bestimmte körperliche Charakteristiken bei beiden zu finden seien, was der Erklärung ihrer Tante nur noch mehr Glaubwürdigkeit verlieh. Lydia musterte Lockwoods Züge und versuchte, eine Ähnlichkeit zu erkennen, aber sie hatte Mr. Locke nur einmal quer durch einen bevölkerten Ballsaal gesehen. Aber Brüder? Das konnte sie nicht sicher sagen.

Seine Hutkrempe beschattete sein Gesicht vor der schwachen Nachmittagssonne, die ihren Weg durch die durchbrochene Wolkendecke fand, doch sie sah, wie er die rechte Augenbraue hochzog. »Ich fürchte, Sie haben mich in Verlegenheit gebracht.«

»Lady Lydia Prewitt. Es ist mir ein Vergnügen, Sie kennenzulernen.« Und ein Segen. Wenn Lady Margaret davon erfahren würde, könnte Lydia sich vielleicht eine Verschnaufpause von der Jagd nach Klatsch verschaffen. »Sind Sie hier, um Lady Aldridge zu besuchen?«

Er öffnete das Tor und hielt es für sie auf. »Das hoffe ich, ja. Ich möchte ihr meinen Respekt erweisen.«

Lydia trat in den Vorgarten und sah zu Lord Lockwood zurück, als ob sie mit ihrem Blick erkennen könnte, ob er wirklich verrückt war. Er reckte den Kopf ein wenig, um ihr

einen besseren Blick auf seine Züge zu gewähren und sie
zweifelte keinen Augenblick daran, dass er ein Halunke war.
Es schien ihm auf den großzügig geschnittenen Mund, die
verführerischen, kohlschwarzen Wimpern, die seine Augen
umkränzten, und natürlich diese fürchterliche Narbe
geschrieben zu sein. Was hatte ein verrückter Halunke, der
die Gesellschaft mied, mit einem Besuch bei Lady Aldridge
im Sinn?

Gleichwohl Lydia den Gefallen daran verloren hatte,
Klatsch zu verbreiten, konnte sie ihr echtes Interesse an den
Leuten nicht unterdrücken. Das galt insbesondere für rätsel-
hafte Menschen, die sich nie in der Gesellschaft blicken
ließen, und mit einem solchen fand sie sich gerade wieder.
Also redete sie über Belangloses. »Eine schreckliche Sache
mit Lord Aldridge. Solch eine Tragödie.«

»Hmm.«

Offenbar war Lord Lockwood nicht zum Plaudern aufge-
legt. Er wartete, bis Lydias Zofe in den Vorgarten getreten
war, und dann schloss er das Tor. Lydia warf ihr einen Blick
zu und nickte leicht. Die Bedienstete bezog daraufhin an der
niedrigen Eisenumzäunung Stellung.

Lydia versuchte es erneut. »Sind Sie ein Freund von Lady
Aldridge?«

»Ich kannte ihren Ehemann.« Er führte seine Antwort
nicht weiter aus, und weil seine einzige Interaktion mit den
Gentlemen der Gesellschaft von den skandalösen Festen
herrührte, die er gab, fragte Lydia sich, ob Lord Aldridge
dort zu Gast gewesen war. Mehrere gut situierte Gentlemen
sollten angeblich Lord Lockwoods Hauspartys besuchen,
was sie mehr als verlogen fand, da Lord Lockwood allseits
als ausgemachter Schuft verschrien war, weil er sie überhaupt erst ausrichtete.

An der Tür angekommen, klopfte Lord Lockwood an das
Holz. Einen kurzen Augenblick später öffnete der Butler.

»Ich bedaure, aber Ihre Ladyschaft empfängt keine Besucher«, verkündete er.

Lydia war jedoch sehr hartnäckig. Unbeirrt schenkte sie dem Butler ihr schönstes Lächeln. »Wenn Sie ihr ausrichten, dass Lady Lydia Prewitt sie besuchen möchte, glaube ich, dass sie mich sehen will. Ich bringe Neuigkeiten von meiner Tante.«

Der Butler sah sie wie eine Kuriosität an. »Ihre Ladyschaft fühlt sich heute nicht wohl. Vielleicht an einem anderen Tag.«

Lord Lockwood drehte sich so, dass er Lydia teilweise abschirmte. Er übergab dem Butler seine Karte. »Würden Sie Ihre Ladyschaft informieren, dass ich hier bin? Ich werde warten.« Sein Tonfall war fest und duldete keine Widerrede. Lydia stellte sich vor, dass er daran gewöhnt war, Befehle zu erteilen.

Der Butler nickte kurz und dann schloss er die Tür.

Lord Lockwood mochte ein Außenseiter der Gesellschaft sein, aber er war erfolgreicher gewesen als sie. Offenbar war sein Name immer noch etwas wert und deshalb war sie doppelt froh, dass sie ihn heute getroffen hatte. Tante Margret würde sehr verstimmt sein, wenn Lydia heute mit leeren Händen nach Hause käme, und dank Lockwood wäre das nicht der Fall.

Er drehte sich, um sie anzuschauen, wobei er die linke Seite immer noch ein wenig abgewandt hielt. »Besuchen Sie Lady Aldridge häufig?«

»Nein.« Sie ertappte sich dabei, so wie er, eine kurze Antwort zu geben. Allerdings konnte sie schlecht preisgeben, dass sie hier war, um nach Informationen zu forschen, warum Lady Aldridge zusammen mit seinem unehelichen Bruder zur Kirche ging. Es wäre besser, die Unterhaltung wieder auf ihn zu lenken. »Haben Sie Lady Aldridge seit dem Dahinscheiden ihres Ehemannes oft getroffen?«

Er sah sie mit einem Blick an, bei dem sie sich fragte, ob er sie für verrückt hielt. »Nein.«

In einem Versuch, jegliches Missbehagen zu beschwichtigen, meinte sie: »Nun, vermutlich ist es nicht merkwürdig, dass keiner von uns sie bislang aufgesucht hat. Sie ist die meiste Zeit für sich geblieben, nicht wahr? Bis vor Kurzem.«

Sie beobachtete ihn genau, um seine Reaktion einzuschätzen. War er wegen seines Halbbruders hier? Wie sah *ihre* Beziehung zueinander aus?

»Hmm.« Wieder diese unverbindliche Äußerung.

Die Tür öffnete sich ein Stück, und das runde Gesicht des Butlers erschien im Spalt. »Lady Aldridge dankt Euch, Lady Prewitt und Euch, Lord Lockwood sehr, heute hergekommen zu sein, und hofft, Euch bald empfangen zu können, aber heute ist sie einfach zu krank.«

Lydia trat zur Seite, sodass sie nicht mehr von Lockwood blockiert war. »Bitte richten Sie ihr meine besten Wünsche aus.«

»Und meine«, setzte Lockwood hinzu.

Der Butler antwortete mit einem Nicken, ehe er die Tür schloss. Lydia sah zu Lockwood, als sie sich herumdrehte. »Ich hoffe, sie ist nicht ernsthaft krank.«

Lockwood machte kehrt und langsam gingen sie auf das Tor zu. »Hmm.«

»Das ist das dritte Mal, dass sie das getan haben«, stellte Lydia fest. »Aber vermutlich ist Ihr Konversationstalent auch ein bisschen eingerostet.«

Sie zuckte innerlich zusammen und warf ihm einen reuigen Blick zu. In der Regel war sie nicht sarkastisch – zumindest nicht laut –, außer bei einigen ausgesuchten Freundinnen, mit denen sie sich vertraut fühlte. Bedeutete das etwa, dass sie sich ausgerechnet mit Lord Lockwood vertraut fühlte?

Er wurde langsamer und starrte sie an. Er schien nicht

wütend, aber mit dieser Narbe und Augen, von der Farbe der Themse im Winter – einem dunklen, undurchsichtigen Grau – wirkte er grimmig. »Ja, das könnte sein«, meinte er leise, und sie glaubte, einen Anflug von Humor herauszuhören.

Lydia entspannte sich, aber nur kurz. Sie sollte jetzt nicht schon gehen. Wenn sie darin scheiterte, auch nur einen Schnipsel Klatsch für Tante Margaret zu sammeln, könnte sie sich in der nächsten Postkutsche nach Northumberland wiederfinden. Ihr Rauswurf würde die sechs Jahre zunichtemachen, die sie damit zugebracht hatte, sich in der Londoner Gesellschaft einen Platz zu erobern. Sie würde wahrscheinlich letztendlich mit einem Schafzüchter verheiratet werden, der dreißig Meilen vom nächsten Dorf entfernt wohnte. Ländliche Schafzüchter waren gut und schön für jemanden, der das Landleben und die Einsamkeit liebte. Lydia hingegen liebte den Trubel und den Lärm – und sogar den Geruch – von London.

Von der Sehnsucht bestärkt, an dem Leben festzuhalten, das sie sich in der Stadt aufgebaut hatte, sammelte Lydia all ihren Mut und ignorierte ihre Scham, diese beiden Dinge hatte sie unter Tante Margarets Anleitung gelernt, und wurde belästigend. »Verzeihen Sie meine forsche Art, aber ich fürchte, ich kann mir diese Gelegenheit nicht entgehen lassen, ohne zu fragen. Warum sind Sie hier? Sie sind ein Einzelgänger und doch suchen Sie Lady Aldridge auf.«

Er zuckte kurz mit den Schultern. »Vielleicht bin ich nur rücksichtsvoll. Stimmt etwas nicht damit?«

»Natürlich nicht, aber Sie müssen zustimmen, dass es … sonderbar ist.«

»Nein, ich muss nicht zustimmen.« Er hielt inne und musterte sie mit seinem scharfsinnigen Blick. »Sie werden allen erzählen, dass Sie mich hier gesehen haben, nicht wahr?«

Wenn Tante Margaret etwas dabei zu entscheiden hätte –

und leider war dem so –, würde Lydia es jedem erzählen, der
zuhörte und sogar denen, die das nicht taten. Aber vielleicht
wollte er nicht, dass sie das tat. Sollte er sie bitten, nichts zu
sagen, würde sie zustimmen, auch wenn sie damit Tante
Margarets unzähmbaren Zorn auf sich zöge, sollte sie es je
herausfinden. Zögerlich fragte sie: »Ist Ihr Besuch hier ein
Geheimnis?«

»Überhaupt nicht. Haben Sie keine Scheu, allen zu sagen,
dass sie dem geheimnisvollen und niederträchtigen Lord
Lockwood begegnet sind.« Seine Augen bohrten sich mit
unbarmherziger Präzision in ihre, als ob er sie herausfordern
würde, zu tun, was er gesagt hatte.

Unfähig, den Blick abzuwenden, starrte sie ihm in die
Augen. »Geheimnisvoll, ja. Aber *niederträchtig?* Wie könnte
ich nach unserer kurzen Begegnung nur solch einen Schluss
ziehen?« Weil alles an ihm – von den berüchtigten Festen,
die er gab, bis zu der grausamen Narbe, die sein Gesicht
entstellte – ihr sagte, dass er niederträchtig *war.* Und skandalös und gefährlich und wer weiß, was noch alles.

Sie kamen am Tor an. Er öffnete es für sie. »Sie werden
das richtige Wort – oder die richtigen Worte – finden, um
mich zu beschreiben, da bin ich sicher«, entgegnete er
gedehnt und in seiner Stimme klang ein leiser Anflug von
Finsternis mit.

Köstlich.

Lydia blieb stehen. Woher war dieses Wort gekommen?
Ihr Blick fiel auf seine Narbe. Sie war merkwürdig fasziniert
davon. Sein entstelltes Gesicht hätte beunruhigend sein
sollen, und sie stellte sich vor, dass es auf die meisten
Menschen auch so wirkte – insbesondere junge Damen –
und sie bei seinem Anblick zusammenzuckten. Die Wunde
musste sehr wehgetan haben. Wieder drehte er das Gesicht
und entzog die linke Seite ihrem forschenden Blick. Die
Fragen brannten ihr auf der Zunge, aber zum ersten Mal seit,

sie konnte sie sich nicht erinnern wie lange, ließ sie ihrer Zunge keinen freien Lauf und stellte sie nicht.

Sie schritt aus dem Vorgarten und aus dem Augenwinkel konnte sie ihre Zofe herankommen sehen. Lord Lockwood hielt das Tor auf, bis sie zögernd hindurchgegangen war. Ihr Blick blieb sorgfältig von seinem Gesicht abgewandt, als sie vorbeiging und mehrere Schritte weiter auf dem Trottoir stehen blieb.

Lord Lockwood ließ den eisernen Riegel des Tores einrasten und dann drehte er sich zu Lydia. Wieder brachte er seine rechte Seite in den Vordergrund und sie fragte sich, ob er das überhaupt bemerkte, oder ob es einfach eine Gewohnheit war. Wie lange war es her, dass ihm diese Narbe beigebracht worden war? Ihre Tante würde es wissen. Sie wusste alles. Und sie würde aus dem Häuschen sein, wenn sie erfuhr, dass Lydia den einsiedlerischen Lord Lockwood getroffen hatte.

»Es war ein Vergnügen, Sie kennenzulernen, Lady Lydia.« Das Timbre seiner Stimme hallte in ihrem Bauch nach, und wieder erklang dieses Wort in ihrem Kopf wie eine Warnung: *köstlich.*

Ihr Puls beschleunigte sich. »Ich hoffe, wir werden uns wiedersehen.«

Als er zur Antwort lächelte, wären Lydia beinahe die Knie weich geworden. »Das kann man nie wissen, aber ich glaube es nicht.«

»Dann werde ich dieses Intermezzo stets in lieber Erinnerung behalten«, gab sie zurück und meinte jedes Wort. Er war von einer unbeschreiblichen Aura umgeben. Sie war zu gleichen Teilen geheimnisvoll und gefährlich, aber da war auch noch etwas anderes. Etwas, das sie zittrig und unvernünftig machte. »Gleichwohl ich anstrebe, dafür zu sorgen, dass es nicht das letzte Mal ist.«

Mit leuchtenden Augen beugte er sich ein wenig vor. »Ich

freue mich schon auf Ihre Bemühungen.« Sie nickte und drehte sich langsam von ihm weg. Sie zauderte, zu gehen, aber was sollte sie tun? Sollte sie dort stehen und den ganzen Nachmittag in kokettem Geplänkel mit ihm verbringen? Das klang eigentlich himmlisch.

Sie ging an ihrer Zofe vorbei und nach einigen Schritten drehte sie sich um. Lockwoods Rücken entfernte sich die Straße entlang auf seine Kutsche zu, die gegenüber von Aldridge House geparkt war. Sie beschwor ihn mit ihren Gedanken, sich zu ihr umzudrehen und sie anzuschauen, doch er tat es nicht. Mit einem innerlichen Seufzen drehte sie sich wieder zurück und setzte ihren einsamen Weg fort.

KAPITEL 2

*J*ason betrat Lockwood House und gab Hut und Handschuhe an North, der mit dem Kopf nach links deutete – auf den Salon, neben der Eingangshalle.

»Mylord, ein Mr. Teague von Bow Street wartet auf Euch.«

Bow Street? Jason traf in stiller Kommunikation auf Norths Blick, ehe er sich umdrehte und den Salon betrat.

Ein stämmiger Mann mit einer angehenden Glatze, der einen mausgrauen Anzug trug, erhob sich, als Jason über die Schwelle trat. Er hielt seinen schwarzen Hut in seinen fleischigen Händen. »Guten Tag, Mylord.« Er besaß eine tiefe Stimme und sprach in klaren Worten, gleichwohl er nicht die gesetzte Aussprache der Aristokratie beherrschte.

Jason trat weiter in den Salon, nachdem er die Tür hinter sich geschlossen hatte. Seine Neugier juckte ihn. »Guten Tag, Mr. Teague. Wie kann ich Ihnen behilflich sein?«

Auf Teagues Stirn zeichneten sich tiefe Falten ab. »Ich fürchte, ich bin in einer delikaten Angelegenheit hier.«

Jasons Neugier nahm zu. »Tatsächlich? Dann sollten wir

es uns bequem machen.« Mit einer Geste lud er Teague ein, Platz zu nehmen, als er sich selbst in einem Sessel niederließ, der mit einem satten burgunderroten Damast bezogen war.

Teague setzte sich wieder auf das Sofa, von dem er sich erhoben hatte, und legte den Hut neben sich. »Ich würde Ihnen gern einige Fragen über Mr. Ethan Locke stellen.«

Was hatte Ethan getan, um die Aufmerksamkeit von Bow Street auf sich zu ziehen? Jason hatte sich gefragt, ob er korrupt war, wie es die Gewohnheit mancher Diebesfänger war. Wie sonst sollte er diese teuren Ringe an seinen Fingern zur Schau stellen können, als er ihn das letzte Mal im Bucket of Blood gesehen hatte?

Jason entspannte sich in seinem Sessel und lächelte. »Wie kann ich behilflich sein?«

Teague stützte die Hände auf die Knie. »Danke, Mylord. Können Sie die Gerüchte bestätigen, dass er Ihr Halbbruder ist?« Sein Blick war direkt und sogar bohrend.

Jason erkannte keinen Grund zu lügen, insbesondere, wenn Ehrlichkeit vielleicht dazu führen würde, einem Mann Schwierigkeiten zu machen, der mehr als genug getan hatte, um Jasons Leben zu ruinieren. Er stützte die Ellbogen auf die Armlehnen seines Sessels und lehnte sich zurück. »So gern ich auch lieber behaupten würde, nicht mit ihm verwandt zu sein, lautet die Antwort ja, er ist der uneheliche Sohn meines Vaters.«

»Ich weiß Ihre Offenheit sehr zu schätzen, Mylord. Waren Sie mit ihm in Kontakt?«

»Nicht in letzter Zeit. Nach dem Tod meines Vaters hatten seine Mutter und er einen neuen Beschützer gefunden.« Jason wägte ab, ob er dem Ermittler von der Auseinandersetzung vor sieben Jahren erzählen sollte, doch er beschloss, abzuwarten und zu sehen, ob es der Sache dienlich war. »Ich habe gerade erst erfahren, dass er sich in der Gesellschaft bewegt.«

»Also war das eine Überraschung für Sie?« Auf Jasons Nicken fuhr er fort. »Wissen Sie, wo er in den vergangenen sieben Jahren gewesen ist?«

»Hier in der Stadt, allerdings nicht in der Gesellschaft. Ich sehe ihn gelegentlich bei Boxkämpfen.« Die Anspannung erfasste Jasons Nacken. Er genoss es, einen guten Kampf anzuschauen, aber Ethan bei einem solchen Ereignis zu sehen, verdarb ihm unweigerlich die Freude daran. »Er hatte letzten Frühling einen Kämpfer gefördert.«

»Ja, wir haben mit Mr. Ackley gesprochen«, antwortet Teague.

Jason fragte sich, ob er auch mit dem anderen Mann gesprochen hatte, der für Ethan gekämpft hatte – Lord Ambrose Sevrin. Doch erneut behielt Jason seine Gedanken für sich. Sevrin würde es wahrscheinlich nicht schätzen, in die Sache hineingezogen zu werden. Jason nahm sich vor, mit ihm zu reden, vorausgesetzt, er war derzeit überhaupt in London.

Teague schürzte die Lippen und richtete den Blick kurz auf den Boden. »Hegen Sie irgendwelche Pläne, mit Locke Kontakt aufzunehmen, da er jetzt am gesellschaftlichen Leben teilnimmt?«

»Da könnte ich.« *Insbesondere jetzt, da ich weiß, dass Bow Street gegen ihn ermittelt. Aber weshalb?* »Verdächtigen Sie meinen Halbbruder, ein Verbrechen begangen zu haben?«

Teague legte den Kopf schief und war einen Augenblick still. »Ich sollte das eigentlich nicht sagen, Mylord. Da Sie allerdings sein Verwandter und ein Adliger sind, hat es den Anschein, als könnte ich Ihnen ein paar Einzelheiten anvertrauen. Insbesondere, da Sie geneigt sind, uns zu helfen.« Das Letzte sagte er mit einem kaum merklichen fragenden Unterton, aber Jason verstand. Wenn Teague ihm Informationen gab, musste Jason das Gleiche tun.

»Ich bin *sehr gern bereit*, Ihnen zu helfen, Mr. Teague.« Er würde alles tun, um Ethans Ausflug in die Gesellschaft ein Ende zu machen.

»Ich bin sicher, Sie wissen, dass Lord Aldridge als Anführer eines Diebesrings entlarvt worden war. Es stand letzten Frühling in der Zeitung.«

Jasons Puls pochte. »Ja, ich bin darüber im Bilde.«

Teague beugte sich vor. »Die Diebstähle hatten nach seinem Tod aufgehört, aber vor etwa einem Monat haben sie wieder angefangen. Dann ist Mr. Jagger – Entschuldigung, Mr. Locke – aufgetaucht.«

Bow Street kannte natürlich seinen wahren Nachnamen. »Es besteht keine Notwendigkeit, sich zu entschuldigen. Sein Name ist letztendlich Jagger und nicht Locke und ganz bestimmt nicht Lockwood. Haben Sie ihn in Verdacht, Aldridges Diebesring übernommen zu haben?«

»Seine Verbindung mit Lady Aldridge scheint … merkwürdig. Wir glauben nicht, dass sie an den Verbrechen ihres Ehemannes beteiligt war, aber seit seinem Tod hatte sie sich fast gänzlich zurückgezogen. Bis sie Jagger gestattet hat, sie zur Kirche zu begleiten. Wir versuchen einfach, die Motive Ihres Bruders zu durchschauen.« Er schüttelte unmerklich mit dem Kopf. »Der Zeitpunkt seines Erscheinens und das erneute Auftreten der Diebstähle in Mayfair ist einfach ein zu großer Zufall, um es zu ignorieren.«

Jason glaubte nicht an einen Zufall. »Da stimme ich zu. Ist er noch immer ein Diebesfänger?«

»Seit einiger Zeit nicht.« Teague runzelte die Stirn. »Ich glaube auch nicht, dass er ein besonders ehrlicher war.«

Jason schnaubte. »Das ist keine Überraschung.«

»Darf ich offen zu Ihnen sprechen, Mylord?«, fragte Teague vorsichtig.

»Bitte.«

»Sie scheinen eine geringe Meinung von Ihrem Halbbruder zu haben. Warum?«

Jason fuhr mit den Händen über die Rundungen der vergoldeten Armlehnen und sah ihn mit einem bitteren Lächeln an. »Ethan war der Liebling meines Vaters, wie auch seine Mutter, und er hatte jede Gelegenheit genutzt, mich und meine Mutter herablassend zu behandeln. Ich würde ihm alles zutrauen. Zu behaupten, dass eine gewisse Rivalität zwischen uns herrscht, ist eine Untertreibung. Als mein Vater starb, waren seine Mutter und er endlich aus unseren Leben verschwunden.«

Teague wirkte gespannt. »Sie haben seitdem nicht mehr mit ihm gesprochen?«

»Nur einmal.« Abermals widerstrebte es Jason, die Einzelheiten dieses Ereignisses preiszugeben. Er antwortete nur: »Er hat mich besucht und nach einigen Briefen gefragt, die seine Mutter an unseren Vater geschrieben hatte. Ich konnte sie nicht finden.« Er hatte sich nicht einmal die Mühe gemacht, danach zu suchen.

Wieder sah Teague ihn stirnrunzelnd an. »Verzeihen Sie mir die Frage, aber wenn er während mehrerer Jahre in Ihrem Leben abwesend ist, wie können Sie sich dann über den Grad seines Fehlverhaltens sicher sein?«

Jason packte die Armlehnen seines Sessels, als die alte Wut sich in ihm regte. »Er hat dafür gesorgt, dass ich aus der Gesellschaft ausgestoßen wurde, und ich nach dem öffentlichen Zusammenbruch meiner Mutter ebenfalls mein Ansehen verlieren würde. Ganz London hält mich für verrückt, Mr. Teague, und das habe ich Ethan zu verdanken. Er ist unbarmherzig, wenn es darum geht, zu bekommen, was er will.«

Teagues Blick war leicht erstaunt, als er sich auf dem Sofa zurücklehnte. »Ich verstehe.«

Bereit, der Befragung ein Ende zu setzen, erhob Jason sich. »Dann verstehen Sie sicher auch, wie gern ich Ihnen bei Ihrer Ermittlung behilflich bin.«

Teague nahm seinen Hut und stand auf. »Ich bin erfreut, das zu hören, Mylord. Bitte lassen Sie mich wissen, wenn Sie etwas erfahren.«

»Ich werde Bow Street sofort informieren.« Jason begleitete ihn zur Tür des Salons.

Teague nickte, ehe er den Hut aufsetzte. »Guten Tag, Mylord.«

North führte ihn durch die Eingangshalle und dann hinaus. Dann drehte sich der Butler mit einem fragenden Blick zu Jason um.

»Hast du das gehört?«, fragte Jason, der sich sehr wohl bewusst war, dass North manchmal an der Tür lauschte, gleichwohl seine Motivation durchaus akzeptabel war. Es gefiel ihm, Bedürfnisse vorauszusehen, bevor man überhaupt wusste, dass man sie hatte, und die Dinge dann mit der bestmöglichen Effizienz zu organisieren. Er war ein verdammt guter Butler.

North durchquerte die Eingangshallte, um zu ihm zu treten. »Das habe ich, Mylord. Wie plant Ihr Eure Vorgehensweise?«

Jasons Verstand arbeitete. Er würde Bow Street bei ihren Ermittlungen behilflich sein. Dafür musste er eine Art von Beziehung mit Ethan in Gang setzen. Der Gedanke drehte ihm den Magen um. »Teague sagte, Ethan sei zu einigen Ereignissen eingeladen worden. Wer zum Teufel lässt ihm Einladungen zukommen?«

»Das kann ich herausfinden, Mylord.«

»Nein, das ist unwichtig. Es ist allerdings wichtig, dass ich zu denselben Veranstaltungen eingeladen werde.« Doch wie um alles in der Welt würde das möglich sein? Jasons Einladungen waren vor sieben Jahren versiegt. Wieder durchzuckte ihn die Wut. Mühelos fügte Ethan sich in die Gesellschaft ein, die ihn, Jason, ausgeschlossen hatte.

»Ihr könntet ein paar Einladungen erwirken«, schlug

North vor. »Ihr habt Euch mit mehreren Gentlemen in wichtigen Positionen angefreundet.«

Gleichwohl das stimmte, hatten sie mit ihm als Gastgeber skandalumwitterter Feste Freundschaft geschlossen, der sie mit allem, was ihr Herz begehrte, wie Spiel, Alkohol und Kurtisanen versorgte. Solch eine Beziehung übertrug sich nicht unmittelbar auf das gemeinschaftliche Einnehmen eines Drinks bei White's oder dem Austausch von Höflichkeiten bei Almack's, wobei er bezweifelte, überhaupt eine Eintrittskarte zu erhalten. Es lag ihm ohnehin nichts daran, einbezogen zu werden.

Trotzdem musste er etwas unternehmen, wenn er Bow Street helfen wollte. Und wenn er darüber nachdachte, hatte der Gedanke, die liebreizende Lady Lydia wiederzusehen, einen gewissen Reiz. Sie war von dem beängstigenden Anblick seines Gesichts nicht eingeschüchtert gewesen. Wenn er sich nicht irrte, hatte sie tatsächlich mit ihm geflirtet.

Er richtete einen erwartungsvollen Blick zu North, denn er vermutete, dass dieser bereits einen Plan hatte. »Was schlägst du vor? Selbst wenn die Leute sich nicht erinnern, was sich vor sieben Jahren hier ereignet hat, haben sie das Fest gewiss nicht vergessen, das ich neulich Abend ausgerichtet habe. Und wenn doch – bald werde ich ein neues Fest ausrichten. Kurz gesagt, habe ich keine Einladungen und keine respektable Person würde mir eine zukommen lassen.«

Norths Augen leuchteten vor Zufriedenheit. »Ihr habt tatsächlich eine. Nur eine, aber das ist alles, was Ihr braucht.«

Ungläubig sah Jason ihn an. »Tatsächlich? Welcher Idiot ist gedankenlos genug, mir eine Einladung zu schicken?«

»Mrs. Lloyd-Jones, Mylord. Sie gibt alle zwei Wochen einen Teeempfang und schickt immer eine Karte.«

Grundgütiger, sie war keine Idiotin; sie war eine alte

Freundin seiner Mutter. Die Einzige, die genug Herz gehabt
hatte, sie nach Mutters Zusammenbruch zu besuchen. Die
Einzige, die ihr noch immer schrieb. Jason schüttelte den
Kopf. Er war der Idiot, sie vernachlässigt zu haben. »Wann?«

»Übermorgen, wenn Ihr teilnehmen wollt.«

Fast hätte Jason bei der Vorstellung gelacht, eine Teeeinladung anzunehmen, aber irgendwo musste er ja anfangen.
»Na schön, ich werde hingehen. Schick Mrs. Lloyd-Jones
eine Nachricht. Ich möchte nicht, dass sie einen Schlaganfall
bekommt, wenn ich unangekündigt erscheine.«

Norths Nicken fiel knapp aus und diese sparsame Geste
war so effizient wie er selbst. »Sollte ich annehmen, dass Ihr
das nächste Fest absagen wollt?«

Das lasterhafte Fest. Was als Jasons Versuch angefangen
hatte, seinen eigenen Kreis aufzubauen, in dem er akzeptiert
wurde, nachdem er aus der Gesellschaft ausgeschieden war,
hatte sich zu einem gut besuchten Ereignis entwickelt, das in
den allerhöchsten Rängen der feinen Gesellschaft begehrt
war. Er bot denjenigen einen Hafen, die außerhalb des gesellschaftlichen Diktats ihr Vergnügen suchten, und er hatte sich
daran gewöhnt, diese Unterstützung bereitzustellen. Innerhalb dieser Welt war er der Gebieter der Akzeptanz, der
Vorreiter von Stil, der wahre König. Und er hatte keinerlei
Pläne, auf irgendetwas davon zu verzichten. »Das ist nicht
anzunehmen. Sind die Einladungen nicht bereits ausge-
schickt worden?«

»In der Tat. Allerdings, und verzeiht mir meine Unverschämtheit, aber haltet Ihr es für klug, das Fest zu geben,
wenn Ihr um gesellschaftliche Akzeptanz bemüht seid?«

Er nahm seinen Butler mit einem finsteren Blick ins
Visier. »Akzeptanz ist nicht mein Ziel. Sobald ich meine
Angelegenheit mit Ethan zum Abschluss gebracht habe, bin
ich mehr als glücklich zu meinem fröhlichen Leben hier in
Lockwood House zurückzukehren.«

Ein weiteres knappes Nicken war Norths Antwort, das dieses Mal allerdings ein bisschen tiefer ausfiel und damit den schwachen Hinweis auf eine Entschuldigung übermittelte. »Es ist gut, dass Ihr zu Mrs. Lloyd-Jones' Tee geht. Vielleicht seid Ihr in der Lage, einige Annahmen über Euch und Eure Familie zu berichtigen.«

Jason war über Norths Vorschlag nur mild überrascht. Gleichwohl er gewöhnlich stoisch war, hatte er sich im Laufe der Jahre auch als hilfsbereiter Freund erwiesen. Tatsächlich mochte Jason ihn und seinen Bruder lieber als irgendjemanden sonst. Und deshalb neckte er ihn mit seiner nächsten Frage: »Was zum Teufel ist in dich gefahren? Du spekulierst doch nicht etwa auf ein glückliches Ende dieser Familientragödie? Was hat das Eheleben bloß mit dir angestellt?«

North, der vor Kurzem Sarah, die Haushälterin von Lockwood House geheiratet hatte, gestattete sich ein kleines Lächeln. »Ihr wärt erstaunt, was die Liebe einer guten Frau für einen tun kann, Mylord.«

Jason brach in Gelächter aus. »Für dich vielleicht.« Er drehte sich um und schritt durch die Eingangshalle auf sein Arbeitszimmer zu.

North hatte ihn im Gegenzug wahrscheinlich nur necken wollen, doch Jason konnte die unterschwellige Botschaft nicht ignorieren: Liebe machte die Dinge besser. Jason brauchte allerdings keine Erinnerung, dass die Liebe ihn nie gefunden hatte und das wahrscheinlich auch niemals würde.

Seine Mutter hatte ihn auf ihre übertriebene und manische Weise geliebt, aber ihr Geist war jetzt fragil und häufig hielt sie ihn für seinen Vater. Bei solchen Gelegenheiten verabscheute sie ihn. Jason hielt an der Tür zum Salon inne. Er war groß und luftig, und in Blau und Braun gehalten, mit vereinzelten goldenen Blickpunkten. Es war eine angenehme Atmosphäre, in der seine Mutter einst gern Gäste unterhalten hatte. Jetzt war es der Eingang zu Londons lasterhaftesten Festen geworden.

Dieser Raum war auch etwas anderes gewesen. Einmal war er hier auf eine sehr ähnliche Weise wie seine Mutter zusammengebrochen, woraus seine Furcht geboren worden war, dass er wie sie enden könnte.

Und vielleicht würde er das.

$\mathcal{L}$ydias Tante Margaret saß in ihrem oberen Salon in einem Sessel bei den Fenstern, die auf die Davies Street hinausgingen. Ihre Augen waren schmal, als sie ihre Post durchlas, die in einem Haufen auf ihrem Schoß lag.

Begierig, die Neuigkeiten loszuwerden und sich vielleicht ein Lächeln von ihrer Tante zu verdienen, hastete Lydia in den Raum. »Tante, ich habe unglaubliche Neuigkeiten zu berichten.«

Tante Margaret sah auf und die dunklen Iris ihrer Augen leuchteten auf wie winzige schwarze Murmeln. Ihre Lippen waren straff gespannt, wodurch die Haut um ihren Mund noch faltiger als normal wirkte. Ein Leben lang hatte sie über andere geurteilt und dies hatte bereits tiefe Furchen gegraben, die ihr welkendes Aussehen nicht verbesserten, jedoch auf ihren Charakter schließen ließen.

»Tatsächlich?« Ihr Mund formte sich zu einem erwartungsfreudigen Lächeln. »Komm, berichte mir.« Sie nickte zu dem Sessel, der neben ihr stand.

Lydia lächelte erleichtert. Das Leben war so viel erträglicher, wenn ihre Tante glücklich war. »Ich habe Lady Aldridge nicht besuchen können – sie ist krank.« Tante Margaret machte ein langes Gesicht, doch Lydia beeilte sich, hinzuzufügen. »Allerdings bin ich mit jemandem zusammengetroffen, der den Ausflug mehr als wert war.« Lydia hielt inne, um einen dramatischen Effekt zu erzeugen. »Lord Lockwood.«

Doch Tante Margaret keuchte weder auf, noch weiteten sich ihre Augen vor Aufregung. Nein, ihr Mund wurde fest und sie wirkte ärgerlich. »Wo?«, fragte sie knapp.

Lydia verbarg ihre Enttäuschung. »Bei Lady Aldridge. Er war auch gekommen, um sie zu besuchen.«

»Er kam mitten am Tag, um ihr einen Besuch abzustatten?« Tante Margaret durchbohrte Lydia mit einem Blick, der den meisten Menschen den Magen zusammengezogen hätte. Lydia war allerdings an ihre Stimmungen gewöhnt und zuckte nicht zusammen. »Was hat er gesagt?«

»Dass er gekommen sei, um ihr seinen Respekt auszudrücken«, antwortete Lydia nervös. Warum war Tante Margaret darüber verstört? Lord Lockwood dort zu sehen, war ganz sicher eine tolle Neuigkeit, insbesondere, da Lydia sich tatsächlich mit ihm unterhalten hatte. Und sie hatte mit ihm geflirtet – obwohl sie das nicht verraten wollte. Manche Dinge gingen nur sie etwas an. Oder zumindest wünschte sie sich, dass sie es könnten.

»Was noch?« Tante Margaret beugte sich vor, und ihre Brust, die mit dem Alter noch an Umfang zuzunehmen schien, hob und senkte sich rasch unter ihren erwartungsvollen Atemzügen. »Es muss noch mehr dahinterstecken. Du bist nicht so dumm, als ihm zu glauben, wenn er sagt, dass er gekommen ist, um seinen Respekt zu erweisen.«

Warum nicht? Musste jeder, so wie Tante Margaret normalerweise, ein unterschwelliges Motiv haben? Dass sie selbst genau die gleiche Reaktion wie ihre Tante gezeigt hatte, als sie mit ihm zusammengetroffen war, versuchte Lydia zu ignorieren. Es würde einige Zeit dauern, die schlechten Gewohnheiten auszumerzen, die Tante Margaret ihr eingetrichtert hatte.

Lydia musste allerdings etwas davon verraten, was sie herausgefunden hatte. »Nun, er hat sie nicht regelmäßig besucht. Ich bin ziemlich sicher, dass er sie überhaupt nicht besucht hat. Er hat auch gesagt, dass sein Besuch kein Geheimnis ist. Tatsächlich hat er mich ermuntert, allen zu erzählen, dass ich ihn gesehen habe.« Und deshalb hatte Lydia kein allzu schlechtes Gewissen, Tante Margaret diese Neuigkeit mitzuteilen.

Tante Margaret ließ den Kopf gegen die Sessellehne zurücksinken und wirkte zumindest ein klein bisschen besänftigt. »Also taucht der einsiedlerische Lord Lockwood plötzlich bei einer Witwe auf, die die Gesellschaft seines lang verschollenen unehelichen Bruders genießt. An dieser Geschichte ist noch mehr dran«, sinnierte sie.

So wie auch noch mehr hinter Tante Margarets offensichtlicher Abneigung gegen Lord Lockwood steckte. Lydia wog ab, ob sie es wagen sollte, sie weiter zu reizen, indem sie ihn nach Lockwood fragte. Wahrscheinlich würde Tante Margaret noch wütender werden, und dann würde sie Lydia damit drohen, sie nach Northumberland zu verbannen. Oder Tante Margaret würde, und Lydia hielt dies für die wahrscheinlichere Antwort, sich mit großem Gefallen in Erklärungen ergehen, warum sie den Lord nicht mochte. Lydia wusste genau, wie sie ihre Frage stellen musste.

»Tante Margaret«, fing sie an und ließ genau die richtige Menge Erwartungsfreude in ihren Tonfall einfließen: »Ich würde liebend gern erfahren, wie Lord Lockwood zum meistgeschmähten Junggesellen Londons geworden ist.«

Ihre dunklen Augen funkelten in freudiger Absicht und Tante Margaret legte den Kopf schief. »Habe ich dir nie die Einzelheiten dieser Geschichte erzählt?«

Lydia schüttelte den Kopf.

»Es ist erschreckend unterhaltsam.« Tante Margaret strich

ihren Rock glatt und reckte das Kinn wie ein Orator, der im Begriff war, eine wichtige Vorlesung zu halten. »Um diese Geschichte angemessen wiederzugeben, muss ich sehr weit zurückgehen. Zurück zu meinen eigenen Tagen als Debütantin. Ich habe dir nie erzählt, warum ich nicht geheiratet habe.«

Lydia war immer der Annahme gewesen, sie sei nie gefragt worden, aber das sagte sie nicht. »Nein, das hast du nicht«, entgegnete sie mit einer Aufregung, die sie nicht fühlte.

»Ich war knapp davor, mich mit Lord Lockwood zu verloben – ja, der Vater des derzeitigen Lord Lockwood und Vater von Mr. Ethan Locke.«

Verloben? Tante Margaret hatte ihr erzählte, dass er ihr den Hof gemacht hatte, doch dass die Dinge so weit fortgeschritten waren, hatte sie nicht gewusst. Erwartungsfreudig drehte sie das Gesicht ihrer Tante zu und musste ihr Interesse nicht länger vortäuschen. »Das hast du nie erzählt.« Und das hatte auch niemand anderer. Dies war eindeutig nicht allgemein bekannt.

»Nein, es war überaus demütigend.« Der funkelnde Glanz in ihren Augen verhärtete sich zu Eis. »Er hatte mir zielstrebig den Hof gemacht, als Harmony Millhouse in der Stadt auftauchte. Sie war der Star der Saison. Fast jeder junge Bursche schenkte ihr seine Aufmerksamkeit, doch sie hatte es nur auf Lockwood abgesehen.«

Und sie hatte ihn auch erobert, doch Lydia wartete, bis Tante Margaret weitersprach.

»Sie machte sich jeden gemeinen Trick zunutze, um ihn von mir wegzulocken. Sie hat Lügen über mich verbreitet. Ihm Gefälligkeiten angeboten, an die ich ohne einen Gang vor den Traualtar niemals auch nur gedacht hätte – unabhängig davon, was sie sagte.«

Tante Margaret war ein Opfer von Klatsch gewesen?

Erklärte das, warum sie sich anstrengte, sich auf der anderen Seite zu halten?

»Kaum neun Monate nach ihrer Heirat brachte sie dieses Balg zur Welt. Aber ich lachte zuletzt auf ihre Kosten. Es stellte sich heraus, dass Lockwood so monogam war, wie sie es verdiente. Womit ich sagen will, gar nicht. Fast sofort hat er sich eine Geliebte genommen, als sie von dem Kind dick und rund war – nicht, dass jemand ihm einen Vorwurf daraus machen konnte. Aber er hat sie nie abserviert und ein paar Jahre später hatten sie ihr eigenes Kind – Ethan Locke.«

Lydia fragte sich sofort, wie dies Lockwood – den derzeitigen Lord Lockwood beeinträchtig hat, doch sie wartete, dass ihre Tante fortfuhr. Da es sich um die Geschichte handelte, wie er aus der Gesellschaft ausgestoßen worden war, musste sie einfach erfahren, wie er beeinträchtigt worden ist.

»Lockwoods Zuneigung zu seiner Geliebten trieb seine Ehefrau buchstäblich in den Wahnsinn. Ihre Eifersucht war legendär und sie lechzte nach ihrem Ehemann wie eine Stute, die besprungen werden wollte.« Anhand der Vulgarität ihrer Beschreibungen ließ sich immer sagen, wie weit Tante Margaret in eine Geschichte versunken war. Dies war eine Geschichte, die sie offensichtlich mit Vergnügen zum Besten gab. »Als Lockwood starb, hatten alle erwartet, dass sie zur geistigen Gesundheit ihrer Jugend zurückfinden würde, doch es wurde nur noch schlimmer mit ihr. Sie spürte andere Frauen auf, mit denen er angebandelt hatte – Lockwood war unfähig, treu zu bleiben, was selbst für seine geliebte Mätresse galt – und beschimpfte sie. Sie war besessen. Ich hatte Mitleid mit ihrem Sohn, doch dann fing er an, Anzeichen ihrer Verrücktheit zu zeigen.«

Auf Lydia hatte er ganz und gar nicht verrückt gewirkt. Eine Spur zu einschüchternd vielleicht, aber auf eine eher dunkle, verführerische Art. Lydia schüttelte sich innerlich und konzentrierte sich auf die Geschichte ihre Tante.

»Er war ein streitsüchtiges Kind und steckte häufig in Schwierigkeiten. Er wurde sogar für eine Zeit von Eton verwiesen, nachdem er einem anderen Jungen den Arm gebrochen hatte.«

Lydia unterdrückte ein Keuchen. Sie hatte Schwierigkeiten, den Gentleman, den sie am Nachmittag kennengelernt hatte, mit einem gewalttätigen jungen Mann in Verbindung zu bringen, doch dann besann sie sich darauf, dass sie ihn überhaupt nicht kannte.

Tante Margarets Augen gewannen ihren katzenhaften Schimmer wieder. »Vor etwa sieben Jahren schnappte Lady Lockwood über. Niemand weiß genau, was letztendlich der Auslöser gewesen war, aber mitten bei einem Abendessen verlor sie den Verstand. Sie sprang vom Tisch auf und warf mit ihrem Essen herum wie ein ungehorsames Kind. Die Diener versuchten, sie hinauszugeleiten, doch sie schlug nach ihnen und schrie Beleidigungen heraus. Es war eine obszöne, anstößige Szene.« Und eine, welche ihre Tante eindeutig genossen hatte.

Eine andere Person hätte zumindest ein Mindestmaß an Mitleid gezeigt – und wenn auch nur, weil es erwartet wurde –, und Lydia nahm an, dass ihre Tante genau das tat, wenn sie die Geschichte jemand anderem als ihr erzählte. Allerdings bekam Lydia stets die ungeschönte Wahrheit von Tante Margarets Emotionen zu spüren.

Anders als ihre Tante hatte Lydia Mitleid mit Lady Lockwood. »Was ist dann mit ihr passiert?«

Tante Margaret winkte mit ihrer Hand ab, als ob sie ein lästiges Insekt verscheuchen wollte. »Sie wurde in irgendein Hospital gebracht. Lockwood war für einige Zeit verschwunden, um sie zu pflegen, nehme ich an. Das Nächste, was wir von ihm hörten, war, dass er einen ähnlichen Zusammenbruch in Lockwood House gehabt haben soll und in seiner Rage einige Zimmer demolierte. Dann tauchte er einen Monat später mit dieser schrecklichen Narbe wieder auf.« Sie schauderte vor Abscheu und schürzte die Lippen dabei. »Er stieg schneller vom einem begehrenswerten Ehekandidaten zu einem gesellschaftlichen Ausgestoßenen ab, als du ›Bedlam‹ sagen kannst.«

Lydia musste sich sehr anstrengen, um still zu bleiben. Tante Margarets Charakterisierung war bedauerlich ungerecht, doch andererseits hatte sie stets ihre eigenen Schlüsse gezogen, die sich dann für sie zu einer Tatsache manifestierten. Nie war die Grausamkeit ihres »Steckenpferds« offensichtlicher gewesen. Lydia fühlte sich krank.

Misstrauisch dreinblickend beugte sich Tante Margaret vor. »Wage es nicht, Jason Lockwood zu bemitleiden. Er hat sich seinen eigenen Platz in der Gosse geschaffen. Erst hat er sein gesamtes Personal mit seinem irrsinnigen Benehmen vertrieben und dann hat er angefangen, sich mit Unerwünschten abzugeben – Halbweltdamen, lüsternen Wüstlingen, dem schlimmsten Abschaum der Gesellschaft.« Sie schnaubte vor Abscheu. »Dann kamen die skandalösen Feste. Er verwandelte Lockwood House in eine Adresse mit einem schlimmeren Ruf als eine Spielhölle und anrüchiger als ein Bordell. Er kann niemanden für seinen Niedergang beschuldigen außer sich selbst.«

»Wie –«, hatte Lydia fragen wollen, »kannst du das sagen, wenn er als Verrückter abgestempelt worden ist und all sein Ansehen verloren hatte?«, doch stattessen presste sie hervor: »Erbärmlich.«

Tante Margaret schniefte. »In der Tat.« Ihre Miene wurde plötzlich lebhaft. »Ich meinte es, als ich dir gesagt habe, ihn nicht zu bedauern. Er ist kein Opfer und auch seine Mutter nicht. Ja, ihre Verrücktheit ist – ich vermute einmal – tragisch, aber genau deshalb sollten sie sich nicht in den

Kreisen der feinen Gesellschaft bewegen. Ich kann mir nur vorstellen, wozu Lockwood vielleicht imstande wäre, jetzt, da er zurück ist. Nimm noch seinen lang verschollenen Halbbruder hinzu, und ...« Sie dehnte die Lippen zu einem erwartungsfreudigen Grinsen. »Es sollte wohl diesen Herbst kein Mangel an Aufregung herrschen.«

Lydia konnte nichts davon aufregend finden, doch das sagte sie nicht. Stattdessen lenkte sie den Blick auf den Stapel Briefe in Tante Margarets Schoß. »Welche ›aufregenden‹ Dinge stehen bevor?«

Tante Margaret hielt eine der Einladungen hoch, die sie gerade gelesen hatte. »Ich muss an einem Treffen mit Mrs. Edgecombe am Donnerstag teilnehmen, also wirst du allein zu Mrs. Lloyd-Jones' Teeempfang gehen.«

Frohsinn jubilierte in Lydias Adern. Sie betete Mrs. Lloyd-Jones an und genoss es, sie zu besuchen, ohne den Schatten von Beklemmung, welchen die Anwesenheit ihrer Tante verursachte. Lydia bewahrte allerdings einen unbeteiligten Tonfall, als sie antwortete: »Ja, Tante.«

»Mrs. Lloyd-Jones ist eine alte Freundin von Lady Lockwood. Du könntest vielleicht herausfinden, ob sie etwas über Lord Lockwood weiß.« Tante Margaret legte die Briefe in ihren Schoß. »Gleichwohl ich dich warnen muss, vorsichtig vorzugehen. Während natürlich nichts dabei ist, über Lord Lockwood zu sprechen, möchte ich nicht, dass du zu interessiert wirkst. Sein Ruf ist schwärzer als schwarz und ich würde es verabscheuen, wenn er deinen befleckt. Und vor allen Dingen musst du dich von ihm fernhalten.«

Lydia hielt die Schultern gerade, damit sie nicht zusammensackten. Sie hatte sich darauf gefreut, Lord Lockwood wiederzusehen und vielleicht mit ihm zu flirten. Dummerweise versuchte sie, ein bisschen Logik ins Spiel zu bringen, um ihr Anliegen zu fördern. »Vielleicht wird mich meine Begegnung mit Lord Lockwood wieder zum Stadtgespräch machen. Ich war überaus populär, nachdem mein Name bei White's niedergeschrieben worden war.«

Letzten Frühling war eine mysteriöse, maskierte Frau bei einem Fest in Lockwoods Haus gesehen worden. Die Gentlemen hatten in ihrem Herrenclub Wetten über ihre Identität abgeschlossen, und ein junger Bursche hatte ihren Namen notiert. Tante Margaret war entsetzt gewesen und hatte Lydia zwei Tage lang in ihr Zimmer eingesperrt. Doch der junge Mann hatte den Eintrag zurückgezogen und Lydia war für einige Wochen unerklärlich beliebt geworden. Es waren die besten Wochen ihres Lebens in London gewesen. Die Leute hatten sich aufrichtig dafür interessiert, sich mit ihr zu unterhalten, und sogar Mitgefühl für ihre Misere gezeigt. Sie würde alles tun, um das wiederzuerlangen – einschließlich sich mit Lord Lockwood anzufreunden.

»Lydia«, blaffte Tante Margaret. Sie beugte sich vor und ihre dunklen Augen spien Feuer. »Du hast außerordentliches Glück gehabt, dass die Sache damals so ausgegangen ist und nicht anders, aber die Gesellschaft ist überaus launisch. Dich mit Lord Lockwood in Verbindung zu bringen, wird dich ruinieren, verstehst du das nicht?«

Das tat Lydia nicht, aber sie erkannte, dass weiterer Widerspruch fruchtlos wäre. Also nickte sie.

»Gut.« Tante Margaret sog die Luft ein und ihre Züge entspannten sich. »Lass uns einen Moment über Mr. Locke sprechen. Ich war sicher, dass du ihm gestern Abend vorgestellt worden wärst, aber dann hast du mit diesem mundfaulen Goodwin einen Gang auf der Terrasse unternommen. Bei deiner Rückkehr in den Ballsaal war Locke bereits gegangen.«

Kaum irgendjemand hatte Lydia je zu einem Spaziergang oder Tanz eingeladen, und sie konnte einfach nicht eine Spur von Bedauern aufbringen. Sie konnte allerdings mit einer anständigen Flunkerei aufwarten. »Ich hatte gehofft, zu erfahren, was Goodwins Cousin von Lockes Anwesenheit hält.«

Tante Margaret sah sie aus zusammengekniffenen Augen an. »*Und?*«, fragte sie und zog das Wort dabei in die dreifache Länge der üblichen Betonung.

Lydia verschränkte die Hände fest in ihrem Schoß. »Ich bedaure, aber Goodwin hatte sich mit seinem Cousin nicht über dieses Thema ausgetauscht.«

»Warum sollte er auch?« Tante Margaret lachte grausam. »Goodwins Cousin ist ein verdammter Earl. Er nimmt sich nicht die Zeit für seinen unbedeutenden zweiten Cousin. Das hättest du wissen sollen.« Sie reckte das Kinn und sah Lydia an, womit sie gleichzeitig mit dem verbalen einen visuellen Rüffel erteilte. »Du bist manchmal ein richtiger Einfaltspinsel. Habe ich dir nicht wieder und wieder gepredigt, dass wir unseren Platz in dieser Welt mit Wissen erhalten?«

Lydia war noch nie ein Einfaltspinsel gewesen, doch erneut biss sie sich auf die Zunge. Die Dinge waren immer so, wie Tante Margaret sie sah. *Immer.* »Ja, Tante Margaret.«

»Heute Abend«, setzte Tante Margaret in ihrem klarsten diktatorischen Tonfall an, »wirst du jede Anstrengung unternehmen, um Mr. Locke vorgestellt zu werden und du wirst es auf einen Tanz anlegen. Du hast weiß Gott genug Platz auf deiner Karte. Du wirst herausfinden, was er mit Lady Aldridge zu schaffen hat. Und jetzt, da wir wissen, dass Lockwood irgendwie involviert ist, wirst du ihn auch über seinen Halbbruder ausquetschen.«

So viele dieser Dinge lagen außerhalb ihrer Kontrolle, nicht, dass Tante Margaret sich darum scherte. »Ich werde mein Bestes tun.«

Tante Margaret nickte leicht, was so wirkte, als würde sie sich herausputzen. Oder vielleicht fühlte sich das auch nur wegen der kriecherischen Art, in der Lydia sich bemüßigt sah, sie anzusprechen.

Lydia lenkte den Blick zu den Fenstern und die dahinterliegende Welt. Eines Tages böte sich ihr die Gelegenheit, dem Netz ihrer Tante zu entkommen, das diese aus Gerüchten gesponnen hatte, doch mit jedem Jahr, das ohne Heiratsantrag verstrich, wurde Lydia verzweifelter bei der Vorstellung, eine verwelkte Jungfer zu werden. Genau wie Tante Margaret.

KAPITEL 3

*L*ydia ließ sich auf Mrs. Lloyd-Jones' Sofa nieder. In ihrem Salon waren sechs Damen versammelt, einschließlich ihrer eigenen Person – es war eine kleine Zusammenkunft, doch andererseits fanden sich zu Mrs. Lloyds Teeeinladungen selten mehr als zwölf Besucherinnen ein. Es war allerdings noch früh und vielleicht würden noch andere Gäste erscheinen. Derzeit waren die üblichen Teilnehmerinnen anwesend: die Gastgeberin, ihre Schwester, Miss Vining – eine Jungfer –, die bei Mrs. Lloyds-Jones wohnte, ihre enge Freundin, Mrs. Yarrow und drei weitere Matronen.

Lydia wurde bewusst, dass nur eine der sechs Damen noch einen lebenden Ehemann hatte – Lady Trevett, die abgesehen von Lydia auch die jüngste Frau unter den Anwesenden und eine äußerst schreckliche Plaudertasche war. Wie traurig, dass die meisten dieser Frauen allein waren. Lydia stellte sich sich selbst in dreißig Jahren vor, ohne jemanden, der ihr Gesellschaft leistete, ausgenommen einiger weniger Freundinnen. Sie würde nicht einmal eine junge weibliche Verwandte in ihrer Obhut haben – nicht,

dass sie jemals irgendjemandem antun würde, was Tante
Margaret ihr angetan hatte.

Aber zumindest *hatte* sie Freundinnen, etwas womit Lydia
nur sehr spärlich gesegnet war, als Ergebnis davon, dass sie
so viele Jahre nach Tante Margarets Pfeife tanzte. Sie besaß
eine enge Freundin und hatte angefangen, sich mit einigen
anderen anzufreunden, seit sie versuchte, ihren Ruf als
Klatschtante abzustreifen. Diesen Weg würde sie nur fortsetzen können, wenn sie von Tante Margaret fortkäme, und
das würde ihr nur gelingen, indem sie einen Ehemann fände.

Neben Lydia sitzend, war Mrs. Lloyd-Jones tief in eine
Unterhaltung mit Lady Trevett versunken, die auf dem Sofa
gegenüber saß. Sie unterhielten sich über den gestrigen Ball,
auf dem Lydia wieder einmal in ihrem Bemühen gescheitert
war, Mr. Lockes Aufmerksamkeit zu erregen, und als Folge
davon hatte sie Tante Margarets Rage auf dem Heimweg in
der Kutsche ertragen müssen.

Lady Trevett beugte sich in ihrem Sessel vor. »Lady
Lydia, stimmt es, dass Sie neulich mit Lord Lockwood
zusammengetroffen sind? Ich habe es von Mrs. Horwatt
gestern Abend gehört, jedoch keine Gelegenheit gehabt, Sie
ausfindig zu machen, um die wahre Geschickte zu erfahren.«

Lydia nickte. »Ja, ich bin ihm zufällig vor Lady Aldridges
Haus begegnet. Wir waren beide dort gewesen, um ihr einen
Besuch abzustatten. Leider war sie erkrankt.«

Alle tauschten betroffene Blicke aus. »Es ist jammer-
schade um Lord Aldridge«, meinte Mrs. Lloyd-Jones.
»Seinen Ehemann zu verlieren ist schlimm genug, aber ihn
auf diese Weise zu verlieren …« Sie erschauderte geziert.
Zustimmendes Gemurmel erfüllte den Raum.

»Wie fanden Sie Lockwood?«, fragte Mrs. Yarrow mit
großen Augen. »Ist er so furchterregend, wie behauptet
wird?«

Gestern Abend hatte Lydia die Einzelheiten – nun, nicht

alle Einzelheiten – über ihre Begegnung einer Handvoll Menschen enthüllt, aber jedes Mal war sie bei ihren Fragen gereizter geworden. Es war absurd, aber ihre Erfahrung mit Lord Lockwood fühlte sich persönlich an. *Privat.* Unerklärlicherweise hasste sie es, sie zu teilen.

Um sich davon abzuhalten, als Antwort zurück zu starren, lenkte Lydia den Blick zu Mrs. Lloyd-Jones. Sie schien ein Lächeln zu unterdrücken. Wie interessant.

Mrs. Lloyd-Jones richtete das Wort an Mrs. Yarrow, wobei sie sich eines festen Tonfalls bediente. »Ich kann mir nicht vorstellen, warum er furchterregend wirken soll.«

Froh über die Unterstützung, nickte Lydia zustimmend. »Er war tatsächlich ein perfekter Gentleman. Er hat das Tor für meine Zofe und mich aufgehalten.« Lydia war bestrebt, die Unterhaltung in die Richtung zu lenken, die sie brauchte: zu Mr. Locke. »Hat irgendjemand von Ihnen gestern Abend mit Mr. Locke gesprochen?«

Mrs. Lloyd-Jones legte den Kopf schief. »Mr. Locke? Ich dachte, Sie hätten es auf Mr. Goodwin abgesehen.«

Lydia gab sich alle Mühe, die Unterhaltung in der erforderlichen Bahn zu halten. »Es ist schwierig, *nicht* an einem charmanten Gentleman interessiert zu sein, der einen zum Tanz auffordert. Doch Sie müssen sicherlich zustimmen, dass Mr. Locke sehr fesch ist. Man fragt sich nur, wo er sich versteckt gehalten hat.«

»Mr. Locke ist sehr gut aussehend und ungemein charmant.« Lady Trevett beugte sich mit einem eindringlichen Blick vor. »Wie kommt es, dass Lady Margaret weiß, dass er Lord Lockwoods Sohn ist?« Schnell fügte sie hinzu: »Ich stelle natürlich nicht die Richtigkeit in Frage. Wir alle wissen, dass Ihre Tante nur die Wahrheit sagt.« Lady Trevett war klug genug, nicht den geringsten Hauch eines Zweifels gegen eine der gefürchtetsten Matronen der Gesellschaft laut werden zu lassen.

Lydia warf einen raschen Blick zu Mrs. Lloyd-Jones. Als eine Freundin von Lady Lockwood könnte sie sich wahrscheinlich für Tante Margarets Erklärung verbürgen. Wenn sie allerdings nichts sagte, gab Lydia die Antwort, die sie sich zurechtgelegt hatte. »Meine liebe Tante wird in dieser delikaten Angelegenheit niemals ihre Informationsquelle preisgeben, aber sie war mit Lockwoods Familie bekannt.«

Lady Trevett setzte sich zurück und tippte mit den Fingern gegen ihre Lippen. »Ach, ja, ich scheine mich zu erinnern …«

Mrs. Lloyd-Jones' Butler erschien in der Tür. »Lord Lockwood, Mylady.«

Alle drehten gleichzeitig die Köpfe und das darauffolgend Aufkeuchen war hörbar.

Lydia hatte die Hand nach ihrer Tasse ausgestreckt, aber sie war froh, sie noch nicht hochgehoben zu haben. Wahrscheinlich hätte sie sie fallen lassen. Der Lärm von zerspringendem Porzellan hallte in ihren Gedanken wider und lenkte jedermanns Aufmerksamkeit auf Miss Vining, die mit offenem Mund auf die Tür starrte, während ihre Tasse in Scherben zu ihren Füßen lag. Plötzlich ergab Mrs. Lloyds unterdrücktes Lächeln einen Sinn – sie hatte von seiner bevorstehenden Ankunft gewusst.

Lord Lockwoods eindrucksvolle Gestalt füllte den Türrahmen aus. Lydias Herz hämmerte, als sie zu ihm aufsah. Er war fraglos der breitschultrigste Mann, den sie je gesehen hatte. Und recht groß, mit dunklem Haar und natürlich dieser schlimmen Narbe, die sich über seine linke Gesichtshälfte zog.

»Guten Tag, meine Damen.« Sein tiefer Tonfall erfüllte den Salon, als er über die Schwelle trat. Er lächelte ruhig, was ihren Blick wieder auf seine Narbe zog. Bereitete sie ihm Schmerzen? Wie war es passiert? Hasste er sie sehr?

Lydia schüttelte ihre Neugier ab und erhaschte einen

Blick auf Lady Trevetts entsetzten Ausdruck. Grundgütiger, konnte die Frau ihre Reaktion nicht zügeln? Er war kein schauriger Anblick. Nun, vielleicht war das gar nicht der Grund, der ihre Aufregung ausgelöst hatte. Es war schlicht und einfach seine skandalöse Anwesenheit.

Mrs. Lloyd-Jones stand abrupt auf. Sie grinste, und weil Lydia sie kannte, wusste sie, dass der herzliche Ausdruck aufrichtig war – wie auch der Schock aller anderen gleichermaßen echt war. »Mein lieber Junge, kommen Sie herein. Ich fühle mich von Ihrer Teilnahme geehrt. Tatsächlich werde ich von jeder Frau in der Stadt beneidet werden.« Mit einer Geste ihrer Hand wies sie auf die Gruppe, die im Raum verteilt saß. »Wir alle.«

»Lord Lockwood«, sagte sie mit einem wissenden Lächeln, »Ich glaube, Sie sind bereits mit meiner lieben Freundin, Lady Lydia Prewitt bekannt.«

Langsam trat er näher und sein Vorstoß schien etwas Raubtierhaftes zu haben. Sie schrieb diesen Unsinn seiner Größe zu und ignorierte, wie sich der Raum plötzlich recht klein anfühlte. Und warm. »Es ist ein Vergnügen, Sie wiederzusehen, Lady Lydia.« Er verbeugte sich und Lydia wünschte, dass sie ihm die Hand angeboten hätte. Wie würde es sich anfühlen, von solch einem Mann berührt zu werden? Er war die Verkörperung von Laster und Skandal. *Köstlich.* Ach, verflixt, da war es schon wieder – dieses Wort!

Sie glättete ihren Rock, als ob sie damit ihr Herzklopfen beschwichtigen könnte. »Das Vergnügen ist ganz meinerseits, Mylord.«

»Hätten Sie gern einen Tee?«, fragte Mrs. Lloyd-Jones, als sie auf das Sofa zurücksank.

»Ja, vielen Dank. Keine Sahne und nur eine Spur Zucker.« Er sah sich unter den schockierten Gesichtern der anderen Frauen um. »Ich hoffe, es ist in Ordnung, dass ich in Ihren

Salon eingefallen bin.« Er lenkte seine Aufmerksamkeit zu
Mrs. Lloyd-Jones.

Mrs. Lloyd-Jones schenkte seinen Tee ein und rührte eine
Prise Zucker hinzu. »Sie sind mehr als willkommen. Setzen
Sie sich bitte.« Sie zeigte auf einen eher feminin wirkenden
gelb gepolsterten, vergoldeten Sessel, der sehr nah bei Lydia
stand.

Er ließ sich auf die Sitzkante sinken und schien dabei zu
fürchten, den Sessel entzweizubrechen. Vielleicht würde er
das ja auch. Er war riesig. Wild. Anders als jeder andere
Gentleman, den Lydia je kennengelernt hatte. Doch andererseits war er kein Gentleman, selbst wenn er ihr den Beweis
für das Gegenteil geliefert hatte – er hatte das Tor für sie und
ihre Zofe offen gehalten und sich galant vor ihr verneigt.

Mrs. Lloyd-Jones war mit dem Einschenken des Tees
fertig. »Lydia, seien Sie doch so nett, Lord Lockwood seine
Teetasse zu reichen.«

Lydia nahm die Tasse und die Untertasse und reichte sie
an Lord Lockwood. Seine Finger streiften über die ihren.
Obwohl sie beide Handschuhe trugen, drohte ihre Fantasie
bei dem flüchtigen Kontakt mit ihr durchzugehen – hatte er
sie absichtlich berührt?

»Mrs. Lloyd-Jones' Tee ist ausgezeichnet.« Lydia rügte
sich im Stillen für diesen nichtssagenden Kommentar. Lockwood interessierte sich wahrscheinlich nicht die Bohne für
den Tee!

Lord Lockwoods Blick war durchdringend und in
Verbindung mit dieser schrecklichen Narbe wirkte er außerordentlich einschüchternd, wie bei einem Krieger aus alter
Zeit. Gott sei Dank richtete er seine berauschende Aufmerksamkeit auf ihre Gastgeberin. »Ich muss mich entschuldigen,
dass ich so lange gebraucht habe, Ihre freundliche Einladung
anzunehmen.«

»Überhaupt nicht, mein Lieber. Obwohl, und verzeihen

Sie mir, das zu sagen, Ihre Anwesenheit überaus bemerkenswert ist«, gab Mrs. Lloyd-Jones zurück.

Wieder schnappte Miss Vining nach Luft und Lydia glaubte nicht, dass dies an dem Diener lag, der die Unordnung beseitigte, die sie mit ihrer zerbrochenen Teetasse angerichtet hatte. Mrs. Lloyd-Jones warf ihrer Schwester einen ungehaltenen Blick zu. »Bridget, nimm dich zusammen. Wir haben Besuch von Lord Lockwood, nicht Luzifer.«

Lord Lockwood barg seine Teetasse zwischen seinen großen Händen, was ihm einen noch männlicheren Ausdruck gab, wenn das überhaupt möglich war. »Es gibt – vielleicht sogar in diesem Raum – solche, die einwenden würden, das darin kein Unterschied besteht.« Er senkte die Stimme und bedachte Mrs. Lloyd-Jones und Lydia mit einem provokativem Blick. »Und ich würde ihnen keinen Vorwurf machen.«

Da Mrs. Lloyd-Jones sich imstande gesehen hatte, seine Anwesenheit anzusprechen, erkannte Lydia keinen Grund, das Thema nicht weiterzuverfolgen. »Warum sind Sie heute gekommen, Lord Lockwood? Hat Ihre Anwesenheit hier irgendetwas mit der Ankunft von Mr. Locke in der Stadt zu tun?« Ihr Herz flatterte, als sie auf seine Antwort wartete. War es möglich, einen Mann zu beleidigen, der sich mit Satan verglich?

Er erwiderte ihr Interesse mit unverhohlener Kenntnisnahme. Lydia wurde ganz heiß, was sie allerdings auf die Kühnheit ihrer Frage zurückführte.

»Ich habe bisher noch nicht die Bekanntschaft von Mr. Locke gemacht«, antwortete er. »Vielleicht können Sie mich vorstellen?« Er nippte an seinem Tee, während sich seine Augen weiter in ihre bohrten.

»Dies ist kaum eine angemessene Konversation«, warf Mrs. Yarrow ein, wobei sie Lydia eindringlich ansah. Es war vielleicht nicht gerade höflich, einen Mann nach seinem gemunkelten unehelichen Halbbruder zu fragen, aber es war ja nicht so, dass sie nicht alle neugierig waren!

»Das ist schon in Ordnung so«, entgegnete Lord Lockwood, der seinen wissenden Blick über die Runde der Frauen schweifen ließ. »Ich bin mir des Gemunkels über Mr. Locke und mich bewusst.«

Mrs. Yarrow machte große Augen und blinzelte rasch, als ihre Wangen erröteten.

Lydia konnte die Anspannung fühlen, die sich im Raum aufbaute. Jede einzelne Frau dort wollte fragen, ob Mr. Locke tatsächlich sein unehelicher Bruder war. Jede Frau, mit Ausnahme von Lydia. Sie kannte die Wahrheit und nicht nur, weil Tante Margaret sie in Worte gefasst hatte. Sie wusste es, weil Lord Lockwoods Augen ihr das mitteilten.

»Wie geht es Ihrer Mutter?«, fragte Mrs. Lloyd-Jones, womit sie auf wirkungsvolle Weise die augenblickliche Spannung vertrieb. »In ihrem letzten Brief schrieb sie, dass Sie zu Besuch gewesen waren.«

Er beschäftigte sich mit seiner Teetasse und hielt den Blick von allen abgelenkt. »Es geht ihr gut, vielen Dank.« Wieder blickte er auf und gleichwohl er nicht den geringsten Anflug von Unbehagen zeigte, wurde Lydia von dem Gefühl beschlichen, als ginge es seiner Mutter nicht so gut, wie er behauptete.

Mrs. Lloyd-Jones lächelte mit aufrichtiger Wärme. Sie war eindeutig eine enge Freundin Lady Lockwoods, genau wie Tante Margaret gesagt hatte. »Ich freue mich darauf, wenn sie in die Stadt zurückkehrt. Wie sie erwähnte, würde dies bald der Fall sein.«

Lord Lockwood trank einen weiteren Schluck Tee. »Vielleicht.«

Lady Trevett stellte ihre Tasse mit einem Klappern ab. »Nun, ich bedaure, aber ich muss gehen.« Sie erhob sich und mit einer geschmeidigen Bewegung aus dem Handgelenk strich sie die Falten ihres Rocks glatt.

Lord Lockwood stand auf. »Hoffentlich habe ich Sie nicht vertrieben.«

Lady Trevett schürzte die Lippen und sagte einen Augenblick lang nichts, als ob sie ihre beste Vorgehensweise abwägen müsste. Nach einer Weile wandte sie sich Mrs. Lloyd-Jones zu. »Wie immer danke ich Ihnen für den Tee.« Dann blickte sie auf Lydia und sah sie recht erwartungsvoll an, als ob sie versuchen würde, über Augenkontakt mit ihr zu kommunizieren. »Ich würde Sie sehr gern zu Hause absetzen, meine Liebe.«

Unter keinen Umständen würde Lydia die Gelegenheit verpassen, mit Lord Lockwood zu sprechen. Sie legte den Kopf schief und sah die andere mit einem herzlichen, dankbaren Lächeln an. »Ich weiß Ihr Angebot sehr zu schätzen, Lady Trevett, aber ich glaube, dass ich noch ein bisschen länger bleiben werde.«

Lady Trevetts Augen weiteten sich kurz und dann rückte sie dichter an Lydia heran. »Sie sollten nicht bleiben«, zischte sie leise. »Ihr Verbleiben in Lord Lockwoods Anwesenheit könnte Ihrem Ruf abträglich sein!«

Mrs. Lloyd-Jones war nahe genug, um zu verstehen, was sie sagte. »Unsinn. Wir trinken Tee und Sie können sehen, dass sich nichts Ungehöriges ereignet hat.«

Lady Trevett schürzte die Lippen und wirkte etwas zurechtgewiesen. »In der Tat. Nun, einen schönen Tag noch.« Sie nickte den Damen zu. Als ihr Blick Lord Lockwood traf, blinzelte sie, nickte kurz und hastete aus dem Raum.

Als niemand die Stimme erhob, stand Miss Vining auf. »Bitte entschuldigen Sie mich. Ich fühle mich ein wenig erschöpft.« Sie sah blass aus, aber Lydia vermutete, dass es auf Lord Lockwoods skandalöser Anwesenheit beruhte als auf tatsächlicher Müdigkeit.

Mrs. Lloyd-Jones ließ ein leises Seufzen heraus, das nur für Lydia hörbar war, da sie neben ihr saß. »Soll ich das Dinner später hinaufbringen lassen?«

»Nein, ich bin sicher, dass ich mich bis dahin erholt habe.« Sie setzte ein schwaches Lächeln auf und verließ den Salon.

Nachdem zwei Gäste Lockwoods Anwesenheit entflohen waren, legte sich eine scheinbar ungemütliche Stille über den Raum. Lydia, die solches Unbehagen niemals duldete, machte einen Vorstoß.

Sie beugte sich leicht zu ihrem skandalösen Gast hin. »Lord Lockwood, würden Sie gern einen Spaziergang in Mrs. Lloyd-Jones' Garten unternehmen?« Insbesondere aufgrund seines berüchtigten Rufs und Margarets Ermahnung, ihn wie die Pest zu meiden, war es eine furchtbar unverfrorene Einladung, doch sie konnte einfach der Versuchung nicht widerstehen, wieder mit ihm zu flirten.

Er drehte den Kopf und bot ihr so einen besseren Blick auf die Narbe, die seine linke Gesichtshälfte entstellte. Und sie entstellte sie wirklich – sie konnte erkennen, dass er vorher ein verheerend attraktiver Mann gewesen war. Wenn sie ihn von der rechten Seite nur im Profil sah, waren seine Züge überaus ansprechend angeordnet: ein kantiges Kinn, eine volle und dennoch maskuline Unterlippe, starke Wangenknochen und diese sturmumwölkten Augen mit den unmöglich langen Wimpern.

Seine Lippen formten sich zu einem ironischen Lächeln. »Sind Sie nicht ein wagemutiges kleines Persönchen?«

»Es ist eine Charakterschwäche, fürchte ich.«

»Im Gegenteil. Ich ziehe es Affektiertheit vor. Ja, lassen Sie uns einen Rundgang machen.« Er stand auf. »Mrs. Lloyd-Jones, ich werde Lady Lydia für ein paar Minuten in den

Garten begleiten. Haben Sie noch immer eine Sammlung gelber Rosen?«

Mrs. Lloyd-Jones strahlte. »Sie erinnern sich? Ich besitze immer noch diejenige, die ich von ihren Eltern erhalten haben, als mein Jüngster geboren wurde.«

Lord Lockwoods Nicken, das er zur Antwort gab, war eine Spur steif. Er hielt Lydia die Hand hin. »Sollen wir?«

Lydia gestatte ihm, ihr vom Sofa aufzuhelfen. Seine behandschuhte Hand war warm und solide. Sie stellte sich vor, dass der Rest von ihm ebenso war, und rügte sich nicht für ihren Gedanken. Allerdings schalt sie sich nie für solche Dinge. Sie bekam schon genügend Schelte von Tante Margaret.

Als er sie durch den Salon führte, spürte Lydia, wie sämtliche Augenpaare der Anwesenden ihren Bewegungen folgten. Wahrscheinlich würden sie alle diese interessante Wendung besprechen, sobald sie das Gebäude verlassen hatten. Ein Diener hielt die Tür für sie auf und sie traten auf die ummauerte Veranda hinaus.

Mrs. Lloyd Jones' Garten war kompakt, aber wohlgeordnet. Der Rosengarten lag in der hinteren rechten Ecke. Lord Lockwood nahm sie am Arm – mit seiner rechten Hand. Tat er das, um ihr seine »gute Seite« zuzudrehen? –, ehe er sie die Treppen hinunter- und einen Pfad entlangführte. Der Tag war ein bissen kühl und Lydia fragte sich kurz, ob sie ihren Schal hätte mitnehmen sollen. Die Hitze seiner Berührung schien jedoch in sie zu dringen, und sie entschied, den Schal nicht zu benötigen.

Er sah auf sie herab und ihre Blicke verbanden sich. »Ich erinnere mich nicht an das letzte Mal, dass ich eine junge Dame zu einem Spaziergang ausgeführt habe.«

»Ich erinnere mich nicht, wann ›Luzifer‹ das letzte Mal mein Begleiter gewesen wäre.«

Er lachte. »Wagemutig und keck, aber das wusste ich ja bereits von neulich.«

Mit diesem gesellschaftlich Ausgestoßenen, fühlte sie sich bemerkenswert ungezwungen. Wieder fragte sie sich, wie er der verrückte, gewalttätige Mann sein könnte, als den Tante Margaret ihn darstellte. »Man könnte auch Sie als wagemutig bezeichnen. Hierher zu kommen, meine ich. Sie hatten angedeutet, dass wir uns wahrscheinlich nicht wiedertreffen und dennoch sind Sie hier.«

»Ganz eindeutig hat mich der Gedanke, Sie wiederzusehen, angezogen.«

Offensichtlich *wurde* geflirtet. Lydia versuchte, nicht so aufgeregt zu scheinen, wie sie sich fühlte. »Ich finde das ein bisschen schwer zu glauben. Sie haben Ihr Gesicht seit sechs Jahren nicht in der Gesellschaft gezeigt und nun haben Sie es gleich zweimal in dieser Woche getan.«

Er warf ihr einen Blick zu und sie bemerkte, dass er immer noch darauf achtete, die vernarbte Seite von ihr abgewandt zu halten. »Tatsächlich war es länger. Warum haben Sie sich auf sechs festgelegt?«

»Weil ich so lange in der Gesellschaft verkehre und wir uns nie begegnet sind. Bis gestern.«

Sie hatten den Rosengarten erreicht. Ein paar Büsche brachten immer noch hier und da eine Blüte hervor, aber die meisten steuerten auf die Ruheperiode während der Wintermonate zu. Sie löste sich von seinem Arm, um an einer buttergelben Blüte mit blassrosa Rändern zu schnuppern. Als sie aufsah, stellte sie fest, dass er sie eingehend anstarrte. Ach, er war einfach skandalös.

Ihr Puls beschleunigte sich. Sein Interesse bedeutete, dass sie vielleicht bekommen würde, was sie wollte. »Sie haben gesagt, Sie hätten Mr. Lockes Bekanntschaft nicht gemacht, aber Sie haben doch gewiss Ihren eigenen Bruder kennengelernt.«

Er sah sie aus schmalen Augen an. Dann kam er auf sie zu und blieb nur einen halben Meter vor ihr stehen. Das war nicht schrecklich nahe, aber auch nicht weit entfernt. Ihr Herz pochte weiter. Sicherlich lag es daran, dass sie unverschämt neugierig gewesen war. Sie weigerte sich, einen anderen Grund gelten zu lassen – ganz bestimmt hatte sie keine Angst vor ihm, egal, wie einschüchternd seine Größe oder seine vernarbten Züge auch sein mochten.

»Warum sind Sie so sicher, dass er mein Bruder ist? Das habe ich nicht bestätigt. Und ich lüge nicht, wenn ich sage, dass ich ›Mr. Locke‹ nicht kennengelernt habe.«

»Sie müssen das nicht bestätigen. Sie verbergen Ihre Emotionen sehr gut, aber ich habe es mir zur Gewohnheit gemacht, die Leute zu studieren.« *Dank Tante Margaret.* »Ihre Augen zucken sehr leicht, wenn er erwähnt wird.«

Sein linker Mundwinkel zuckte und zog seine Narbe in Falten. »Wie ... scharfäugig. Wenn ich nicht aufpasse, werden Sie alle meine Geheimnisse ausspähen, nicht wahr?«

Die Art, wie er diese Frage stellte, mit dieser dunklen, provokativen Stimme, sandte Schauder der Erregung bis in ihre Zehen. Plötzlich wollte sie all seine Geheimnisse kennen, aber nicht, weil sie auch nur eines davon verraten wollte. »Werden Sie mir zumindest verraten, warum Sie heute gekommen sind? Sie haben so viele Jahre als Einsiedler verlebt.«

»Würden Sie mir glauben, wenn ich sage, dass ich in der Hoffnung hergekommen bin, Sie zu treffen?«

Lydia konnte ihn nur anstarren, als ihr gesamter Körper sich wärmte. Er hatte Lockwood House wegen *ihr* verlassen? Sie stieß ein unsicheres Lachen aus. »Sie beschwindeln mich.«

Sein Blick war anerkennend, doch er enthielt auch einen Anflug von Herausforderung. »Angesichts Ihrer überragenden Beobachtungskünste können Sie sicher feststellen, ob ich das tue oder nicht.« Er zuckte leicht mit den Schultern. »Vielleicht bin ich auch einfach meine eigene Gesellschaft leid.«

Nun, sie *wusste* allerdings, dass dies nicht stimmte. »Ich glaube nicht für einen Moment, dass Sie irgendeiner Gesellschaft überdrüssig sind. Sie geben sehr viele Gesellschaften.« Ihr Puls setzte einen Schlag aus – hatte sie wirklich gerade mitten am Tag auf einer Teeeinladung, die eigentlich überaus schicklich sein sollte, diese lasterhaften Feste angesprochen?

Seine Lippen hoben sich zu einem leichten Lächeln. »Sie haben mich bei einer Lüge erwischt, wie unsportlich von Ihnen.«

Mit jedem Satz, den sie austauschten, fühlte sie sich alberner und sie musste sich zurückhalten, um nicht zu grinsen. »Ich könnte einwenden, dass es von Ihnen unsportlich ist, von vornherein zu lügen.«

Sein Lächeln wurde breiter und ihre Beine wurden schwach. Wann hatte das letzte Mal jemand so mit ihr geflirtet? *Noch niemals.*

»Nun, es ist nicht so, als sei es angemessen für mich, mit einer jungen Dame wie Ihnen über die Empfänge zu sprechen, die ich in Lockwood House gebe. Aber sagen Sie mir, was haben Sie gehört?« Er sah sie offen fragend an, fast als ob er sie herausfordern wollte, zu antworten. Wer könnte den anderen mehr schockieren?

Lydia weigerte sich, unter dem Mantel der Schicklichkeit zu kauern, nicht wenn sie wahrscheinlich nie wieder eine andere Chance bekommen würde, mit Lockwood allein zu sein. Sie rückte ein winziges Stück näher. »Ihre Feste dienen der Unterhaltung von Gentlemen. Sie bieten üppige Speisen und Getränke, Glücksspieltische und Frauen. Viele Frauen.« Sie konnte sich nicht vorstellen, was sich wirklich ereignete, doch dies war das allgemeine Verständnis dieser Feste, mit der Betonung auf Frauen.

Er rückte ebenfalls ein kleines Stück vor und reduzierte den Abstand zwischen ihnen damit auf nur noch eine unsittlich kurze Distanz. »Sie haben den Kern erfasst. Ich würde Sie einladen, damit Sie sich selbst ein Bild machen können, aber zu meinem Bedauern vergebe ich keine Einladungen an Damen.«

Er nahm sie langsam von oben bis unten in Augenschein, als wolle er entscheiden, ob sie tatsächlich eine Dame war. Ihre Haut wurde heiß und der Tag wurde plötzlich lau. Lockwood war nicht wie die typischen Gentlemen, denen sie normalerweise begegnete – aber da hatte sie es schon wieder getan. Er war kein Gentleman.

Abrupt drehte er sich um und bot ihr seinen rechten Arm. »Wir sollten zurückkehren. Es ist schockierend genug, dass Sie mich zu einem Spaziergang eingeladen haben. Wir sollten nichts unternehmen, was Ihrem Ruf weiteren Schaden zufügt.«

Wie ein kalter Frühlingsschauer brach die Enttäuschung über sie herein. Sie fasste seinen Arm, als ihr aufging, dass ihr Flirt vorbei war – zumindest vorerst. Stattdessen versuchte sie zu tun, was Tante Margaret von ihr wollte und fragte: »Was werden Sie tun, wenn Sie Mr. Locke begegnen?«

»Nun, ich sollte ihm danken«, er wandte den Kopf zur Seite und strich mit seinem langen maskulinen Finger über seine Narbe, »mir hierzu verholfen zu haben.«

Sein eigener *Bruder* hatte ihm die Narbe zugefügt? Sein Tonfall war von einer scharfen Kälte unterlegt, aber es war nur natürlich, dass er gegenüber dem Verursacher seiner Entstellung böse Gedanken hegte. Lydia fand, dass auch sie ihn in diesem Augenblick hasste – was angesichts der Tatsache, dass sie nie seine Bekanntschaft gemacht hatte, vollkommen unlogisch war.

Sie waren jetzt dicht beim Haus. »Ich kann mir vorstellen, dass Sie gewisse Rachegedanken hegen müssen«, sagte sie.

Er führte sie zu der ummauerten Veranda hinüber und dann durchbohrte er sie mit einem flammenden Blick. »Sie werden einfach abwarten müssen.«

*J*ason verweilte neben einer Blumenvase auf einem mit chinesischen Motiven kunstvoll verzierten Tisch in Mrs. Lloyd-Jones' Salon, als sie ihren letzten Gast verabschiedete. Sein erster Auftritt in der Gesellschaft war nicht gerade ein durchschlagender Erfolg gewesen, aber er war auch nicht so schlecht verlaufen, wie er sich ausgemalt hatte. Ja, ein paar der Frauen waren geflohen, aber zumindest waren sie nicht tot umgefallen, und es hat auch nur eine zerbrochene Teetasse gegeben.

Mrs. Lloyd-Jones kehrte wieder in den Salon zurück und schloss die Tür hinter sich. Sie war hochgewachsen und besaß eine elegante Schönheit, die mit den Jahren nicht verblasst war. Ihr dunkelbraunes Haar war mit Grau durchsetzt und ihre kaffeebraunen Augen funkelten noch immer vor Scharfsinnigkeit und Intelligenz. Er hatte Erinnerungen aus seiner Kindheit an sie, die ihm lieb und teuer waren – und davon gab es nur sehr wenige. Damit, dass sie über seine Anwesenheit heute empört gewesen sein könnte, hatte er nicht gerechnet, aber er konnte die Freude nicht ignorieren, die er darüber verspürte, dass sie sein Hiersein tatsächlich begrüßt hatte. Als Folge fühlte er sich wohl genug, um ihr gegenüber vertraulich zu sein.

»Bist du sicher, dass du die Tür schließen solltest?«, fragte er gedehnt, während er auf die Taktik zurückgriff, mit der er die Damen becirct hatte, bevor er durch seine Narbe daran gehindert worden war. »Ich würde es hassen, deinen Ruf zu gefährden.«

Sie schmunzelte. »Mein lieber Junge. Ich bin zu alt für solch einen Quatsch. Erzähl mir jetzt, was zum Teufel du wirklich hier tust? Als ich gestern Morgen deine Nachricht erhalten habe, wäre ich beinahe in mein Frühstück gefallen.« Sie ging zum Sofa hinüber und klopfte dann auf den Platz neben ihr.

Wenn er sich zu ihr setzte, wäre sie auf seiner linken Seite. Sie hatte seine Narbe nicht angeschaut, nicht wie diese kesse Lady Lydia, also konnte er sich vielleicht ungezwungen geben. Letztendlich trugen ihn seine Füße jedoch zu einem Sessel, der dem Sofa gegenüber stand.

Er ließ sich auf dem samtigen Kissen nieder und war darauf bedacht, eine direkte Antwort auf ihre Frage zu vermeiden. »Ich muss zugeben, ich war überrascht, dass deine Gäste über mein Erscheinen so schockiert waren. Warum hast du sie nicht gewarnt?«

Sie schmunzelte und winkte mit der Hand ab. »Wir alle konnten ein bisschen Aufregung gebrauchen.«

Vielleicht war es pervers, aber Jason war erfreut, ihnen damit gedient zu haben, oder es war möglicherweise einfach nur Mrs. Lloyds-Jones' Unterstützung, über die er sich freute. »Ich bin dir gern zu Diensten gewesen, obwohl ich nicht umhin kann, mir die Frage zu stellen, ob du in zwei Wochen vielleicht zwei Damen weniger in deinem Zirkel haben wirst.«

Ihre Augen verengten sich zu einem scharfsinnigen Blick. »Das werde ich nicht, und wenn auch nur, weil ich Bridget zur Teilnahme zwingen werde. Und du lenkst ab. Hör sofort damit auf und erzähle mir, was dich aus der Einsiedelei gelockt hat.«

Er blitzte ihr ein kurzes Lächeln zu. »Es ist nicht so, dass ich mich in einer Höhle verkrochen hätte. Ich lebe in London und ich treffe jede Menge Menschen.«

Sie schaute ihn mit einem recht mütterlichen Blick an. »Ich bin über deine *Feste* umfassend im Bilde, die ich gegenüber deiner Mutter nie zur Sprache bringe. Ich vermute doch, dass sie nichts davon weiß?«

Er bewahrte eine ungerührte Miene, gleichwohl er innerlich zusammenzuckte. Mutter wäre entsetzt, doch es war nicht so, als würde sie es je herausfinden. Niemand des Bosbury Park Personals – sein Anwesen, auf dem Mutter mit ihrem Arzt und ihrer Gesellschafterin während der vergangenen fünf Jahre untergebracht war – würde sie je in Aufregung versetzen, und nun hatte er die Bestätigung, dass ihre einzige Brieffreundin das ebenfalls nicht tun würde. Erleichtert seufzte er auf. »Ich weiß deine Diskretion zu schätzen.«

Sie legte sich die Hand aufs Herz und beugte sich ein wenig vor. »Deiner Mutter geht es nicht so gut, wie du sagst, nicht wahr? Sonst wäre sie imstande, wieder in die Stadt zurückzukehren.«

»Es geht ihr besser, aber nein, sie hat sich nicht ausreichend erholt, um nach London zu kommen, und dass dies je wieder der Fall sein wird, möchte ich bezweifeln. Ich vertraue dir, auch hierüber Stillschweigen zu bewahren.«

»Natürlich, das musst du nicht einmal fragen«, entgegnete sie, während sie sich zurücklehnte und die Hand in den Schoß fallen ließ. »Ich hätte sie ja besucht, weißt du, aber ihr Arzt weist mich immer wieder ab.«

»Es ist wahrscheinlich zum Besten. Ihr gesundheitlicher Zustand ist unvorhersehbar.« Auf Mrs. Lloyds mitfühlenden Blick hin rutschte Jason in seinem Sessel umher. Er wusste, dass ihr Mitleid seiner Mutter galt, doch er konnte das Gefühl nicht loswerden, als würde ein winziger Teil davon auch ihm gelten – angesichts seiner eigenen angeblichen Verrücktheit.

Sie lächelte Jason an und zerstreute damit den dunklen Moment. »Du bist ein guter Sohn, sie so wunderbar zu versorgen. Ich war so erfreut, dass du sie nicht in einer Institution vor sich hinleben lassen hast. Auf Bosbury Park kann sie einen Anschein von Normalität genießen.« Mrs. Lloyd-Jones' Ausdruck erstarrte einen Augenblick, ehe ihre Augen sich weiteten. »Grundgütiger, sie weiß doch nichts von Mr. Lockes Präsenz in der Gesellschaft, nicht wahr?«

Jason verbarg seine Überraschung. Mrs. Lloyd-Jones wusste eindeutig genau, wer Mr. Locke war. Er fragte sich nur, wie viele Leute das taten. Doch er kannte die Antwort darauf – jeder, wenn sie Margaret Rutherford zuhörten. »Mutter weiß nichts. Ich lasse die Zeitungen abfangen und durchsehen, damit sie nicht versehentlich auf etwas stößt, was sie aufregen würde.«

Wieder formte sie die Lippen zu einem anerkennenden Lächeln. »Solch ein guter Sohn.«

Jason ließ die Anspannung aus seinem Körper weichen. »Ich erkenne, dass ich dir eine Erklärung für meine Teilnahme an deinem Tee schulde. Ich bin bereit, wieder in die Gesellschaft einzutreten.«

Sie legte den Kopf schief. »Hat dies mit Mr. Lockes gleichermaßen unerwartetem und großartigem Eintritt zu tun?«

Gleichwohl er das Gefühl hatte, Mrs. Lloyd-Jones wenigstens ein Mindestmaß an Aufrichtigkeit zu schulden, hatte er nicht vor, mehr als das absolut Notwendige preiszugeben. Noch war er nicht bereit, öffentlich zu erklären, dass Ethan und er Halbbrüder waren, weshalb er Lydias Fragen ausgewichen war. Ganz bestimmt würde er die Tiefe seines Hasses auf Ethan oder ihre anhaltende Rivalität nicht preisgeben. »Ist es wichtig, warum?«

Sie beugte sich vor und musterte ihn eingehend. »Du bist sehr geheimnisvoll. Das ist überaus verdächtig. Es wird jetzt, da du wieder unter die Menschen gehst, nicht hilfreich sein.«

»Ich bin nicht darauf aus, irgendjemanden zu beein-
drucken.«

»Weshalb du am Rande der Gesellschaft herumgeisterst.«
In ihrem Tonfall schwang der Anflug einer Rüge mit. »Du
musst das Spiel spielen, wenn du dir Eintritt verschaffen
willst, Lockwood.«

Sie hatte recht, aber er brauchte – oder wollte – seine
Strategien nicht mit ihr besprechen. Im Augenblick war ihm
lediglich an einem Zugang zu den gleichen Stätten gelegen,
die Ethan frequentierte, und Mrs. Lloyd-Jones war sein
Schlüssel. Respektvoll neigte er den Kopf. »Du hast einen
Ball bei Lady Whitmores morgen Abend erwähnt. Besteht
eine Chance, dass du mir eine Einladung sichern könntest?«

Überraschung blitzte in ihren Augen auf, doch sie erholte
sich rasch. »Ich wollte sagen, dass es schwierig werden
könnte, aber ich frage mich, ob es nicht tatsächlich ganz
einfach sein wird. Die Leute haben sich über deine
Erscheinen neulich bei Lady Aldridge das Maul zerrissen
und nachdem du hierher gekommen bist, werden sie
schlichtweg vor Spannung platzen. Die eine Hälfte wird über
dein Wiederauftauchen schockiert sein, und die andere
Hälfte wird um deine Gesellschaft kämpfen.«

Er wünschte, Lord Whitmore wäre eines der vielen
Mitglieder der feinen Gesellschaft, die Lockwood House
aufsuchten, aber dummerweise war er das nicht. So oder so
war Jason nicht sicher, ob ihm dies zum Vor- oder Nachteil
diente. Die Männer, die seine Feste besuchten, wären wahrscheinlich bestrebt, ihn so weit von ihren Häusern fernzuhalten, wie möglich. »Welcher Hälfte ist Lady Whitmore
zuzuordnen?«

»Ich bin nicht sicher, aber ich denke, es könnte Letztere
sein«, antwortete sie. »Sie versucht, ihr Ansehen zu verbessern, da sie eine Tochter hat, die im Frühling in die Gesellschaft eingeführt werden soll.«

»Dann wird sie mich wahrscheinlich gar nicht in der Nähe ihres Balls sehen wollen.«

»Überlass es mir, mich darum zu kümmern. Ich werde Nachricht schicken, sobald ich eine Antwort erhalte.« Sie lehnte sich in das Sofa zurück. »Was kann ich noch für dich tun? Darf ich darauf zu hoffen wagen, dass du dich endlich mit einer Ehefrau niederlassen willst? Deine Mutter wäre hocherfreut.«

Ein Bild von Lydia nahm in seiner Fantasie Gestalt an – ihr perfekter porzellanener Teint, das hellblonde Haar und die sanft gerundete Figur. Sie war verlockend, soviel stand fest. Es war etwas an ihren Augen. Sie waren dunkel, wohingegen der Rest von ihr hell war. Diese Augen waren komplex, während der Rest von ihr klar erschien. Trotz allem hegte er noch immer keinen Wunsch zu heiraten. Das war die Katastrophe seines Vaters gewesen, und es würde nicht die seine werden. »Ich bin nicht für eine Ehefrau zu haben.«

»Du wirst mich wissen lassen, wenn du deine Meinung änderst?«, fragte sie hoffnungsvoll.

Lächelnd erhob er sich. »Das werde ich, gleichwohl du nicht enttäuscht sein solltest, wenn ich das nicht tue. Danke, Mrs. Lloyd-Jones. Dich wiederzusehen hat mir zu der Erkenntnis verholfen, dass ich mich vielleicht nicht so lange hätte abkanzeln sollen. Ich hoffe, in der Lage zu sein, morgen Abend an Lady Whitmores Ball teilzunehmen.«

Er ergriff ihre Hand und drückte ihr einen Kuss auf die Fingerknöchel. »Wirst du mir einen Tanz gewähren?«

Sie lächelte zu ihm auf und ihre Augen funkelten dabei. »Ich bestehe darauf.«

KAPITEL 4

*B*ei ihrer Ankunft auf Lady Whitmores Ball sah sich Lydia sofort suchend in dem riesigen Ballsaal nach ihrer engsten Freundin, Audrey Cheswick um. Audrey war sehr groß – größer als einige Männer – mit braunen Korkenzieherlocken, die ihr Bestes gaben, sich jeder Haarfrisur zu widersetzen. Allein durch diese Merkmale würde sie leicht auszumachen sein, doch es war ihr Status als Mauerblümchen, das sicherstellte, sie in jedem erdenklichen Augenblick ausmachen zu können – vorausgesetzt, es machte einem nichts aus, in den dunkelsten Ecken des Veranstaltungsortes herumzuschleichen.

Dort. Teilweise von einer Säule in der Nähe der hinteren Ecke verborgen. Lydia machte sich auf den Weg zu ihrer Freundin. Von Tante Margarets Anwesenheit befreit – gleichwohl mit der Erwartung belastet, sowohl alles über Mr. Locke als auch Lord Lockwood herauszufinden – sehnte Lydia sich nach ein paar Augenblicken Verschnaufpause mit ihrer Freundin.

Sie brauchte mehrere Minuten, ehe sie bei ihrer Freundin ankam, da sie ständig von den Leuten angehalten wurde, die mehr über ihre Begegnung mit Lord Lockwood erfahren wollten. Wie es schien, war er das einzige Gesprächsthema bei der Veranstaltung und im Ballsaal gab es wenig anderes zu hören.

Endlich war sie bei Audrey angekommen. »Würde es dich quälen, zumindest teilweise im Licht zu stehen?«, fragte sie ohne Böswilligkeit und ein aufrichtiges Lächeln umspielte ihre Lippen. Audrey war die einzige Person, mit der sie vollkommen ungezwungen sein konnte – und das galt auch nur, wenn sie allein waren.

»Nein, aber welchen Sinn hätte das?«, fragte Audrey und bezog sich damit auf ihren fehlenden Erfolg in der Gesellschaft. Es mangelte ihr an einer gewissen Grazie, die man von jungen Damen erwartete, und sie neigte zu Nervosität, wenn sie »wichtigen Leuten« vorgestellt wurde. Ihre Eltern verzweifelten allmählich, ob sie je einen Partner finden würde und versuchten fortwährend, ihren Schliff zu verbessern. »Und du schleppst mich reichlich herum.«

Das tat Lydia, was sie allerdings nicht bedauerte. »Es tut dir gut. Wie um alles in der Welt willst du dir den Herzog deiner Träume schnappen, wenn du dich im Schatten herumdrückst?«

»Ich drücke mich nicht herum. Ich residiere. Niemanden außer dir kümmert es, wo ich bin.« Sie zuckte mit den Schultern und dann drehte sie sich mit vor Aufregung schimmernden Augen zu Lydia. »Stimmt es, dass du Lockwood *zweimal* getroffen hast?«

Lydia nickte.

»Wie außerordentlich«, hauchte Audrey. »Ich fürchte, ich würde glatt in Ohnmacht fallen, wenn ich ihn träfe.«

»Oh, hör auf. Du bist aus härterem Holz geschnitzt als das. Sogar Miss Vining ist nicht in Ohnmacht gefallen, wenngleich sie ihre Teetasse hat fallen lassen.«

Audrey kicherte leise. »Die arme Miss Vining. Die Anwesenheit seiner Lordschaft muss sie vollkommen überfordert haben.« Ihre Augen waren voller Mitgefühl, als sie hinzufügte: »Ich hoffe nur, dass sie nicht zu nachteilig beeinträchtigt worden ist.«

Lydia hielt große Stücke auf ihre Freundin für deren beachtliche Fähigkeit zu Mitgefühl. Es war einer der Gründe, weshalb sie sich zu ihr hingezogen fühlte. »Ich bin sicher, dass sie wohlauf war.«

Ein Tumult auf der anderen Seite des Ballsaals erregte ihre Aufmerksamkeit.

»Ich denke, jemand ›Wichtiges‹ ist gerade eingetroffen«, bemerkte Audrey. »Da ist ein Raunen.« Sie zeigte mit dem Kopf in Richtung Tür, an der die Neuankömmlinge vom Majordomus angekündigt wurden.

Mit seiner tiefen Stimme intonierte er: »Mr. Ethan Locke.«

Alle drehten die Köpfe, doch Lydia konnte nichts sehen. Vielleicht war Audrey mit ihrem Größenvorteil in der Lage, etwas zu erkennen. »Was siehst du?«

»Nichts. Alle scharen sich um den Eingang. Armer Kerl. Lockwoods unehelicher Bruder oder nicht. Niemand hat diese Sorte von schlechtem Ruf verdient.« Es war diese Art von Bemerkung, bei der Lydia sich fragte, ob Audrey sich überhaupt an ihrem Status als Mauerblümchen störte.

»Ich sollte gehen, vermute ich mal.« Lydia verbarg das Zaudern in ihrer Stimme nicht. Der Teil von ihr, der gierig auf den Klatsch aus war, wollte sehr gern an dem Spektakel teilhaben, das sich auf der anderen Seite des Ballsaals abspielte. Der Teil von ihr, der einfach nur eine junge Frau mit ihrer Freundin sein wollte, wäre lieber in dieser Ecke geblieben. Das zu tun, würde ihr später allerdings nur Kopfschmerzen einbringen. Sie drehte sich zu Audrey. »Komm, Liebes, es ist Zeit, uns in die Menge zu stürzen.« Sie hakte sich bei Audrey unter und zog ihre Freundin vorwärts, ehe diese auch nur protestieren konnte.

Audrey seufzte und fiel neben ihr in Schritt. Sie wusste es besser, als Einwände zu erheben und letztendlich wollte sie, ebenso wie Lydia, einen Ehemann finden. Ihre Beweggründe waren jedoch sehr unterschiedlich. Audrey glaubte an die Liebe und Märchen und ein glückliches Ende, während Lydia ein geschätztes und anerkanntes Mitglied der Gesellschaft sein wollte. Sobald sie ihre »Tante Margaret Aufgabe« für heute Abend beendet hätte, konnte sie ihr Augenmerk wieder darauf richten, Godwin zu einem weiteren Tanz zu verlocken.

Es kostete Audrey und sie mehrere Minuten, sich durch die Menge zu kämpfen. Als sie endlich in der Nähe der Tür ankamen, war Mr. Locke von einer Gruppe Frauen umringt – es waren mehrere Debütantinnen und deren gierigen Mütter. Lydia konnte sich nicht vorstellen, dass sie von irgendetwas anderem als Neugier angetrieben wurden, Mr. Lockes Gesellschaft zu suchen. Gleichwohl es stimmte, dass der uneheliche Sohn eines Adligen erfolgreich sein konnte – Lydia konnte mit Leichtigkeit einige Namen nennen –, waren Mr. Lockes Manieren und Empfindungsvermögen bislang unbekannt.

Seine Erscheinung täuschte Wohlstand vor. Sein schwarzer, überfeiner Frack war nach der letzten Mode geschneidert und eine Diamantnadel funkelte in den schneeweißen Falten seiner untadelig geschlungenen Krawatte. Gleichwohl er den Kopf abgewandt hatte, konnte sie erkennen, dass sein dunkles Haar kunstvoll frisiert war.

Er drehte sich zu ihnen um. Seine Ähnlichkeit mit Lord Lockwood war frappierend. Nun war sie sich sicher, dass die beiden Halbbrüder waren und alle anderen wären das ebenfalls, sobald sie Lord Lockwood wiedersähen. War es das kantige Kinn? Es war ähnlich, aber nicht ganz. Die Nase? Nein, Mr. Lockes Nase war kantiger. *Es waren die Augen.*

»Dort ist sie«, stellte Lady Dunthorpe aus dem um Locke gebildeten Kreis forsch fest. Alle lenkten ihre Aufmerksamkeit auf Lydia, einschließlich ihres Opfers.

Locke bewegte sich durch den Kreis auf sie zu. Sein Blick war absichtsvoll und seine Lippen waren zu einem Lächeln geformt, mit dem er das härteste aller Herzen erweichen konnte, dessen war sie sicher. »Sie sind Lady Lydia?«

Hatte er nach ihr Ausschau gehalten? Lag es daran, dass sie Lockwood gestern begegnet war? Was auch immer der Grund war, konnte sie ihr Glück kaum fassen – endlich. »Ja.«

»Sollen wir eine Runde drehen?«, fragte er mit einem betörenden Lächeln.

Lydia sah zur Tanzfläche. Das Stück war beinahe zur Hälfte um. »Das nächste Stück?«

Er bot ihr seinen Arm an. »Nein, ich meinte einen Rundgang durch den Ballsaal.«

Kein Tanz? Lydia verspürte vor Enttäuschung einen Stich. Hoffentlich würden sie später tanzen. Im Augenblick musste sie zufrieden sein, dass sie Lockes Aufmerksamkeit überhaupt auf sich gezogen hatte.

Sie warf Audrey einen entschuldigenden Blick zu. Audreys Lippen formten sich zu einem kleinen, wissenden Lächeln. Sie neigte den Kopf, als ob sie sagen wollte »Geh schon«, und dann zog sie sich in den Hintergrund zurück.

Lydia fasste Mr. Lockes Arm, und er führte sie von dem glucksenden Kreis der Frauen fort. »Sie wissen, dass es ein bisschen unschicklich ist, weil wir einander nicht formell vorgestellt worden sind.«

Leise stieß er die Luft aus. »Richtig. Das hätte ich erkennen müssen. Wollen Sie anhalten?« Sein Gang wurde verhaltener.

»Überhaupt nicht.« Ihr würde solch eine Übertretung verziehen werden, weil die Leute sich zu sehr vor Lady Margarets Zorn fürchteten, um ihre Nichte zu verspotten. Gar nicht zu reden davon, dass alle begierig waren, das Geheimnis seines plötzlichen Auftauchens zu lüften, und sie würden ihre Hoffnungen auf Lydias Erfolg setzen.

»Sie haben nach mir Ausschau gehalten?«, fragte Lydia, die neugierig war, den Grund zu erfahren.

»Ich habe erfahren, dass Sie gestern mit Lockwood Tee getrunken haben.«

Ihr Puls wurde schneller. War sie im Begriff, die erste Person zu sein, die von ihm das Eingeständnis zu hören bekäme, dass sie Brüder waren? »Ja.«

Locke nickte den Leuten zu, als sie vorbeigingen. Lydia machte sich nicht die Mühe, sie wahrzunehmen; sie war zu sehr auf Locke konzentriert.

»Wie war er?«, fragte er endlich.

Überwältigend. Und nicht auf negative Weise. »Er war sehr zuvorkommend – und aufrichtig.« Was wollte Locke wissen? Er erwies sich als ebenso wortkarg wie sein Bruder. Was keine Überraschung war. Die beiden Männer umkreisten einander wie die Hähne auf dem Landgut in Northumberland.

Er drehte sich und führte sie an der Rückseite des Raumes entlang, an der die Türen wegen der erfrischend kühlen Nachtluft offen standen. »Und worüber haben Sie sich unterhalten?«

»Mr. Locke, werden Sie mir sagen, warum Sie so an Lord Lockwood interessiert sind?«

Er warf ihr einen unergründlichen Blick zu und seine Lippen formten sich zu einem nachsichtigen Lächeln. »Tun Sie nicht so, als wären Sie über den Klatsch nicht im Bilde. Hat er nicht durch Ihre Tante angefangen?«

Sie wich nicht vor seinem Blick zurück. »Bestätigen Sie es also?«

»Wenn Ihre Tante diese Information verbreitet hat und man kann nur vermuten, dass Sie mit Ihrer Tante auf vertrautem Fuße stehen, sollten Sie die Antwort dann nicht bereits kennen?«

Was für ein frustrierendes Paar Männer! Keiner der beiden wollte richtig damit herausrücken und es *sagen.* Aber Locke hatte recht – sie kannte die Wahrheit bereits. Sie versuchte ihr Glück aufs Neue. »Warum sind Sie ausgerechnet jetzt in die Stadt gekommen?«

»Wenn Sie mir verraten, was Sie gestern mit Lockwood besprochen haben, werde ich Ihnen nach Ihrem Belieben erzählen, was Sie wissen wollen.«

Nach Belieben? Tante Margaret wäre aus dem Häuschen. Lydia dagegen erlitt einen Anfall von Unbehagen. Sie hatte so gehofft, ihren Ruf dauerhaft zu verbessern, und hier sah sie sich der Aufforderung ausgesetzt, über Lockwood zu klatschen. »Er hat kurz über seine Mutter gesprochen – dass sie wohlauf ist und sie vielleicht nach London zurückkehrt.«

»Tatsächlich?« In seiner Stimme war ein Anflug von Überraschung zu hören. »Ich freue mich für ihn, wenn das stimmt.«

Er freute sich für Lockwood? Während Lockwood seine Rache gegen ihn ausüben wollte. Die Beziehung zwischen diesen beiden Männern war mehr als interessant. Lydia brannte darauf, weiteres darüber zu erfahren und nicht etwa, um preiszugeben, was ihr dabei zur Kenntnis kam. »Er sagte auch, dass Sie ihm die Narbe in seinem Gesicht beigebracht haben.«

Locke reagierte nicht. Er warf ihr bloß einen amüsierten Seitenblick zu und fragte: »Ach ja?«

Lydia unterdrückte ihren Drang, ihn verärgert anzustarren. »Haben Sie es getan? Und bevor Sie noch einmal versuchen, sich davor zu drücken, mir zu antworten, Sie haben mir versprochen, mir nach meinem Belieben alles zu erzählen, was ich wissen will.«

»Ich sagte *nach Belieben*. Nicht *alles*. Ich kann sagen, nicht gewusst zu haben, dass ich sein Gesicht mit einer Narbe gezeichnet habe.« Er warf ihr einen spöttischen Blick zu. »Wir haben nicht darüber gesprochen. Wir stehen uns nicht gerade nahe.«

Angesichts des Rachedurstes, der in Lockwoods Augen gebrannt hatte, war Lydia sicher, dass er seinen Halbbruder beschuldigte. Aber vielleicht hatten mildernde Umstände eine Rolle gespielt. Locke brüstete sich nicht damit, ihm Schaden zugefügt zu haben, aber er rechtfertigte sich auch nicht. »Wie glauben *Sie*, ist er verletzt worden?«

»Er ist durch ein Fenster gefallen.«

Sie empfand ein Gefühl von Loyalität mit Lockwood, was wahrscheinlich auf Lockes hochmütiges Gebaren zurückzuführen war. Ihr kam ein Gedanke, der vielleicht die Differenz zwischen den beiden erklärte. »Haben Sie ihn gestoßen?«

Er zuckte leicht mit der Schulter. »Vielleicht.«

Wieder war da nicht einmal die geringste Reue aber auch kein Hinweis auf Triumph. Was war zwischen diesen Männern passiert? »Warum?«

Er blieb einen Augenblick still, als er mit ihr kehrtmachte und in die Richtung zurückschlenderte, aus der sie gekommen waren. »Es ist eine sehr lange Geschichte, fürchte ich. Und eine ermüdende dazu. Wahrscheinlich ist sie für eine Unterhaltung im Ballsaal nicht sehr angemessen.«

Wahrscheinlich, doch das kümmerte sie nicht. Auf unerklärliche Weise war sie von Lockwood fasziniert. Vielleicht könnte sie Locke ködern, ihr die Geschichte zu erzählen. Lydia gab vor, zu schmollen. »Es ist sehr unsportlich von Ihnen, mir nur die halbe Geschichte zu erzählen.«

Er lachte. Und ja, um seine Augen bildeten sich attraktive Fältchen. »Solch ein gerissenes Luder sind Sie! Wir hatten eine Meinungsverschiedenheit. Belassen wir es dabei.«

In gespielter Verärgerung verdrehte sie die Augen. »Eine Meinungsverschiedenheit? Das ist die Natur von tätlichen Auseinandersetzungen. Na schön, wenn Sie dies nicht weiter ausführen möchten, dann verraten Sie mir zumindest, warum Sie jetzt in die Stadt gekommen sind, und wo sie vorher waren.«

»Ich bin ... herumgekommen. Und ich bin in die Stadt gekommen, weil meine liebe Freundin, Lady Aldridge, ihren Ehemann verloren hat.«

Wenn Lady Aldridge seine liebe Freundin war, warum hatte er sie dann nicht schon früher besucht? Was hatte »herumgekommen« zu bedeuten? Sie verkniff sich die Fragen, zugunsten der Wahrung des angemessenen Respekts wegen Lord Aldridge. »Ein Jammer, was mit seiner Lordschaft passiert ist. Erschreckend ist es auch. Zu glauben, dass ein Earl in derartige kriminelle Machenschaften verwickelt sein könnte, und dann ermordet wird.« Sie erschauderte.

»In der Tat«, entgegnete er. »Lady Aldridge ist noch immer sehr mitgenommen. Ich glaube, ich habe sie letztendlich überzeugt, sich aufs Land zurückzuziehen. Sie hat gezaudert, das Haus zu verlassen, in dem der Earl und sie so viel ihrer Zeit verbracht hatten.«

Lydia runzelte die Stirn. »Ich habe sie neulich aufgesucht. Ihr Butler sagte, sie sei krank.«

»Das ist sie, weshalb ich hoffe, dass sie aufs Land umsiedeln wird.«

Lydia war gerade im Begriff zu fragen, wie er Lady Aldridge überhaupt kannte, als ihnen ein älterer, breitschultriger Gentleman mit dunkelgrauem Haar in den Weg trat.

»Locke. Lady Lydia.« Der Marquise von Wolverton bedachte sie mit einer leichten Verbeugung.

Lydias Magen spannte sich an. Wolverton sprach nie mit ihr. Er war ein Unberührbarer – einer der wenigen Mitglieder der Gesellschaft, die Tante Margaret als tabu für Klatsch erklärt hatte. Lydia und ihre Tante bewahrten einen klaren Abstand zu ihm, was sogar so weit ging, dass sie etwaiges Gemunkel über ihn im Keim erstickten.

Sein Auftauchen in ihrem Weg bescherte Lydia mehr als nur ein bisschen Beklemmung. »Mylord«, antwortete sie mit einem Knicks.

Wolverton schenkte ihr ein gönnerhaftes Lächeln. »Es ist furchtbar ungehobelt von mir, aber würde es Ihnen etwas ausmachen, wenn ich Ihnen Locke entführe? Ich habe eine Angelegenheit mit ihm zu besprechen.«

Wolverton und Locke hatten Angelegenheiten zu besprechen? Dies war ein wunderbarer Leckerbissen und einer, den sie ihrer Tante dankbarerweise widergeben konnte, da Wolverton ihn inmitten des Ballsaals ausgesprochen hatte.

Lydia setzte ihr strahlendes Debütantinnenlächeln auf und zog ihre Hand von Lockes Arm zurück. Sie tarnte ihre Enttäuschung und sprach mit einer Stimme, die ebenso liebenswürdig wie ihr Gesicht schien. »Es ist ganz und gar nicht ungehobelt, Mylord. Mr. Locke und ich haben einen wundervollen Rundgang genossen.«

Locke nickte ihr zu und warf ihr ein kleines schelmisches Grinsen zu. »Das haben wir. Und ich freue mich auf das nächste Mal.«

»Wie auch ich.« Sie lenkte ihr Lächeln auf Locke. »Bald.«

Die beiden Männer wandten sich von ihr ab und schlenderten durch den Ballsaal davon. Lydia drehte sich und gab sich große Mühe, ihre innere Unruhe niederzukämpfen. Es war eine ertragreiche Promenade gewesen, bei der sie erfahren hatte, dass er mit seinem Bruder gestritten und ihn wahrscheinlich durch ein Fenster gestoßen hatte, was die Ursache für die Narbe in dessen Gesicht war. Dies war zwei-

fellos eine neue Information, da Lydia bislang noch nichts
davon gehört hatte. Damit würde sie ihre Tante Margaret
erfreuen, die von Lydia verlangt hatte, Lockwoods Aussage,
ihm sei die Narbe von seinem Bruder beigebracht worden,
auf den Grund zu gehen. Sie sah sich suchend im Ballsaal
nach ihrer Tante um, die jedoch aufgrund ihres kleinen
Wuchses nur schwer zu finden war. Als ihre Suche erfolglos
blieb, blickte sie sich stattdessen nach Audrey um. Wie
erwartet stand ihre Freundin an der Wand in der Nähe der
Stelle, an der Lydia sie verlassen hatte.

Auf halbem Wege zu Audrey wurde Lydia von Lady
Trevett angehalten. »Lady Lydia, ich habe Sie mit Mr. Locke
flanieren sehen.«

Lydia antwortete mit einem duldsamen Lächeln. »Ja, wir
haben uns über Lord Lockwoods gestrigen Besuch bei Mrs.
Lloyd Jones unterhalten.«

Lady Trevett machte große Augen. »Tatsächlich? Hat er
zugegeben, dass sie Brüder sind?«

»Warum sollte er? Weil wir über Lockwoods schockie-
rendes Wiederauftauchen gesprochen haben? *Alle* reden
darüber«, entgegnete Lydia mit einer Spur Ungeduld. Es war
schrecklich schwer, sein Ansehen als Klatschtante loszuwerden, wenn die Leute sie immer wieder auf Klatsch anspra-
chen. »Bitte entschuldigen Sie mich. Ich sehe Miss Cheswick
und möchte mit ihr sprechen.« Lydia schenkte ihr ein
entschuldigendes, gemessenes Lächeln und entfernte sich.

Audrey stand allerdings nicht mehr an der Wand. Glücklicherweise fand sie ihre Freundin nach einem Augenblick
der Suche in einer Nische. Sie hatte sich von Lydia abgewandt und unterhielt sich mit einem Gentleman. Ein sehr
großer, kräftig gebauter Gentleman … Lydias Schritte
wurden langsamer, als sie sich ihnen näherte. In die Nische
geschmiegt, waren sie für alle anderen praktisch unsichtbar,
aber Lydia hatte nach ihrer Freundin Ausschau gehalten.

Lydia blieb hinter den beiden stehen. Ihr Blick fiel auf die Narbe, die Lockwoods Attraktivität entstellte – und er war in seiner Abendkleidung weiß Gott attraktiv. Noch nie hatte sie einen Mann gesehen, der einen Anzug besser ausfüllte.

Er spähte um Audrey herum. »Lady Lydia.«

Audrey trat zurück und ließ Lydia in ihren kleinen Zirkel. »Schau, wen ich gerade kennengelernt habe, Lydia. Es ist dein Lord Lockwood.«

»Er ist nicht meiner«, entgegnete Lydia rasch und ein unerklärlicher Schauder überlief ihre Gestalt. Sie konzentrierte sich auf Lockwood. »Haben Sie sich unangemeldet hereingeschlichen? Ich habe Ihren Namen nicht gehört und mit Sicherheit wären Sie inzwischen umringt.« Sie warf einen Blick über ihre Schulter zurück. Alle schienen für seine Anwesenheit blind zu sein.

»Mir wurde gestattet, durch eine Seitentür einzutreten. Miss Cheswick war die erste Person, auf die ich gestoßen bin und sie schien … zugänglich.« Er warf ihr ein verschwörerisches Lächeln zu und Lydia staunte über Audreys Souveränität.

»Siehst du«, sagte Lydia mit einem Zwinkern zu Audrey. »Ich habe dir doch gesagt, dass du nicht in Ohnmacht fällst, wenn du ihn kennenlernst.«

Audreys Wangen färbten sich rosig und sie schenkte Lockwood ein entschuldigendes Lächeln. »Bitte fassen Sie das nicht als Beleidigung auf. Ich fühle mich von vielen Menschen eingeschüchtert.«

Glücklicherweise wirkte er nicht im Mindesten beleidigt. »Aber nicht von mir, hoffe ich.«

»Merkwürdigerweise nein«, entgegnete sie mit einem unmerklichen Kopfschütteln.

»Ich bin erfreut, Miss Cheswick.« Er lenkte seinen Blick zu Lydia. Sie betrachtete seine Augen – welche die gleiche Form wie Lockes besaßen, aber das Grau war in Wirklichkeit ein bisschen anders. Lockwoods waren dunkler und stürmischer. Stürmischer? Wann waren ihre Gedanken so fantasievoll geworden? Als sie Lord Lockwood kennengelernt hatte.

»Lady Lydia, darf ich Sie um einen Tanz bitten?« Er sah zu Audrey. »Ich bitte um Verzeihung, Miss Cheswick. Da wir einander nicht formell vorgestellt wurden, kann ich Sie nicht auffordern.«

Das war ein Punkt in gesellschaftlicher Etikette für den älteren Lockwood Bruder.

Das Stück war zu Ende. Wenn Lydia recht behielt, wäre der nächste Tanz ein Walzer. Wusste er, wie es ging? Allem Anschein nach war er seit Ewigkeiten nicht mehr auf einem Ball gewesen. »Es ist ein Walzer«, bemerkte Lydia.

»Tatsächlich?« Er klang ungezwungen. »Ausgezeichnet.« Seine grauen Augen sahen mit einer Intensität in die ihren, die sie bis ins Mark traf. Worauf war er heute Abend aus? Lydia fasste seinen Arm und sie verließen die Nische. Mit jedem Schritt in Richtung Tanzfläche war sich Lydia der Aufmerksamkeit bewusst, die sich auf sie beide richtete. Als sie ihre Plätze einnahmen und die Musik einsetzte, war es im Ballsaal beinahe totenstill mit Ausnahme der Walzermelodie. Als er mit ihr zu tanzen anfing, verharrten die anderen Paare still. Einige Augenblicke lang bewegten sie sich im Mittelpunkt des Ballsaals. Er, mit einer Hand in ihrem Rücken und sie, mit ihrer Hand auf seiner Schulter und ihre Finger miteinander verschlungen. Es schien, als wären sie das Einzige, das sich auf der Welt bewegte. Die Zeit stand still. Alle um sie herum waren zu einem seltsamen Standbild erstarrt.

Doch am meisten nahm Lydia ihn wahr. Seine breiten Schultern, seine Wärme, diese gezackte Narbe …

»Warum starren Sie sie so oft an?«, fragte er.

Kopfschüttelnd hob sie den Blick zu ihm. »Was?«

Seine Augen zeigten die gleiche Eindringlichkeit wie in

der Nische. »Meine Narbe. Sie starren sie immer an.« Seine Stimme wurde sanft. »Bereitet sie Ihnen Unbehagen?«

»Nein«, antwortete sie, ehe sie überhaupt ihre Beweggründe überdacht hatte. Warum starrte sie auf diese Narbe? Lydia fühlte sich nicht im Mindesten von deren Aussehen abgestoßen. »Sie stimmt mich traurig. Ich wünschte, Sie hätten sie nicht. Ich wünschte, ich könnte sie zum Verschwinden bringen und nicht, weil sie Ihr Gesicht entstellt, sondern weil es eine Erinnerung an etwas ist, das Sie lieber vergessen würden, da bin ich mir sicher.«

Sie hörte, wie sein Atem stockte. Ihr Herz schlug doppelt so schnell. Sie wusste, wie es war, vergessen zu wollen, und die Erinnerungen aus dem Gedächtnis zu bannen und vielleicht eine Geschichte zu erfinden, die einen zum Lachen anstatt zum Weinen brachte. Seine Augen bohrten sich in ihre und sie glaubte, dass er verstand.

Der Moment zerplatzte, als die anderen Paare zu tanzen anfingen und die Unterhaltungen wieder aufgenommen wurden.

Bereit, ihn über seinen Halbbruder auszufragen, sah sie zu ihm auf, doch die Fragen erstarben ihr auf den Lippen. Er schaute sie noch immer auf diese eindringliche ... *leidenschaftliche* Art an. Was immer sie für einen Augenblick verbunden hatte, war vielleicht nicht zerbrochen. Möglicherweise war dies mehr als ein Augenblick.

Lydia verschlang ihren Blick mit seinem, als der Walzer andauerte. Zum allerersten Mal genoss sie einfach den Tanz. Sie wollte über ihren Zweifel an seinen Fähigkeiten lachen – er tanzte exzellent. Er bewegte sich geschmeidig und für solch einen großen Mann mühelos, doch seine Figur war auch sehr athletisch. Was tat er, um solch ein Ergebnis zu erreichen? Plötzlich wurden die Fragen weitaus persönlicher, die sich in ihren Verstand brannten. Was tat er, um sich zu zerstreuen? Wo hatte er so gut tanzen gelernt? Was machte ihn glücklich?

Doch sie sagte nichts. Sie hatte viel zu viel Angst, dieses glückselige Intermezzo zu unterbrechen, bei dem sie einfach eine junge Dame war, die einen Walzer mit einem attraktiven Mann genoss.

Leider erstarb die Musik allmählich. Lydias Herzschlag beschleunigte sich vor Beklemmung. Sie wollte nicht, dass es zu Ende wäre und wünschte, die Zeit würde wieder stillstehen, damit sie für immer tanzen könnten. Tränen ließen ihren Blick verschwimmen. Sie weinte niemals. Warum also jetzt?

Die Musik war zu Ende und sie zwinkerte rasch, um nicht zusammenzubrechen. *Liebe Güte, reiß dich zusammen, Lydia!*

Die Wirklichkeit eroberte ihren Platz zurück, als sie die Tanzfläche verließen. Unumwunden starrten die Leute sie an und die Geräusche im Ballsaal kamen langsam, aber endgültig zum Erliegen. Sogar die Musiker blieben still.

Und dann wusste Lydia, warum. Als sie die Tanzfläche verließen, trat aus der Menschenmenge die einzige Person hervor, die solch ein Aufsehen erregen konnte.

Sie blickte zu Lockwood auf, und drückte seinen Arm mit dem ihren, als ob sie ihm Kraft spenden könnte. Später würde sie über diese plötzliche und überraschende Loyalität zu ihm nachdenken, doch im Augenblick hoffte sie nur, dass es ihm gut ging.

Seine Augen waren düster und auf die Gestalt fixiert, die unmittelbar vor ihnen stand.

Lockes Lippen dehnten sich zu einem verschmitzten Lächeln. »Guten Abend, Bruder.«

KAPITEL 5

ies war also Ethans geplante Vorgehensweise? Jason wusste, dass sie ihre Familienbande einräumen mussten – sie waren sich zu ähnlich, um es zu verbergen. Doch hier, inmitten des ersten Balls, an dem Jason seit Ewigkeiten teilnahm? Die Dreistigkeit überraschte ihn. Ethan würde wählen, was immer ihm passte, und sich um keinen anderen scheren.

Nein, was ihn überraschte, war Ethans Auftauchen in einem verdammten Ballsaal. Zwanghaft lockerte er seine Muskeln und formte seinen Mund zu etwas wie einem Lächeln. »Locke, nicht wahr?«

Ethan erwiderte spöttisch das Lächeln und dann verneigte er sich. Jason unterdrückte den Drang, ihn in den Boden zu stampfen.

Lydia erhob sich auf Zehenspitzen und flüsterte in Jasons Ohr. »Wir sollten uns von der Tanzfläche entfernen.«

Die gesamte Gesellschaft beobachtete sie und fragte sich, ob er direkt vor ihren Augen einen Nervenzusammenbruch erleiden würde. Er hielt seine Züge unter der heiteren Maske im Zaum. »Ja, das sollten wir.«

»Lockwood, vielleicht würdest du eine Erfrischung mit mir einnehmen?«, fragte Ethan.

Jason würde lieber mit dem Teufel dinieren, doch da er hergekommen war, um sich ein Bild über Ethans Motive zu machen, willigte er ein. »Es wird mir ein Vergnügen sein.« Hatte jemand bemerkt, dass die letzten Worte irgendwie gepresst geklungen hatten?

Lady Lydia führte ihn auf eine Tür zu. »Die Erfrischungen sind hier hindurch.«

Die Leute um sie herum starrten sie noch immer an, doch die Musik hatte wieder eingesetzt.

Er sah auf Lydias blondes Haar hinab. Was tat sie da? Sie sollte kein Teil hiervon sein. »Sie sollten gehen«, raunte er leise.

Ihr Blick zur Antwort war voller Sorge. »Ich werde Sie nicht mit ihm allein lassen.«

Sie hatte die Absicht, ihn zu beschützen? Warum? Aufgrund seiner Erfahrungen war er Menschen gegenüber in der Regel misstrauisch, insbesondere wenn sie zuvorkommend waren. Er konnte nicht im Entferntesten erahnen, warum diese junge Frau ihm zur Hilfe kommen wollte.

Sie traten in einen Raum mit Tischen voller Speisen und Getränken. Eine Handvoll Gäste der feinsten Gesellschaft war anwesend. Jeder Einzelne von ihnen drehte sich zu den Ankömmlingen um und gaffte sie an.

Ethan trat an Jasons Seite – seine linke Seite. Sein Blick schnellte zu der Narbe, die er verursacht hatte. »Ich nehme an, du möchtest etwas Stärkeres als Ratafia?«

»Ich werde trinken, was immer du nimmst«, gab Jason zurück, der hoffte, dass ein Diener mit einer großen Flasche Whiskey vorbeikommen würde.

Ethan neigte den Kopf und ein Diener brachte daraufhin Champagner. Es würde reichen.

Nachdem Ethan zuerst Lydia ein Glas gereicht hatte, bot

er nun Jason eines an. Ihre Blicke trafen sich und Jason schlang die Finger fest um den Stiel des Glases, als er es nahm. Ethans Augen waren wie seine, doch die Farbe war ein bisschen heller und damit mehr wie die ihres Vaters. In der Tat, Ethan hier in dieser Umgebung, in dieser Kleidung zu sehen ... er sah ihrem Vater so ähnlich, dass es unverkennbar war. Niemand würde ihre Verwandtschaft bezweifeln. Zumindest niemand mit einem guten Sehvermögen.

Jason rückte näher und sprach mit leiser Stimme. Dies war nicht der beste Ort, um diese Art von Unterhaltung zu führen, doch er konnte einfach nicht an sich halten. »Was tust du hier?«

Ethan blinzelte und gab sich alle Mühe, unschuldig dreinzublicken, doch Jason ließ sich nicht täuschen. »Ein Glas Champagner mit meinem Bruder trinken. Sicherlich ist nichts eigentümlich daran, um dies in Frage zu stellen.«

Ethan provozierte ihn wie immer. Jason gab sich große Mühe, sein Temperament im Zaum zu halten. Dieser Mann hatte das Monopol auf ihres Vaters Zeit und Zuneigung genossen und allein seine ureigene Existenz hatte zum Zusammenbruch von Jasons Mutter beigetragen. Er hatte Dinge gefordert, die ihm von Rechts wegen nicht zustanden, und er hatte den Verlust von Jasons wie auch immer unverbindlichen Stellung in der Gesellschaft herbeigeführt, die er im Anschluss an Mutters Konfination genossen hatte. Ethan hatte sein Leben ruiniert.

Jason lächelte milde und legte es darauf an, Ethan im Gegenzug zu reizen. »Und das ist der Unterschied zwischen dir und mir. Ich finde alles eigentümlich daran. Wir mögen vielleicht blutsverwandt sein, aber unsere Beziehung ist nicht brüderlich.«

Ethan runzelte leicht die Stirn. »Dies entwickelt sich nicht so, wie ich mir erhofft hatte. Wie enttäuschend.«

Das konnte er nicht ernst meinen. Vor sieben Jahren

hätten sie einander beinahe umgebracht und jetzt sollten sie einvernehmliche Brüder sein?

Jason nippte an seinem Champagner, während er überlegte, was er darauf antworten sollte, und fast hätte er sich daran verschluckt, als er den künstlich-süßen Tonfall von Margaret Rutherford vernahm, der sich durch den Raum stahl. »Lydia, meine Liebe, willst du mich nicht vorstellen?«

Jason schwang so rasch herum, dass er Lydia mit dem Ellbogen an der Schulter erwischte, und sie aus dem Gleichgewicht brachte. Mit ihrer freien Hand packte sie seinen Arm. Er griff sie um die Taille und hielt sie aufrecht. Aus ihrer beider Gläser schwappte Champagner und ein Großteil ergoss sich über Jasons Frack. Ihr Blick traf den seinen und die schmerzliche Überraschung in den Tiefen ihrer Augen hätte ihn beinahe abgelenkt.

Doch dann erklang die schneidende Stimme erneut. »Vergreifen Sie sich nicht an meiner Nichte!«

Ihrer *was*?

Er vergewisserte sich, dass Lydia fest auf ihren Füßen stand, und dann ließ er sie ebenso schnell los, wie er sie gepackt hatte. Anschließend trat er einen großen Schritt zurück. Er betrachtete Lydias plötzlich bekümmerte Miene. Wie konnte diese geistreiche und liebenswerte junge Dame mit solche einer Harpyie verwandt sein? Sein Blick schweifte zu der kleinen, rundlichen Frau, die er beinahe ebenso verabscheute wie diesen Bastard, der diese gesamte Szene mit dem unverhohlenen Interesse eines Wettenden beobachtete, der einen Kampf verfolgte.

Ein Diener eilte herbei, um Lady Lydias Glas zu nehmen, während sie über ihren Handschuh strich, der von dem Getränk durchweicht war. »Tante Margaret, er hat sich nicht an mir vergriffen, er hat mich vor einer Blamage bewahrt.«

Warum verteidigte sie ihn? Vielleicht hatte sie ihn letztendlich nicht aus purer Freundlichkeit hierher begleitet.

Was, wenn sie sich nur mit ihm abgab, um die Zerstörung seiner Familie durch seine Tante zu unterstützen? Ihr Interesse an ihm, ihre unverschämten Fragen, ihre dreiste Einladung zu einem Spaziergang im Garten und selbst ihre Unterstützung heute Abend … all dies führte ihn zu dem Glauben, dass sie eine Kopie ihrer Tante war. Oder vielleicht ihre Marionette. So oder so musste er in ihrer Gesellschaft auf der Hut sein.

Der gleiche Diener nahm Jasons Glas und entfernte sich aus dem Raum. Auf der Vorderseite von Jasons Frack prangte ein feuchter Fleck, der aussah wie ein verlaufener Tintenklecks.

Margaret nahm Jason mit einem rasiermesserscharfen Blick in Augenschein. Nachdem sie bei dem Fleck auf seinem Frack innegehalten hatte, wanderten ihre Augen höher und verweilten auf seiner Narbe. »Es ist lang her, Lockwood.« Sie warf Lydia einen schnellen Blick zu. »Ich warte immer noch darauf, Mr. Locke vorgestellt zu werden, Liebes.«

Lydia erschrak, als ob sie aus einer Starre erwacht wäre und stellte sich rasch zwischen ihre Tante und Ethan. »Gestatte mir, dir Mr. Locke vorzustellen. Mr. Locke, dies ist meine Großtante, Lady Margaret Rutherford.«

Margaret streckte ihre stummeligen Finger aus und Ethan beugte sich über ihre Hand. »Es ist mir ein Vergnügen, endlich Ihre Bekanntschaft zu machen, Mr. Locke«, flötete Lady Margaret.

Ethan richtete sich auf und ließ ihre Hand los. »Ich verstehe, dass wir es Ihnen zu verdanken haben, unsere Brüderschaft inmitten der Massen zu zelebrieren.«

Lady Margaret schoss Jason einen hochmütigen, stichelnden Blick zu.

Mehr konnte er nicht ertragen. Er war kaum imstande, die verschleierten Sticheleien auszuhalten, die er mit seinem Halbbruder austauschte, und er konnte Tante Margarets

Schadenfreude ganz bestimmt nicht ertragen. Sein Abendanzug fühlte sich straff, heiß und einengend an. Nach so
vielen Jahren, in denen er seine Reaktionen im Griff gehabt
hatte, spürte er, wie ihm die Kontrolle entglitt und das
konnte er hier nicht geschehen lassen. Nicht, wenn ganz
London ihn beobachtete – und darauf wartete. Gott sei Dank
konnte er seinen ruinierten Anzug für seinen übereilten
Abgang vorschieben. Er deutete auf seine durchnässte
Hemdbrust. »Bitte, entschuldigen Sie mich.«

Ethan schien etwas sagen zu wollen, doch er nickte bloß
mit dem Kopf. »Guten Tag, Lockwood. Ich vertraue darauf,
dass wir uns bald wiedersehen.«

Jason freute sich darauf, doch die Begegnung würde nicht
inmitten eines Balls stattfinden. »Zähle darauf.« Margaret
schenkte er keine solche Beachtung, ehe er ohne einen Blick
in ihre Richtung aus dem Zimmer marschierte.

Allerdings fiel sein Blick auf Lady Lydia, als er an ihr
vorbeiging. Sie hatte die Augen von ihm abgewandt. *Gut.*
Was auch immer er sich zu dem zwischen ihnen Erlebten auf
der Tanzfläche gedacht hatte, verbrannte wie ein Strohfeuer.
Dass er die Gesellschaft von Margarets verdammter Sipp-
schaft genossen hatte, drehte ihm den Magen um.

Als er seine Aufmerksamkeit endlich auf seinen Weg
lenkte, bemerkte er schließlich die Menschenansammlung,
die sich am Eingang des Buffetraums eingefunden hatte. Er
schenkte ihnen allen ein aufgesetztes Lächeln, während er
sich einen Weg durch die Menge bahnte. Sie beeilten sich,
ihm auszuweichen. Manchmal war es hilfreich, die Leute
einzig mit einem kleinen Ruck seines entstellten Gesichts
einzuschüchtern.

Auf ähnliche Weise bahnte er sich seinen Weg durch den
Ballsaal. Die Musik spielte weiter, doch der Lärm von
Gelächter und Plauderei nahm bei seinem Eintritt ab. Er
nickte, als er an dem Majordomus vorüberging, und bei

Erreichen der kühleren Luft außerhalb des Ballsaals gab er einen schweren Seufzer von sich.

Der heutige Abend war nicht wie geplant verlaufen, wofür er sich allerdings selbst die Schuld gab. Nächstes Mal würde er die Begegnung mit Ethan in Szene setzen und sie würde so verlaufen, wie *er* es beabsichtigte. Er hatte die Wirkung unterschätzt, sich selbst zu zeigen und die Gesellschaft zur Meinungsbildung und deren Reaktionen einzuladen. Darüber hinaus hatte er sich nicht vorgestellt, der Erzfeindin seiner Mutter von Angesicht zu Angesicht gegenüberzustehen, was er hätte tun sollen. Doch andererseits hätte ihn nichts auf den Umstand vorbereiten können, dass die junge Frau, mit der er geflirtet und Walzer getanzt hatte, ihre Nichte war.

Er stieg die Treppe in die Eingangshalle hinab. Als er sich dem Fuß der Treppe näherte, zog er die Aufmerksamkeit eines Gentleman auf sich, der eine zierliche junge Frau begleitete. Sein Blick war auf Jasons Narbe geheftet. »Lord Lockwood?«

Sein entstelltes Gesicht war ebenso leicht erkennbar, als ob er eine Visitenkarte auf seiner Stirn kleben hätte. Jason sah ihn mit einem duldsamen und etwas gönnerhaften Blick an. »Ich fürchte, Sie sind mir einen Zug voraus.«

Der Mann hatte den Anstand, leicht zu erröten, und wandte rasch den Blick ab. »Ich bitte um Entschuldigung.« Dann lenkte er den Blick wieder zurück und traf offen auf Jasons. »Ich bin's, Carlyle.«

Der Name Carlyle löste etwas in seiner Erinnerung aus. Dann kam es ihm. »Der frühere Konstabler?«

Carlyle nickte. »Derselbe.«

Jason erinnerte sich an die bemerkenswerte Geschichte über den Konstabler, der eine Vizegrafschaft geerbt hatte und jetzt fiel ihm ein, dass Carlyle geheiratet hatte. Jason verbeugte sich vor seiner Begleiterin. »Lady Carlyle.«

Sie knickste zur Antwort. »Mylord.«

Aber da gab es noch etwas über Carlyle – er war ein enger Freund von Lord Aldridge gewesen. Plötzlich war Jason erfreut, dass der Mann ihn erkannt hatte. Allerdings konnte Jason ihn am Fuße einer Treppe mitten auf einem Ball nicht über eine mögliche Verbindung zwischen Ethan und dem verstorbenen Earl ausfragen. »Carlyle, Sie sollten mich einmal in Lockwood House besuchen.«

Carlyle blicke zu seiner Frau und zog sie näher an sich. Es war die beruhigende Geste eines verliebten Ehemannes. Er dachte vielleicht, dass Jason eines der lasterhaften Feste meinte, also beschwichtigte Jason Lady Carlyles Sorge. »Kommen Sie zum Billard spielen. Ich besitze einen ausgezeichneten Tisch.«

Trotz allem machte er sich in Gedanken eine Notiz, North aufzutragen, ihn zu einem Fest einzuladen, gleichwohl er an der Teilnahme des frisch verheirateten Carlyle zweifelte.

Carlyle nickte und wieder trafen sich ihre Blicke. »Ich würde unsere Bekanntschaft sehr gern fortsetzen.«

»Ich freue mich darauf.« Jason ging an ihnen vorbei und nickte einem Diener zu, der hinauseilte, um seine Kutsche vorfahren zu lassen.

Angesichts seines früheren Lebens als Konstabler war Carlyle vielleicht über Ethans kriminelle Aktivitäten im Bilde. Jason freute sich darauf, das herauszufinden. Möglicherweise war der heutige Abend am Ende gar nicht so ein Desaster gewesen.

Als Jason in seiner Kutsche Platz genommen hatte, rief er sich den gequälten Ausdruck von Lady Lydias Augen in Erinnerung, als diese Harpyie, Margaret, sie überrascht hatte. Auf der Tanzfläche hatte er sich für einen kurzen Augenblick den Gedanken erlaubt, dass Lady Lydia anders sein könnte. Ja, sie hatte wie alle anderen auf seine Narbe gestarrt, aber nicht aus den gleichen Gründen. Sie war von ihm nicht eingeschüchtert oder abgestoßen.

Es war wahrhaftig eine Jammer, dass sie mit Margaret verwandt war. Aber vielleicht steckte mehr hinter Lady Lydias Geschichte. Besser als alle anderen sollte er wissen, niemanden aufgrund seiner familiären Bindungen zu verurteilen. Möglicherweise schuldete er Lady Lydia die zweite Chance, die ihm nie gewährt worden war.

~

*N*ach Lockwoods eher dramatischem Abgang hatte Lydia sich entschuldigt, um ihren champagnergetränkten Handschuh zu trocknen. Als sie jedoch beim Ruheraum ankam, war ihr Handschuh schon fast getrocknet. Dennoch schätzte sie die Gelegenheit einer kurzen Verschnaufpause.

Sie entdeckte einen Spiegel, in dem sie ihr Aussehen begutachtete. Ihre Frisur war noch immer tadellos und sie sah aus wie immer. Zu dunkle Augen, die im Gegensatz zu ihrer Alabasterhaut standen. Doch was hatte sie erwartet? Dass ein Abend in der Gesellschaft der beiden Herren Londons, über die am meisten gesprochen wurde, ihr irgendwie ein anderes Aussehen verlieh?

Die Tür öffnete sich und zwei Damen traten ein. Ihre Augen weiteten sich, sobald sie Lydia erkannten, aber bevor sie sich mit ihren aggressiven Fragen auf sie stürzen konnten, entschuldigte Lydia sich und verließ fluchtartig den Raum.

Im Korridor drehte sie sich in die entgegengesetzte Richtung des Ballsaals, auf der Suche nach einem ruhigen Plätzchen, um sich zu erholen. Ihr stand der Sinn nicht mehr nach Tratsch und Klatsch. Nicht heute Abend. *Niemals* wieder, aber das würde Tante Margaret nicht zulassen.

Und sie wollte, was noch wichtiger war, nicht über Lord Lockwood klatschen.

Sie hatte ihrer Tante all die Jahre gehorcht, in der Hoffnung, dabei irgendwie das Leben zu finden, das sie sich wünschte – eine gute Ehe und Ansehen in der Gesellschaft, doch sie war nicht imstande, das Leben eines anderen vorsätzlich zu ruinieren. Insbesondere nicht das von Jason Lockwood. Sie dachte an ihren Walzer und erzitterte, gleichwohl ihr nicht im Geringsten kalt war.

Die Gesellschaft der Klatschmäuler brauchte sie im Augenblick ganz und gar nicht. Was sie brauchte, war ein Moment für sich allein mit ihren Gedanken. Und der unerwarteten Freude ihrer Erinnerungen.

Ihre Füße trugen sie zu einer Tür am Ende des Korridors. Ihr Herzschlag legte an Tempo zu, als sie sie langsam öffnete. Man wusste nie, was man auf einem Ball hinter einer geschlossenen Tür finden konnte. Gelegentlich hatte sich Lydia auf Geheiß ihrer Tante auf die Pirsch nach einem Skandal begeben, über den sie berichten sollte, und war dabei sogar ein oder zwei Mal fündig geworden. Dieses Mal war sie jedoch nur auf der Suche nach Einsamkeit.

Auf den ersten Blick schien der Raum leer zu sein. Lydia stieß die Luft aus und schloss die Tür hinter sich, sobald sie eingetreten war.

»Lady Lydia.«

Sie zuckte zusammen, als sie die hochgewachsene Gestalt von Mr. Locke entdeckte, der im Schatten neben den dicken Samtvorhängen am Fenster stand. Hätte er kein Wort von sich gegeben, hätte sie ihn vielleicht nicht gesehen. »Mr. Locke, es tut mir leid, Sie gestört zu haben. Wenn Sie mich bitte entschuldigen würden.« Sie wandte sich zum Gehen.

»Warten Sie. Das heißt, wenn es Ihnen nichts ausmacht, würde ich mich gern mit Ihnen unterhalten.« Er trat von den Vorhängen weg. »Vorhin wurden wir unterbrochen. Ich würde die Gelegenheit begrüßen, wenn wir unsere Unterhaltung zu Ende führen könnten.«

Worüber wollte er sonst noch reden? Wollte er weitere Informationen über Lady Aldridge preisgeben?

Lydias Fingerspitzen lagen auf dem Türrahmen, während sie seine Aufforderung erwog. Bliebe sie, würde das mehr Informationen für Tante Margaret bedeuten, und vielleicht könnte sie diesen Abend als ihren erfolgreichsten überhaupt betrachten. Andererseits bedeutete es aber auch ein Risiko für ihren Ruf. Wenn man sie ausgerechnet mit Ethan Locke in diesem Zimmer erwischte, würde sie gesellschaftlich gekreuzigt werden.

Oder vielleicht auch nicht.

Sie hatte in der letzten Saison den Verdacht überlebt, mit einem Schurken im Lockwood House gewesen zu sein. Tatsächlich war sie aus diesem Skandal mit einer größeren Beliebtheit denn je hervorgegangen. Lächelnd drehte sie sich zu ihm um. »Gewiss, Mr. Locke, aber wir müssen uns kurzfassen. Ich bin überzeugt, Ihnen ist bewusst, dass es mehr als skandalös ist, wenn ich hier auf diese Weise mit Ihnen allein bin.«

Sein Lächeln war unbestimmt. »Das hätte ich mir denken können. Es ist eine einfache Angelegenheit und sollte nicht allzu viel Ihrer Zeit beanspruchen.« Schlendernd bewegte er sich in die Mitte des Raumes, wo das Kaminfeuer und die Lampen auf dem Sims und auf einem der Tische seine Gesichtszüge besser beleuchteten. Sie mochten wohl Halbbrüder sein, doch sie sahen sich so ähnlich, als wären sie richtige Brüder. Locke *wirkte* jedoch zugänglicher, was wahrscheinlich daran lag, dass sein Gesicht ebenmäßig und attraktiv war. »Wie gut kennen Sie Lockwood?«

Lydia, deren Neugierde mehr als geweckt war, verfolgte seine Bewegungen. Dies war schon das zweite Mal, dass Locke sie heute Abend befragte. »Gar nicht gut. Wir haben uns weniger Male getroffen, als man an einer Hand abzählen kann.«

Er nahm eine geschnitzte Holzfigur in Form eines Hundes vom Tisch mit der Lampe und betrachtete ihn müßig. »Aber Sie haben sich eine Meinung gebildet, nicht wahr? Ebenso, wie Sie sich eine Meinung über mich gebildet haben.«

Sie schritt an der Außenseite des Raumes entlang und kam dabei der Stelle ein wenig näher, an der er stand. »Ich habe noch keine klare Meinung über Sie beide. Ich kann ohne Zögern bestätigen, dass Lockwood ein ausgezeichneter Tänzer ist. Und Sie tanzen womöglich überhaupt nicht.« Sie hatte ihn noch nie auf der Tanzfläche gesehen, und er hatte sie vorhin gezielt zu einem Rundgang eskortiert.

Er stellte den Hund an seinen Platz zurück und neigte das Haupt. »Ich wusste, Sie sind intelligent. Aber Sie sind nicht ganz aufrichtig.« Seine Stimme wurde ein bisschen leiser, ein wenig sanfter, doch es lag auch eine Schärfe darin, die ihre Sinne anstachelte und sie auf der Hut sein ließ. Sein Blick war beständig und hielt den ihren in gespannter Aufmerksamkeit fest. »Sie haben mit ihm getanzt. Sie haben ihn in den Buffetraum begleitet. Sie standen an seiner Seite. Sie *haben* sich eine Meinung über ihn gebildet, denke ich.«

Lydia schaute ins Feuer und überlegte, warum ihn das überhaupt interessierte. Lockwood und er hatten sich schließlich entfremdet. Unbehaglich bewegte sie sich unter seinem unverhohlenem Blick, denn sie fühlte sich weiterhin unsicher, welche Absichten er verfolgte. »Warum sollte das für Sie von Bedeutung sein?«

Er hielt inne und sein Blick verlor ein wenig von seiner Eindringlichkeit. Er wiegte den Kopf hin und her, als würde er das Für und Wider abwägen, ob er fortfahren sollte. »Weil ich glaube, dass Sie in der Lage sein könnten, mir zu helfen.

Was hat er Ihnen, abgesehen von der Episode mit seiner Narbe, noch über mich erzählt?«

Ihm helfen, was zu tun? Gerüchte über Lockwood zu verbreiten? Warum sonst sollte Locke auf sie zugehen und fragen, was Lockwood ihr berichtet hatte? Nun, Locke würde enttäuscht sein, denn aus einem unerfindlichen Grund hatte sie beschlossen, Lord Lockwood zu schützen. Tatsächlich bedauerte sie bereits, Locke von seiner Narbe erzählt zu haben. »Ich muss Sie warnen, Mr. Locke, wenn es Ihr Ziel ist, in die Gesellschaft einzutreten, um Ihren Bruder irgendwie in Misskredit zu bringen oder ihm zu schaden, werde ich mein Bestes tun, um Sie aufzuhalten.«

Seltsamerweise drückte Locke seine Anerkennung auf subtile Weise mit einem Nicken aus. »Ausgezeichnet. Ich möchte ihn nicht in Misskredit bringen. Ich wünsche mir, dass wir versuchen, eine brüderliche Beziehung aufzubauen.« Sein Blick wurde finster. »Wenn Sie das jedoch jemandem gegenüber wiederholen, wird das *unangenehme* Konsequenzen für Sie nach sich ziehen.«

Seine Worte zogen über sie hinweg wie ein Gletscher, der sehr langsam, aber sehr, sehr eisig über das Land wandert.

Seine Miene hellte sich unverzüglich auf. »Ich bitte um Verzeihung. Ich möchte Sie nicht verängstigen, sondern nur auf die signifikante Bedeutung meiner Mission und die Notwendigkeit der Geheimhaltung hinweisen. Ich sehe, dass Sie Lockwood schützen wollen, also ist mein gutes Zureden nicht wirklich vonnöten, nicht wahr?«

Gutes Zureden? War das ein neues Wort für Drohung? Wenn er auch ein wenig reumütig wirkte, war seine Stimme weiterhin stahlhart, was sie veranlasste, ihm zuzustimmen. »Nein, das ist nicht nötig. Ich würde Ihnen gerne mit Ihrem Bruder eine Hilfe sein.« Und ungeachtet seiner Drohung würde sie das auch tun. »Aber warum ich?«

»Weil Sie Lockwood bei mehr als nur einer Gelegenheit

begegnet sind – das ist weit mehr, als jedes andere Mitglied
der Gesellschaft von sich behaupten kann – und als ich Sie
beide heute Abend zusammen gesehen habe ...« Lächelnd
schüttelte er den Kopf. »Und ich kann sehen, dass Sie ihn
bereits mögen.«

Er hatte recht. Lydia wusste allerdings nicht, wie sie
helfen konnte, und noch immer fühlte sie sich Lockwood
gegenüber besonders loyal. »Was soll ich denn Ihrer
Meinung nach tun?«

»Fürs Erste wäre ich dankbar, wenn Sie den Grad seiner
Feindseligkeit feststellen könnten.« Sein Tonfall nahm eine
leichte selbstironische Note an. »Nach seiner Reaktion von
vorhin würde ich aber vermuten, dass er immer noch recht
beachtlich ist.«

»Ihre Vermutung ist zutreffend.« Obwohl sie keinen
Antrieb verspürte, Locke zu helfen, hielt sie es für das Beste,
ihn zu warnen. »Ich halte es für möglich, dass er sich für
seine Narbe rächen will.«

Lockes Augen fixierten einen Punkt irgendwo links von
Lydia und er runzelte die Stirn. Überaus eindrucksvoll. Als
sein Blick wieder auf ihren traf, war er unergründlich.
»Tatsächlich?«

Lydia glaubte nicht, dass er eine Antwort brauchte oder
wollte, also wartete sie. Erneut wandte er den Blick ab und
schien in Gedanken versunken. Als sich das Schweigen in die
Länge zog und sie anfing, sich unwohl zu fühlen, zumal sie
schon so lange Zeit nicht im Ballsaal gewesen war, fragte sie:
»Haben Sie Ihre Meinung geändert?«

Er schüttelte den Kopf und heftete seinen Blick wieder
auf sie. »Nein. Ich muss einfach neu abwägen, wie ich weiter
vorgehen soll. Ich würde mich gerne mit ihm unterhalten.
Wenn Sie meinen, dass Sie ein Treffen arrangieren können,
wäre ich Ihnen für Ihre Hilfe dankbar. Andernfalls könnten
Sie vielleicht versuchen, ihn davon zu überzeugen, dass ich

nicht mehr der Mann – oder der Junge – bin, der ich einst war.«

Sie wollte ihn nach dem Warum und Wie seiner Veränderung fragen, aber ihr blieb keine Zeit mehr. »Ich kann es versuchen, aber es wäre besser, wenn Sie ihm vielleicht zeigen könnten, wie Sie sich verändert haben.« Ängstlich warf sie einen Blick auf die Tür. »Ich muss gehen, fürchte ich.«

»Denken Sie daran«, mahnte er, und wieder klang seine Stimme wie Stahl. »Sie dürfen mit niemandem außer ihm darüber sprechen. Ich weiß, das möchten Sie, aber Sie dürfen nicht.«

Ein Geheimnis vor Tante Margaret zu bewahren, war ein Risiko. Lydia bezweifelte nicht, dazu imstande zu sein, aber wenn Tante Margaret jemals erfahren würde, dass sie Informationen wie diese zurückgehalten hatte … Lydia wollte sich das nicht vorstellen. Ihre Bestrafungen waren im Laufe der letzten Jahre milder geworden, doch mit einem derartigen Verrat – und ganz genau so würde Tante Margaret dies bezeichnen – würde Lydia sich sicherlich irgendeine Art von Unheil einhandeln. War diese Heimlichtuerei es wert, für alle Ewigkeit aus London verbannt zu werden? Ein nervöser Ruck erfasste sie, ehe sie den Kopf drehte und ihn ansah. »Ich verstehe.«

»Nach Ihnen bitte, und verlassen Sie den Raum so, wie Sie gekommen sind«, forderte er sie auf. »Ich bin nicht auf diesem Weg eingetreten und ich werde auch nicht durch diese Tür hinausgehen.«

Lydia ging aus dem Zimmer und als sie schon fast im Ballsaal war, ging ihr auf, dass es nur eine Tür gegeben hatte. Wie um alles in der Welt war er nur gekommen und wieder gegangen?

KAPITEL 6

*D*rei Tage nach dem Whitmore Ball saß Jason an
seinem Tisch und nahm ein spätes Frühstück zu
sich. Er las den Brief vom Arzt seiner Mutter zu Ende und
legte ihn beiseite. Der vertraute melancholische Schmerz,
der stets mit den Neuigkeiten über seine Mutter einherging,
breitete sich über ihn. Sie hatte endlich aufgehört, darum zu
bitten, wieder in die Stadt zurückkehren zu dürfen, zumindest im Augenblick. Die regelmäßigen Baldriantinkturen
hatten ihren Teil beigetragen und sie hatte wieder zu ihrem
zufriedenerem Selbst zurückgefunden. Jason wünschte sich
so sehr, sie könnte zu ihrem *echten* Selbst zurückkehren,
doch er hatte sich damit abgefunden, dass dies vielleicht
niemals wieder der Fall sein würde. Er schob seinen Teller
beiseite, denn ihm war der Appetit nach Eiern und Bücklingen vergangen.

North trat ein, mit Scot auf den Fersen und präsentierte
ihm die *Times*.

Jason blickte zu seinen beiden vertrautesten Dienern auf,
ehe er die Hand nach der Zeitung ausstreckte. Die Über-
schrift prangte auf der ersten Seite:

Raub in der Curzon Street

Jason überflog den Artikel. Mehrere Gegenstände waren gestohlen worden. Niemand war dabei verletzt worden. Tatsächlich vermochte keiner mit Genauigkeit zu sagen, *wann* die Sachen abhandengekommen waren. Das Fehlen eines Silberobjekts war gestern bemerkt worden und eine Hausdurchsuchung hatte ergeben, dass auch andere Objekte nicht mehr da waren. Die Bewohner – Lord und Lady Chauncey – beharrten darauf, dass ihre Dienstboten nicht dafür verantwortlich wären. Bow Street stellte Nachforschungen an.

Diebstähle in Mayfair waren nicht besonders erwähnenswert. Diebstähle, die allerdings passierten, während Ethan Jagger in der Nähe war, und von Bow Street bearbeitet wurden, ließen Jason aufmerken.

Er sah zu North und Scot auf. »Gibt es noch irgendetwas, das ihr wisst und das nicht hier geschrieben steht?«

»Vor über einer Woche war Mr. Jagger zu Gast bei Lord Chauncey«, antwortete North.

Ein weiterer »Zufall«.

»Ich verstehe. Eine ausgezeichnete Auskundschaftung. Liegt immer noch keine Antwort von Ethan bezüglich des Festes morgen Abend vor?« Nach seiner Rückkehr vom Whitmore Ball hatte Jason ihm eine Einladung geschickt. Er wollte ihr nächstes Treffen unter seinen Bedingungen stattfinden lassen, in einer Umgebung, in der Jason sich vollkommen ungezwungen fühlte.

North schüttelte den Kopf. »Noch nicht, Mylord.«

Verblüffend. Jason lehnte sich auf seinem Stuhl zurück. Ethan war neulich Abend auf dem Ball auf Jason zugegangen. Er würde sich vermutlich auf eine Einladung nach Lockwood House gestürzt haben. »Wer hat sie nach Bevelstoke gebracht?«

»Hennings«, antwortete North.

»Ich möchte mit ihm sprechen, ehe ich gehe.« Jason hatte eine Verabredung mit Lord Carlyle.

North nickte und entfernte sich dann.

Scot blieb. »Was habt Ihr morgen Abend für Jagger geplant?«

»Ich beabsichtige nur, mich mit ihm zu unterhalten.« Jason warf seinem Kammerdiener einen sardonischen Blick zu. »Keine Sorge, wir werden das Haus nicht noch einmal in Trümmer legen.« Er stand auf und bedeutete Scot mit einem Nicken, ihm zu folgen. »Vorausgesetzt er kommt, werde ich ihn mit allem konfrontieren, was ich zu bieten habe.«

»Um festzustellen, was sein Interesse weckt?«, fragte Scot, der neben Jason herging, als sie sich auf den Weg in die Eingangshalle machten.

»Ja, und vielleicht eine Schwäche finden.« Gleichwohl Jason den Verdacht hatte, dass Ethan diese ebenso gut verbarg, wie er selbst.

»Hofft Ihr darauf, dass er sein letztes Hemd am Spieltisch verliert? Oder sich vielleicht unter einen solchen trinkt?«, schmunzelte Scot.

Jason lächelte Scot zu. »So etwas in dieser Art.«

Mit Jasons Hut und den Handschuhen kam North den beiden in der Eingangshalle entgegen.

Hennings, ein Diener, kam hinter der Treppe hervor und verneigte sich. Er war einer der jüngsten seines Personals und stand erst seit einigen Monaten in Jasons Diensten. »Mylord.«

»Ich habe erfahren, dass du die Einladung für Mr. Locke am Bevelstoke überbracht hast?« Jason nahm seine Handschuhe von North und streifte sie über.

Eines der Augenlider des Jungen zuckte. Er wirkte nervös. »Das habe ich.«

Jason lächelte schwach und versuchte, Hennings zu beschwichtigen. »Hast du sie Mr. Locke direkt übergeben?«

Hennings schüttelte den Kopf. »Nein, ich habe sie seinem Mann gegeben.«

»Seinem Mann?« Jason rügte sich im Stillen, dass er diese Befragung nicht unmittelbar nach der Überbringung durchgeführt hatte, doch das war der Tag gewesen, an dem er den Whitmore Ball besucht hatte, weshalb er zerstreut gewesen war. »Erzähl mir über ihn.«

Hennings Augen leuchteten auf, sein Gesicht belebte sich, und er redete ein bisschen zu schnell. »Ein Sonderling. Er sagte nichts, sondern nickte nur und nahm das Schreiben.«

Interessant. »Ein Sonderling? In welcher Weise?«

»Er war kahl, Mylord, und er trug einen Ohrring.«

Die Glatze war nichts Besonderes, aber der Ohrring war bemerkenswert. Vielleicht eine kriminelle Gruppe? »Danke, Hennings«, antwortete Jason und fügte dann hinzu: »gut gemacht.«

Hennings verbiss sich ein Lächeln und verneigte sich, ehe er davonging.

»Was glaubt Ihr?«, fragte Scot, als er Jasons Hut von seinem Bruder nahm und einen Fussel von dem schwarzen Filz bürstete. Er reichte den nun makellosen Hut an Jason.

Jason nahm ihn entgegen und setzte ihn auf. »Ich denke, mir wäre sehr gelegen daran, dass du einige Zeit in der Nähe des Bevelstoke verbringst, um zu sehen, was du in Erfahrung bringen kannst. Hat einer von euch beiden irgendwelche Freunde, die dort in Diensten sind?«

Die Brüder blickten einander an. »Ist Jemmy noch immer bei Mr. Ingle?«, fragte Scot.

North schüttelte den Kopf. »Nein, er hat gekündigt und kümmert sich nun um Lord Arnstruthers Pferde.« Er wandte den Blick zu Jason. »Ich werde darüber nachdenken, Mylord. Es wird uns jemand einfallen, da bin ich sicher.«

»Oder ich werde mich einfach mit jemandem anfreunden«, schlug Scot grinsend vor.

»Haltet mich auf dem Laufenden.« Jason drehte sich um und schritt zur Tür, die North hastig öffnete.

Eine halbe Stunde später wurde er in Carlyles Haus in der Brook Street eingelassen und in das Arbeitszimmer des Viscounts geführt.

Carlyle erhob sich hinter seinem Tisch. »Guten Tag. Ich hoffe, es ist Ihnen recht, wenn wir hier sitzen. Nach dem Tonfall Ihres Schreibens zu urteilen, handelt es sich hier wohl eher um ein geschäftliches Treffen.«

Jason hatte seine Nachricht absichtlich auf diese Weise ausgedrückt, um Lady Carlyle auszuschließen. Er wollte diese Unterhaltung nicht vor ihr führen. »Das ist sehr gut. Danke.« Jason nahm seinen Hut ab und deponierte ihn auf Carlyles Schreitischkante, ehe er in einem großen Lehnsessel Platz nahm.

Carlyle gab dem Butler ein Zeichen, sie allein zu lassen. »Ich werde klingeln, wenn wir eine Erfrischung wünschen«, meinte er, um dann hinter seinem Schreibtisch Platz zu nehmen. »Welchem Umstand habe ich das Vergnügen Ihres Besuchs zu verdanken?«

Jason nahm die Umgebung um sich herum zur Kenntnis. Es war ein sehr maskuliner Raum, der mit einem Trio pastoraler Gemälde dekoriert war, die aus der Mitte des letzten Jahrhunderts stammten. Dazu gab es noch einen großen, vergoldeten Spiegel, zwei gleiche zwanzig Jahre alte Sessel vor einem Kamin mit einem kleinen Feuer und einer Anrichte mit einer Sammlung halbvoller Flaschen darauf. Irgendetwas daran schien falsch. Er war nicht sicher, was er erwartet hatte, doch das Dekor schien nicht zu einem früheren Konstabler zu passen. Es wirkte wie das Arbeitszimmer eines alternden Viscounts. Doch andererseits hatte Carlyle vielleicht noch nicht ganz gelernt, seine neue Rolle auszufüllen.

Der Sessel, in dem Jason saß, mochte vielleicht ein bisschen alt sein, doch er war bequem. Er lehnte sich mit den Schultern in den Sessel zurück. »Ich werde nicht um den heißen Brei reden. Ich bin hier, um über meinen Halbbruder – Ethan Locke, wie er sich selbst nennt – zu reden.«

Carlyles Nasenflügel flatterten. Jason beugte sich vor. Der Mann wusste etwas und beabsichtigte, sich mitzuteilen, denn wenn nicht, wäre seine Miene undurchschaubar geblieben. Schließlich war er ein ehemaliger Konstabler. »Sie kennen ihn unter einem anderen Namen?«, fragte Carlyle.

»Ja, und ich bin bereit zu wetten, dass Sie das auch tun. Jagger.«

Carlyle lehnte sich auf seinem Stuhl zurück. »Ich kenne Jagger. Wir haben in der Vergangenheit miteinander zu tun gehabt.«

Ausgezeichnet. Dies war genau, worauf Jason gehofft hatte. »Wissen Sie, dass Bow Street gegen ihn ermittelt?«

Carlyles Blick wurde unergründlich. »Ja, und ich habe ihnen gesagt, was ich weiß, was nicht sehr viel ist.«

Jasons Muskeln spannten sich vor Frustration an. Er hatte gehofft, dass Carlyle etwas Interessantes wissen würde. Trotzdem würde er nehmen, was er bekommen konnte. »Würde es Ihnen etwas ausmachen, mir zu sagen, was Sie ihnen erzählt haben?«

»Zu welchem Zweck?« Dann breitete sich ein Lächeln auf Carlyles Gesicht aus. »Schauen Sie uns an, wie wir um das Thema herumschleichen. Lassen Sie uns frei sprechen. Ich bin mir bewusst, dass Sie beide, er und Sie, sich nicht grün sind. Helfen Sie Bow Street oder wollen Sie Ihre Differenzen mit Jagger beilegen?«

Jason war nicht bereit, so offen zu sprechen. Nicht, bis er nicht das Ausmaß von Ethans Verbrechen kannte, oder ob er tatsächlich irgendwelche begangen hatte. Bedeutete das etwa, dass er eine Versöhnung in Betracht zog? Nie im Leben. »Sie haben recht. Wir haben uns entfremdet. Wir versuchen, auszuloten, wie wir vorgehen sollen.« Angesichts des peinlichen Zusammentreffens auf dem Whitmore Ball war das nicht direkt eine Lüge.» Ich bin nicht sicher, ob wir uns wieder versöhnen werden oder nicht.«

»Und Sie sind wegen meiner früheren Beschäftigung zu mir gekommen. Sie hatten gehofft, ich würde etwas Licht auf Jaggers Aktivitäten werfen.« Es zuckte um seine Mundwinkel. »Es tut mir leid, aber es ist schwierig für mich, ihn als Locke zu sehen.«

Jason gestattete sich ein ironisches Lächeln. »Ich habe die gleichen Schwierigkeiten. Ich bin neugierig, wie er von einem Diebesfänger zu einem vermeintlichen Dieb geworden ist.«

Carlyle zog eine Schulter hoch. »Diebesfänger werden dafür entlohnt gestohlenes Gut wiederzubeschaffen und Diebe zu entlarven. Einige unter ihnen organisieren Diebstähle, damit sie das Diebesgut problemlos zurückgeben und die Belohnung kassieren können – auf Kosten ihrer Bande natürlich. Diese Praxis ist nicht mehr so verbreitet wie einst, aber es geschieht nach wie vor.«

»Das klingt nicht, als würde es sie allzu beliebt machen«, bemerkte Jason.

»Vielleicht nicht, aber sie beuten die jungen, naiven Burschen aus, die sich begierig auf das Versprechen von Reichtum stürzen – wie bescheiden er auch sein mag.«

Eine Woge von Abscheu brandete über Jason hinweg. »Ist Ethan so zu einem Dieb geworden?«

Es folgte ein weiteres Schulterzucken, das dieses Mal von einem leichten Stirnrunzeln begleitet wurde. »Ich kenne die Einzelheiten der Vergangenheit Ihres Bruders nicht. Aber ich würde tunlichst darauf achten, mich mit einem Urteil zurückzuhalten, bis Sie selbst mit ihm sprechen.«

Jason konnte sich diese Unterhaltung nur vorstellen. Wenn Ethan eines Verbrechens schuldig war, würde er dies niemals zugeben, insbesondere nicht Jason gegenüber. Er blickte Carlyle argwöhnisch an. »Sie scheinen zu glauben, dass er vielleicht unschuldig sein könnte.«

»Ich kann es nicht mit Sicherheit bestätigen, aber ich glaube nicht, dass er Aldridges Diebesring übernommen hat.« Carlyle hielt einen Moment inne. »Zumindest nicht willentlich.«

»Was zum Teufel soll das heißen?«

Carlyle schürzte die Lippen. Nach einer ganzen Weile antwortete er: »Jagger arbeitet für einen der berüchtigtsten Verbrecherkönige Londons – Gin Jimmy. Ich glaube nicht, dass seine Entscheidungen seine eigenen sind.«

Jason konnte kaum glauben, was er da hörte. Ethan hatte diesen Mann nach Strich und Faden hinters Licht geführt. »Wollen Sie damit sagen, dass ihn jemand zu diesem kriminellen Leben zwingt?«

»Wie ich sagte, kenne ich die Einzelheiten seiner Vergangenheit nicht. Ich weiß nur, dass der Jagger, mit dem ich in der Vergangenheit zu tun hatte, gerecht und vielleicht sogar … reumütig war.« Carlyle hielt die Hand hoch, als Jason den Mund aufmachte. »Stellen Sie mir keine weiteren Fragen. Ein Konstabler – selbst ein früherer – muss um der Sicherheit der Beteiligten willen, einige Geheimnisse für sich behalten.«

Er beabsichtigte, einen mutmaßlichen Verbrecher zu beschützen? Jasons Pläne für eine Partnerschaft mit Carlyle verpufften. »Ich hoffe, Sie werden nicht derjenige sein, der am Ende reumütig ist, wenn sich herausstellt, dass Sie einen Kriminellen verteidigen.«

»Ich verteidige ihn nicht. Ich lege hier lediglich zweifelhafte Umstände zugrunde. Wir wissen noch nicht, was er tut.« Seine Züge waren grimmig, und mit Zerknirschung unterlegt. »Ich hoffe, er ist nicht, was Bow Street glaubt.«

Jason schlang die Hände um die Armlehnen seines Lehnsessels und grub die Fingerspitzen in den weichen Samt. Er konnte hoffen, so viel er wollte, doch an den Tatsachen würde das nichts ändern, und Jason hatte mehr Grund zu der Annahme, dass Ethan sich einem kriminellen Leben zugewandt hatte als andersherum. »Ich kenne ihn von Kindesbeinen an, und zu glauben, er hat sich dem Diebstahl verschrieben, ist nur logisch. Immer schon hat ihm der Sinn nach mehr gestanden, als er besessen hatte. Mehr als er verdiente. Er würde alles tun, um sein Los zu verbessern, da bin ich sicher.« Wie oft schon hatte er gestichelt, Ethan hätte als Erbe ihres Vaters geboren werden sollen? Dass es Vater lieber so gewesen wäre.

In Carlyles Augen blitzte Gereiztheit auf. »Wer sind Sie, zu bestimmen, was er verdient hat? Und sollte ein Mann nicht bestrebt sein, sich zu verbessern, seinen Stand im Leben aufzuwerten?« Das war die Meinung eines Mannes, der nicht mit Privilegien zur Welt gekommen war.

»*Auf rechtmäßige Weise.*« Jason machte die Finger lang, um die Anspannung in seinem Körper zu lösen. »Ethan hat stets nach dem einfachen Weg gesucht, um voranzukommen.«

Carlyle trommelte mit den Fingerspitzen leicht gegen die Schreibtischkante. »Ich frage mich, was ihn dazu getrieben hat.«

»Gier?« Langsam verlor Jason die Geduld mit Carlyles Einstellung. »Seine Mutter war eine Hure, die sich an den Höchstbietenden verkauft hat. Gleich, nachdem unser Vater verschied, hatte sie sich einen neuen Beschützer gesucht – und es war nicht so, als wäre sie in Not gewesen. Mein Vater hatte für sie gesorgt.«

»Ich verstehe«, bemerkte Carlyle mit der gönnerhaften Nachsicht eines Gesetzeshüters. Dann atmete er tief aus.

»Ich sehe, dass der alte Groll zwischen Ihnen tief sitzt, was mir leidtut. Ich kenne Ihren Bruder nur flüchtig, aber ich würde sagen, dass irgendwo in ihm ein anständiger Kerl steckt, der ins Freie will.«

Was, wenn das möglich wäre? Was, wenn Ethan versuchte, dem Lauf seines Schicksals eine andere Richtung zu geben? Was, wenn er eine Abfolge schlechter Entscheidungen getroffen hatte und sie nun berichtigen wollte? Jason konnte sich das nicht ausmalen. Der Ethan Jagger, den er kannte, war egoistisch, verwöhnt und grausam.

»Ich weiß nicht, was er gesagt oder getan hat, um Sie davon zu überzeugen«, gab Jason zurück, »aber meine Erfahrungen mit ihm sind gänzlich anders. Er hat uns – meine Mutter und mich – damit aufgezogen, dass unser Vater ihn mehr liebte. Er hat Sorge dafür getragen, uns genau darüber ins Bild zu setzen, was Vater ihnen schenkte, was er mit ihnen unternahm, und wie er seine Mutter und ihn als Familie uns beiden vorzog und wie Vater behauptet hätte, *er* solle der Erbe sein und nicht ich. Am schlimmsten aber war, dass meine Mutter durch sein Betreiben von der Liebe ihres Mannes zu seiner Geliebten erfuhr. Er war unerbittlich und trieb sie immer näher an den Wahnsinn. Es existiert keine einzige anständige Faser in seinem Wesen.«

»Damals war er noch ein Junge, nicht wahr? Er hat sich doch gewiss verändert.«

»Seine Jahre als Verbrecher sollen seine Seele irgendwie rehabilitiert haben?« Jason lachte, während der Groll in ihm wallte. Seine Geduld für dieses Gespräch war erlahmt und er hatte noch nicht einmal den Diebstahl erwähnt oder erörtert, ob Ethan eventuell darin verstrickt gewesen war. Er stand auf. »Vielen Dank für Ihre Zeit.«

Carlyle erhob sich ebenfalls. Wieder runzelte er die Stirn, doch in seinen Zügen zeichnete sich etwas ab, was Jason als echte Besorgnis benennen würde, als würde dem Mann der

Bruderzwist zu Herzen gehen, der sich vor ihm abspielte. »Ich bin nicht davon überzeugt, dass Jaggers Motive boshafter Natur sind, und ich bitte Sie nochmals dringend, keine voreiligen Schlüsse aus seinem Auftreten zu ziehen. Für den Augenblick.« Sein Blick wandelte sich und wurde düster und ernst. »Ich versichere Ihnen, ich werde der Erste sein, der ihn zur Bow Street zerrt, sollten seine Aktivitäten nicht legal sein.«

Zehn Minuten später machte Jason sich auf den Weg aus dem Stadthaus. Es gab Dinge, die Carlyle ihm verheimlichte, das fühlte er ganz sicher, aber das bedeutete nur, dass es Informationen gab, die es aufzudecken galt. Wenn North und Scot ihre Sache gut machten und er weiterhin mit Bow Street zusammenarbeitete, würde er Ethans Machenschaften auf den Grund gehen können.

Jason blickte die Straße entlang zu Lady Aldridges Haus und erstarrte. Ihm kam die einzige Person der Gesellschaft entgegen, die ihn zumindest kurzzeitig ermutigt hatte – Lady Lydia Prewitt, angetan mit einer grün eingefassten, elfenbeinfarbenen Haube, die ihr engelsgleiches Gesicht einrahmte.

Er überlegte, rasch zu seiner Kutsche zu hasten, doch das wäre schrecklich unhöflich. Und trotz Lady Lydias Beziehung zu Margaret Rutherford konnte er nicht leugnen, dass sie ihm gefiel.

»Guten Tag, Lord Lockwood«, rief sie, als sie näher kam. Ein Diener folgte ihr in diskretem Abstand.

Er verneigte sich. »Lady Lydia. Wir laufen uns ständig über den Weg.« Ihm fiel auf, dass Aldridges Haus nur ein kurzes Stück die Straße hinunter lag. »Kommen Sie von Lady Aldridge?«

»Ja, aber ich fürchte, sie ist immer noch krank.« Unter der breiten Hutkrempe runzelte sie die Stirn. Heute sah sie mit ihren feinen blonden Locken, die ihr hübsches Gesicht umrahmten, ganz besonders reizend aus. »Ich bin auf dem Weg, um als nächstes Mrs. Lloyd-Jones zu besuchen.«

»Ach, das ist nur ein paar Häuser weiter, also brauche ich Ihnen keine Fahrt in meiner Kutsche anbieten.« Er verspürte ein bohrendes Gefühl der Enttäuschung, doch dann rief er sich in Erinnerung, dass sie – für den Augenblick – ein Feind war. Oder zumindest war sie mit einem solchen verbündet. Und die Freunde seiner Feinde waren seine Feinde, nicht wahr? Nichtsdestotrotz konnte er sich eine kleine Provokation nicht verkneifen. »Gleichwohl eine Einladung meinerseits in meine Kutsche schrecklich unschicklich von mir wäre.« Insbesondere, wenn ihr Diener etwa zwanzig Schritte entfernt stand.

Sie legte den Kopf schief und grinste ihn kokett an. »Mögen Sie keine unschicklichen Dinge?«

Beinahe hätte er über ihre Unverfrorenheit gelacht – und sie wusste es. »Das tue ich. Weshalb ich Sie nicht mögen sollte. Und ich sollte mich auch nicht mitten auf der Straße mit Ihnen unterhalten.«

Ihr Lächeln wurde noch breiter und aufrichtiger. »Das nehme ich an, aber ich bin froh, *dass* Sie mit mir reden. Sie könnten mich zu meinem Besuch bei Mrs. Lloyd-Jones begleiten«, schlug sie vor. »Ich wage zu sagen, dass ihr dies gefallen würde.«

»Ich bin sicher, dass Sie recht haben, doch ich muss anderen Geschäften nachgehen, fürchte ich.«

Sie wandte den Blick ab, doch dann nickte sie verständig. »Ich kann mir vorstellen, dass Sie sich nach Ihrer langen Abwesenheit vor Einladungen kaum retten können.«

Nicht wirklich. Er hatte eine Handvoll erhalten, doch nach seiner Konfrontation mit Ethan auf dem Whitmore Ball hatte er noch keine davon angenommen. Er vermutete, dass er das tun musste, wenngleich er beim Gedanken daran, sich dem Diktat der Gesellschaft fügen zu müssen, Kopfschmerzen bekam. Andererseits war der Gedanke, Ethan zu erlauben, sich einen Platz zu verschaffen, während er am Rande harrte, zu aufreibend. Auf seine Eifersucht war er nicht stolz, aber er konnte auch nichts daran ändern.

Sie berührte ihn am Arm. »Lord Lockwood?«

Der Kontakt ihrer Hand mit seinem Arm erregte seine Aufmerksamkeit nachdrücklicher als ihre Worte. Es erinnerte ihn an ihren Walzer, dem allerschönsten Augenblick seiner kürzlichen Erinnerung. Tanzen war eines der wenigen Dinge, die er wirklich an der Gesellschaft vermisste. »Ach, ja.« Er hustete. »Ich sollte gehen.«

Ihre Finger schlossen sich um seinen Jackenärmel. »Warten Sie. Ich bin froh, Sie hier getroffen zu haben. Ich habe ziemlich viel über neulich Abend nachgedacht.« Ihre Wangen färbten sich in einem hübschen Rosa.

Sie hatte an die gleichen Dinge gedacht, wie er? *Gefährlich.* Viel zu lange hatte er nicht mehr mit einer respektablen jungen Dame angebandelt. Erinnerte er sich überhaupt an die Grenzen? Das musste er wohl, denn andererseits hätte er sie in die Kutsche gehoben und bis zur Besinnungslosigkeit geküsst.

Sie geküsst? Er senkte den Blick auf ihre üppigen Lippen. O ja, er wollte sie küssen und sein steifes Geschlecht unterstrich diese Tatsache nur noch.

Grenzen, ermahnte er sich im Stillen. Zögerlich entwand er sich ihrem Griff.

Dieses Mal sah sie nicht weg und er erkannte die Enttäuschung, die sich in ihren Augen spiegelte. »Ich habe unseren Walzer genossen.«

Rede nicht davon, flehte er im Stillen. *Ich muss dich auf Abstand halten.* »Wie ich auch, aber ich sollte keinen zweiten erwarten. Ich möchte Ihren Ruf nicht beflecken.«

»Unsinn. Mit Ihnen zu tanzen hat mich sehr populär gemacht.«

»Wie auch Zeugin der Szene im Buffetraum zu werden.«
Und weil er sie einschüchtern und entmutigen musste, legte
er den Kopf schief, sodass seine Narbe sichtbar wurde.
»Sagen Sie mir, Lady Lydia, wie viele Male und wem Sie
diese Geschichte erzählt haben?«

Sie starrte ihn an und ihre samtigen, braunen Augen
wurden groß. Sie teilte die Lippen und er fragte sich, ob sie
zu kämpfen hatte, dass ihr die Kinnlade nicht herunterfiel.

»Sie wirken von meiner Frage überrascht.« *Und schuldig.*
Seine Stimme wurde leiser und er beugte sich näher. »Ich
kenne Ihre Tante sehr gut. Ich habe mich gefragt, ob Sie ihr
ähnlich sind, und an Ihrer Reaktion kann ich erkennen, dass
dies der Fall ist. Wie enttäuschend.«

»Das bin ich nicht«, entgegnete sie mit einer etwas
gepresst klingenden Stimme. Ihr Protest ließ sie nur noch
schuldiger wirken.

Es war Zeit zu gehen, ehe die Situation noch ungemütli-
cher wurde. »Guten Tag, Lady Lydia.« Er stieg in seine
Kutsche und blickte sich nicht um, als er davonfuhr.

~

*L*ydias Lungen krampften sich zusammen, und eine
furchtbare Sekunde lang fürchtete sie, aufzu-
schluchzen. Ruckartig drehte sie sich von der
davonfahrenden Kutsche weg und zwang sich, auf Mrs.
Lloyd-Jones Haus zuzugehen, obwohl sie eigentlich lieber
nach Hause gegangen wäre, um ihren Kopf unter einem
Kissen zu vergraben.

Es war solch ein reizendes Intermezzo gewesen, bis er sie
beschuldigt hatte, wie ihre Tante zu sein. Eine Anschuldi-
gung, die schrecklich und leider wahr war. Die Scham
durchdrang sie.

Allmählich entspannten sich ihre Lungen und sie fing an,

wieder normal zu atmen. War sie wirklich wieder einmal den Tränen nahe gewesen? Vielleicht sollte sie weinen. Das würde eventuell helfen. Doch je mehr sie daran dachte, desto trockener fühlten sich ihre Augen an.

Sie trottete die Stufen zu Mrs. Lloyd-Jones Haus hinauf. Ihr Diener stellte sich neben sie und klopfte an die Tür.

Sie wurde direkt in Mrs. Lloyd-Jones privaten Salon im Obergeschoss geführt, wo ihre Gastgeberin an einem kleinen Sekretär saß. Bei Lydias Eintreten blickte sie auf. »Guten Tag, meine Liebe.« Ihr einladendes Lächeln verblasste. »Was stimmt nicht? Sie wirken blass, als ob Sie Zeugin eines Kutschenunfalls geworden wären. Das sind Sie nicht, nicht wahr?« Sie stand auf und trat Lydia entgegen, um ihr dann einen Arm um die Schultern zu legen und sie zum Sofa zu führen.

Lydia schüttelte den Kopf. »Nein, so etwas nicht.«

»Erzählen Sie mir alles, während wir auf den Tee warten.« Sie setzte sich mit Lydia auf das Sofa und glättete den Rock ihres hellblauen Tageskleides.

Lydia zog ihre Haube und die Handschuhe aus, weil sie das immer tat, wenn nur sie beide anwesend waren. Es gab keinen Ort, an dem sie sich wohler fühlte. »Ich bin gerade Lord Lockwood begegnet.«

Mrs. Lloyd-Jones Augen leuchteten interessiert auf. »Ach? Sie beide haben neulich auf dem Whitmore Ball beim Walzertanzen sehr gut zusammen ausgesehen.«

»Sie spielen doch nicht etwa Ehestifterin?«, fragte Lydia.

»Also was, wenn ich das tun würde?« Mrs. Lloyd-Jones zog eine Schulter hoch. »Sie haben mir gegenüber kein Geheimnis daraus gemacht, dass sie heiraten wollen. Und Lockwood ist ein guter Mann, egal, was andere sagen.«

Lydia wusste sehr gut, wer mit »andere« gemeint war. Ihre Tante. »Unabhängig davon, lohnt es sich nicht, darüber nachzudenken. Ich glaube nicht, dass er im mindesten an mir interessiert ist.« *Ha*, das hatte er sehr deutlich gemacht.

Warum nur machte ihr das so viel aus? Vielleicht, weil er einfach der letzte Gentleman war, der sie mangelhaft fand. Goodwin hatte sich bereits neu orientiert, oder so schien es zumindest. Nachdem er in den vergangenen Wochen dreimal mit ihr getanzt hatte, erübrigte er ihr seit der letzten Woche nicht mehr Aufmerksamkeit, als die Höflichkeit gebot.

Der Tee wurde gebracht und Mrs. Lloyd-Jones schenkte ein. Sie lächelte Lydia mitfühlend an. »Sie *werden* jemanden finden.«

Wie viele Male hatte Lydia genau diesen Ausspruch gehört? Zu viele Male, um sie zu zählen. Und zu viele Male, um noch länger daran zu glauben. Sie hatte hier ebenso viele Angebote wie daheim: null. Trotzdem musste sie es weiterhin versuchen. Sie dachte an die kalten, dunklen Nächte, die rumpelnde Kutschfahrt über dreißig Meilen zur nächstgelegenen Stadt, den Mangel an irgendjemand in ihrem Alter und erschauderte innerlich.

Mrs. Lloyd-Jones unterbrach die mitleidige Betrachtung ihrer selbst. »Sie sollten Lockwood erwägen.«

Hatte die Frau sie nicht gehört? »Es gibt nichts zu erwägen. Sobald er erfahren hatte, dass ich Margarets Großnichte bin, konnte er mir nicht schnell genug aus dem Weg gehen.« Und vor ein paar Minuten hatte er sich auf der Straße ziemlich unverblümt in Hinsicht auf ihre Tante und Tratsch ausgedrückt. Nein, dort war nichts für sie zu gewinnen.

Mrs. Lloyd-Jones seufzte. »Ein Teufelskreis, nicht wahr? Sie wünschen sich ein eigenes Leben, aber wegen Ihrer Tante stellen die Leute Vermutungen über Sie an und Sie sind nicht imstande, die Art von Beziehung zu knüpfen, die zu mehr führen könnte. Wir müssen einen Ausweg finden.«

Wieder zog sich Lydias Magen zusammen. Dieses Thema

hatten sie früher schon besprochen, aber aus irgendeinem
Grund war es heute zu qualvoll. Sie zwang sich zu einem
Lächeln und setzte alles daran, dass es aufrichtig war, um
ihre Gastgeberin – und Freundin – zu beruhigen. »Ich werde
eine Lösung finden. Irgendwann.«

»In der Zwischenzeit glaube ich, werde ich mich für diese
Verbindung mit Lockwood engagieren. Er ist nicht uninter-
essiert, davon bin ich überzeugt. Sie sind die einzige junge
Dame, die seine Gunst gewonnen hat.« Mrs. Lloyd-Jones sah
Lydia mit hochgezogener Augenbraue an. »Es macht Ihnen
doch nichts aus, oder?«

Lydia störte es nicht. Sie mochte Lockwood. Allerdings
war sein Benehmen nicht ermutigend. Darüber hinaus stellte
sich die Frage, welche Art von Leben sie haben würde, wenn
sie ihn heiratete. Er war ein Eigenbrötler und skandalös –
was nicht gerade den besten Qualitäten entsprach, die Lydia
sich von einem Ehemann wünschte. »Was ist mit seinem
Ruf? Seinen *Aktivitäten*?«

»Er würde sie natürlich aufgeben. Ich glaube nicht, dass
er weiterhin seine Feste geben wird, wenn er etwas oder
jemanden hat, der sein Leben erfüllt.«

Warum hatte er überhaupt angefangen, sie zu geben? Sie
wünschte, sie wüsste mehr über seinen Hintergrund. Tante
Margaret hatte ihr natürlich etwas darüber erzählt, aber
Lydia wusste es besser, als ihre Geschichten für bare Münze
zu nehmen. »Das ist erleichternd zu hören. Wer wird allerdings zu sagen wagen, dass er nicht wieder einem Anfall
von Wahnsinn anheimfällt und sein Haus in Einzelteile
zerlegt?«

Mrs. Lloyd-Jones runzelte die Stirn. »Es war eine traurige
Zeit. Seine Mutter hatte einen totalen Nervenzusammenbruch erlitten. Sie standen sich sehr nahe.«

»Tatsächlich?«, fragte Lydia leise, und ein neues Bild
formte sich in ihren Gedanken. Eines, das sie nur zu gut

verstand. Er hatte eine Mutter, die ihn liebte. Und sie war ihm genommen worden. Genau wie bei ihr selbst.

»Sogar sehr.« Mrs. Lloyd-Jones nippte an ihrem Tee. »Lady Lockwood hat den Tod ihres Ehemannes schlecht verkraftet. Für mehr als ein Jahr ist sie in voller Trauerkleidung gegangen, und dann ist sie nie wieder von der halben Trauer abgewichen.«

Dies schien nicht zu der Frau zu passen, die Tante Margaret beschrieben hatte. Würde jemand, der über die Untreue seines Ehegatten verbittert war, sein Andenken auf diese Weise ehren? »Tante Margaret sagte, sie sei sehr eifersüchtig auf Lord Lockwoods Geliebte gewesen.«

Mrs. Lloyd-Jones blinzelte in rascher Folge. »Welche Frau ist das nicht? Das heißt nicht, dass sie ihn nicht geliebt hat. Wenn sie sich etwas zuschulden hat kommen lassen, dann ihre übermäßige Liebe zu ihm.«

Lydia konnte sich nicht vorstellen, derart von ihren Gefühlen überwältigt zu sein, wahrscheinlich, weil sie sich sehr bemühte, keine Gefühle preiszugeben, was ihr im Laufe der Jahre immer leichter gefallen war. »Doch sie hat darüber den Verstand verloren, nicht wahr?«

Mrs. Lloyd-Jones' Gesichtsausdruck wurde traurig. «Ja. Ich weiß nicht, wie es passiert ist oder ob man etwas hätte tun können, um es zu verhindern. Sie kommt jetzt in der Stille auf dem Land gut zurecht, aber sie ist sehr anfällig. Sie kann nicht in die Stadt zu dem Leben zurückkehren, das sie vorher geführt hatte. Das ist solch eine Tragödie und kein Fraß für Klatsch und Tratsch.« Sie warnte Lydia, diese Informationen nicht zu verbreiten, und Lydia konnte ihr nicht widersprechen. Die ganze Geschichte kam ihr sehr tragisch vor, und das nicht nur, weil sie Lockwood kennengelernt und sich – wie Mr. Locke gesagt hatte – »eine Meinung über ihn gebildet hatte.«

Was genau war das für eine Meinung? Dass er interessant

war. Erfrischend ehrlich. Aufregend. Gab es eine Möglichkeit, wie sie ihn für sich gewinnen könnte? Er schien zumindest halbwegs von ihr gefesselt zu sein – bevor er von ihrem
verwandtschaftlichen Verhältnis zu Margaret erfahren hatte.
Vielleicht konnte sie ihm beweisen, dass sie sich gar nicht so
ähnlich waren. »Seien Sie versichert, dass ich Lord Lockwood keinen Qualen aussetzen möchte. Ich werde meine
Zunge hüten. Insbesondere deshalb, weil Sie zu glauben
scheinen, dass wir zusammenpassen.« Sie schenkte Mrs.
Lloyd-Jones ein wissendes Lächeln und ein Zwinkern, in der
Hoffnung, ein wenig Heiterkeit in ihre Teestunde einfließen
zu lassen. Die Situation war viel zu rührselig geworden, und
davon hatte Lydia durch das Zusammenleben mit ihrer Tante
schon mehr als genug.

»Oh, ja. Überlassen Sie alles mir, meine Liebe. Ich werde
Lockwood und Sie noch vor Ende des Jahres vor den Altar
bringen. Und wie glücklich wird mich das machen.« Sie
strahlte Lydia an.

Lydia wunderte sich, ob auch sie glücklich damit würde.
Dann dachte sie über die Vorstellung nach, dass jemand
ihretwegen glücklich sein würde, und kam zu dem Schluss,
dass dies allein schon Grund genug war.

KAPITEL 7

*A*m nächsten Abend nahm Jason während eines seiner lasterhaften Feste eine seiner beiden bevorzugten Positionen in Lockwood House ein. Er lümmelte in einer dunklen Ecke des Salons, die ihm einen ausgezeichneten Blickwinkel bot, von dem aus er die Leute bei ihrer Ankunft beobachten konnte und wie sie entschieden, wohin sie gehen oder was sie zuerst unternehmen wollten.

Einige strebten auf direktem Wege in den Spielsalon. Andere sahen sich erst das Angebot an weiblicher Ware an. Stets war der Salon großzügig mit Halbweltdamen bevölkert, welche – gegen Bezahlung – für die Unterhaltung der Gäste sorgten und sich im Laufe des Abends in einem immer freizügigeren Zustand der Bekleidung befanden. Wieder andere kamen mit ihrer eigenen Gesellschaft – zu zweit oder zu dritt oder welche Kombination sie auch immer bevorzugten – und machten sich einfach nur Jasons Einrichtungen zunutze.

Jasons Blut pulsierte stärker als üblich. Immer konnte man sich darauf verlassen, dass die Feste, seine Stimmung hoben. Es war das Zusammenspiel verschiedener Dinge, und nicht zuletzt, dass er mit ansah, wie die Creme de la Creme der feinen Gesellschaft ihren niedersten Begierden frönte, und er die Leute mit dem, was er wusste, ruinieren konnte. Gleichwohl die Rache an denen süß wäre, die ihn geächtet hatten, war dies nicht sein Beweggrund gewesen, als er mit diesen Festen begonnen hatte ... und, vielleicht überraschend, hatte er sich sogar mit einigen der Gentlemen angefreundet. Jetzt, da er sich wieder in ihren Kreisen bewegte, wäre es interessant, ihre Reaktionen zu beobachten. Vielleicht *sollte* er mal bei White's reinschauen.

Sein Blick fiel auf ein auffälliges scharlachrotes Kleid, das in den Salon rauschte. Cora Stroud wurde unverzüglich von einem jungen Burschen belagert. Ihre roten Lippen verzogen sich zu einem betörenden Lächeln. Sie würde flirten, sie würde ihn necken, sie würde ihm vielleicht sogar ein oder zwei Mal eine Kostprobe geben, aber das Beste würde sie für Jason aufheben, wie sie es in den letzten − wie viel? − fünf Monaten getan hatte.

Noch nie zuvor hatte er eine feste Geliebte gehabt. In den ersten Tagen hatte er Frauen hierher eingeladen − Kurtisanen, die ihm gegen Bezahlung dienten und ihn so behandelten, wie er es gewohnt war, bevor er vernarbt und als wahrscheinlich Verrückter gebrandmarkt worden war. Einige verabschiedeten sich sofort bei seinem Anblick, andere ließen den Abend über sich ergehen und kehrten dann nicht wieder, und nach einiger Zeit baten manche darum, erneut eingeladen zu werden, während wieder andere darum flehten, eine Einladung zu bekommen.« Mit einer Schar schöner Frauen konnte er seinen gesellschaftlichen Zirkel erweitern − der Einzige, der ihm zur Verfügung stand − und so hatte er eine Handvoll Taugenichtse eingeladen, um ein Fest daraus zu machen. Dann war es einfach zur Gewohnheit geworden.

Coras Blick aus den kajalumrandeten Augen traf seinen,

und sie schenkte ihm ein heimliches, verheißungsvolles Lächeln. Merkwürdigerweise rührte sich Jasons Verlangen nicht, aber er war abgelenkt. Wahrscheinlich durch die Aussicht auf Ethan. Er nickte ihr zu und verdrängte sie dann aus seinen Gedanken. Er wollte sich auf das konzentrieren, was gerade anstand. Keine Ablenkungen. Das hatte er auch seinen Dienern eingetrichtert, obwohl sie sich sowieso nicht so leicht von ihren Posten locken ließen. Jason wusste nach einem Fest, ob ein Diener in Lockwood House Erfolg haben würde. Dem Treiben auf einer seiner lasterhaften Feste zuzusehen, war nichts für schwache Nerven und auch nichts für indiskrete Naturen.

Es war an der Zeit, sich unter die Leute zu mischen, entschied Jason. Er schlenderte durch den Salon und grüßte die Gäste, die durch die Schlitze ihrer Masken Augenkontakt mit ihm aufnahmen. Ein Paar kam auf ihn zu, als er an ihnen vorbeiging. Die Frau umklammerte den Arm des Mannes und neigte ihren Kopf erst nach unten und dann nach oben. Dann reckte sie sich hoch und flüsterte dem Mann etwas ins Ohr. Trotz ihrer Maske wusste Jason genau, dass er begutachtet wurde.

»Wir hatten gehofft, Sie könnten sich später am Abend in der oberen Etage zu uns gesellen«, sagte der Mann. Jason konnte ihn nicht ganz zuordnen, doch er glaubte, dass es sich um einen jungen Mann namens Swindon handeln könnte.

»Obwohl ich mich von Ihrem Vorschlag geschmeichelt fühle, fürchte ich, dass dies nicht meinen Interessen entspricht.« Er lächelte die beiden milde an. »Ich kenne allerdings einige andere Gentlemen, die hierher kommen, um genau nach dieser Sache Ausschau zu halten und ich würde Ihnen liebend gern einen davon schicken. Oder ich kann von einem Mitglied meines Personals einfach etwas für Sie arrangieren lassen.«

Swindon neigte den Kopf und flüsterte leise in das Ohr

der Frau. Ihr Mund, der gerade so unter der ebenholzfarbenen Maske sichtbar war, formte sich zu einem kleinen enttäuschten Schmollmund, aber dann nickte sie schließlich leicht.

»Das würden wir sehr zu schätzen wissen, Mylord. Danke.« Swindon nickte und dann führte er seine »Freundin« davon.

Ein Diener öffnete die Tür für Jason, der in das Separee eintrat. Es war kleiner, intimer Raum, der nur spärlich beleuchtet war. Wenn die Gäste eine ruhigere Umgebung wünschten oder sich einfach nicht die Mühe machen wollten, sich in eines der Zimmer im Obergeschoss zurückzuziehen, kamen sie auf ihrer Suche nach einem Mindestmaß an Privatsphäre hierher.

Jason ging an einem Paar vorbei, das engumschlungen auf einem Sofa residierte und die Hand der Frau streichelte eindeutig den Schaft des Mannes durch seine Hose. Privatsphäre war vielleicht nicht der Grund, warum sie hierher kamen. Der Salon war zum Schauen gedacht. Das Separee für die *Tat*.

Er sah sich in dem Halbdunkel nach Scot um, wissend, dass er sich eher wahrscheinlich hier in diesem Raum postiert hatte als anderswo. Jason entdeckte seinen Kammerdiener nahe der Wand, mit einer hellblonden Kurtisane flirtend. Sie warf Jason ein provokatives Lächeln zu, als er auf sie zuging, um sich dann zu entfernen, als sie erkannte, dass er mit seinem Diener sprechen wollte.

»Im Salon hält sich ein Paar auf. Sie sind auf der Suche nach einem männlichen Mitspieler, der mit ihnen nach oben geht. Sind Pinnock oder Blickleigh hier?«, fragte Jason.

»Ich denke, ich habe Pinnock im Billardraum gesehen. Ich kümmere mich darum.« Er warf der Kurtisane einen langen Blick zu, die sich inzwischen zu einem Mann gesellt hatte, der in der Ecke weilte und gerade eben war sie vor ihm auf die Knie gegangen. Er stieß die Luft aus und murmelte: »Später.«

Jason verbiss sich ein Lächeln, als er Scot in das Spielzimmer folgte, in dem er sich im Laufe der nächsten halben Stunde mit verschiedenen Gentlemen unterhielt und die Abendgäste beobachtete. Er sah zu, wie Pinnock den Hazard-Tisch voller Eifer verließ, um sich mit Swindon und seiner Begleiterin im Obergeschoss zu treffen.

Und er erlebte Mrs. Ulmer, eine Witwe, die sich nie die Mühe machte, eine Maske zu tragen und eine der wenigen Frauen war, die von ihm eingeladen wurden, wie sie die Einladung eines weitaus jüngeren Gentlemans annahm, ihn in den Fantasieraum zu begleiten. Solche Partnerschaften entlockten Jason ein Lächeln, denn es erinnerte ihn daran, warum er diese Feste so gern ausrichtete: In Lockwood House konnte alles passieren.

Doch von Ethan war immer noch keine Spur.

Gerade als Jasons Frustration anzuschwellen begann, erhob sich ein maskierter Mann von einem Tisch in der Ecke. Als er sich einen Weg zwischen den Tischen bahnte, begutachtete Jason seine Gestalt und versuchte, seine Identität festzustellen, aber er konnte ihn nicht zuordnen – nur sein Mund und sein Kinn waren unter der schwarzen Maske sichtbar, die das restliche Gesicht bis zu seinem dunklen Haaransatz bedeckte. Der Mann trat neben ihn, ohne ihn formell anzusprechen, als ob sie enge Freunde wären. Jasons Nacken kribbelte.

»Lockwood«, brachte Ethan gedehnt hervor. »Ich fühle mich geehrt, zu einer deiner legendären Feste eingeladen zu sein. Ich fühle mich, als wäre ich … *angekommen*.«

Dieser aufgeblasene Mistkerl. »Du machst dir selbst etwas vor, wenn du glaubst, durch den Eintritt zu einem meiner Feste deine unsichere Position in der Gesellschaft festigen könntest. Aber komm, unterhalten wir uns darüber.« Jason drehte sich um und führte ihn in den Korridor, durch den sie die Räume umgingen, die für die Gäste zugänglich waren.

»Gehen wir in dein Arbeitszimmer?«, fragte Ethan und folgte ihm einfach.

Jason warf ein düsteres Lächeln über seine Schulter. »Ich könnte mir keinen besseren Ort vorstellen.« Dort hatte vor all den Jahren ihr Streit seinen Anfang genommen. Dort hatte Jason den Mistkerl vorgefunden, auf der Suche nach einer geheimen Schublade, in der ihr Vater angeblich die Briefe von Ethans Mutter aufbewahrte.

Ein paar Minuten später betraten sie Jasons Arbeitszimmer, das im hinteren Winkel des Hauses lag. Bücherregale säumten die inneren Wände, während ein Fenster eine der Außenwände zierte und ein riesiger Kamin die andere. Über dem Kamin hing das Portrait ihres Vaters in seiner Jugend. Ethan sah ihm verstörend ähnlich – scharfe graue Augen, ein fester Mund und ein unermüdliches Gefühl von … etwas, das direkt unter der Oberfläche brodelte, als ob er ein Geheimnis hütete oder eine starke Emotion dort schwelte. Das Gemälde zeigte einen jungen Mann in seiner Blütezeit, ehe er sich vermählt und Verantwortung auf sich geladen hatte, nicht dass er je zugelassen hatte, seine Vorlieben davon beeinträchtigen zu lassen.

Jason schlenderte zur Anrichte. »Whiskey?«

»Ja«, antwortete Ethan hinter ihm. »Neuer Schreibtisch?«

Jason nickte, als er den Whiskey in zwei Gläser goss. »Gefällt er dir? Ich habe ihn extra anfertigen lassen.«

»Was ist mit dem alten passiert?«, fragte Ethan mit einem wachsamen Tonfall.

Mit einem Glas in jeder Hand kehrte Jason zurück. Er bot eines davon Ethan an. »Ich habe ihn verbrannt.«

Nie hatte Jason die Briefe gefunden, nach denen Ethan

gesucht hatte. Er hatte nicht einmal danach gesucht. Er hatte den Tisch einfach zerlegt und das Feuer damit gefüttert.

Ethan nahm den Whiskey und zog seine Maske herunter. Ja, die Ähnlichkeit zwischen ihm und dem Portrait hinter ihnen war verstörend. »Natürlich.« Sein Tonfall war bissig.

Jason trank einen Schluck seines Lieblingswhiskeys. Er war vollmundig mit einem kräftigen Beigeschmack von Eiche, und war im schottischen Flachland von Norths und Scots Cousins gebrannt worden. Er beschwichtigte sein aufwallendes Temperament. Er machte ein paar Schritte und lehnte sich dann gegen die Anrichte. »Dies ist nicht als irgendeine Art zivilisiertes Treffen beabsichtigt.«

»Ach nein?«, fragte Ethan mit einer Unschuld, die nicht zu dem Aufflackern in seinen Augen passte. »Warum dann der Whiskey? Warum hast du mich überhaupt eingeladen?«

»Sag mir, was du machst, um dich als Gentleman zu verkleiden.«

Ethan zuckte mit den Schultern. Mit eingeübter Nonchalance – oder was Jason als eingeübt vorkam - blickte er sich im Zimmer um. Doch die unterschwellige Energie dieses kaum gezügelten Unbeschreiblichen, existierte weiter.

»Es ist keine Verkleidung«, Ethans Stimme war ganz leise geworden, doch der Tonfall war rasiermesserscharf. »Ich *bin* von Geburt ein Gentleman.«

»*Halb*, aber du hast dich nicht wie ein solcher benommen.«

Ethan drehte seinen Körper zu ihm um, als ob sie gegeneinander Aufstellung nehmen würden. Die Erinnerung an jenen Abend vor sieben Jahren schwebte durch den Raum und in dem Moment war die Luft zum Schneiden dick. »Und hast du das?«

Jason ließ sich von seiner eigenen Düsternis beschleichen und grinste höhnisch. »Ich habe getan, was ich hatte tun müssen, angesichts dessen, wie du mich zurückgelassen hattest.« Er drehte Ethan seine Narbe zu.

Ethan wandte den Blick ab. »Ich habe nie gewollt, dass das passiert.«

Jason gaffte ihn an. Entschuldigte er sich etwa? Was um alles in der Welt sollte Jason nur *damit* anfangen? »Ach, was du nicht sagst. Es scheint, als seist du an jenem Tag mit dem Plan hergekommen, mich so weit zu reizen, wie du nur konntest.«

Die grauen Augen, die denen seines Vaters so ähnlich waren, hefteten sich mit einer Aufrichtigkeit auf ihn, die Jason kaum glauben konnte. »Das tat ich. Ich hasste dich.« Er zuckte mit den Schultern. »Du hast mich gehasst. Wir sind quitt.«

»Außer dem Teil, als du mich blutend und fürs Leben gezeichnet zurückgelassen hast.« Sowohl innerlich als auch äußerlich.

»Und das bedaure ich.« Er nippte an seinem Whiskey. »Aber sag mir Bruder, was hättest du getan, wenn die Situation umgekehrt gewesen wäre?«

Jason wollte antworten, dass er ihm geholfen hätte, und er Sorge dafür getragen hätte, das Personal zu informieren, dass es sich einfach um eine Auseinandersetzung zwischen Brüdern und nicht dem gewalttätigen Ausbruch eines Irrsinnigen gehandelt hatte. Doch er brachte es nicht fertig. Selbst jetzt würde er Ethan ruinieren, wenn sich ihm die Gelegenheit dazu bieten würde. Erhoffte er sich durch seine Unterstützung von Bow Street nicht, dies zu erreichen?

Jason stürzte seinen Whiskey herunter und trat an die Anrichte, um sich ein weiteres Glas einzuschenken. »Also, du willst ein Gentleman sein und glaubst, das zu erreichen, wenn du meine Unterstützung gewinnst?«

Ethan blinzelte ihn an, als ob er damit sagen wollte, dass er es nicht so ausgedrückt hätte. »Ich *bin* ein Gentleman und ich hatte gehofft, meinen Platz als dein Halbbruder einzunehmen. Es scheint, als würde dies am besten funktionieren, wenn wir nicht versuchten, einander umzubringen.«

»Wenn du ein Gentleman bist, wie du behauptest, wo bist du dann in den vergangenen sieben Jahren gewesen? Warum tauchst du jetzt auf?«

Ethan trank seinen Whiskey aus und stellte dann das Glas mit einem lauten Knall auf Jasons Schreibtisch. »Das tut nichts zur Sache. Ich war so dumm zu glauben, dass wir die Vergangenheit überwinden könnten.«

Wie gern wollte Jason ihn auf den Kopf zu nach seinen Aktivitäten fragen. Hatte er den Diebesring übernommen? War er für den Diebstahl in der Curzon Street verantwortlich? Allerdings nahm er an, dass Bow Street es nicht gern sah, wenn er derart unsensibel vorging. »Wenn ich dächte, dir vertrauen zu können, lägen die Dinge vielleicht anders.«

Ethan sah ihn mit einem bohrenden, erwartungsvollen Blick an. Mehr als je zuvor sah er wie ihr Vater aus. »Also, versuche es.«

Jason stellte sein Glas auf die Anrichte und beugte sich vor. »Nenn mir einen Grund.«

Mit einem geräuschvollen Aufseufzen richtete Ethan den Blick für einen langen Moment auf den Fußboden. Als er den Kopf erneut hob, waren seine Züge straff gespannt. »Ich bin nicht, was von mir behauptet wird. Nicht mehr. Ich versuche, mich zu ändern.«

»Wie?« Jason wollte Einzelheiten hören. Er trat einen Schritt vor. »Was versuchst du zu ändern?«

»Himmel«, murmelte Ethan. »Gib mir einfach etwas Zeit. Wirst du das tun? Bald werde ich dir alles erzählen.«

Und bis es so weit war, sollte Jason einfach Vertrauen in den Menschen haben, der sein Leben zerstört hatte? Niemand war derart duldsam. »Warum nicht jetzt? Wenn du mir alles erzählst, würde das viel dazu beitragen, Vertrauen zu etablieren.«

»Es würde auch ein Stück dazu beitragen, dass du umgebracht würdest.« Sein Blick war eindringlich. »Sei einfach geduldig. Ich bitte dich.«

»Du weißt eindeutig, was mir zu Ohren gekommen ist. Füge das mit dem Ethan Jagger zusammen, den ich kenne, und ich habe keine andere Wahl, als zu glauben, dass du nichts Gutes im Schilde führst.«

»Du bist so gottverdammt misstrauisch.« Ethan schüttelte den Kopf und murmelte, »Genau wie deine Mutter.«

»Was hast du gesagt?« Plötzlich war es um Jasons Selbstkontrolle geschehen. Er stürzte auf Ethan zu und schleuderte ihn rücklings in das Bücherregal. Ethans Kopf schlug mit einem dumpfen Aufprall auf dem Holz des Bücherregals auf, doch er wirkte nicht beeinträchtigt. Er stieß Jason zurück und holte zu einem Schlag aus, mit dem er seinen Bruder mit den Fingerknöcheln am Kiefer erwischte.

Glühend heiß strömte die Rage durch Jasons Adern und beraubte ihn seines vernünftigen Denkvermögens. Er wollte nichts anderes mehr, als diesen Mann bestrafen, der seine Mutter und ihn so sehr verletzt hatte. Er zielte mit der Faust auf Ethans Gesicht, aber dieser Nichtsnutz fing den Hieb ab. Ethan war mit seinen eigenen Fäusten schnell bei der Sache und hieb auf Jasons Seiten ein, erst die eine und dann die andere.

Jason grunzte und dann holte er wieder aus. Dieses Mal traf er Ethan mit seinem ersten Schlag an der Wange, doch er verfehlte ihn mit dem zweiten. Ethan war fix und seine Abwehr gut. Er boxte Jason auf seine entstellte Wange.

»Du bewegst dich langsam, alter Mann«, knurrte Ethan.

Helle Wut blendete Jason für einen Moment, als er Ethan an den Oberarmen packte und ihn gegen das andere Bücherregal schleuderte. Als dessen Körper gegen das Holz krachte, fielen mehrere Bücher aus dem Regal. Jason stieß Ethan die Faust in die Magengrube und erfreute sich daran, wie ihm die Luft zischend entwich und er anschließend grunzte.

Ethan glitt zur Seite und rappelte sich wieder auf. Wieder boxte er Jason mit der Faust in die Seite, was eine stechende Schmerzattacke in der Rippengegend auslöste. Der Mistkerl wusste genau, wo er zuschlagen musste. Und dann dämmerte es Jason. Ethan kämpfte wie ein Pugilist.

»Hast du mit deinem Boxer praktiziert?«, fragte Jason schwer atmend, als er zu einer weiteren Serie von Schlägen auf Ethans Gesicht ansetzte. Er traf nur einmal, aber es war ein guter Treffer auf Ethans Nase.

Ethan hob eine Hand an seine Nase und rieb mit einem Knöchel über die Spitze. »Ja. Vater wäre sehr stolz gewesen.«

Dieser Hurensohn. Natürlich wäre Benjamin Lockwood stolz gewesen. Kämpfen war das Einzige, was er noch lieber gemocht hatte als seine Huren. Keine Überraschung, dass Ethan ihm nicht nur ähnelte *und* es ihm unter die Nase seines entstellten Gesichts rieb. Jason brüllte vor Zorn und packte nach Ethans Hals. Gerade als er die Finger um Ethans Hemdkragen schloss, wurde er von fremden Händen nach hinten gezogen. Jason versuchte, sie abzuschütteln. Seine Sicht vernebelte sich, bis er nur noch Ethans spöttisches Gesicht sehen konnte.

»Lasst von ihm ab, Mylord.« Norths unaufgeregter Tonfall durchbrach den lodernden Nebel um Jasons Verstand.

»Ihr solltet besser gehen«, schlug Scot von irgendwo rechts von Jason vor. Er sprach offenbar mit Ethan.

Jason schüttelte seinen Diener ab und befreite seinen linken Arm. »Nein, er kann nicht gehen. Ich bin noch nicht fertig.« Er stürzte sich auf Ethan und versuchte, dessen Krawatte in die Finger zu bekommen, um ihn hoffentlich damit zu erdrosseln.

Ethan war allerdings wieder einmal zu schnell. Er entfernte sich flink aus seiner Reichweite und versetzte Jason dann erneut einen scharfen Hieb auf den Brustkorb – an genau derselben Stelle, die er vorher schon zweimal getroffen hatte.

Dieser Mistkerl würde ihn *nicht* noch einmal besiegen.

Jason bäumte sich auf und riss den rechten Arm hoch. Dann stürzte er sich auf Ethan und schleuderte ihn auf den Boden. Ethan streifte bei seinem Sturz mit dem Kopf die Schreibtischkante. Jason zog die Faust zurück, um ihm einen Hieb ins Gesicht zu versetzen, doch irgendjemand packte seine Faust und hielt ihn zurück.

Er wurde von Händen hochgezogen und von Ethan weggezerrt. »Lass mich los, verdammt noch mal!«, brüllte er.

»Schafft ihn hier raus«, sagte North. Seiner Stimme nach zu urteilen, mutmaßte Jason, dass er der Verräter war, der ihn daran gehindert hatte, Ethan zu verprügeln.

Zwei Diener halfen Ethan auf. Ethan führte eine Hand zu seinem Hinterkopf, und als er sie sinken ließ, waren seine Finger blutverschmiert.

Ethan hob die Mundwinkel zu einer Art Lächeln, als er Jason einen spöttischen Blick zuwarf. »Hast du bekommen, was du wolltest?«

Jason wehrte sich gegen die Männer – waren es drei? –, die ihn festhielten. Finger gruben sich in seine Bizeps; sie ließen ihn nicht los. Er starrte Ethan mit allem Hass an, der in ihm brodelte. »Nicht einmal annähernd.«

»Dann freue ich mich schon auf das nächste Mal.« Ethan nickte den Männern zu, die Jason festhielten. »Guten Abend, Jungs.« Dann machte er kehrt und entfernte sich aus dem Arbeitszimmer.

Nach seinem Abgang schlug die Tür zu, und die Männer ließen Jason frei. Mit der Absicht, Ethan nachzusetzen, um ihn in Grund und Boden zu prügeln, stürzte er zur Tür, doch

Scot kam ihm zuvor und warf sich mit dem Rücken gegen das Holz. Er schüttelte den Kopf. »Nicht jetzt. Ihr habt das Haus voller Leute.«

Diese Worte sickerten wie keine anderen in Jasons Bewusstsein. Ebenso gut hätte Scot fragen können: »Wünscht Ihr eine Wiederholung der Dinge von vor sieben Jahren?« Wenn er seinen Streit mit Ethan außerhalb dieses Arbeitszimmers fortsetzte, würde jeder Gast auf dem Fest den Ausbruch sehen und daraus möglicherweise den Schluss ziehen, dass Jason tatsächlich den Verstand verloren hatte. Dann würden seine Feste versiegen. Aber er würde nicht zulassen, sich von Ethan auch noch sein einziges Vergnügen rauben zu lassen.

Er marschierte zur Anrichte und schenkte sich einen weiteren Whiskey ein. Die Tür klickte, und als er sich wieder zum Raum umwandte, bemerkte er, dass einzig North noch anwesend war. Sein Butler beäugte ihn mit wachsamem Blick. Er sagte kein Wort, aber er bezog zwischen Jason und der Tür Stellung.

»Ich werde ihm nicht nachgehen«, versicherte Jason und umklammerte seinen Whiskey, als wäre dies sein einziger Freund. Dem war jedoch nicht so und das wusste er. North und Scot waren mehr als nur Dienstboten, die ihre Arbeit ehrten. Sie hatten Jason – wieder einmal – vor einem kolossalen Fehler bewahrt, weil sie sich sorgten.

North nickte einmal, ohne sich aber zu entspannen. Sein Blick verlor einen Teil seiner Wachsamkeit, aber durch seine straffe Körperhaltung verriet er, dass er weiterhin auf der Hut war.

Wäre Scot hier, würde er Fragen stellen. North würde hingegen einfach darauf warten, dass Jason sprach, wenn er es wollte. Und Jason wollte nicht. Er stürzte den Rest seines Whiskeys hinunter und stellte das Glas auf die Anrichte in seinem Rücken.

Endlich öffnete sich die Tür. Scot trat ein und hielt die Tür auf. Cora rauschte ins Arbeitszimmer und streifte mit ihren scharlachroten Röcken über Scots Stiefel.

»Liebling«, rief sie aus, als sie auf Jason zukam.

Was zum Teufel hatte Scot sich dabei gedacht, sie hierher zu bringen? Sollte sie ihm irgendwie Trost spenden? Das wollte er nicht. Er wollte *sie* nicht. Nicht jetzt.

Als sie immer näher kam, wollte er zurückweichen, doch das ging nicht, weil er bereits an der Anrichte stand. Er trat ein wenig zur Seite.

Cora legte die Stirn in sorgenvolle Falten. Aus ihren dunklen Augen musterte sie ihn neugierig und verweilte auf seiner Wange, die sicherlich von Ethans Treffer gerötet war. »Bist du unversehrt?«

»Mir geht es gut«, presste er hervor. »Du solltest gehen.«

»Nein, lass dir von mir helfen, Liebling«, gurrte sie.

Er wollte kein Mitgefühl oder Verhätschelung. Er wollte Erlösung. Und dann erkannte er, dass er sie mit ihr bekommen konnte. Indem er sie mit nach oben in das Schlafzimmer nahm, das sie normalerweise benutzten und sie bis zur Besinnungslosigkeit vögelte. Aber auch das wollte er nicht. Er wollte *sie* nicht. Er wollte seine Wut schüren und seinen nächsten Schritt planen.

Er nahm sie mit seinem finstersten Blick ins Visier, wissend, dass er grimmig aussah. »Nein. Geh hinaus.«

In ihren Augen flackerte eine Emotion auf – Schmerz wahrscheinlich. Aber Jason entschuldigte sich nicht. Er konnte nicht. Sie drehte sich um und Scot öffnete die Tür für sie, die er wieder fest zumachte, nachdem sie hinausgegangen war.

Jason versuchte, die Anspannung in seinen Schultern loszuwerden, indem er die Arme ausschüttelte. Dann erkannte er, dass seine Hände ganz von selbst zitterten. Er bog die Finger und ballte die Hände zu Fäusten und starrte seine Diener an. »Was zum Teufel habt ihr euch gedacht?«

»Ich dachte, sie könnte vielleicht helfen«, meinte Scot, die Hand noch immer auf dem Türgriff, ohne eine Spur von Bedauern. »Ihr kommt gut mit ihr aus. Und Ihr habt sie schon seit geraumer Zeit.«

»Das bedeutet nicht, dass du sie herbringen musst, nach dem, was gerade passiert ist. Du hast das Gefühl, mich von den Gästen abschirmen zu müssen, aber du bringst sie als eine Art Opfergabe hier herein?«

Scot ließ vom Türgriff ab. »Sie ist kein Gast. Sie ist Eure Mätresse.« Jetzt lag eine Spur von Entschuldigung in seinem Tonfall und er fügte hinzu: »Ist sie das nicht?«

Jason sah seinen Kammerdiener finster an. »Nein.« Er wollte im Augenblick nicht über Cora nachdenken. Er wollte Ethans Niedergang planen. Er durchbohrte North mit einem bösen Blick. »Wie ist dieser Mistkerl ohne mein Wissen hereingekommen?«

North trat einen Schritt auf ihn zu. »Darf ich Euch noch ein Glas Whiskey einschenken?«

»Bevormunde mich nicht. Wie ist er hereingekommen?«

»Ich bin nicht sicher, Mylord.« Er biss die Zähne zusammen. »Es könnte sein, dass er seine Einladung einem der Diener gezeigt hat und ich möglicherweise mit einem anderen Gast abgelenkt war.«

Das war möglich, aber Jason dachte eher, dass der Nichtsnutz sich hereingeschlichen hatte.

North füllte Jasons Glas wieder auf. »Hier. Ich bevormunde Euch nicht. Ich bestärke Euch. Reißt Euch zusammen und geht wieder hinaus unter die Gäste, wenn Ihr so weit seid. Und glättet die Wogen mit Miss Strout. Ihr habt sie verärgert.«

Er hatte so lange auf jede Weise, die ihm offenstand, weibliche Gesellschaft gesucht, und jetzt wollte er sie nicht.

Zumindest nicht von ihr. Aus irgendeinem Grund tauchten Lady Lydia Prewitts teuflisch dunkle Augen in seinen Gedanken auf. Funkelnd. Kokett. Erwartungsvoll, wie sie gestern auf der Straße gewesen war. Und er war widerlich gewesen.

Er trank seinen Whiskey und gab North und Scot mit einem Nicken zu verstehen, dass sie ihn in Ruhe lassen sollten.

Jason hob den Blick zu dem Portrait des Mannes, der zwei Männer gezeugt hatte, die einander hassten und eventuell die Macht besaßen, einander zu zerstören. »Was für eine verdammte Sauerei du verursacht hast. All das nur, weil du nicht treu bleiben konntest.« Diesen Fehler würde Jason nicht begehen. Er würde keine Versprechungen machen, die er nicht zu halten beabsichtigte. Weshalb dauerhafte Beziehungen mit Frauen keinen Platz in seinem Leben hatten. Er war nicht sein Vater. Dann kippte er den restlichen Whiskey hinunter und genoss das Brennen, das er in seiner Kehle hinterließ. Als er sein Arbeitszimmer verließ, machte er sich auf die Suche nach Cora Stroud, um ihr zu sagen, dass sie in seinem Bett nicht länger willkommen war.

KAPITEL 8

*L*ydia rückte die Haube zurecht, die ihre blonden Locken bedeckte, während sie die Hintertreppe ihres Stadthauses hinabstieg. Leise öffnete sie die Tür und betrat die Spülküche. Sie hatte damit gewartet, bis sie wusste, dass alle Bediensteten in anderen Bereichen beschäftigt sein würden. Sie hastete durch den verwaisten Raum und zur Tür hinaus, ehe sie die Außentreppe hinaufeilte. Ohne einen Blick zurück, schlug sie die östliche Richtung ein und strebte auf ihr Ziel zu: Lockwood House.

Wie ein Dienstmädchen angezogen, in einem schlichten Kleid, Schürze und Haube, erregte sie keine Aufmerksamkeit. Ihre Nervosität ließ das Blut in ihren Adern rauschen. Sie hatte sich noch nie allein irgendwohin getraut. Das war unter ihrem Stand, wie Tante Margaret sagte, und damit unschicklich.

Eigentlich fühlte es sich sehr befreiend an.

Ihre Begeisterung gewann Oberhand über ihre Angst, bis sie daran dachte, wohin sie unterwegs war. Was würde Lord Lockwood wohl zu ihrem Eindringen in seinen Sündenpfuhl sagen?

Im Geiste schüttelte sie den Kopf. Vorgestern hatte er ein weiteres Fest gegeben. Nur zu begierig verbreitete Tante Margaret diese Information, und die Gesellschaft war bereits in heller Aufregung über seine fortgesetzte Indiskretion. Leuchtete ihm denn nicht ein, dass er nicht darauf hoffen konnte, Einladungen zu Veranstaltungen wie dem Whitmore Ball zu erhalten, wenn er beharrlich weiterhin lasterhafte Partys veranstaltete? Eindeutig nicht. Und zudem war es auch offensichtlich, dass er jemanden brauchte, der ihm diesen Umstand mitteilte. Zu dieser Person hatte Lydia sich selbst auserkoren.

Was ihre Befürchtung wieder in den Vordergrund rückte. Bei ihrem letzten Zusammentreffen, war sein Verhalten nicht gerade einladend gewesen, und jetzt wollte sie direkt in die Höhle des Löwen marschieren und ihren Ruf in Gefahr bringen. Sie baute darauf, in ihrem geborgten Dienstmädchenkostüm unerkannt zu bleiben. Geborgt war vielleicht nicht der richtige Ausdruck. Tante Margarets Dienstmädchen, Coxley, hatte keine Ahnung, dass Lydia ihre Reservetracht stibitzt hatte – sie entsprach am ehesten Lydias Größe. Hoffentlich würde Lydia sie zurückbringen können, ehe ihr Fehlen festgestellt wurde.

Die Kleidung des Dienstmädchens zu beschaffen und aus dem Stadthaus ihrer Tante unbemerkt zu entkommen, war schon schwierig genug gewesen, aber die wahre Prüfung würde darin bestehen, wieder hineinzukommen. Daran wollte sie im Augenblick nicht denken; dies würde ihre Nervosität nur noch verstärken und sie könnte wahrscheinlich aus Angst kehrtmachen. Sie konzentrierte sich besser auf ihre bevorstehende Unterhaltung mit Lord Lockwood.

Warum um alles in der Welt gab er weiterhin diese lasterhaften Feste? Nein, das war nicht die Frage, auf die sie so gern eine Antwort hätte. Warum gab er überhaupt lasterhafte Feste?

Noch immer konnte sie Tante Margarets ausgelassenes Gelächter hören, die sich über Lockwoods Unvermögen amüsiert hatte, sich zu bessern. Und dass sein unehelicher Halbbruder sich weitaus besser schlagen würde als er selbst.

Der uneheliche Halbbruder, der auf ein Treffen aus war. Das war der zweite Punkt auf ihrer Tagesordnung, über den sie heute gleich nach der Diskussion über die lasterhaften Feste mit ihm sprechen wollte. Und die ganze Zeit über dachte sie, dass sie mit ihm flirten sollte, wenn sie Mrs. Lloyd-Jones' Plan unterstützen wollte. Aber wollte sie das? Darauf gab es keine einfache Antwort. Sie wollte aus Tante Margarets Haus heraus, aber es musste sich doch eine bessere Lösung finden, als sich an jemanden wie Lockwood zu binden. Bislang bestanden allerdings keine Wahlmöglichkeiten für sie. Womit dieses Fest doppelt wichtig war. Wenn sie Lockwood behilflich sein könnte, gesellschaftlich wieder Fuß zu fassen, würde sie damit die Sichtweise der Leute über ihre eigene Person ändern, und eventuell würde sie dann endlich einen Ehemann finden.

Nach einem zügigen Fußmarsch kam sie eine Viertelstunde später bei Lockwood House an. Obwohl der Nachmittag frisch war und der Himmel bewölkt, war ihr durch die körperliche Ertüchtigung recht warm geworden. Sie ging langsamer, als sie an dem großen Haus vorbeikam und herauszufinden suchte, auf welche Weise sie eintreten konnte. Es war kein Dienstboteneingang zu sehen und so bog sie in eine enge Gasse ein, die seitlich am Haus entlangführte. Dort, wo das Haus endete, setzte eine Steinmauer an, die den hinteren Garten umgab. Sie erspähte kein Tor und runzelte die Stirn. Was nun?

Sie kehrte auf die Straße zurück und kam zu dem Schluss, dass sie wohl keine andere Wahl hatte, als zur Vordertür zu gehen. Sie konnte nicht länger draußen herumlungern und riskieren, entdeckt zu werden. Dennoch hoffte

sie, in ihrer Dienstmädchenkleidung nicht wiederzuer-
kennen zu sein.

Wenige Augenblicke später klopfte sie an die ebenholz-
farbene Tür – ein passender Farbton für Lockwood House.
Die Tür ging auf und gab den Blick auf einen großen,
dunkelhaarigen Butler in schwarz-goldener Livree frei.

Rasch ließ er den Blick über sie hinweg schweifen und
verharrte bei ihrem Gesicht. »Ich bedaure, aber derzeit
haben wir keine freie Stelle.«

Sie setzte ein strahlendes Lächeln auf. »Oh, nein, ich bin
nicht wegen einer Stelle hier. Ich bin gekommen, um seine
Lordschaft zu sprechen.«

Die dunklen Augenbrauen des Butlers wölbten sich
nahezu unmerklich, als einzige Reaktion, die er zeigte. »Ich
kann seine Lordschaft nicht mit Ihren Belanglosigkeiten
belästigen, fürchte ich.« Sein Tonfall war weder arrogant
noch herablassend, sondern sachlich. Das wusste sie zu
würdigen.

»Sagen Sie ihm, Lady Lydia Prewitt ist hier, um ihn zu
sprechen. Und bitte, um meines guten Rufes willen, lassen
Sie mich bitte eintreten.«

Die Tür schwang auf, und sie trat in eine weitläufige,
marmorgeflieste Eingangshalle. Einen Moment lang geriet
sie in Panik, als ihr aufging, dass sie sich im sagenumwo-
benen Lockwood House befand. Nun war es allerdings zu
spät. Sie war hier. Mehr noch, sie hatte etwas zu erledigen.

Er nickte und bedeutete ihr, ihm zu folgen. »Kommen Sie
mit mir.«

Er führte sie über den makellos sauberen Marmorboden
zu einer Tür und bat sie in einen Salon mit einem großen
Fenster zur Straße hin. Die Tür schloss sich hinter ihr, und
sie drang weiter in den Raum vor. Er war geschmackvoll in
Elfenbein und Gold dekoriert, gleichwohl der Stil und die
Stoffe wohl etwa zwei Jahrzehnte alt sein mochten.

Sie schlenderte durch den Raum auf der Suche nach Anhaltspunkten über dieses Haus und diesen Mann, doch es gab keine Porträts oder interessante Dekorationen, die etwas verraten hätten. Bei den Keramikfiguren eines Hirten und seiner Herde auf dem Kaminsims handelte es sich vielleicht um liebgewonnene Familienartefakte. Irgendwie bezweifelte sie das. Was hatte sie erwartet? Porträts nackter Frauen? Ein Schauer lief ihr über den Rücken, als ihr aufs Neue bewusst wurde, dass sie sich *in* Lockwood House befand. Was hatte sich im Laufe einer seiner berüchtigten Partys hier in diesem Raum abgespielt?

Die Tür klickte und sie schwang herum. Lord Lockwood trat ein und schloss die Tür hinter sich. Er trat keinen Schritt weiter vor, sondern blieb einfach stehen und nahm sie eingehend in Augenschein.

Er war tadellos gekleidet – mit beiger Hose und einem blauen Frack. Eine samtbraune Weste lugte unter seinem Revers hervor, und eine blütenweiße Krawatte schmiegte sich um seinen Hals. Seine Gesichtszüge waren entspannt und seine Narbe, die sich klar abzeichnete, war eine deutliche Erinnerung, dass er zwar gefällig wirkte, aber unter der Oberfläche ein Mann mit starker Leidenschaft lauerte.

Lydia, die ihr Herzklopfen ignorierte, zwang sich, alle Aufmerksamkeit auf ihr Anliegen zu richten. »Guten Tag, Mylord. Ich störe Sie hoffentlich nicht.«

Er legte den Kopf schief und sah sie staunend an, als ob ihr ein zusätzlicher Arm gewachsen wäre. »Lady Lydia, Ihr seid in einer Dienstmädchentracht hierher nach Lockwood House gekommen. An Ihrem Besuch gibt es nichts, das nicht verstörend wäre. Ich habe North – meinen Butler – angewiesen, eine Droschke zu rufen, und ein Diener wird Sie nach Hause bringen.«

Sie würde sich nicht abschrecken lassen. »Ich weiß, wie das aussehen mag, jedoch versichere ich Ihnen, dass ich aus gutem Grund hierher gekommen bin. Aber Sie haben recht, mir bleibt nicht viel Zeit, ehe ich zu Hause vermisst werde, also bin ich für die Droschke dankbar.«

Seine Augen wurden ein bisschen größer. »Bevor Sie vermisst werden? Haben Sie sich hinausgeschlichen?«

Jetzt war es an ihr, ihn verwundert anzusehen, als ob er den Verstand verloren hätte. »Glauben Sie, ich hätte meiner Tante einfach kundgetan, dass ich zum Tee nach Lockwood House ausginge?« Sein Mund zuckte ein wenig, aber es reichte, ihr ein Lächeln zu entlocken. »Nein, natürlich nicht. Deshalb auch mein Kostüm.« Sie deutete auf ihr Dienstmädchenkleid. «Ich bin gekommen, um meine Unterstützung anzubieten.«

Er blinzelte sie an. »Ihre Unterstützung? Warum fühle ich mich plötzlich von nervöser Unruhe erfüllt?«

»Ach, das müssen Sie nicht. Darf ich mich setzen? Ich bin sehr rasch zu Fuß hergelaufen und deshalb ein wenig erschöpft.«

»Gewiss, bitte entschuldigen Sie meine Unhöflichkeit.« Er zeigte auf ein elfenbeinfarbenes Sofa, das mit schmalen Streifen in der Farbe von poliertem Gold durchwirkt war.

Sie ließ sich darauf nieder. »Danke.« Als er weiterhin bei der Tür ausharrte, fragte sie: »Wollen Sie sich nicht zu mir setzen?«

Er nahm die freie Stelle neben ihr mit einem skeptischen Blick in Augenschein. Dann schlenderte er zu einem weinroten Sessel, auf der anderen Seite des Tisches, der ihr gegenüber stand, und nahm stattdessen dort Platz. Er wollte sich nicht neben sie setzen, doch sie vermutete auch, dass es skandalös wäre, da sie ohne Aufsicht in seinem Haus waren. Großer Gott, was hatte sie sich nur dabei gedacht? Warum hatte sie angenommen, dass dieser Mann – dieser verrufene Diener des Lasters – harmlos sei?

Sie musste aufhören, ihre Gedanken schweifen zu lassen.

»Mylord, ich bin gekommen, um mit Ihnen über Ihre, ähm, Feste zu sprechen.«

Er blinzelte einmal. Zweimal. »Sie sind gekommen, um über meine Feste zu sprechen? Langsam wird mir klar, warum dieses Treffen geheim ist – abgesehen davon, dass es purer Irrsinn Ihrerseits ist, hierher zu kommen.«

»Und genau das ist das Problem. Wir müssen das Stigma loswerden, das Ihr Haus umgibt.«

«Wir?«, wiederholte er. Er schüttelte den Kopf. »Nehmen wir für einen Moment an, dass Lockwood House einfach die Residenz eines Gentlemans ist – ohne unsittliche Feste. Dass Sie hier unbegleitet erscheinen, ist dennoch der Gipfel der Unschicklichkeit.«

Spielerisch verengte sie die Augen, in dem vagen Bewusstsein, dass sie noch immer mit ihm flirtete, was sie vielleicht nicht tun sollte. »Sie wollen mich doch nicht ernstlich über Unschicklichkeit belehren, nicht wahr?«

Dann lächelte er breit. »Eins zu null für Sie. Was wollen Sie über meine Feste sagen? Und bitten Sie mich nicht, Sie heimlich daran teilnehmen zu lassen. Das habe ich keiner anderen jungen Dame je erlaubt, und jetzt werde ich auch nicht damit anfangen.«

Die Augen weit aufgerissen, beugte sie sich vor. »Sie sind von anderen jungen Damen gefragt worden?«

Sein Blick wurde verschlossen und seine Züge finster. »Wenn Sie gekommen sind, um Klatsch zu sammeln, können Sie ebenso gut in der Eingangshalle auf Ihre Droschke warten. Ich habe keine Geduld für solch einen Unsinn.«

Sie spürte, wie ihr die Hitze in die Wangen stieg, und wünschte, sie könnte sie aufhalten. Dann lehnte sie sich mit dem verhassten Gefühl, dass die Leute immer genau das von ihr erwarteten, in das Sofa zurück. Sie würde härter daran arbeiten müssen, etwas an dieser Unterstellung zu ändern, und war das nicht der Grund, warum sie ihm zu helfen versuchte? »Deshalb bin ich nicht gekommen. Bitte seien Sie versichert, dass alles, was ich heute erfahre, strikt unter uns bleibt.«

»Verzeihen Sie mir, wenn ich Ihnen nicht voll und ganz vertraue.« Sein Blick war immer noch wachsam. »Meine Erfahrung mit Ihrer Tante macht mich skeptisch, fürchte ich.«

Verständlicherweise, nach Tante Margarets eindeutiger Abneigung gegen ihn zu urteilen. Lydia wollte gern etwas über die Einzelheiten dieser Erfahrung aus seiner Sichtweise wissen, doch sie hatte keine Zeit, um Genaueres zu erfragen. Wenn ihr Vorhaben sich als erfolgreich erweisen sollte, würde sie noch reichlich Gelegenheit finden, ihn in den kommenden Tagen zu fragen.

Sie schenkte ihm ein Lächeln und beruhigte ihn. »Na schön, Ich werde Ihnen also beweisen müssen, dass Sie mir vertrauen können. Wie ich sagte, bin ich hier, um Ihnen zu helfen. Sie scheinen Ihren Platz in der Gesellschaft wieder festigen zu wollen, aber das können Sie nicht, wenn Sie weiterhin diese lasterhaften Feste veranstalten. Ich bin wirklich schockiert, dass Sie neulich Abend nach Ihrem Erfolg auf dem Whitmore Ball ein solches Fest gegeben haben.«

»Das ist mein Zeitvertreib.« Mit einem Schulterzucken lehnte er sich in seinem Sessel zurück. »Und überhaupt, welcher Erfolg? Ich bin früh gegangen. Und ich habe kaum mit jemandem gesprochen. Ich habe nur mit einer Person getanzt.«

Mit ihr. Sie versuchte, nicht an seine starken Hände zu denken, die sich an ihren Rücken legten oder die erregende Art und Weise, wie er mit ihr über den Tanzboden geschwebt war. »Aber Sie verstehen doch sicher, dass Sie nirgendwo eingeladen werden, wenn Sie weiterhin diese Feste ausrichten?«

»Wirklich? Warum?«, fragte er scheinbar aufrichtig interessiert.

Er war nicht dermaßen begriffsstutzig, oder? »Weil sie unschicklich sind!«

»Das ist lächerlich«, schnaubte er. »Wissen Sie, wie viele Mitglieder Ihrer kostbaren Gesellschaft, diese Feste besuchen? Sie wären entsetzt. Und nein, ich werde Ihnen ihre Namen nicht verraten.«

Lydia war es verhasst, dass sie es wissen wollte. Es war ihr verhasst, dass ihre Tante einen Drang in ihr entwickelt hatte, Dinge wissen zu wollen, wenn nicht sogar Informationen zu verbreiten, die sie nicht die Bohne angingen. »Ich frage Sie das nicht«, antwortete sie leise. »Ich versuche, Ihnen zu helfen, aber vielleicht war dies ein Fehler.«

»Warum wollen Sie helfen?« Sein Blick war direkt und eindringlich und er überschüttete sie mit einer Hitze, die sie in seiner Gegenwart nicht spüren wollte. Er vertraute ihr nicht und wahrscheinlich mochte er sie nicht einmal. Warum auch.

Sie hatte Schwierigkeiten, sich eine Antwort auszudenken, ohne alles preiszugeben, was sie von Mrs. Lloyd-Jones erfahren hatte. Vielleicht würden sie diese Dinge einmal besprechen, aber nicht heute. »Abgesehen von dem schlichten Wunsch, Ihnen helfen zu wollen, wird mich diese Tat zum Star der *feinen Gesellschaft* machen.«

Er schien sehr skeptisch. »Also mir zu helfen hilft Ihnen?«

»Ja, die Leute werden sehen, dass ich mehr als eine Klatschtante bin.« Sie erkannte, dass sie ihn ebenso zu überzeugen versuchte wie jeden anderen. Wenn er nicht glaubte, dass sie sich geändert hatte, bestand für sie nur wenig Hoffnung, irgendjemand anderes zu überzeugen.

»Was schlagen Sie vor?«, fragte er und klang noch immer skeptisch dabei.

Sie verschränkte die Hände in ihrem Schoß und reckte

das Kinn. »Ein lasterfreies Fest.«

Er beugte sich vor und sein Kiefer erschlaffte ein wenig. »Ein was?«

»Richten Sie ein gewöhnliches Fest aus. Keinen richtigen Ball, aber eine Soirée mit Speisen und Musik.« Sie klatschte in die Hände, um ihrem Vorschlag Nachdruck zu verleihen. »Ich werde Ihnen mit den Arrangements behilflich sein.«

Er starrte sie einen langen Augenblick an. »Sie erwarten von mir, die feine Gesellschaft zu einer Soirée nach Lockwood House einzuladen?«

»Genau.«

»Niemand würde kommen«, meinte er ungläubig.

»Da irren Sie sich.« Beim Gedanken an die Mienen der Empfänger bei Erhalt der Einladungen, stahl sich ein Lächeln über ihr Gesicht. »Die Leute werden alles daransetzen, eingeladen zu werden. Lockwood House ist ein Ort voller Geheimnisse und Skandale. Es ist gefährlich. Aufregend. Die Gelegenheit, es zu besichtigen, ohne seinen Ruf aufs Spiel zu setzen, wird die Leute in Scharen hierhertreiben. Aber wir werden keine Scharen einladen. Die Gästeliste wird sehr exklusiv sein.«

Seine Mundwinkel zuckten vor Belustigung. »Sie haben viel darüber nachgedacht.«

»Das habe ich.«

»Und Sie beabsichtigen, weiter hierher zu kommen, damit wir alles planen können?« Er schüttelte den Kopf. »Ich fühle mich nicht wohl dabei. Sie dürfen Ihren Ruf nicht riskieren.«

Er mochte ihr nicht vertrauen oder sie mögen, aber diese einfache Feststellung bedeutete ihr mehr als das. Er *war* ein Gentleman – irgendwo tief drin. »Ich werde mit einer Anstandsdame kommen. Und ich werde dafür sorgen, dass alle Kenntnis davon haben, dass unser Verhältnis untadelig ist.«

Er starrte sie an, doch sie konnte spüren, wie sein Verstand arbeitete. Er mochte ihre Tante nicht und wog ab, ob ihre Hilfe es wert sei, sich bis zu einem gewissen Grad mit Margaret abzufinden.

»Ich werde nicht von meiner Tante beaufsichtigt werden, wenn Sie sich deshalb Sorgen machen. Ich glaube, Mrs. Lloyd-Jones wird sehr gern diese Rolle übernehmen.« Dennoch musste Lydia Tante Margaret überzeugen, ihre Einwilligung zu geben. Sie musste das Gefühl haben, dass es dabei etwas für sie zu gewinnen gäbe, und Lydia irgendein unbekanntes Geheimnis der Lockwoods entlarven würde. Lydia würde ihrer Tante versprechen, was immer diese verlangte. Dieser Plan würde sie nicht nur für eine großzügige Zeit von ihrer Tante fernhalten, sondern darüber hinaus lockte die Möglichkeit einer dauerhaften Trennung durch eine Heirat mit einem geeigneten Junggesellen wie Süßigkeiten auf einem Silbertablett.

Er schien noch immer skeptisch. »Sie glauben wirklich, die Leute werden zu einem Fest hierherkommen?«

»Dessen bin ich mir sicher. In zwei Wochen von jetzt an.« Sie hielt kurz einen Zeigefinger hoch. »Und keine lasterhaften Feste mehr.«

»In Ordnung«, gab er klein bei. »Aber ich möchte Lady Aldridge einladen.«

Sie ließ den Blick zu ihm herumschnellen. »Ich glaube, sie ist immer noch krank. Zumindest war sie das, als ich neulich versucht habe, sie zu besuchen. Das war der Tag, an dem ich Sie getroffen habe, als Sie in Ihre Kutsche einsteigen wollten.« Und er hatte sie so gut wie beleidigt.

Sein Blick schweifte kurz ab, ehe er ihn wieder auf sie richtete. »Bitte nehmen Sie meine Entschuldigung für mein Benehmen an dem Tag an. Ich hätte nicht sagen dürfen, dass Sie wie Ihre Tante sind. Das war ungehobelt von mir.« Seine

Stimme war sanft und sein Blick barg den Anflug von Wärme.

»Danke.« Sie strich mit der Hand über ihren Schoß. Sein Blick folgte ihrer Bewegung und verweilte auf ihrer Hand oder ihrem Schoß. Oder beidem.

Jetzt war es an der Zeit, den zweiten Punkt auf ihrer Tagesordnung anzusprechen. »Ich denke, Sie sollten Mr. Locke einladen.«

Lockwood verzog den Mund und sein ganzer Körper schien sich anzuspannen. »Warum?«

Sie musste behutsam zu Werke gehen. »Das ist Teil der Mystik. Bis zu Ihrem unvernünftigen lasterhaften Fest neulich Abend war Ihr Zusammentreffen mit ihm auf dem Whitmore Ball das Stadtgespräch. Das ist es immer noch, aber Ihre fortgesetzte Missachtung gesellschaftlicher Normen hat das Interesse der Leute erregt.«

Er atmete aus, und aus seinen Schultern wich ein Teil seiner Anspannung. »Sie müssen mich wahrscheinlich immer wieder daran erinnern, warum ich das tun will. Ich fühle mich recht wohl hier am Rande der Gesellschaft mit meinen inakzeptablen Neigungen.«

Die Art und Weise, wie er Letzteres hervorbrachte, jagte ihr einen Schauer über den Rücken. Wieder wollte sie sich nach weiteren Einzelheiten erkundigen. Welche Neigungen und warum mochte er sie so sehr? Obwohl sie nicht den Luxus von ausreichend bemessener Zeit hatte, konnte sie sich die Frage nicht verkneifen: »Warum haben Sie überhaupt angefangen, lasterhafte Feste zu feiern?«

Er blieb sehr lange still. Lydia krümmte sich innerlich und wünschte, sie könnte die Worte zurücknehmen. Tatsächlich wollte sie sich gerade entschuldigen und ihm sagen, er solle ihre Frage ignorieren, als er das Wort ergriff. Seine Stimme war leise, aber tief. »Weil es die einzigen Feste sind, die ich haben kann.«

Sie schüttelte den Kopf. »Das kann nicht stimmen.«

Er hielt ihren Blick fest. »So ist es aber. Ich möchte mich nicht in Details ergehen, aber die Gesellschaft hatte mich mit voller Absicht ausgeschlossen. Ich musste neue Beziehungen knüpfen und neue Methoden der Unterhaltung ersinnen. Jetzt, nach vielen Jahren, die ich diese Feste gebe, genieße ich sie sehr. Ich würde sie wirklich nur ungern aufgeben.«

Sie faltete die Hände im Schoß, um die Energie zu bündeln, die sie durchströmte. *Die Gesellschaft hatte mich mit voller Absicht ausgeschlossen.* Sie hatte ihn fragen wollen, was mit der Gesellschaft nicht stimmte, doch nach seiner Aussage wusste sie es bereits. Wer würde schon einer Gruppe angehören wollen, von der man abgelehnt wurde?

Etwas war mit seinem Gesichtsausdruck – etwas in der Art, wie sich seine Augenlider nur leicht senkten. Wut oder Bedauern lauerten unter der Oberfläche.

Wahrscheinlich sollte sie das Thema lieber fallen lassen, vor allem, weil ihr die Zeit fehlte, aber sie wollte ergründen, warum er das Gefühl hatte, dass diese Feste alles waren, was er besaß. »Sie würden also die lasterhaften Feste der feinen Gesellschaft vorziehen? Bieten sie Ihnen so viel ... Vergnügen?« Sie konnte ihr Erröten nicht verhindern.

»Da ich erst vor Kurzem wieder in die Gesellschaft aufgenommen wurde – in sehr begrenzten Rahmen –, habe ich im Grunde genommen keine richtige Wahl. Aber ja, ich genieße meine lasterhaften Feste sehr. Aber verstehen Sie bitte, dass mein *Vergnügen* daher rührt, Gastgeber zu sein und meinen Gästen einen angenehmen Abend zu bereiten, und nicht, meinen eigenen Lastern zu frönen.« Er legte den Kopf schief. »Und warum wollen Sie einen Platz in der Gesellschaft? Meiner Ansicht nach müsste jemand wie Sie sich der Künstlichkeit und der Launenhaftigkeit der Gesellschaft bewusst sein. Ich weiß gern, woran ich bin und was ich zu erwarten habe. Mir gefällt es auch, nach meinen eigenen Regeln zu leben und nicht nach denen irgendwelcher lächerlicher Juroren für Mode oder Geschmack.«

Seine Worte wühlten sie auf. Wenn sie sich nicht bereits vorgenommen hätte, sich vom Klatsch und Tratsch zu distanzieren, hätte sie es jetzt beschlossen. Sie wusste auch, dass sie sich nicht damit zufriedengeben könnte, sündige Feste am »Rande« zu veranstalten, wie er es ausdrückte. »Sie haben natürlich ein Recht auf Ihre Meinung. Ich allerdings mag die Unterhaltung, welche die Gesellschaft zu bieten hat, und ich mag die Leute. Nun ja, jedenfalls manche davon.« Selbst die zu ertragen, die sie nicht mochte, war weitaus besser, als sich den ganzen Tag mit Schafen zu unterhalten. Und genau das würde sie tun, wenn sie nicht überaus vorsichtig wäre. »Falls Sie nicht daran interessiert sind, Ihren Platz in der Gesellschaft zurückzuverlangen – und den haben Sie unter allen Umständen verdient –, dann gibt es wohl keinen Anlass für diese Soirée.« Sie gab sich keine Mühe, die Enttäuschung in ihrer Stimme zu verbergen. Jetzt wollte sie ihm mehr denn je helfen.

»Anscheinend gibt es gibt keinen«, entgegnete er leise. »Aber ich werde es trotzdem tun.«

Sie richtete ihren Blick auf ihn. »Das werden Sie?«

Unbekümmert zog er eine Schulter hoch, als ob er sich gerade entschlossen hätte, eine elfenbeinfarbene Krawatte, statt einer weißen zu kaufen. »Warum nicht?«

Eben wollte sie antworten: *Weil es Ihnen egal ist, was andere von Ihnen denken.* Und plötzlich wünschte sie, selbst so zu denken. Dass sie glücklich sein könnte, wenn sie nur von sich selbst und vielleicht von ihrem Vater akzeptierte würde, gleichwohl ihr bereits bewusst war, dass ihrem Vater einigermaßen egal war, wo sie lebte und was sie unternahm. Wie befreiend wäre es, seinen eigenen Weg zu gehen – und andererseits auch einsam.

Durch das Eintreten des Butlers wurde sie jedoch am

Sprechen gehindert. »Die Kutsche wartet, Mylord. Dockley wird sie nach Hause begleiten.«

»Danke, North.« Lord Lockwood stand auf.

Lydia wusste, dass sie gehen sollte, doch sie wollte nicht. Und nicht nur, weil es ihr verhasst war, zu ihrer Tante zurückzukehren. Sie fühlte sich hier wohl – ausgerechnet in Lockwood House. Mit ihm. Genau wie am ersten Tag, als sie ihn kennengelernt hatte. Vielleicht waren Mrs. Lloyd-Jones' Fähigkeiten als Ehestifterin ausgefeilter als Lydia angenommen hatte. *Das* trieb sie dazu, aufzuspringen und auf ihren Abschied zu drängen.

Er trat auf sie zu und reichte ihr die Hand. »Kommen Sie. Es ist Zeit, dass Sie sich auf den Weg machen. Ihre Verkleidung ist überzeugend, aber wenn irgendjemand Ihr Gesicht sieht, wird derjenige im Nu wissen, wer Sie sind.«

Die Angst fuhr ihr wie ein Blitz über das Rückgrat. »Ihr Personal wird doch nichts sagen?«

»Nein. Ich habe die verschwiegensten Dienstboten von ganz London. Halten Sie nur das Gesicht gesenkt, wenn Sie hinausgehen. Ich würde Ihnen eine Maske anbieten – wir haben jede Menge davon griffbereit – aber das würde zu dieser Tageszeit sogar noch mehr Aufmerksamkeit erregen.«

Sie ergriff seine Hand und wieder verspürte sie diesen Ausbruch von Hitze, der sie immer erfasste, wenn er sie berührte.

Er ließ sie nicht los, sondern hielt ihre Hand, als er mit ihr zur Tür ging. »Wie haben Sie geplant, unentdeckt wieder zurück ins Haus zu kommen?«

»Auf die gleiche Weise, wie ich gegangen bin, durch die Spülküche.« Sie hoffte, ungesehen ins Haus zu kommen. Die Dienstboten müssten es Tante Margaret melden. Tatsächlich würde Lydia darauf bestehen. Einmal hatte eine Zofe sie gedeckt und die Folgen waren so schwerwiegend für sie gewesen, dass Lydia niemandem mehr erlaubt hatte, das wieder zu tun.

Lockwood neigte den Kopf, um sie anzuschauen. Seine grauen Augen blickten eindringlich. »Sie haben eine Menge riskiert, um hierher zu kommen.«

Sie wich seinem Blick nicht aus. »Nichts, das ich nicht zu verlieren bereit bin.« Dieser kleine Vorgeschmack der Freiheit wäre jede Strafe wert, die Tante Margaret ihr auferlegen sollte. Es sei denn, sie setzte Lydia in eine Kutsche nach Northumberland. Aber angesichts des Umstands, wie sehr ihre Tante sich auf sie verließ, um sie mit Klatsch zu versorgen, bezweifelte Lydia, dass sie dies tatsächlich tun würde.

North hielt ihr die Tür auf und Lockwood begleitete sie in die Eingangshalle.

Sie konnte ihn sich als zuvorkommenden, charmanten Gastgeber vorstellen. Und vielleicht war er das auf seinen lasterhaften Festen. Wahrscheinlich waren sie deshalb so populär. Ein erfolgreiches Fest zu geben war eine Kunst, ganz egal, welche Themen dabei eine Rolle spielten.

Er führte sie bis zur Eingangstür und dann hob er ihre Finger an seine Lippen. Die Berührung auf ihrem Handschuh durchdrang den Stoff, aber der glühende Blick aus seinen Augen traf sie bis ins Mark. »Sie faszinieren mich, Lady Lydia. Ich freue mich darauf, zu erleben, wie wir weiterhin verfahren.«

Oh, diese Flirterei wurde immer gefährlicher. Unabhängig davon, was sie mit ihrem heutigen Besuch hier riskierte – was setzte sie aufs Spiel, wenn sie sich mit diesem selbsternannten Teufel verbündete?

Sie zog ihre Hand zurück und verließ Lockwood House. Gleichwohl sie nicht an einem seiner berüchtigten Feste teilgenommen hatte, fühlte sie sich trotzdem skandalös. Aber das war nicht das Schlimmste daran. Nein, das Schlimmste war, dass es ihr gefiel.

KAPITEL 9

*J*ason blickte Lydia nach, wie sie auf die Droschke zuging und runzelte die Stirn, als Scot an ihr vorbeieilte. North hielt die Tür auf, um seinen Bruder hereinzulassen. Scot riss sich den Hut vom Kopf. Er atmete schwer, als ob er ein langes Stück gerannt wäre.

»Ist dir der Teufel auf den Fersen?«, erkundigte Jason sich.

»Noch nicht, Mylord. Ich war im Pub wie üblich.« Scot besuchte an den Nachmittagen gewohnheitsmäßig einen seiner Lieblingspubs, wenn Jason seine Dienste entbehren konnte. »Es scheint, dass zweimal wöchentlich Bier nach Aldridge House geliefert wird. Allerdings haben sie heute die Lieferung nicht angenommen, weil das Haus in Aufruhr war. Lady Aldridge ist heute Morgen gestorben.«

Jason konnte nicht verhindern, dass ihm der Kiefer herunterklappte. Er machte den Mund wieder zu und bedeutete North mit einem Kopfnicken, die Tür zu schließen. »Was? Wie?«

»Eine Überdosis Laudanum.«

Bekümmert schüttelte Jason den Kopf. Ein Jammer, dass

die Witwe ihrem Ehemann nach so kurzer Zeit ins Grab folgen musste. Sie war viel zu jung, um ihr Leben zu lassen. »Sie war krank gewesen. Vielleicht hat sie versehentlich zu viel Laudanum eingenommen.«

Scots Gesicht verriet allerdings, dass nichts so einfach war. »Oder vielleicht hat sie absichtlich eine Überdosis eingenommen. Sie war vom Tod seiner Lordschaft sehr mitgenommen.«

»Ich bin nicht sicher, ob ich sie eines Selbstmordes für fähig halte«, entgegnete Jason. Ihr Ruf vor Aldridges Tod war der einer lebhaften jungen Frau mit der angenehmen Ergänzung von Scharfsinnigkeit und Charme gewesen. Dennoch konnte keiner wissen, wozu die Leute wirklich imstande waren. Letztendlich hätte niemand je geglaubt, dass Aldridge einen Diebesring angeführt hatte.

Scot holte tief Luft, als seine Atmung langsam zur Ruhe kam.

Jason klopfte ihm auf die Schulter. »Ich weiß es sehr zu schätzen, mir diese Nachricht mit der größtmöglichen Eile zu überbringen. Aber du hättest nicht rennen müssen.«

Scot zuckte mit den Schultern. »Ich wusste, dass Ihr an Lady Aldridge interessiert seid und was immer sie mit Jagger im Schilde führt. Wenn es Euch nichts ausmacht, werde ich gehen und ein Ale trinken.«

North zog eine Augenbraue hoch. »Bist du nicht gerade aus dem Pub gekommen?«

»Ich bin gerannt.« Scot warf seinem Bruder einen erschöpften Blick zu und ging in Richtung der Küche davon.

Ethan. Jasons Kiefer spannte sich an. Warum war sein Halbbruder stets an der Wurzel des Unheils zu finden?

»Mylord, Ihr glaubt doch nicht, dass er irgendwie beteiligt war?«, fragte North scharf.

Dachte er das? Ethan hatte behauptet, dass er sich zu verändern versuchte und Jason gebeten, ihm zu vertrauen.

Das war nicht das Ansinnen eines jungen Mannes, der am Tod einer jungen Witwe beteiligt wäre. Dennoch waren seine plötzliche Beziehung zu ihr und seine offensichtliche Vergangenheit als Krimineller zu große Zufälle, um sie zu ignorieren. »Ich weiß nicht.«

Jason drehte sich mit der Absicht um, sein Arbeitszimmer aufzusuchen und er ging davon aus, dass North ihm folgen würde, was dieser tat. Den schrecklichen Neuigkeiten zum Trotz, verspürte Jason eine merkwürdige Leichtigkeit, die er seit Langem nicht mehr erlebt hatte und vielleicht sogar noch nie.

»Mylord«, meinte North, der rechts neben ihm herging. »Warum ist Lady Lydia wie eine Dienstbotin gekleidet hierhergekommen?«

»Sie war auf geheimer Mission.« Er wollte über ihren Wagemut lächeln, obwohl es eigentlich ein bisschen albern war. Immer wieder überraschte sie ihn und das gefiel ihm. »In zwei Wochen werde ich eine Fest veranstalten.«

Die Lücke zwischen Norths Augenbrauen zog sich kurz zusammen und zeigte seine Verwirrung. Wahrscheinlich versuchte er zu ergründen, was Lydias geheime Mission möglicherweise mit einem Fest zu tun haben könnte. Anstatt allerdings zu fragen, meinte er bloß: »Ich werde die Einladungsschreiben vorbereiten.«

Jason wartete, bis sie das Arbeitszimmer erreicht hatten, ehe er die Wahrheit enthüllte, damit er Norths Reaktion in vollem Umfang erleben konnte. Er trat neben seinen Schreibtisch und blickte seinen Butler an. »Kein lasterhaftes Fest. Ein *echtes* Fest. Eine *Soirée*. Lady Lydia hilft mir, meinen Platz in der Gesellschaft zurückzuerobern.«

North gaffte ihn mit offenem Mund an. »Ich bitte um Entschuldigung?«

»Du hast mich richtig verstanden. Wir werden ein richtiges Fest ausrichten. Keine Einladungsschreiben, die spät am

Abend von schwarz livrierten Dienern überbracht werden und keine Masken. Zumindest glaube ich, dass es keine Masken geben wird. Sie sagte, es wäre ein Fest mit Speisen und Musik, aber kein großartiger Ball.«

North war noch immer sprachlos. »Warum?«

Jason war bemüht, über den verwirrten Zustand seines Dieners nicht zu lachen. »Um mich als akzeptables Mitglied der Gesellschaft zu präsentieren. Um ihnen allen zu zeigen, mich weder fürchten noch schmähen zu müssen.« Davon hatte sie nichts gesagt, doch das waren die Gründe, weshalb Jason zugestimmt hatte.

Und vielleicht, *vielleicht* wegen ihres Blicks für ihn aus diesen herrlichen kastanienbraunen Augen, worauf er sich gefühlt hatte, als müsse er weder gefürchtet noch geschmäht werden.

»Es ist dein Fehler«, meinte Jason. »Du hast mich ermutigt, mich wieder zurück in die Gesellschaft zu wagen.«

North fand seine Fassung wieder. »Wie dumm von mir, rückblickend betrachtet«, meinte er trocken. »Ich nehme an, dass Ihr Mr. Jagger nicht wieder einladen werdet?«

»Im Gegenteil.« Jason war sich immer noch nicht sicher, ob das eine gute Idee war, insbesondere angesichts dessen, wie sein letzter Besuch in Lockwood House geendet hatte, aber er war neugieriger denn je, was seinen Bruder anbelangte. Und gleichwohl sie wieder handgreiflich geworden waren, konnte Jason nicht vergessen, wie aufrichtig Ethan um einen Neustart bemüht schien. Es war beunruhigend.

»Glaubt Ihr, dass er nach dem Vorfall neulich Abend kommen wird?«, fragte North.

»Das tue ich. Wir haben eine Rechnung offen.« Jason glaubte, dass Ethan eine zweite Chance ergreifen würde, sich zu versöhnen – wenn das wirklich sein Wunsch war. Aber was, wenn nicht? Was, wenn er weiterhin inmitten eines kriminellen Lebens steckte und Jason sein nächstes Opfer werden sollte?

»Ihr sagtet, Lady Lydia würde Euch bei der Planung dieser Einladung helfen?«, erkundigte North sich.

»Ja, du wirst alle Anweisungen von ihr entgegennehmen.«

»Aufgrund Lady Lydias Beteiligung wird Lady Margaret eingeladen werden müssen«, führte North an. »Könnt Ihr das tolerieren?«

Verdammt. Jason hatte nicht bedacht, dass sie hier in diesem Haus sein würde. Seit der Zeit vor dem Zusammenbruch seiner Mutter war sie nicht mehr in Lockwood House gewesen.

»Das muss ich, fürchte ich.« Allein der Gedanke an diesen Drachen in seinem Haus bereitete ihm Kopfschmerzen. Jason massierte seine Schläfe. »Wo werde ich in der Zwischenzeit heute Abend hingehen?«

North verschränkte die Hände hinter seinem Rücken. »Ein Musikabend bei Lord und Lady Comptons. Allerdings sind heute wieder keine neuen Einladungen eingetroffen.«

Gestern war der erste Tag seit dem Whitmore Ball ohne Einladungen gewesen. Er musste diesen Mangel seinem lasterhaften Fest zuschreiben. Es hatte ganz den Anschein, als ob Lady Lydias Hilfe sehr willkommen war. Aber was um alles in der Welt tat er? Ihm lag nicht das *Geringste* an irgendetwas daran, oder doch? Er fragte sich, ob er Ethan bei dem Musikabend sehen würde, und wusste, dass er der Grund war, der ihn interessierte. Solange Ethan sich in der Gesellschaft amüsierte, würde Jason das ebenfalls tun.

»Ist das alles, Mylord?«, fragte North.

»Ja.« Jason richtete den Blick auf die Bücherregale, ohne sie im Besonderen anzupeilen. Er nahm sein Arbeitszimmer nicht wahr. Er sah ein Paar samtige kastanienbraune Augen, die ihn mit unverhohlenem Interesse ansahen. Sie verweilten noch immer auf seiner Narbe, aber nicht so sehr wie einst. Ihre rosigen Lippen waren die meiste Zeit zu einem Lächeln geformt, was entzückende kleine Grübchen zum Vorschein brachte. Sie erwies sich so anders als ihre Tante, wie er nur hoffen konnte.

Hoffen?

Was konnte er um alles in der Welt nur von ihr wollen? Sie war eine heiratsfähige junge Dame und weil er kein Interesse an einer Heirat hatte, sollte er sich von ihr fernhalten. Warum nur plante er dann das genaue Gegenteil?

Weil er, wie er ihr erzählt hatte, seine eigenen Regeln aufstellte. Er konnte sich an ihrem Flirt erfreuen, ohne die Grenze zu überschreiten. Und sobald er dahintergekommen war, worauf zum Teufel Ethan aus war, würde er seine Brücken zu der verlockenden Lady Lydia abbrechen und zu seiner Existenz am Rande der Gesellschaft zurückkehren.

～

*D*ie Droschke setzte Lydia an der Ecke ab. Wie Lord Lockwood ihr empfohlen hatte, hielt sie das Gesicht gesenkt und strebte auf den Dienstboteneingang des Hauses ihrer Tante zu. Vor Erleichterung stieß sie die Luft aus und rüstete sie sich für das letzte Quäntchen Glück, das sie noch brauchte. Doch es sollte nicht sein.

Die Haushälterin, Mrs. Erickson stand neben der Tür, die von der Spülküche in die Küche führte. Ihr besorgter Blick streifte über Lydia und ihren Aufzug hinweg.

Kurz schloss Lydia die Augen. Sie musste Tante Margaret alles erzählen. Nicht weil Mrs. Erickson ihr etwas sagen würde, sondern weil Lydia keinen der Dienstboten in die Lage bringen wollte, für sie lügen zu müssen. Sie würde nicht zulassen, dass einer von ihnen seinen Posten wegen ihrer Eskapade verlor.

Lydia setzte ihr sonnigstes Lächeln auf, das vollkommen im Gegensatz zu dem unheilvollen Grummeln in ihrem Bauch stand. »Guten Tag, Mrs. Erickson. Ist meine Tante von ihren Besuchen zurückgekehrt?«

Sorgenfalten gruben sich in das gutmütige Gesicht der Haushälterin. »Sie wissen, dass dem nicht so ist.« Ihr Blick fiel auf Lydias Aufzug. »Ist das Coxleys Kleid?«

»Ja, aber sie weiß nichts davon.«

Mrs. Erickson nickte. »Dann lassen Sie es uns schnell zurückhängen.« Sie streckte den Arm aus und bedeutete Lydia, die Hintertreppe hinaufzueilen.

Lydia rührte sich nicht. »Sie müssen Tante Margaret Bericht erstatten. Sie wird nicht zögern –«

Mrs. Erickson hob die Hand, um Lydia das Wort abzuschneiden. »Ich habe nichts gesehen.«

Lydia zwang ihre schweren Füße über den Steinfußboden. »Im Augenblick. Wenn ich aber nur eine Sekunde das Gefühl habe, dass meine Tante etwas darüber herausgefunden hat, werde ich ihr sagen, dass ich Sie bedroht habe.«

Gelegentlich war Tante Margaret mehr als nur verbal unflätig. Des Öfteren hatte sie die Hand gegen Lydia erhoben, allerdings nicht in den vergangenen paar Jahren. Einmal war ein Diener für Lydia eingetreten und daraufhin ohne Referenz entlassen worden. Lydia hatte sich geschworen, dass niemand je wegen ihr leiden sollte.

Mrs. Erickson erinnerte sich offenbar an den gleichen Vorfall, denn ihr Blick wurde traurig. »Gehen Sie.«

Lydia sauste die Treppen hinauf und zog das Dienstbotenkleid so schnell wie möglich aus. Sie hatte die Kleidungsstücke wieder in Coxleys Zimmer gebracht, und kam gerade die oberste Treppe herab, als sie die Stimme ihrer Tante aus dem Salon hörte.

»Wo ist Lydia?« Ihre Stimme war beinahe ein Kreischen

und Lydia wusste, dass sie diese Frage nicht zum ersten Mal
gestellt hatte.

Hastig betrat sie den Salon und zwang sich, trotz ihrer
entfesselten Emotionen die Fassung zu wahren. »Ich bin
hier, Tante Margaret. Ich war oben.«

Tante Margarets Wangen waren gerötet und ungeduldig
zog sie ihre Handschuhe mit wilden Rucken aus. »Hast du
wieder in den Sachen deiner Mutter gestöbert?«

In einem der Zimmer im Obergeschoss gab es eine kleine
Truhe mit Dingen, die Lydias Mutter gehört hatten. Lydia
hatte sie von Northumberland mitgebracht, als Andenken,
um ihrer Mutter nahe zu sein. Wenn Lydia der Sinn nach
Einsamkeit stand, ging sie nach oben und verbrachte auf die
einzige, ihr mögliche Weise, Zeit mit ihrer Mutter – indem
sie die Dinge berührte, die ihr gehört hatten. Tante Margaret
wagte sich nie in das oberste Geschoss und die Dienstboten
störten Lydia nicht, wenn sie dort oben war.

Heute war es eine höchst willkommene Entschuldigung.
»Ja.« Sie lächelte und versuchte so heiter als möglich zu
wirken. »Hattest du einen angenehmen Nachmittag?«

»Das hatte ich nicht.«

Mit einem finsteren Glitzern in ihren zusammengekniffenen Augen musterte sie Lydia prüfend, als ob sie ihre
Geheimnisse ergründen könnte.

Ohne ein Wort zog sich der Butler aus dem Salon zurück
und schloss die Tür. Mit wackligen Knien drückte Lydia sich
in der Nähe der Tür herum. Die Röte auf dem Gesicht ihrer
Tante wollte ihr nicht gefallen und auch nicht die Schatten in
ihrem Blick. Hatte sie irgendwie von Lydias Ausflug nach
Lockwood House erfahren?

Tante Margaret schlug sich mit ihren Handschuhen
gegen die Handfläche. »Heute Nachmittag war Mrs. Lloyd-
Jones bei Lady Dunthorpe. Ich habe mitangehört, wie sie die
empörendsten Dinge sagte.«

Lydia spannte sich an, doch sie versuchte, nonchalant zu wirken. »Tatsächlich?«

»Sie unterhielt sich mit Mrs. Horwatt über die verfügbaren Junggesellen und hat die Unverschämtheit besessen, Lord Lockwood in ihre Aufzählung einzubeziehen.« Ihre Stimme sank zu einem trügerisch sanften Tonfall. »Und weißt du, was sie als Nächstes gesagt hat?«

Lydias Brust zog sich vor Angst zusammen. Sie schüttelte den Kopf.

»Sie sagte, sie hoffe das *du* seine Aufmerksamkeit erregen würdest.« Tante Margaret kam um die Möbelstücke herum und bewegte sich steifen Schrittes auf Lydia zu. »Hast du irgendeine Ahnung, warum sie so etwas behauptet?«

Lydia zwang sich auszuatmen. Mit Tante Margaret darüber zu sprechen, Lockwood zu helfen stand jetzt sicherlich außer Frage.

Tante Margaret kam näher und blieb vor ihr stehen. Wieder schlug sie ihre Handschuhe gegen ihre Handfläche. »Du wirst Mrs. Lloyd-Jones über diese Dummheit aufklären. Lockwood eignet sich für niemanden als Ehegatte. Er gehört in eine Anstalt oder unter die Aufsicht eines Arztes wie seine schwachsinnige Mutter.«

Wie gern würde Lydia ihn in Schutz nehmen. »Ich werde mit Mrs. Lloyd-Jones sprechen.«

»Gut, aber das ist nicht genug. Ich möchte, dass er verschwindet. Endgültig.« Sie legte den Kopf schief und funkelte Lydia an. »Du stimmst mir zu, nicht wahr? Seine Anwesenheit ist unerträglich.«

Lydia knirschte mit den Zähnen, ehe sie antwortete: »Gewiss, aber was können wir tun? Es ist ja nicht so, als ob wir ihn bitten könnten, sich auf die eine oder andere Weise zu benehmen –«

Tante Margaret klatschte ihre Handschuhe mit einer Kraft in Lydias Gesicht, die bei einer Frau ihrer Statur und

Alters nicht hätte möglich sein sollen. »Du dummes Mädchen. Wir können alles manipulieren, was wir wollen. Wie um alles in der Welt glaubst du bin ich seine Mutter losgeworden?«

Lydia stand der Mund offen, ehe sie es verhindern konnte. Wieder schlugen die Handschuhe in ihr Gesicht und dieses Mal trafen die Knöpfe sie am Kiefer und brannten auf ihrer Haut. Seit Jahren hatte Tante Margaret die Hand nicht erhoben. Warum also jetzt?

Wegen Lockwood. Sie hatte behauptet, Harmony Lockwood würde sie hassen, aber das beruhte eindeutig mehr als auf Gegenseitigkeit und erstreckte sich auf Lady Lockwoods Sohn. So sehr, dass Tante Margaret wegen ihm vollkommen unangemessen wurde.

»Mach den Mund zu und hör mich an.« Tante Margarets Augen strahlten übertrieben und Lydia fragte sich, ob *sie* den Verstand verloren hatte. »Du wirst genau tun, was ich dir sage und nichts anderes.«

Lydia blinzelte durch den Schmerz auf ihrer Wange und dem Kiefer. »Ja, Tante Margaret, aber ich frage mich, ob ich einen Vorschlag machen darf?«

Tante Margarets Atem hatte sich vor Wut beschleunigt. »Was? Und er ist es besser wert, gehört zu werden.«

Es war ein waghalsiges Risiko, aber Lydia musste etwas unternehmen. »Was, wenn ich Lord Lockwood bei einem Fest helfe?« Tante Margarets Nasenflügel flatterten, ehe sie die Luft einsog und dann ihre Hand hob.

Lydia konnte nicht anders, als zurückzuweichen, um dem zu erwarteten Schlag zu entgehen. »Hör einfach zu, bitte! Allein der Gedanke – die Creme der Gesellschaft in Lockwood House. Seine Geheimnisse dort enthüllt. Es ist genau das, was du willst.«

Noch als sie diesen Vorschlag unterbreitete, versuchte sie,

eine Lösung zu finden, wie sie ihn vor Beschämung und Abwertung bewahren könnte.

Tante Margarets Blick wurde schmal und sie starrte Lydia an, gleichwohl sie sie nicht zu sehen schien, als sie den Vorschlag abwog. »Ich müsste eingeladen werden.«

»Natürlich.« Lydia hatte ihm das zwar nicht gesagt, aber er war vernünftig und würde es verstehen.

Tante Margaret verengte skeptisch die Augen. »Was würde ihm ›helfen‹ beinhalten? Du kannst nicht nach Lockwood House marschieren und dich so aufführen, als seist du seine Frau.« Sie grinste spöttisch, als sei dies das Abscheulichste, was sie je gehört hatte, und vielleicht war es das auch.

»Nein, Tante. Ich würde ihm eine Gästeliste geben. Ich würde ihm sagen, wie er dekorieren soll, welche Speisen er auftragen lassen soll und welche Musikanten er unter Vertrag nehmen soll.«

»Und sobald wir drin sind?«, brauste Tante Margaret auf. »Was genau hoffst du, aufzudecken – und du solltest besser eine spezifische Vorstellung haben.«

Das hatte sie nicht, also erfand sie einfach fieberhaft etwas und gab ihm den Anschein von *spezifisch*. »Er hat eine Gästeliste der Teilnehmer seiner lasterhaften Feste. Ich könnte es vielleicht schaffen, sie vor der Einladung zu finden, wenn du mir gestattest, Lockwood House zu besuchen.« Sie hatte keine Ahnung, ob solch eine Liste überhaupt existierte und selbst wenn das der Fall war, würde sie sie lieber nicht finden oder gar publik machen.

»Nein, vor dieser Einladung darfst du nicht in Lockwood House gesehen werden. Das wäre eine Katastrophe.« Tante Margaret warf ihr einen argwöhnischen Blick zu. »Abgesehen davon möchte ich nicht, dass du Zeit mit diesem Halunken verbringst.«

»Aber –« Sie bereute ihren Einwand, sobald sie die Handschuhe erneut in ihrem Gesicht spürte. Sie hatte anführen wollen, dass es sie – und infolgedessen auch Tante Margaret – in ein günstiges Licht rückte, indem sie ihm bei diesem Fest – einem normalen und keinem lasterhaften Fest – half. Allerdings hätte Lydia begreifen müssen, dass Tante Margaret nicht zustimmen würde, weil man ihrer Erfahrung nach nur zu Ruhm gelangte, indem man andere Leute niedermachte.

»Du könntest ihm in schriftlicher Form deine Unterstützung zukommen lassen. Ich werde jeden einzelnen Brief lesen, ehe er abgeliefert wird, und auch seine Antworten. Du wirst keine Geheimnisse vor mir haben, Lydia.«

Natürlich nicht. Lydias einzige Privatsphäre war ihr Verstand. Sie zwang sich zu einem gutmütigen Lächeln, um ihre bittere Enttäuschung zu tarnen. »Wie du willst, Tante Margaret.«

Tante Margaret wandte sich von ihr ab. »Nun geh. Heute Abend ist der Musikabend der Comptons. Vergiss nicht, das Mal auf deiner Wange zu kaschieren.«

Lydia strich mit ihren Fingern über den pochenden Schmerz an ihrem Kiefer und ertastete einen winzigen Wulst. »Ja, Tante.« Sie klang besiegt, doch das würde ihre Tante freuen. Ein gebrochener Geist war am biegsamsten.

KAPITEL 10

*M*it hoch erhobenem Kopf folgte Lydia ihrer Tante in den Salon der Comptons. Innerlich war sie in Aufruhr, doch das würde sie niemals zeigen. Die Gesellschaft hatte keine Ahnung von der Verzweiflung, die ihre Seele beschattete, und das würde sie auch nie haben.

Lady Compton begrüßte sie mit einem breiten Lächeln. Nachdem sie die gebotenen Höflichkeiten ausgetauscht hatten, verließ Lydia ihre Tante so rasch als möglich. Sie sah sich nach Audrey um, aber sie wurde von zwei jungen Damen, Miss Rowe und Miss Bryant abgefangen.

»Lady Lydia!«, rief Miss Rowe aus. »Sie müssen uns alles über Lord Lockwood erzählen. Ich kann nicht glauben, dass Sie mit ihm getanzt haben. Ist er nicht schrecklich ungelenk?«

Lydia unterdrückte den Wunsch, eine finstere Miene aufzusetzen. Stattdessen beugte sie sich näher, als ob sie ein Geheimnis verraten wollte. »In Wahrheit ist er bemerkenswert geschmeidig für so einen großen Mann. Ich war sehr beeindruckt.«

Miss Bryant machte große Augen. »Sagen Sie so etwas niemals! Er ist so ... beängstigend!«

»Unsinn«, gab Lydia mit einer Spur Gift zurück.

»Ach, aber diese grauenhafte Narbe.« Miss Rowe schauderte. »Haben Sie den Blick abwenden müssen?«

Lydias Geduldsfaden wurde dünner. »Nein.«

Miss Bryant stieß einen kleinen Schrei aus. »Dort ist er!«

Lydia widerstand dem Drang, sich umzuwenden und ihn anzuschauen. Sie hatte eigentlich gehofft, ihm aus dem Weg gehen zu können. Die Dinge mit Margaret würden reibungsloser laufen, wenn sie sich von ihm fernhielte – zumindest in der Öffentlichkeit.

Endlich erspähte sie Audrey in einer Ecke. »Bitte entschuldigen Sie mich.«

Audrey lächelte, als Lydia an ihrer Seite ankam. »Ich liebe dein neues Kleid, Lydia. Das bernsteingelb harmoniert wunderbar mit deinem Teint.«

»Danke. Ich bin sehr zufrieden damit, wie es geworden ist«, antwortete Lydia, die froh darüber war, etwas zu haben, das ihre Gedanken von Lockwood und ihrer Tante ablenkte.

Audrey senkte die Stimme. »Lord Lockwood schaut in diese Richtung.«

Offenbar würde er es ihr nicht leicht machen, ihm auszuweichen. Lydia drehte sich nicht zu ihm um. »Er kommt doch nicht etwa hierher?«

»Er unterhält sich ausgerechnet mit Lord Sevrin.«

Natürlich. Die beiden waren Freunde. Vor seiner Heirat hatte Sevrin Lockwoods Feste besucht. »Gut. Gibst du mir bitte Bescheid, wenn er in unsere Richtung kommt?«

Audrey warf Lockwood einen Blick zu. »Was ist los? Magst du Lord Lockwood nicht?«

»Doch, aber ich muss nicht bei jeder Veranstaltung mit ihm gesehen werden, oder?« Lydia *musste* mehr Abstand zwischen sie bringen. Wenn Tante Margaret wegen Mrs.

Lloyd-Jones' Kommentare außer sich geraten war, würde sie unweigerlich in Rage sein, wenn sie dachte, es würde sich eine allgemeine Meinung formen, die sie mit Lockwood in Verbindung brachte – was dumm war, weil sie lediglich einen einzigen Walzer zusammen getanzt hatten.

Abende wie diese weckten in ihr fast den Wunsch, sie könnte in Northumberland glücklich mit einem Müller oder Landwirt verheiratet sein, während sie Kinder und Katzen großzog. Aber nein, sie musste Tante Margaret zufriedenstellen, was bedeutete, dass sie ihrem üblichen Tun nachgehen musste. Sie setzte ein falsches Lächeln auf. »Ich kann heute Abend nicht einfach in der Ecke stehen. Lass uns jemand finden, mit dem wir uns unterhalten können.«

Aus dem Augenwinkel sah sie Lockwood. Er schaute in ihre Richtung, doch sie erwiderte seinen Blick nicht. Gleichwohl ihr Nacken kribbelte, bewegte sie sich weiter. Warum nur musste sie ihn mögen? Ihr Leben wäre so viel einfacher, wenn er das furchteinflößende Untier wäre, für das er von allen gehalten wurde.

Aber nein, er war taktvoll und geistreich und er brachte ihr Herz zum Singen. Und wenn es nach Tante Margaret ginge, würde sie ihn am Ende zerquetschen.

~

*J*ason beobachtete Lydia im Gespräch mit Miss Cheswick. Er lenkte seine Aufmerksamkeit wieder zu Sevrin zurück, mit dem er zu sprechen gehofft hatte. »Obwohl du gerade erst in die Stadt zurückgekehrt bist, hast du sicher schon von meinem Halbbruder gehört.«

»Mr. Ethan Locke? Ja, ich habe von ihm gehört, obwohl ich seine Bekanntschaft noch nicht gemacht habe, und du wirst verstehen, wenn ich sage, dass mich Klatsch und

Tratsch nicht sonderlich interessieren.« Sein Lächeln war verschmitzt. Wenn sich jemand mit den Fallstricken von Gerüchten und Anspielungen auskannte, dann Sevrin.

»Das ist kein Gerücht und etwas, das nur du in vollem Umfang verstehen wirst: Locke ist besser bekannt als Ethan *Jagger*.«

Sevrin machte große Augen, und er rückte näher an die Wand, wobei er Jason mit sich zog. »*Er* ist dein Bruder?«

»*Halbbruder*.« Nicht zuletzt kannte Sevrin ihn als Jagger, den Sponsor der Boxer, aber was wusste er sonst noch? »Wie gut weißt du über ihn Bescheid? Und sei ehrlich. Ich vermute, dass er ein Verbrecher ist.«

Sevrin sprach mit leiser Stimme. »Du hast recht. Er hat mich gezwungen, für ihn zu kämpfen, indem er drohte, Philippa als die Frau zu entlarven, mit der ich in jener Nacht auf deinem Fest gesehen wurde.« Sein Halbbruder war also nicht nur ein Krimineller, sondern auch ein ausgekochtes Schlitzohr. Sevrin fuhr fort: »Ich hatte mich bereit erklärt, einen dauerhaften Kämpfer für ihn zu finden, doch als ich zu lange brauchte, brachte er Philippa zum Kampf in die Dirty Lane mit.«

Jason hatte dem Kampf beigewohnt und die maskierte Frau gesehen, die neben Ethan gesessen hatte. Es war ihm nicht aufgegangen, dass es Lady Philippa gewesen war. »Moment, hast du in Cornwall nicht noch einmal für ihn gekämpft? Ich bin überrascht, dass du dein beachtliches Boxpotential nicht gegen *ihn* eingesetzt hast.«

Sevrins Augen verfinsterten sich. »Ich habe mich nicht gänzlich gezügelt. Aber ich muss zugeben, dass er etwas an sich hatte, das meinen Zorn besänftigte. Er verstand mein Bedürfnis zu kämpfen, schätzte es sogar, selbst wenn er es ausnutzte. Deshalb habe ich in Cornwall für ihn gekämpft.« Er hielt einen Moment inne, dann senkte er seine Stimme noch weiter. «Da ist noch etwas anderes. Einer seiner

Männer – ein fieser Kerl – hat Philippa in Cornwall entführt. Ich konnte ihn aufhalten, bevor die Dinge ... hässlich wurden.« Die Art, wie er das Wort aussprach, und die nicht greifbare Aura der Bedrohung, die Sevrin dabei ausstrahlte, gaben Jason eine Vorstellung davon, was genau damit gemeint war.

Jason wunderte sich wieder einmal, wie es angehen konnte, dass Sevrin Ethan nicht zu Tode geprügelt hatte. »Welche Rolle hatte Ethan bei all dem gespielt?«

»Das ist es ja gerade: keine.« Sevrin runzelte die Stirn. »Als er erfuhr, was sein Mann verbrochen hatte, war er sogar sehr aufgebracht. Er ging überdies so weit, sich zu entschuldigen. Zudem wurde der Entführer im Gefängnis ermordet. Ich habe keine Beweise, aber ich frage mich, ob Jagger nicht die Finger im Spiel hatte.«

Wieder einmal stand sein Halbbruder im Mittelpunkt des Übels. Es war nicht glaubwürdig, dass Ethan *nicht* darin verwickelt war, ganz egal, was Sevrin glaubte. Wahrscheinlich hatte Ethan ihn einfach unter Einsatz seines berüchtigten Charmes – den er sich schon immer für seine eigenen Ziele zunutze gemacht hatte – vom Gegenteil überzeugt. Die Dienerschaft von Lockwood House hatte ihn vergöttert, wenn ihr Vater ihn zu Besuch mitbrachte. Es schien, dass selbst ein Mann wie Sevrin nicht völlig immun war. »Ich hoffe, dass du nicht naiv bist.«

»Dass wir Busenfreunde wären, habe ich nicht gesagt«, verteidigte sich Sevrin trocken. «Niemand weiß, was in Cornwall passiert ist, und um Philippas willen will ich, dass das auch so bleibt.«

Jasons Blick huschte zu Lady Sevrin, die gerade mit Lydia und Miss Cheswick in eine Unterhaltung vertieft war. »Gewiss. Aber du sagtest, Ethan sei ein Krimineller. Weißt du von etwaigen anderen kriminellen Aktivitäten außer Entführung und Nötigung?«

»Er arbeitet für Gin Jimmy.« Sevrin zuckte mit den Schultern. »Ich kann nicht sagen, was Jagger treibt, doch als Philippa und ich zu ihm gebracht wurden, wirkte er wie ein Fürst, der über seine Untertanen herrscht. Er hatte eine ganze Bande von brutalen Rohlingen dort bei sich.«

Jetzt besaß Jason aus erster Hand Zeugnis über die Verbrechen seines Bruders, wenn es auch nicht zur Vorlage in der Bow Street taugte. »Danke, dass du mir das erzählt hast.«

Jason hatte sich seine Feindseligkeit offenbar anmerken lassen, denn Sevrin legte den Kopf schief und fragte: »Ihr habt nichts füreinander übrig, stimmt das?« Als Jason nicht antwortete, wurde Sevrins Stimme sanft. »Das ist bedauerlich. Ich würde alles darum geben, meinen Bruder zurückzubekommen.«

Unfähig, dieses Gefühl nachzuempfinden, und seltsam unbehaglich darüber, wechselte Jason zu einem vollkommen anderen Thema. Wieder sah er zu Lydia. Sie unterhielt sich noch immer mit Lady Sevrin, aber Miss Cheswick war nicht mehr bei ihnen. »Da wir gerade von deiner Frau sprechen, es ist höchste Zeit, dass wir einander formell vorgestellt werden.«

Sevrin warf ihm einen fragenden Blick zu. «Wusstest du, wer sie in jener Nacht in Lockwood House war?«

»Nicht genau, aber ich habe nicht einen Moment geglaubt, dass sie einfach nur eine Geliebte war, die du mitgebracht hattest.« Wie viele andere Leute auch fügte Jason hinzu: »Ein Verdacht, den ich nie wiederholt habe.«

Sevrin seufzte. »Sie ist viel zu elegant, zu perfekt. Keine Halbweltdame könnte sich so halten wie sie. Komm.« Er führte Jason zu seiner Frau und noch wichtiger, ihrer Begleiterin, Lydia.

Lydia bemerkte, wie die Männer näher kamen, doch sie

lenkte den Blick rasch zu Lady Sevrin. Die Vorstellung wurde von Sevrin durchgeführt.

»Lord Lockwood, ich bin erfreut, Ihre Bekanntschaft zu machen«, meinte Lady Sevrin mit einem verschmitzten Funkeln in ihrem Blick. Sie hatten sich natürlich schon getroffen, als sie versehentlich in eines seiner lasterhaften Feste geplatzt war. Sevrin hatte sie gerettet und obwohl es ein steiniger Weg gewesen war, hatten sich die Dinge ausgezeichnet für sie beide entwickelt. Wenn ein Halunke wie Sevrin Vergebung finden konnte, gab es vielleicht auch für Jason noch Hoffnung.

Jason ergriff ihre Hand und verneigte sich. »Das Vergnügen ist ganz meinerseits.«

»Sie kennen Lady Lydia bereits«, stellte Lady Sevrin fest, deren Blick zu Lydia flackerte, die weiterhin Augenkontakt mit ihm vermied. Was um alles in der Welt war nur los mit ihr? Waren sie nicht gerade erst heute Nachmittag eine Partnerschaft eingegangen?

»In der Tat. Guten Abend, Lady Lydia.« Als sie ihm ihre Hand nicht anbot, ergriff er sie wagemutig und drückte ihr einen Kuss auf den Rücken ihres Handschuhs. Er fühlte, wie sie die Muskeln anspannte und endlich schnellte ihr Blick zu ihm. Doch ihre braunen Augen waren ausdruckslos, bar ihres üblichen Funkelns.

»Lord Lockwood.« Sie zog ihre Hand aus seinem Griff zurück. »Bitte entschuldigen Sie mich. Ich sehe da jemanden, mit dem ich sprechen muss.« Sie drehte sich weg und ging davon.

Jason runzelte die Stirn. Jemand hielt sie weniger als drei Meter von ihnen entfernt auf. Er konnte nicht hören, was gesagt wurde, aber er schnappte ihre Antwort auf. »Ja, er hat eines dieser Feste ausgerichtet.« Sie klang resigniert, unbeteiligt.

Diesmal hörte er die Bemerkung der anderen Frau.

»Nach dem Umgang zu urteilen, den er pflegt, ist er überhaupt nicht rehabilitiert. Man muss sich fragen, ob man ihm
erlauben sollte, sich unter unsere beeinflussbarsten
Mitglieder der Gesellschaft zu mischen. Wie Sie zum
Beispiel. Ich denke, Sie würden es vorziehen, Abstand zu
halten.«

»Das versuche ich, ja«, entgegnete Lydia.

Jasons erstarrte innerlich zu Eis. Was für ein Spiel spielte
sie da? Wollte sie ihm beschämendes Scheitern bereiten?
Wollte sie ihn in den Wahnsinn treiben, so wie ihre Tante
dies mit seiner Mutter auf jener Dinnerparty vor sieben
Jahren vollbracht hatte? Seine Wut wallte in ihm auf, und es
kostete ihn seine gesamte Willenskraft, nicht zu ihr zu
marschieren, sie am Arm zu packen und irgendwohin zu
schleifen, um die Wahrheit zu erfahren.

Er entschuldigte sich bei den Sevrins und schlenderte am
äußeren Rand des Raumes umher. Als er beobachtete, wie
Lydia von Person zu Person wandelte und wahrscheinlich
ihr Gift verbreitete, verdüsterte sich seine Stimmung.

Er entdeckte Miss Cheswick in der Ecke. Vielleicht
konnte sie ihm sagen, was zum Teufel Lydia vorhatte. «Miss
Cheswick, welch eine Freude, Sie hier zu sehen.«

Sie lächelte. »Lord Lockwood, guten Abend.«

»Sie haben die Ecke belegt, wie ich sehe. Nehmen Sie
gerne an diesen Veranstaltungen teil?«

«Ich weiß, es scheint, als würde ich das nicht, aber die
Antwort lautet ja. Ich bin eher eine Beobachterin, und das
passt mir gut. Nehmen *Sie* gern an diesen Veranstaltungen
teil? Sagen Sie mir«, und ihre Stimme wurde zu einem
dramatischen Flüstern, »sind Ihre Feste unterhaltsamer?«

Er lachte leise, denn Miss Cheswick war ihm sympa-
thisch. »Selbstverständlich. Aber sagen Sie niemals, Sie
wüssten das von mir. Warum leistet Lady Lydia Ihnen keine
Gesellschaft?«

Miss Cheswick presste die Lippen zusammen und zog die Nase kraus. »Sie ist einfach nur Lydia. Sie ist wirklich harmlos.« Der Blick, den sie ihm schenkte, war ernst und vielleicht auch ein wenig flehend. Ihr lag daran, dass er ihren Worten Glauben schenkte.

Wieder fachten die Worte, die er mitgehört hatte, seine Wut an. »Harmlos? Ich bin sicher, dass sie schon einer Menge Menschen geschadet hat. Ist sie nicht auch so eine Klatschbase wie ihre Tante?«

Miss Cheswick zuckte zusammen, und er wünschte, er hätte die Dinge anders ausgedrückt. »Das ist sie in Wahrheit nicht. Wenn Sie sie so gut kennen würden wie ich, würden Sie das auch so sehen. Aber niemand kennt sie so wie ich«, endete sie traurig.

»Dann helfen Sie mir, sie zu kennen.« Er senkte seine Stimme zu einem Flüstern und beugte sich zu Miss Cheswick vor. »Wenn die Musik beginnt, schicken Sie sie in die Porträtgalerie.«

»Das ist kaum schicklich«, widersprach Miss Cheswick empört.

»Wahrscheinlich nicht, aber ich vermute, Sie werden es trotzdem tun.« In der Hoffnung, dass Miss Cheswick den rebellischen Geist besaß, den er in ihr erahnte, schaute er sie herausfordernd an.

Miss Cheswick schüttelte den Kopf. »Ich weiß nicht, ob sie kommen wird.«

Er drückte sanft seine Finger auf ihren Unterarm. »Bitte sorgen Sie dafür, dass sie kommt.«

Miss Cheswick nickte. Er entfernte sich von ihr und schlenderte durch den Salon zu einem kleineren Nebenraum, in dem sich immer noch einige Gäste tummelten. Er trat in einen weiteren Raum und gelangte schließlich zu einem Korridor, der zur Porträtgalerie führte, in der er die nächste halbe Stunde damit verbrachte, die verschiedenen Gemälde anzuschauen. In der Nähe der Tür ging er unruhig auf und ab. Als er die ersten Klänge der Musik hörte, hielt er inne. Sie war nicht gekommen.

Er lehnte sich an die Wand und ließ das Haupt gegen den Putz zurücksinken. Einen Moment später vernahm er das Rauschen von Röcken, ehe etwas bernsteingelbes neben ihm aufblitzte. Er schnappte ihre Hand und wirbelte sie herum, sodass sie zu ihm gewandt war. Aber er zog fester, als beabsichtigt – oder vielleicht war sie auch nur leichter, als er erwartet hatte – und sie prallte gegen seinen Oberkörper.

Ihre braunen Augen waren weit aufgerissen, als sie zu ihm aufsah. Er schlang einen Arm um ihre Taille und hielt ihre Hand weiter fest.

Er wollte sie mit Fragen bestürmen und die Wahrheit von ihr verlangen, aber der angstvolle Ausdruck in ihren Augen machte ihn sprachlos. Noch nie hatte er sie eingeschüchtert. Was hatte sich nur in den wenigen Stunden gewandelt, seit er sie das letzte Mal gesehen hatte?

Ihr aufschauendes Gesicht wirkte im weichen Licht der Galerie blass und schön. »Ich hätte nicht kommen sollen«, flüsterte sie und wich zurück.

Er hielt sie fest an sich und spannte den Griff um ihre Taille an. «Gehen Sie nicht. Ich werde Sie nicht fortlassen. Noch nicht.« Er ließ ihre Hand los und strich mit dem Daumen über ihren Kiefer. Sie wich zurück. «Was ist los? Ist heute Nachmittag etwas passiert, nachdem Sie Lockwood House verlassen haben?«

Sie zauderte einen winzigen Moment, ehe sie den Kopf schüttelte. Er glaubte ihr nicht. Genauer gesagt wusste er jetzt, dass etwas passiert war. »Sagen Sie mir, was heute Nachmittag vorgefallen ist.«

»Nichts«, gab sie zurück, aber die Antwort kam zu schnell und in einer höheren Tonlage, was eine Bestätigung war, dass sie log.

Er bewegte seinen Daumen zurück und übte etwas mehr Druck aus, und dieses Mal blinzelte sie und wich ihm aus. Sanft hielt er ihr Kinn und drehte ihren Kopf zur Seite, worauf er einen schwachen roten Fleck erkannte, der allerdings sorgfältig mit einem Kosmetikum verdeckt war. Wut schoss durch ihn hindurch. »Was ist das?«

»Nichts.«

»Hören Sie auf, das zu sagen«, sagte er schärfer als beabsichtigt, aber die Wut kochte in ihm. «Sagen Sie mir, wie das passiert ist.« Er schaute ihr in die Augen. »Und lügen Sie nicht.«

Sie schluckte und sein Blick fiel auf die zarte Linie ihres Halses. »Bitte fragen Sie mich nicht.« Sie presste die Worte stoßweise hervor.

Er würde sie nicht zwingen. Sie hatte heute genug durchgemacht. »War das, weil Sie zu mir gekommen sind?« Seine Rage kämpfte gegen die überwältigende Zärtlichkeit an, die er für diese Frau in seinen Armen empfand. Noch nie hatte er sich von solch einem Drang befallen gesehen, jemand anderen, mit Ausnahme seiner Mutter, zu beschützen, die stets machtlos erschienen war. Aber Lydia war nicht so. Sie war stark und er wollte, dass sie es blieb.

»Ich sollte gehen«, flüsterte sie und klang dabei hohl und gebrochen.

Ja, das sollte sie. Aber er musste es wissen. »Wenn Ihre Tante Ihnen das angetan hat, dann verlange ich, dass Sie mir das sagen. Ich kann nicht –«

Sie riss ihren Kopf von seiner Berührung zurück. »Sie können was nicht? Sie haben nichts zu sagen. Bitte lassen Sie mich einfach gehen.«

Er schmiegte seine Hand um ihren Hinterkopf und zog ihren Mund zu seinem. Er sehnte sich danach, ihren Verstand von diesem Moment zu befreien, und ihr ein

Gefühl von Freude und Glückseligkeit zu schenken. Und vielleicht wollte er das auch für sich selbst.

Er legte seine Lippen auf ihre. Sie wehrte sich nicht, aber sie erwiderte seinen Kuss auch nicht. Er winkelte den Kopf an und massierte ihre Taille, was dazu diente, sie noch fester an ihn zu schmiegen. Sie fühlte sich himmlisch an und ihr Körper schmiegte sich mit einer Unschuld an ihn, die ebenso berauschend wie Lust war. Nein, berauschender.

Sie war noch nie zuvor geküsst worden. Darauf würde er Lockwood House verwetten. Ihr Mund entspannte sich unter seinem und er fuhr mit der Zunge über ihre Lippen. Sie schnappte nach Luft und er nutzte die Gelegenheit in ihre feuchte Mundhöhle zu schlüpfen.

Ihre Hände schoben sich an seiner Brust empor. Er erstarrte für einen winzigen Augenblick, denn er fürchtete, sie wolle ihn wegstoßen. Doch dann krallten sich ihre Finger um sein Revers und in seine Krawatte, als ob ihr Leben davon abhinge. Vielleicht war dem so.

Er schloss die Finger um ihren Hinterkopf, als er den Kuss vertiefte. Dann machte er den Mund noch weiter auf und sie tat es ihm sofort gleich, womit sie ihn einlud, ihr zu zeigen, was sie tun musste. Zaudernd streifte sie seine Zunge mit ihrer. Fast hätte er vor süßer Wonne gestöhnt. Zwischen ihnen wurde sein Schaft immer härter und er hoffte, dass sie nicht zurückschreckte. Himmel, wenn irgendjemand ihn jetzt sah – wie er eine Unschuldige verführte –, würde sich sein Ruf nie wieder davon erholen.

Er sollte aufhören. Nicht um seinetwillen, sondern wegen ihr.

Aber sie führte ihre Hand über seinen Kragen und legte sie seitlich an seinen Hals. Ohne diese verdammten Handschuhe wäre es so viel besser, doch er würde nehmen, was er bekommen konnte. Ihre Berührung war zögerlich, aber auch wagemutig. Sie schob die Hand in seinen Nacken und ahmte nach, was er mit ihr getan hatte, indem sie ihn an sich drückte, als ob sie ihn nie wieder loslassen wollte.

Er bewegte seine Zunge mit größerer Beharrlichkeit in ihrem Mund, als sein Verlangen zunahm. Er musste bald aufhören, aber sie fühlte sich so verdammt gut an. Vage erinnerte er sich, warum er sie hierhergebeten hatte. Und sie zu küssen war nicht der Grund gewesen. Zumindest nicht bewusst. Er zog sich zurück, um sie anzuschauen, doch ihre Augen waren noch immer geschlossen.

»Lydia«, raunte er und seine Stimme war rauchig vor Lust. »Schau mich an.«

Sie schlug die Augen auf. Sie waren verklärt, voller Wonne. Sein Schaft schwoll an.

»Ich werde dich vor ihr beschützen.«

»Das kannst du nicht. Es ist unwichtig. Bloß … ich will nicht darüber reden. Kannst du mich nicht noch einmal küssen?« Sie zog an seinem Kopf.

Er konnte mehr als das.

Er drehte sie herum, bis sie mit dem Rücken zur Wand stand. Überraschung flackerte in ihren Augen auf und scharf sog sie die Luft ein. Er lächelte verschmitzt. »Das würde ich liebend gern. Soll es ein keuscher Kuss hier sein?« Er streifte mit den Lippen über ihre Wange und spürte, wie sie erschauderte.

»Oder vielleicht hier?« Er zog mit den Lippen eine Spur über ihren Kiefer und drückte seinen Mund dann auf die Unterseite ihres Kinns.

Sie legte den Kopf gegen die Wand zurück, was ihren porzellanenen Hals verlängerte und seine unvergleichliche Eleganz hervorhob.

»Nein, ich denke hier.« Er ließ Küsse auf ihren Hals und entlang des Schlüsselbeins herabregnen. Er öffnete den Mund auf ihrer Haut und leckte sie. Sie zuckte. Er schloss die Lippen um die Stelle und saugte sanft, wobei er achtgab, kein Mal zu hinterlassen.

Sie stöhnte leise und verflocht die Finger mit seinem Haar.

Er behielt seine rechte Hand auf ihrer Taille und fächerte die Finger der linken über ihre Schulter. Sie bog den Kopf weiter zurück ... und stillschweigend um mehr bettelnd, reckte sie sich zu seinem Mund empor. Mit übermenschlicher Anstrengung glitt er mit seinem Mund zurück über ihr Schlüsselbein und an ihrem Hals hinauf.

»Ich denke, ich mag deinen Mund am liebsten.« Dann waren seine Lippen auf ihr, doch dieses Mal begegnete sie ihm mit blanker Leidenschaft. Mit den Händen klammerte sie sich an ihn und hielt ihn als Geisel ihrer aufkeimenden Begierde gefangen. Ihr Mund öffnete sich und sie legte den Kopf schräg, um seinen Vorstoß zu empfangen, doch dann stieß sie mit der Zunge vor und wagte selbst eine Erkundung.

Er drückte sich an sie, auf der Suche nach dem herrlichen Spalt zwischen ihren Schenkeln, in den er seinen Schaft einführen könnte. Fantasiebilder, wie ihre Röcke bis zur Taille hochgeschoben waren und ihre nackte Haut entblößt, die darauf seinem hungrigen Blick ausgesetzt war, raubten ihm fast den Verstand. In blindwütigem Verlangen kreiste er mit den Hüften.

Abermals keuchte sie in seinen Mund, doch sie stieß ihn nicht fort. Er strich mit seiner Hand an der Vorderseite ihres Kleides hinab und legte sie um ihre Brust. Sie war fest und weich, herrlich rund. Durch den Stoff ihres Kleides hindurch zogen seine Finger an ihr und arbeiteten sich bis zur Spitze vor.

Stimmen durchbrachen seinen sexuellen Nebel.

Er hörte auf, sie zu küssen, aber er zog sich nicht zurück. Sie hörte die Stimmen auch, denn ihr panischer Blick fand den seinen. Er schüttelte den Kopf und flüsterte »Schhh« gegen ihren Mund.

Ihre Augen waren angsterfüllt.

»Die Galerie. Dort wird niemand drin sein«, war eine kichernde Frauenstimme zu hören.

»Geh voraus«, entgegnete ihr männlicher Begleiter.

Lydia riss die Augen noch weiter auf. Zögernd zog Jason seine Hand von ihrer wundervollen Brust zurück und drückte die Handflächen flach gegen die Wand über ihrem Kopf. Er sprach so leise und eindringlich wie möglich. »Sie kommen von links. Sie werden wahrscheinlich durch die Tür eintreten, durch die du gerade eingetreten bist. Wir werden durch die andere Tür zu deiner Rechten gehen. Wir müssen den richtigen Zeitpunkt abpassen. Bewege dich so leise wie möglich. Nicke, wenn du verstanden hast.«

Sie nickte. Er spürte, wie ihr Herz an seiner Brust klopfte. Er fasste ihre Hand, warf ihr einen ermutigenden Blick zu und – weil er nicht widerstehen konnte – küsste sie schnell.

Mit leisen Schritten führte er sie zur anderen Tür und spähte um den Türpfosten herum. Das Paar war in der angrenzenden Kammer in eine Umarmung verstrickt. Er beobachtete die beiden und wartete.

Lydia hielt seine Hand fest umklammert. Er spürte ein leichtes Zittern in ihrem Körper.

Das Paar setzte sich in Bewegung. Gerade als sie durch die Tür gingen, zog er Lydia aus der Galerie. Er hielt nicht inne, sondern ging weiter durch einen Salon. Sie befanden sich auf der anderen Hausseite des Ballsaals, in dem der Musikabend stattfand. Er wollte sie noch nicht dorthin bringen. Sie musste ihre Fassung wiedererlangen.

»Weißt du, wo der Ruheraum ist?«, fragte er.

Sie starrte ihn ausdruckslos an, als ob sie die Frage nicht verstanden hätte. Dann blinzelte sie. »Es gibt einen kleinen Aufenthaltsraum in der Nähe des ...«

»Es ist mir egal, wo. Geh jetzt dorthin. Komme in den nächsten zehn Minuten nicht zum Musikabend. Schütze Kopfschmerzen vor und geh nach Hause.«

Sie nickte.

Er drückte ihre Hand. »Du wirst das schon schaffen. Geh.«

Nach einem letzten langen Blick drehte sie sich wortlos um und ging davon. Er sah, wie ihre bernsteingelben Röcke gegen den Türrahmen schwangen, als sie hinausging, und unterdrückte den Drang, ihr nachzulaufen, sie in seine Arme zu schließen und sie nach Lockwood House zu entführen, ganz nach Manier des Halunken, der er war.

Aber nein, er würde sie nach Hause zu dieser Hexe gehen lassen, die ihr ins Gesicht geschlagen hatte. Und wenn ihn das nicht zu einem Halunken machte, was dann?

KAPITEL 11

$\mathcal{A}$ ls Lydia im Ruheraum ankam, wurde sie von einer kleinen Gruppe von Frauen empfangen, die nur ein wenig älter waren als sie selbst. Sie waren alle verheiratet und mieden den Musikabend, um hier sitzen und tratschen zu können. Bei Lydias Eintreten leuchteten ihre Augen auf, doch Lydia erübrigte ihnen nur ein schwaches Lächeln und zog sich gleich hinter einen Paravent zurück, um ungestört zu sein.

Sie machte sich bereit, die Anwesenden auszublenden, doch dann vernahm sie deutlich die Worte »Lady Aldridge« und »Tod«. Sie spitzte die Ohren.

»So traurig«, bemerkte eine Frau.

»Aber sich das Leben nehmen?«, diese Frau klang empört. »Der Tod ihres Mannes ist tragisch, sogar grauenhaft, bedenkt man die Umstände, aber Selbstmord ist eine so gottlose Tat.«

Selbstmord? Wie? wollte Lydia fragen, aber die neue und geläuterte Version ihrer selbst gebot ihr, den Mund zu halten.

»Ich kann mir nicht vorstellen, dass es ein Begräbnis geben wird. Welch ein Jammer. Ich mochte sie sehr.«

Eine andere Frau nickte. »Sie besaß einen großartigen Geschmack für Mode.«

»Wenigstens hatte sie den Anstand, einfach eine Über-dosis Laudanum zu nehmen«, meldete sich die dritte Frau zu Wort, eine junge Baronin mit spitzer Zunge. »Es ist wohl die sauberste Art für die Tat, wage ich zu behaupten.«

Lydia hatte genug gehört und fühlte sich von dem Belauschten sogar ein wenig angewidert. Sie verließ den Ruheraum und kehrte leise in den Ballsaal zurück, in dem die Musik noch immer spielte. Sie fühlte sich fast ebenso rührselig wie bei ihrer Ankunft heute Abend und suchte sich einen Platz bei der Wand hinter den aufgestellten Stuhlreihen.

Doch dann entdeckte sie Jason, der sie vom anderen Ende der Reihe her ansah. Mit verschränkten Armen lehnte er an der Wand, und seine Augen bohrten sich mit verführerischer Intensität in sie. Unverzüglich schwenkten ihre Gedanken von Melancholie zu Lüsternheit um.

Jason?

Offenbar konnte sie ihn nicht mehr »Lockwood« nennen. Er war ein Freund geworden. Nein, nicht nur das. Er war zu etwas viel Gefährlicherem geworden.

Sie wandte den Blick von ihm ab, falls sich ihr Gesicht bis zu einem merklichen Grad rötete. Es war schon schlimm genug, dass alles Übrige von ihr in Flammen stand, wenn sie an seinen Mund auf ihrer Haut dachte, an seine Hand auf ihrer Brust, an seine Schenkel, die sich an ihre schmiegten.

Denk an etwas anderes.

Sein Fest. Sie wäre durch das Schreiben von Briefen, wie es ihre Tante angeordnet hatte, leicht imstande, ihm bei der Planung zu helfen, doch das würde keinen großen Spaß machen. Insbesondere, weil sie ihn nicht sehen würde, und sich damit keine Gelegenheit für weitere Küsse ergäbe. Vielleicht könnten sie sich heimlich treffen. Dann könnten sie die Vorbereitungen persönlich besprechen und sie könnte ihn wieder küssen. Vielleicht würde er sie wieder an der Brust berühren oder sogar ihr Kleid ausziehen. Es war nicht vorauszusagen, was sie am Ende tun würden. Meine Güte, mit einer einzigen Umarmung hatte er sie in ein lüsternes Luder verwandelt.

Denk an etwas anderes!

Zurück zum Fest. Sie hatte völlig vergessen, ihm zu sagen, dass sie das Ereignis per Brief planen mussten. Aber wie hätte sie das auch gekonnt? Ihre Münder waren sehr beschäftigt gewesen.

Ach, zum Teufel, sie konnte der Erinnerung an seine verheerende Umarmung nicht entkommen. Sie besetzte jeden Winkel ihres Gehirns. Sie brannte darauf, zu Ende zu bringen, was er begonnen hatte. Wären sie nicht unterbrochen worden, würden sie genau das vielleicht gerade tun.

Ihr Blick wanderte zu Jason. Er schaute sie immer noch an. Überwältigt drehte sie sich weg und verließ den Ballsaal wieder, um dann ruckartig stehen zu bleiben, als sie fast mit seinem Halbbruder zusammenstieß.

»Mr. Locke«, keuchte sie.

Er streckte die Hand aus und fasste sie leicht am Ellbogen, um sie zu stabilisieren. »Lady Lydia, Ihr seht erhitzt aus. Geht es Ihnen nicht gut? Darf ich Sie zu einer Runde auf der Terrasse begleiten?« Er ließ sie los und bot ihr seinen Arm an.

Hinter ihr schallte die Musik weiter. Sie hatte keine Lust, wieder hineinzugehen, wenn die einzige Unterhaltung darin bestand, gegen ihre Anziehung zu Jason anzukämpfen. »Ja, danke.« Sie hakte sich bei ihm unter und er führte sie durch den Salon zurück.

Sie sah ihn fragend an und dachte, dass er zwar ein

unversehrtes Gesicht besaß, dafür aber irgendwie weniger attraktiv wirkte. Plötzlich fiel ihr ein, dass er ein Freund von Lady Aldridge war. »Bitte nehmen Sie mein Beileid für Lady Aldridge an. So ein trauriges Ende, und das nach diesem tragischen Schicksalsschlag, von dem die arme Frau bereits heimgesucht worden war.«

Er schielte sie von der Seite an. »Sie haben es schon gehört?«

Sie lächelte ironisch. »Wir sind hier in London, Mr. Locke. Sie sind neu in der Stadt, also wissen Sie vielleicht noch nicht, wie rasch sich Informationen hier verbreiten.«

»Es gibt scheinbar nur wenige Geheimnisse.«

»Es gibt viele. Die Herausforderung besteht darin, sie zu lüften.« Was Tante Margaret von Lydia in Bezug auf ihn erwartete. Doch das konnte sie nicht tun. Spielte seine Beziehung zu Lady Aldridge wirklich eine Rolle, insbesondere jetzt, da sie tot war?

»Und ist das Ihr Ziel in Bezug auf mich?« Er warf ihr einen Seitenblick zu, als er sie auf die Terrasse hinausführte.

»Nein, mein Ziel ist, Ihnen und Ihrem Bruder behilflich zu sein, sich zu versöhnen.« Auf seinen überraschten Gesichtsausdruck hin fügte sie hinzu: »Das wollen Sie doch, nicht wahr?«

Seine Antwort ließ lange auf sich warten. »So ist es.«

»Sie klingen, als seien Sie nicht sicher.« Sie ließ den Blick über die Terrasse schweifen, die von mehreren Lampen erleuchtet war. Niemand war hier draußen – der Diener, der an der Tür zum Salon stand, zählte nicht.

»Ich hatte gehofft, Jason und ich könnten die Vergangenheit, nun ja, in der Vergangenheit lassen. Doch scheinbar sind wir nicht in der Lage dazu.«

Sie blieb stehen, und drehte sich zu ihm, wobei sie ihm ihren Arm entzog. »Sie haben mit ihm gesprochen?« Sie hatte versäumt, ein Treffen zu arrangieren, wie Locke gebeten hatte, doch scheinbar hatte er selbst einen Weg gefunden.

»Ich bin zu einem seiner Feste gegangen und wir haben uns ... unterhalten.«

Tatsächlich? Jason hatte es nicht erwähnt. Aber warum sollte er auch? Er hatte kein Geheimnis aus seiner Abneigung gegen Locke gemacht – zumindest nicht ihr gegenüber. Ihr fiel die Anspannung wieder ein, die ihn befallen hatte, als die beiden Brüder sich auf dem Whitmore Ball von Angesicht zu Angesicht gegenüber gestanden hatten und abgesehen von ihrem Vorschlag, dass Jason ihn zu seiner Soirée einladen sollte, hatte sie vermieden, Locke zu erwähnen. Zum ersten Mal war sie in Hinsicht auf die Gefühle eines anderen übertrieben sensibel. Sie musterte Lockes Profil. »Haben Sie erreicht, was Sie wollten?«

Er richtete den Blick in den dunklen Garten und ließ ihn über eine Landschaft schweifen, die sie nicht erkennen konnten. »Nicht wirklich. Es ist nicht gut gelaufen.«

Sie brannte darauf, Einzelheiten zu erfragen, doch sie bezweifelte, dass er etwas verraten würde. Darüber hinaus gab sie ihr Allerbestes, um ihre Zunge im Zaum zu halten. Es war nicht leicht. »Ich habe keine weiteren Blessuren bemerkt, also kann es nicht allzu schlimm gewesen sein.«

Er wandte sich zu ihr um und lächelte sie an. »Vielleicht sind sie versteckt.«

Lydia wich zurück, und plötzlich wollte sie zu Jason gelangen und ihn auf Verletzungen untersuchen.

Lockes Blick spiegelte milde Überraschung. »Ich denke, Ihre Meinung von meinem Bruder könnte sich seit unserem letzten Treffen gesteigert haben. Wie interessant.« Er drehte sich wieder zum Garten um. »Machen Sie sich keine Sorgen. Ihm ist nichts passiert.«

Sie war erleichtert, aber nicht gänzlich unbekümmert,

was den Mann vor ihr anbelangte. »Geht es Ihnen ebenfalls gut?«

»Sie müssen sich keine Sorgen machen. Es war ein Bruderzwist.«

Wenn sie immer noch kämpften, konnten die Dinge nicht sehr gut gelaufen sein. Allerdings war es ihr gelungen, Jason davon zu überzeugen, seinen Bruder zu seiner Soirée einzuladen. Vielleicht konnte sie den beiden helfen, ihre Differenzen beizulegen. »Werden Sie mir verraten, warum er Sie hasst? Und bevor Sie mir vorwerfen, ich würde nur versuchen, Klatsch zu sammeln, ist das nicht mein Anliegen. Ich habe zugestimmt, Ihnen zu helfen – geheim – und das werde ich. Aber ich muss mehr wissen.«

»Na schön, aber ich sage Ihnen dies unter dem strikten Siegel der Verschwiegenheit und wahrscheinlich wider meines besseren Wissens. Sorgen Sie nicht dafür, dass ich es bereue«, meinte er dunkel. Lydia nickte und dann fuhr er fort. »Ich habe bereits mehr als genug zu bedauern. Nicht zuletzt, meinen Bruder durch ein Fenster gestoßen zu haben.«

Lydia konnte ihr Erschaudern nicht verhindern. Gleichwohl er bereits gesagt hatte, dass er seinen Bruder möglicherweise gestoßen haben könnte, hatte sie sich in Gedanken daran geklammert, dass es wohl eine Art Unfall gewesen war. »Sie haben ihn vorsätzlich gestoßen?«

»Ich hatte das nicht beabsichtigt. Die Dinge ... sind außer Kontrolle geraten. Gewalt ist – oder war – die Sprache, die wir beide verstanden. Wir standen ständig im Wettkampf gegeneinander. Als ich jung war, hatte mein Vater mich mit nach Lockwood House genommen. Ich denke, er hoffte damals, dass Jason und ich Freunde würden, aber sogar damals hasste Jason mich. Seine Mutter hatte dafür gesorgt, dass Jason mich behandelte, als stünde ich unter ihm. Sie war auch recht garstig zu mir.«

Eindeutig hatte Lady Lockwoods Eifersucht und Verrücktheit ihre Beziehung sehr belastet. »Wie traurig für Sie beide. Also sind Sie in gegenseitiger Ablehnung zueinander aufgewachsen?«

»Ja, wenn auch Jason mehr als ich. In meiner Jugendzeit war ich relativ glücklich. Ich lebte mit einer Mutter zusammen, die mich liebte, und ich hatte einen Vater, der viel Zeit mit mir verbrachte, und ja, er hat mich auch geliebt. Als er starb, wandelten sich die Dinge.« Lockes Rede hatte heiter begonnen, doch als er beim Ende angekommen war, war sein Tonfall trist wie Asche.

»Was ist passiert?«

Locke richtete den Blick für einen Moment ins Leere und dann schüttelte er den Kopf. »Die Einzelheiten spielen keine Rolle, aber plötzlich war ich auf mich allein gestellt und mittellos. Ich habe Lady Lockwood aufgesucht und um Unterstützung gebeten, aber sie hat mich abgewiesen. Und Jason tat nichts, um sie daran zu hindern. Von diesem Augenblick an beruhte unsere Abneigung wirklich auf Gegenseitigkeit.«

Lydia war hingerissen, aber nicht, weil sie dies je wiederholen wollte. Sie war von ihrer Gesichte gefesselt, und von ihrem Herzschmerz. »Was hat vor sieben Jahren zu Ihrem Streit geführt?«

»Wir hatten einander jahrelang nicht gesehen. Ich hatte von dem Zusammenbruch seiner Mutter gehört.« Unbehaglich verlagerte er sein Gewicht. »Ich bin nicht stolz darauf, aber es hat mich gefreut, dass Jason ebenso allein war wie ich. Ich habe ihn aufgesucht – ja, um mich an seinem Pech zu weiden – aber auch, um einige Briefe zu finden, die meine Mutter an meinen Vater geschrieben hat.«

»Und haben Sie sie gefunden?«, fragte sie leise, während ihr Herz für die beiden Jungen zersprang, die nie eine Chance erhalten hatten, ihre Bruderschaft zu begrüßen.

»Nein. Wir haben stattdessen gekämpft.«

»Das tut mir leid.« Und das stimmte wirklich.

»Ich bin derjenige, dem es leidtut.« Er stieß die Luft aus und sie konnte sein Bedauern in diesem leisen, bekümmerten Tonfall heraushören. »Im Laufe unseres Kampfes schlug er sein Haus kurz und klein. Er war außer sich – wahnsinnig sogar. An diesem Tag kündigten die meisten seiner Dienstboten aus Angst. Dann erzählten sie jedem, der ihnen zuhören wollte, von diesem Ereignis. Als Jason, nachdem seine Wunden verheilt waren, den Versuch unternahm, wieder in die Gesellschaft einzutreten, wurde er geschnitten.«

Was für eine schrecklich tragische Erzählung. Für sie beide, aber die Auseinandersetzung hatte Jasons Leben unwiderruflich verändert – und das war vielleicht der Katalysator für das Leben, das er jetzt als einzelgängerischer Halunke führte, der sündige Feste ausrichtete. »Verstehen Sie, dass dieser Kampf zum Verlust seiner gesellschaftlichen Position geführt hat? Was auch immer er geplant oder welche Träume er gehegt hatte, war nun zerstört.«

Lockes Blick war ruhig und eindringlich. »Glauben Sie keinen Augenblick, dass ich nicht wüsste, was dieser Kampf ihn gekostet hat. Deshalb muss ich Frieden mit ihm schließen.«

Sie verstand und wusste sein Gefühl zu schätzen. »Aber warum jetzt, nach all dieser Zeit?«

Vor Erheiterung zog er kurz die Augen zusammen. »So neugierig«, murmelte er. Dann wurde er wieder ernst. »Aber ich werde es Ihnen sagen. Ich bin von meinem derzeitigen Umständen enttäuscht und möchte sie verändern. Für die meisten Leute bedeutet Familie, jemanden zu haben, der einen gern hat. Ob es einem nun gefällt oder nicht, ist Jason alles, was ich noch habe. Hoffentlich ist es nicht zu spät.« Seine Stimme erstarb und er wandte den Blick ab.

Lydia verstand das vollkommen, und deshalb schwor sie sich in diesem Moment, alles zu tun, was zur Versöhnung der beiden Brüder nötig war. »Jason wird es schon noch einsehen.«

Lockes Miene drückte Zweifel aus, aber er nickte. »Ich danke Ihnen. Jetzt muss ich Sie noch etwas fragen.« Sein Blick war unsicher, was seltsam war. Stets wirkte er entschlossen und machtvoll. Jetzt machte er einen etwas verletzlichen Eindruck, was sie sich bestimmt nur einbildete. »Ich möchte tanzen lernen.«

Damit hatte sie nicht gerechnet, und ihr Mangel an einer wohldurchdachten Antwort bewies es. »Oh.« Eilends fügte sie hinzu: »Ich kann Ihnen einen Tanzlehrer empfehlen.«

«Nein, ich würde es vorziehen, meine Unfähigkeit nicht zur Schau zu stellen.«

Vielleicht war er ja doch verletzlich. Lydia spürte ein Glucksen in ihrer Brust aufsteigen, das sie jedoch unterdrückte. »Ich verstehe. Und Sie wollen, dass ich es Ihnen beibringe?«

»Wenn Sie das könnten. Ich lerne schnell. Nur der Walzer würde mir genügen. Diese anderen Tänze sehen furchtbar kompliziert aus.« Angewidert schüttelte er den Kopf.

Sie hatte das Gefühl, dass sie jetzt Freunde waren, und beschloss, ihn ein wenig zu provozieren, wie es sich für Freunde gehörte. »Mr. Locke«, fragte sie mit ihrer sanftesten, neugierigen Stimme, »wollen Sie sich eine Frau angeln?«

Er lachte. Laut. Ausgiebig. Gentlemen lachten nicht so. «Nein. Sie erheitern mich, Lady Lydia. Ich verstehe, warum mein Bruder Sie mag.«

»Ich muss mir Gedanken machen, wie ich Sie unterrichte, aber sobald ich einen Weg gefunden habe, lasse ich Ihnen eine Nachricht zukommen. Wie ich höre, residieren Sie im Bevelstoke?«

»Ja. Wie ich sehe, bleibt nichts geheim, nicht dass meine

Adresse geheim sein sollte.« Dann nahm er ihre Hand und überraschte sie. »Mein Bruder ist ein Glückspilz. Ich hoffe, er ist sich dessen bewusst.«

Lydia befreite ihre Finger aus seinem Griff. »Ich weiß nicht, worauf Sie anspielen, aber ich bin sicher, dass Lord Lockwood sein Glück zu schätzen weiß.«

Locke lächelte schwach. »Das hat er noch nie getan, aber vielleicht versucht er, wie ich, sich zu ändern.«

～

*A*ls Lydia eine Weile später den Ballsaal abermals betrat, entschied Jason, dies als Zeichen zu nehmen, sich zu entfernen. Wenn er während des Musikabends weiterhin in ihrer Nähe blieb, würde er nur noch mehr Aufsehen erregen, da er ständig in einem Zustand schrecklicher Lüsternheit herumlief.

Er stieß sich von der Wand ab und verließ den Ballsaal. Eine Stunde später fand er sich im Hinterzimmer der Lamb and Flag Tavern, einem Ort, der gemeinhin als Bucket of Blood bekannt war, und an dem sich jeden Abend ein guter Kampf bot. Zwei Männer befanden sich in gegenüberliegenden Ecken und bereiteten sich auf einen Kampf vor. Der Raum war dunkel und es roch nach allen möglichen Männern: Gentlemen, Arbeiter, Kriminelle. Es war ein Ort, an dem die Stellung keine Rolle spielte, und der Nervenkitzel des Kampfes jeden Einzelnen von ihnen anlockte. Und vielleicht auch die Aussicht auf eine pralle Geldbörse bei einer gut platzierten Wette.

Aber Jason wettete heute Abend nicht. Er war sich nicht einmal sicher, ob er den Kampf genießen würde. Er war angespannt, nachdenklich, und er behielt die Tür im Auge.

Die Kämpfer strebten in die Mitte des Raumes. Jason harrte in der Nähe der Wand. Sein Platz bot nicht den besten

Blickpunkt, aber den Kampf zu sehen, war nur teilweise der Grund, warum man hierher kam. Der andere Teil war einfach die Atmosphäre: elektrisch, lebendig, berauschend.

Der Kampf begann mit dem Schellen einer Glocke. Auf der Stelle stieg die Temperatur im Raum im Einklang mit dem Lärm an. Der Geruch wurde schärfer, während die Aufregung aller Beteiligten anstieg.

»Ich habe mich gefragt, ob ich dich hier sehen würde.«

Jason drehte sich beim Klang von Ethans Stimme um. Wie zum Teufel war er so nahe herangekommen, ohne dass Jason es bemerkt hatte? Er hatte die Tür beobachtet, nur um zu sehen, ob Ethan eintreten würde.

Jason nahm ihn mit einem argwöhnischen Blick ins Visier und entgegnete: »Das habe ich mich auch gefragt.«

»Tatsächlich?« Ethan klang überrascht. Er hatte sich dem Kampf zugewandt, aber er beobachtete Jason.

»Dies schien ein Ort, der neutral genug ist, um sich zufällig über den Weg zu laufen.« Bis zu diesem Moment hatte Jason nicht realisiert, dass er in der Hoffnung hergekommen war, Ethan würde auftauchen.

Ethan lachte. Der Klang war voll und tief. Es erinnerte Jason an seinen Vater. Vielleicht lag es aber auch nur daran, dass sie sich gemeinsam einen Kampf ansahen, wie Vater es ihnen in ihrer Jugend bei unzähligen Gelegenheiten aufgezwungen hatte.

Unbehaglich trat Jason von einem Fuß auf den anderen. »Was willst du?«

Achselzuckend wandte Ethan seine Aufmerksamkeit dem Kampf zu. »Nichts Besonderes. Ich dachte, wir könnten den Kampf gemeinsam genießen.«

Gleichwohl Jason den Kampf verfolgte, sah er nichts anderes als die vielen Möglichkeiten, wie diese Begegnung mit Ethan enden könnte, angefangen mit einer Revanche für neulich Abend im Lockwood House. Jason hatte eigentlich mit einem Aufbrausen seiner Wut gerechnet und dem Drang, Ethan in den Dreck auf dem Fußboden zu stampfen. Merkwürdigerweise verspürte er jedoch nur einen skeptischen Überdruss und versuchte, die Gefühle seines Halbbruders zu ergründen. »Du hast doch nicht etwa vor, das, was da drüben vonstattengeht, hier in unserer kleinen Ecke nachzumachen?« Im Bucket of Blood gab es viele Kämpfe, und ein Gerangel zwischen zwei Gentlemen – oder zumindest zwei Männern, die wie Gentlemen *aussahen* – wäre mehr als willkommen.

»Ich bin nicht hergekommen, um mit dir zu kämpfen, nein.« Ethan blieb einen Moment still, worauf die Kampfgeräusche und der Lärm der Zuschauer Jasons aufgewühlte Gedanken zu ersticken drohten. Endlich schaute Ethan wieder zu ihm. »Erinnerst du dich, wie wir mit Vater hierher gekommen sind?«

»Natürlich.« Jason vernahm die leichte Schärfe in seinem Ton, aber er konnte seine Gefühle nicht im Zaum halten, wenn es um seinen perfiden Vater ging.

Ethan nickte. »Ich habe diese Abende geliebt. Allerdings hattest du mir nie viel Aufmerksamkeit erübrigt.« Sein Lächeln war mit Bedauern durchsetzt. Hatte Ethan Jasons Aufmerksamkeit gewollt? Schlimmer, hatte er Jasons Zuneigung ersehnt?

Jason zuckte innerlich zusammen. Ihm gefiel die Richtung nicht, die dieses Gespräch nahm. Im eigentlichen Sinne des Wortes waren sie keine Brüder. Dennoch, wie wäre es gewesen, diese Kämpfe mit einem jüngeren Bruder zu erleben? Jemand, mit dem er hätte lachen und scherzen können. Jemand, mit dem er die Irrungen und Wirrungen des Erwachsenwerdens hätte teilen können. »Ich konnte es nicht. Du warst ein Affront gegen meine Mutter. Und mich.«

»Deine Mutter verachtete mich. Als wäre es meine

Schuld, das uneheliche Kind der Mätresse ihres Mannes zu sein.« Sein Ton war anklagend.

Als Jason sich darauf zu ihm umdrehte, blendete sein Gehirn die Eindrücke und Geräusche um ihn herum aus. «Es war deine eigene Schuld, dass du ein blöder Esel warst. Du warst ihr gegenüber immer respektlos und bist in Lockwood House herummarschiert, als ob du der Erbe wärst.«

Ethan starrte ihn an und schüttelte den Kopf. «Ich war eifersüchtig auf dich. Du warst – und *bist* – der Erbe. Deine Mutter hatte klargemacht, dass ich immer unter dir stehen würde.«

So, wie Ethan es jetzt sagte, hörte es sich schrecklich an, aber Jason verstand die Bitterkeit und den Zorn seiner Mutter. »Sie war allein über deine bloße Existenz schon niedergeschmettert, und dass Vater mit dir vor ihr prunkte und dich wie ein Mitglied unserer Familie behandelte, war eine grobe Beleidigung. Ich werde mich mit dir nicht darüber auseinandersetzten, ob das richtig oder falsch ist. So hatte sie sich gefühlt, und das kann ich nicht missachten.«

Ethans Blick war starr, seine Lippen zu einer straffen Linie zusammengepresst. »Und ich kann es nicht achten.«

Jason lenkte den Blick auf den Kampf. »Wir sind die Produkte unseres Standes. Ich kann deine Anwesenheit ebenso wenig genießen, wie du meine tolerieren kannst.«

»Du irrst dich.« Die Entschlossenheit in Ethans Stimme veranlasste Jason, den Kopf zurückzudrehen. »Es sind nicht meine Eltern, die mich definieren. Ich bin mein eigener Mensch, und ich dachte, du wärst es auch. Ich hatte gehofft, wir könnten zu einer Einigung kommen.«

Verwirrt darüber, warum dieser Mann ihn jetzt aufsuchte und eine unüberwindbare Kluft zu schließen suchte, schüttelte Jason den Kopf.

Ein spitzer Ellbogen traf Jason im Rücken und er kippte nach vorne. Ethan fing ihn auf und ließ ihn ebenso schnell wieder los. Wütend darüber, dass er in seinen Halbbruder hineingefallen war, wirbelte Jason herum und suchte nach dem Übeltäter, der mit ihm zusammengestoßen war. »Pass doch auf«, knurrte er.

»Was'n los?« Ein ungepflegter junger Mann, mit einem viel zu großen Mantel, dessen Schnitt viel zu fein für seine schäbige Gestalt war, strich sich mit einem schmutzigen Finger über die Nase. Er schubste Jason erneut. »Pass doch selber auf.«

Jason stürzte nach vorn und stieß ihn zurück, wobei die während der Unterhaltung mit Ethan zurückgehaltenen Emotionen hervorbrachen. Der Bursche bleckte die Zähne und zielte mit der Faust auf Jasons Gesicht, der jedoch mühelos auswich. Als er den Kopf wieder hob, war das Gesicht des jungen Mannes aschfahl. Er hatte seine dunkelbraunen Augen auf etwas fixiert. Jason drehte sich um.

Ethan starrte den Burschen an. Er wirkte nicht sehr erfreut. Tatsächlich machte er einen regelrecht wütenden Eindruck. Doch während Jason das Gefühl hatte, es handelte sich bei seiner Wut um ein lebendiges, atmendes Wesen, das gelegentlich aus seinem Käfig ausbrach, wirkte Ethans Wut kalt und entschlossen, die er im Zaum hielt – aber nur knapp.

»Jagger«, krächzte der junge Mann.

Ethan trat hinzu und stellte sich neben Jason. »Fass diesen Mann nicht noch einmal an. Er verdient deinen Respekt, wenn nicht sogar deine Hochachtung.« Seine Worte hätten die Themse gefrieren lassen können.

»Ja, Sir.« Der Bursche richtete sich auf, warf Jason einen nervösen Blick zu und wandte sich dann zum Gehen.

Doch Ethan packte ihn an der Schulter seines Mantels, worauf sich die Wolle in seiner Faust bauschte. Er riss den jungen Mann herum. »Entschuldige dich.«

Seine dunkelbraunen Augen waren schreckgeweitet. »Ich bitte um Verzeihung, Sir.«

»*Mylord*«, forderte Ethan finster.

»Ich bitte um Verzeihung, Mylord«, stammelte der junge Bursche.

Ethan ließ den Mantel des Jungen los und strich mit der Handfläche über die Wolle. Er formte die Lippen zu einem gefährlichen Lächeln. »Und mein Name ist Mr. Locke, nicht Jagger. Sorge dafür, dass deine Freunde das auch wissen.«

Er nickte vehement und huschte in der Menge aus Menschenleibern davon. Ein paar Leute hatten sich umgedreht, um die Auseinandersetzung mitzuverfolgen, aber jetzt richteten sie ihre Aufmerksamkeit wieder auf den Kampf. Jason schaute seinen Halbbruder an.

Ethans Miene drückte Gelassenheit aus. Er schien nicht zu wissen, was er gerade getan hatte, aber vielleicht auch doch. Es war kein beliebiger Mann, der einem mit einem eiskalten Blick in Angst und Schrecken versetzen konnte. Aber vielleicht tat Ethan das mit einer solchen Mühelosigkeit und Häufigkeit, dass er einfach nicht mitbekam, wie es wirkte.

»Ich bin durchaus in der Lage, mich zur Wehr zu setzen«, bemerkte Jason.

Frustration umspielte Ethans Mundwinkel. Seine Augen wurden wieder schmaler, aber dieses Mal vor Zorn. »Ist es ein Fehler, meinem Bruder helfen zu wollen?«

»Nein.« Es schien, als wäre Jason nicht imstande, irgendetwas zu sagen, ohne ihn zu provozieren. Die nächsten Worte presste er zwanghaft zwischen seinen Lippen hervor. »Ich danke dir.« Und plötzlich hatte er hundert Fragen. Warum der Junge so ängstlich gewirkt hatte? Warum Ethan ihm befohlen hatte, ihn mit einem anderen Namen anzureden? Dann fiel ihm alles wieder ein, was Sevrin ihm einmal erzählt hatte, und

damit waren Jasons Fragen beantwortet. Sevrin hatte behauptet, Ethan würde über die Menschen herrschen. In seiner
Rolle als Krimineller gebot er Furcht und Respekt. Vielleicht
war er das Oberhaupt seines eigenen kleinen Reichs, so wie
Jason der Regent über die Laster in der Gesellschaft war.

Es gab jedoch eine Frage, die er stellen wollte. Er drückte
sich näher an die Wand, wissend, dass Ethan mit ihm
kommen würde. »Warum hast du ihm gesagt, er soll dich
nicht Jagger nennen?«

»Das ist nicht mehr mein Name.«

Jason konnte nicht anders, als ungläubig den Kopf zu
schütteln. »Sich anders zu nennen, ändert nichts daran, wer
du bist.«

Ethan warf ihm einen verdeckten Blick zu. »Und wer bin
ich?« Seine Stimme war sanft, aber scharf wie eine gut
geschliffene Klinge.

Jason betrachtete ihn einen langen Moment. »Das
versuche ich gerade zu ergründen. Wie ich höre, bist du ein
Verbrecher. Welche andere Art von Mann könnte den
Leuten mit einem gezielten Blick Angst einjagen?«

»Ein Lord?«, schlug Ethan sardonisch vor. »Der Herzog
von Holborn könnte einen Gentleman, der gerade erst das
stille Örtchen benutzt hat, dazu bringen, sich in die Hose zu
scheißen. «

Ein Lächeln überkam Jason, ehe er es unterdrücken
konnte. Holborn war ein furchterregender alter Hurensohn.
Dann ernüchterte er. »Muss ich mich vor dir fürchten?
Nicht, dass ich das wirklich tun würde.«

Ethan legte den Kopf schief. »Nein, das brauchst du
nicht.« Er senkte die Stimme, so dass Jason sich nach vorn
beugen musste, um ihn zu verstehen. »Es ist das Beste, wenn
du mich nichts weiter fragst.«

»Am besten für wen?«

Ethans Blick war dunkel und bedächtig. »Für dich.«

Das war derselbe Ansatz, den er in Lockwood House verfolgt hatte. Sein Ausweichen ließ ihn nur schuldiger aussehen, und seine Geheimnisse gaben ihm noch mehr den Anschein eines Schurken. »Das klingt wie eine Drohung.«

»Nicht von mir. Ich bin auf deiner Seite. Habe ich dir das nicht gerade bewiesen?«

»Einen jungen Mann davon abzuhalten, sich auf einen Kampf mit mir einzulassen, ist nicht gerade auf meiner Seite stehen. Nur weil du nicht willst, dass mich jemand anderes verprügelt, heißt das nicht, dass du es vor ein paar Tagen nicht selbst gerne getan hättest.«

Ethans Nasenlöcher blähten sich auf. »Du hattest angefangen.«

Jason fühlte sich an die Streitereien erinnert, die sie als Jungen ausgetragen hatten, wenn Vater Ethan nach Lockwood House gebracht hatte. Sie waren zusammen in das Kinderzimmer verbannt worden und hatten um Spielzeug, Bücher, die Aufmerksamkeit des Kindermädchens und vor allem um die Zuneigung ihres Vaters gekämpft.

Er drehte den Kopf und starrte auf die Masse von Männern, lauschte ihrem Lachen und Jubeln, spürte ihre Kameradschaft. Plötzlich wollte er das auch. Es war zu lange her, dass er so etwas mit jemandem genossen hatte, der nicht bei ihm in Stellung war – was nichts gegen Scot sagen sollte, der bei einer Veranstaltung wie dieser ein ausgezeichneter Begleiter war. Wieder schaute Jason seinen Halbbruder an, der ihn immer noch mit diesem bohrenden Blick anstarrte. »Wenn du willst, dass ich dir vertraue, musst du es dir verdienen. Derzeit habe ich keinen Grund, dir irgendetwas von dem zu glauben, was du sagst. Außerdem bin ich geneigt, dir die Leviten zu lesen für das, was du Sevrin und seiner Frau angetan hast.«

Ganz kurz blitzte Überraschung in Ethans Blick auf, ehe seine Augen sich verschleierten. Er war ziemlich gut darin,

seine Gedanken und Gefühle zu verbergen, wenn er es
darauf anlegte, doch allmählich war Jason in der Lage, ihn zu
durchschauen. »Hat Sevrin dir davon erzählt?«

»Er hat mir alles über eure Interaktionen erzählt. Für das,
was du getan hast, solltest du im Gefängnis sitzen.«

Ethan schaute finster drein, doch in dem Zug um seine
Lippen lag ein Anflug von Reue. »Ich habe ihnen nicht
wehgetan. Nun, das stimmt nicht ganz. Einige meiner
Männer waren vielleicht ein wenig grob zu Sevrin, aber nur,
weil er sich gegen sie zur Wehr gesetzt hatte.« Sein Mundwinkel zeigte nach oben. «Er ist ein verdammt guter Boxer.«

»Das habe ich gesehen«, stimmte Jason zu. »Du könntest
dich bei ihm entschuldigen.«

»Das habe ich. Oder hat er das nicht erwähnt?«

Wie konnte Ethan nur so unbekümmert sein? Er gehörte
wirklich hinter Gitter. »So kannst du nicht weitermachen. Ich
will nichts von deinen kriminellen Machenschaften wissen.
Du kannst von Glück reden, dass Sevrin dich nicht anzeigt.«

»Das ist mir vollkommen klar.« Ethan spannte den Kiefer
an, als fiele es ihm sehr schwer, die nächsten Worte auszusprechen. »Du wirst darauf vertrauen müssen, dass ich mich
zu ändern versuche.«

Jason musste auf gar nichts vertrauen. Sie hatten heute
Abend vielleicht ein paar kleine Fortschritte gemacht, aber
von echter Bruderliebe waren sie noch weit entfernt – falls
sie das jemals erreichen würden. Er wollte sicherstellen, dass
Ethan seinen Standpunkt verstand. »Wenn du irgendetwas
tust, was mich weiter ruiniert, werde ich dich vernichten.«

Ethan vollführte eine kleine Verbeugung. »Ich erteile dir
die Erlaubnis.«

War das tatsächlich derselbe Mann, der gerade erst einen
jungen Mann eingeschüchtert hatte? Derselbe Mann, den
Bow Street verdächtigte, einen Diebesring anzuführen?
Derselbe Mann, den möglicherweise eine Liaison mit Lady

Aldridge verbunden hatte? Jason sprach mit leiser Stimme. »Was hast du mit Lady Aldridge gemacht?«

Ethan hatte sich dem Kampf zugewandt und sah Jason nun von der Seite an. »Ich sagte doch: keine Fragen.«

»Und ich sagte dir: Du musst dir mein Vertrauen verdienen.«

Kopfschüttelnd antwortete Ethan. »Nicht auf diese Weise.«

Jasons Geduld schwand zusehends, worauf er sich straffte und einen normalen Tonfall anschlug. »Dann sind wir hier fertig.« Er tat einen Schritt, doch Ethan hielt ihn mit fester, aber nicht grober Hand am Arm zurück.

»Für den Augenblick. Wir sehen uns aber bald wieder.«

Von der fast brüderlichen Geste unangenehm berührt, schüttelte Jason ihn ab. »Du bist das Kommandieren offensichtlich gewohnt, aber nicht mit mir.«

Ethan senkte den Blick. »Solange du von mir nicht erwartest, dir die Stiefel zu lecken.«

Jason besann sich, bereits vor Jahren so etwas verlangt zu haben. War es da ein Wunder, dass sie sich nicht nahestanden? »Na schön, wir waren beide Widerlinge. Ich werde mich bemühen, keiner mehr zu sein. Zufrieden?«

Gleichwohl Ethan nicht lächelte, leuchteten seine Augen von etwas auf, das man als Heiterkeit hätte bezeichnen können. »Außerordentlich.«

KAPITEL 12

m folgenden Tag verfasste Lydia einen Brief an Jason. Er beinhaltete sowohl die von ihr vorgeschlagene Gästeliste als auch eine Empfehlung für die Musiker, die er engagieren sollte. Nachdem Tante Margaret ihn durchgesehen – und ihre eigenen Änderungen vorgenommen hatte – wurde er versiegelt und zugestellt.

Es bestand eine winzige Chance, dass heute noch eine Antwort eintreffen würde, doch darauf wollte Lydia nicht wetten. Sie war darauf gefasst, einen Tag lang nichts von ihm zu hören. Oder ihn zu sehen, denn den heutigen Abend wollten Tante Margaret und sie zu Hause verbringen.

Glücklicherweise kam Audrey zu Besuch, um Lydias eintönigen Tag zu unterbrechen. Sie empfing ihre Freundin in dem Salon, der zur Straße hin lag. »Audrey, ich bin so froh, dass du gekommen bist, und mich vor der Langeweile rettest.«

Audrey lächelte, als sie ihre Haube absetzte. Sie legte ihre Kopfbedeckung auf das Sofa und beugte sich zu Lydia vor. »Ist deine Tante hier?«, flüsterte sie.

»Sie macht ein Nickerchen.« Lydia ging und schloss die

Tür, ehe sie sich zu ihrer Freundin gesellte, die sich auf das Sofa gesetzt hatte.

Audrey rückte dicht neben sie. »Was ist gestern Abend mit Lord Lockwood gewesen? Ich hatte gehofft, nach dem Musikabend mit dir reden zu können, doch dann musste ich mit meinem Großvater fort.« Sie runzelte bedauernd die Stirn.

Lydias Herz flatterte, als sie sich auf ihr Intermezzo mit Jason in der Porträtgalerie besann. Seitdem hatte sie seine Küsse in Gedanken an die eintausend Mal durchlebt, was zu einer recht schlaflosen Nacht geführt hatte. Doch das war Lydia gleich. »Es war der aufregendste Abend meines Lebens.«

Audrey machte große Augen. »Hat er dich geküsst?«

Warm stieg es in Lydias Nacken auf. »Ja.«

Ein Leuchten erfasste Audreys gesamtes Gesicht, und sie nahm Lydias Hand in ihre. »Ich freue mich so für dich! Du bist glücklich, nicht wahr? Du wirkst glücklich.«

Lydia drückte Audreys Finger. »Mir ist praktisch schwindlig davon. Aber du weißt ja, was Tante Margaret von ihm hält. Also muss ich im Augenblick noch auf der Hut sein.« Lydia hatte Audrey alles über den Hass ihrer Tante auf seine Mutter erzählt und über deren Schadenfreude über alles Missliche, das ihm geschah.

Audrey schüttelte den Kopf. »Sie kann nichts tun, wenn er um deine Hand anhält. Dann bist du frei von ihr und wirst glücklich sein.«

Könnte sie mit Lockwood glücklich sein? Gestohlene Küsse auszutauschen war eine Sache, aber an einen Mann mit sündhaftem Ruf gefesselt zu sein? Eigentlich machte ihr die Sache mit der Sündhaftigkeit nichts aus – seine Küsse hatte sie jedenfalls sehr genossen –, solange er weiterhin in die Gesellschaft einbezogen war. Und das war er schon seit geraumer Zeit nicht mehr. Es war eine Situation, mit der er offenbar recht zufrieden zu sein schien.

Sie ließ von Audreys Hand ab. »Das ich Lockwood heiraten werde, habe ich nicht gesagt. Er hat auch nicht darum gebeten.« Er hatte nicht einmal angedeutet, ihr den Hof machen zu wollen, doch andererseits vermutete sie, dass ihr erster Kuss und die darauf folgenden ihn ebenso unvorbereitet überfallen hatten wie sie.

»Ach.« Audrey machte ein langes Gesicht und ihre Stimme bekam einen enttäuschten Klang.

»Komm schon, werde nicht melancholisch«, beschwichtigte Lydia. «Ich helfe ihm, ein Fest zu planen. Eines ohne sein übliches Unterhaltungsangebot.«

Audrey blinzelte Lydia verwundert an. »Deine Tante gestattet dir das?«

Lydia legte den Kopf schief. »Gewissermaßen. Ich habe sie davon zu überzeugen versucht, dass es ein gesellschaftlicher Pluspunkt für mich wäre, wenn ich ihm helfen würde, doch damit war sie nicht einverstanden. Also musste ich ihr versprechen, ich würde die Geheimnisse von Lockwood House lüften.«

Audrey berührte sie am Arm. »Das würdest du nicht tun.«

»Natürlich nicht. Aber das musste ich sagen, um Tante Margarets Erlaubnis zu bekommen. Außerdem liest sie jeden Brief, der zwischen mir und Lockwood House ausgetauscht wird, damit sie die Planung ›beaufsichtigen‹ kann.«

Audrey legte die Hände in den Schoß und beäugte Lydia mit einem Blick, der ein wenig skrupellos wirkte. »Du hättest ihm einfach heimlich helfen sollen. Wenn du deine Briefe an ihn über mich verschicken würdest, würde deine Tante nie davon erfahren. Ich werde dafür sorgen, dass er sie bekommt.«

»Das würdest du tun?« Lydia setzte sich auf, als ihre

Gedanken sich überschlugen, während sie Audreys brillante Idee erwog. Aber sie wollte ihre Freundin nicht in Schwierigkeiten bringen. »Ich möchte nicht, dass du deinen eigenen Ruf riskierst, indem du mir hilfst.«

Audrey zog eine Schulter hoch. »Wozu gibt es beste Freundinnen? Außerdem bin ich ohnehin schon ein Mauerblümchen. Es würde niemanden interessieren, wenn bekannt würde, dass ich mit Lockwood House korrespondiere.«

Lydia missfiel es sehr, dass Audrey sich von anderen nicht wahrgenommen wähnte, doch es gab nichts, was sie daran hätte ändern können, da ihre Freundin leider recht hatte. Wie töricht sie alle waren, denn wenn es um Freundschaft und Loyalität ging, war Audrey unübertroffen. »Was für eine Erleichterung es sein wird, Tante Margaret zu erzählen, dass ich ihm nicht länger helfen werde. Ich danke dir so sehr. Ich bin tief berührt, dass du so viel riskierst, um mir zu helfen.«

Audrey errötete und Lydia wusste, dass sie an solches Lob nicht gewöhnt war. Ihre Familie konsultierte sie nur selten für etwas. »Wie ich sagte, habe ich sehr wenig zu riskieren. Du andererseits ...« Ihr Blick schnellte zu Lydias Kinn – und vermutlich das Mal dort. »Du musst nicht bei ihr bleiben.«

»Und was soll ich tun? Nach Prewitt Hundred zurückkehren und unter Schafen leben? Ich habe keine Freundinnen dort und ganz bestimmt keine Aussichten.« Sie erschauderte.

»Nein, aber ich könnte Großvater fragen, ob du hier bei uns in London wohnen kannst.«

Angesichts der Großherzigkeit und Fürsorge ihrer Freundin ging Lydia das Herz auf, doch das würde ihre Probleme nicht lösen. »Das würde mein Vater nicht zulassen. Er schickt meine finanzielle Unterstützung unter der Voraussetzung, dass ich unter Tante Margarets Aufsicht bleibe. Abgesehen davon würde ich bei Tante Margaret nicht ausschließen, dass sie mich öffentlich ruiniert, wenn ich sie verärgere.«

Audrey sog hörbar die Luft ein. »Das hat sie doch nicht angedroht, nicht wahr?«

»Nicht direkt, aber sie erinnert mich immer wieder gern daran, dass meine Position beneidenswert ist und jede junge Frau entzückt sein würde, unter ihrer Fürsorge und Schutz zu stehen, womit ich mich überaus glücklich schätzen und angesichts der Fragilität meiner Position angemessenen Respekt zeigen sollte.« Diese Bedrohung war für Lydia eindeutig genug.

Audrey schürzte die Lippen zu einer etwas finsteren Miene. »Ich verstehe.« Sie war einen Moment still und dann zeichnete sich ein Ausdruck von Verzweiflung auf ihren Zügen ab. »Aber warum willst du Lord Lockwood dann überhaupt helfen? Wenn die Gefahr zu groß ist, dir den Zorn deiner Tante einzuhandeln, warum gehst du das Risiko überhaupt ein?«

Lydia dachte darüber nach. Es war ganz bestimmt ein Risiko, doch sie fühlte sich, als würde ihr die Zeit davonlaufen. Sie wusste nicht, wie viel länger sie noch Tante Margarets Forderungen ertragen konnte, nicht, wenn sie Klatsch und Tratsch wirklich und wahrhaftig hinter sich lassen wollte. »Weil ich endlich einmal die Gelegenheit habe, jemandem zu helfen, anstatt ihn niederzumachen.«

Audrey lächelte sanft, als sie nickte. »Ich verstehe. Und ich bin stolz auf dich.«

Ihre Worte bedeuteten für Lydia mehr als alles andere. Mehr denn je war sie entschlossen, Lockwood zu Erfolg zu verhelfen. Etwas anderes hatte er nicht verdient, und sie würde nicht zulassen, dass ihre Tante ihn ruinierte. »Ich sollte jetzt gleich einen Brief an Lockwood schreiben, wenn es dir nichts ausmacht, ihn zu überbringen?«

»Das habe ich angeboten, nicht wahr?« Audreys Blick

war direkt und sehr tröstlich. »Das wird klappen, glaube mir.«

Lydia stand auf und ging zu dem kleinen Schreibtisch in der Ecke.

»Vergiss nicht, ihm zu schreiben, dass er über mich antworten soll«, bemerkte Audrey.

Lydia nickte, als sie einen Bogen Briefpapier hervorholte und rasch ein paar Zeilen verfasste, in denen sie Jason von ihrem Plan informierte. Sie faltete den Brief zusammen und gab ihn ihrer Freundin, als sie sich wieder neben sie setzte. »Hier. Ich werde wie auf Kohlen sitzen, bis du eine Antwort bringst.«

Audrey steckte den Brief in ihr Retikül. »Ich werde ihn sofort aufgeben. Oder vielleicht lasse ich ihn auch von einem Diener persönlich abliefern.«

Lydia berührte ihre Freundin am Arm. »Ich möchte nicht, dass du in Schwierigkeiten gerätst, und deinen Diener nach Lockwood House zu schicken könnte unerwünschte Aufmerksamkeit erregen.«

»Ach was. Wie ich sagte, wird niemand etwas bemerken.« Ihre Augen funkelten vor Schalk und Lydia wünschte, dass ganz London jetzt sehen könnte, wie klug und schön ihre liebste Freundin war. Lydia legte einen Arm um Audreys Schultern und drückte sie. »Irgendjemand wird dich eines Tages bemerken und ich wage zu sagen, dass es sogar noch glorreicher werden wird als mein Rendezvous in der Portraitgalerie mit Lockwood.«

»Das wäre schön«, meinte ihre Freundin leise. »Sehr schön, wirklich.«

»Ach, das erinnert mich an etwas!« Lydia richtete sich auf. »Ich muss dir etwas erzählen, aber du darfst es keiner Seele weitersagen.«

In gespielter Entrüstung riss Audrey die Augen auf. »Lydia Prewitt, wie viele Geheimnisse hast du mir im Laufe

der Jahre anvertraut? Du weißt, dass ich selbst unter Todes-
drohung niemals etwas davon preisgeben würde. Habe ich
dir nicht gerade angeboten, dein heimlicher Kurier zu sein?«

Lydia lachte. »Ja, aber das ist nicht mein Geheimnis,
sondern das eines anderen und ich möchte es zur Abwechs-
lung einmal nicht wiederholen.« Die Ironie in ihrem Tonfall
war volle Absicht. »Ich werde Mr. Locke das Tanzen beibrin-
gen. Tatsächlich glaube ich, dass du mir helfen solltest. Es
wäre leichter für mich, ihn mit einer Partnerin zu
dirigieren.«

»Du möchtest mich als seine Tanzpartnerin?« Audrey sah
ein bisschen entgeistert aus. »Ich tanze selten.«

»Sei nicht albern. Das bedeutet nicht, dass du nicht wüsstest, *wie* es geht. Abgesehen davon vertraue ich niemand
anderem außer dir, dies als Geheimnis zu wahren.«

»Warum *ist* es ein Geheimnis?«

»Die Leute fragen sich bereits, woher er kommt und er ist
obendrein ein Bastard.« Lydia wurde bewusst, dass sie ihre
Hilfskampagne auf Lockwoods Halbbruder ausgedehnt
hatte. Wenn sie vielleicht genügend Menschen half, würde
sie es vielleicht fertigbringen, den Schaden wiedergutzumachen, den sie durch die Verbreitung von Klatsch angerichtet
hatte. Aber nein, das Leben war kein Kontobuch und sie
konnte die Dinge nicht genau ausmerzen, die zu tun ihre
Tante sie gezwungen hatte. Sie würde Gutes tun, weil es
richtig war. »Er versucht einfach, sich einzupassen.«

Audreys Blick schien in die Ferne zu schweifen. »Das
kann ich verstehen.« Sie konzentrierte sich wieder auf Lydia.
»Natürlich werde ich helfen. Aber wenn du den Unterricht
hier durchführst, wird die Sache unter keinen Umständen
ein Geheimnis bleiben. Deine Tante wird die Neuigkeit
überall verbreiten. Wir werden ihn in meinem Haus abhalten
müssen.«

Lydia war sich allerdings auch nicht sicher, ob das die

richtige Lösung war. »Wenn Mr. Locke bei seinen Besuchen gesehen wird, könnte das erstaunte Blicke nach sich ziehen.«

Audrey lachte. »Vielleicht wird das meinem Ruf auf die Sprünge helfen. Wirklich, Lydia, ich habe nichts zu verlieren.«

»Jeder kann ruiniert werden.« Lydia wollte nicht, dass dies jemandem passierte, der so freundlich und rücksichtsvoll wie Audrey war.

»Nicht, wenn es dich nicht kümmert, was die Leute denken«, meinte Audrey leise.

Traf dies auf Audrey zu? Kümmerte es sie nicht, was die anderen von ihr dachten? Ganz bestimmt machte sie sich über ihren Stand als Mauerblümchen keine Sorgen und es war ihr nicht wichtig, beliebt zu sein. Es war, wie Lydia zugeben musste, interessant, dass sie beide so enge Freundinnen geworden waren.

Lydia stand auf. »Ich werde noch eine weitere Nachricht für dich verfassen, um sie Mr. Locke im Bevelstoke zukommen zu lassen. Ich möchte auch nicht riskieren, dass Tante Margaret von meiner Korrespondenz mit ihm Wind bekommt.« Sie setzte sich wieder an den Schreibtisch und wandte sich Audrey zu. »Wann sollen wir den Unterricht abhalten?«

Audrey zuckte mit den Schultern. »Donnerstag?«

»Donnerstag dann.« Lydia schrieb den Brief, faltete ihn und übergab ihn dann Audrey.

Audrey schob den Brief zusammen mit der Botschaft an Jason in ihr Retikül. »Wird es Locke nichts ausmachen, dass du mich mit einbeziehst?«

Lydia war in diesem Punkt ein bisschen nervös, doch sie hatte ihre Gründe in ihrem Brief dargelegt. Sie hatte auch erklärt, Audrey sei überaus vertrauenswürdig – mehr als sie selbst – und weil er sich ein Herz gefasst hatte, sie ins

Vertrauen zu ziehen, würde er Audrey in ihrem Handel akzeptieren müssen.

Und wenn nicht? Lydia beschloss, nicht darüber nachzudenken.

∽

*S*päter an diesem Nachmittag saß Jason mit Scot in seinem Arbeitszimmer und erfreute ihn mit dem Bericht über sein Zusammentreffen mit Ethan im Bucket of Blood.

»Ihr habt nicht mit ihm über den Raub in der Curzon Street gesprochen?«, fragte Scot.

Kopfschüttelnd verneinte Jason. »Er war nicht entgegenkommend. Ich habe versucht, ihn nach Lady Aldridge zu fragen, aber er wollte nichts weiter darüber sagen, als mich zu bitten, ihm zu vertrauen. Kannst du dir das vorstellen?« Jason war immer noch nicht bereit, eine lebenslange Animosität zu ignorieren und Ethan blindes Vertrauen zu schenken – insbesondere, wenn er ein Krimineller war und eindeutig etwas zu verbergen hatte. Oder einiges.

»Schade, dass ich nichts im Bevelstoke herausfinden konnte.« Scot verschränkte die Arme. »Jagger scheint tatsächlich ein gewöhnlicher Gentleman zu sein, der einen etwas sonderbar anmutenden Diener beschäftigt.«

Ja, Ethan war recht versiert, aber das musste ein Krimineller wie er auch sein.

»Wann plant Ihr, ihn das nächste Mal zu treffen?«, fragte Scot. «Und kann ich mitkommen? Ich denke, ich muss es mit eigenen Augen sehen.« Er war schockiert gewesen, dass Jason und Ethan eine Unterhaltung geführt hatten, ohne sich zu prügeln.

Jason lehnte sich zurück und streckte die Beine unter dem Tisch aus. »Er wird zu meinem Fest herkommen.«

Scot stützte die Ellbogen auf den Armlehnen seines Stuhls und lehnte sich vor. »Glaubt Ihr wirklich, Ihr könnt ein ›lasterfreies‹ Fest veranstalten?«

Ehe Jason antworten konnte, trat North mit einem Brief ein. »Dies wurde gerade abgegeben, Mylord.«

Da er von weiblicher Hand geschrieben war, fragte Jason sich, ob er von Lydia stammte. Er öffnete den Brief und las den Inhalt.

Jason,

ich werde Dir im Geheimen helfen müssen, Dein Fest zu planen. Mache Dir keine Sorgen darüber! Alle Korrespondenz wird über Miss Audrey Cheswick laufen. Können wir das Datum für übernächsten Freitag festsetzen?

Zusätzlich würde ich gern ein Treffen in Lockwood House festlegen, sodass ich den Unterhaltungsbereich in Augenschein nehmen und vielleicht einige Proben Deines Kochs verkosten kann. Bitte benachrichtige mich.

Deine Lydia

Deine.

War sie die seine? Er wollte nicht notwendigerweise, dass sie es wäre – es ging ihm um die Vermeidung einer Eheschließung – doch die Unterschrift versetzte ihn dennoch in Erregung. Plötzlich konnte er es kaum abwarten, sie zu sehen. »North, habe ich für heute Abend eine Einladung?«

»Das habt Ihr nicht, Mylord.«

Auf einmal wurde Jason sich bewusst, dass er zumindest teilweise lächelte und hoffte nur, dass er dabei nicht wie ein Mondkalb aussah. Er zwang sich zu einer unbeteiligten Miene. »Morgen?«

North nickte. »Eine Dinnerparty.«

»Ist es von Eurer Dame?«, fragte Scot mit mehr als einem

Necken in seinem Tonfall.

Jason starrte ihn mit vorgetäuschter Entrüstung an. »Sie ist von Lady Lydia. Sie ist nicht *meine* Dame.« Er wandte seine Aufmerksamkeit North zu, dessen Augenbrauen eine Nuance erhoben waren. Nie würde er so dreist sein wie Scot – nicht, dass es Jason etwas ausgemacht hätte, da er die Kameradschaft mochte, die er mit beiden Männern teilte. »Raus damit, North.«

»Hat Lady Lydia weitere Anweisungen gegeben?«

»Nein, sie hat lediglich das Datum für das Fest bestätigt. Sie hat bereits die Gästeliste und die Namen der Musiker geschickt, richtig?« Jason vertraute North, sich um alles zu kümmern, so wie er es auch für die *anderen* Feste tat.

»Tatsächlich, Mylord.«

Jason besann sich auf den anderen Teil des Schreibens. »Und wir müssen für sie einen Rundgang durch Lockwood House planen.«

Scot lehnte sich in seinem Stuhl vor. »Sie kommt hierher?«

»Seid Ihr sicher, dass das klug ist?«, fragte North. »Ich kann ihr die Räumlichkeiten mühelos schriftlich beschreiben.«

Jason war sich überhaupt nicht sicher, ob das klug war, insbesondere angesichts des Umstands, wie sehr er sie begehrte. »Wahrscheinlich.«

Scot grinste seinen Bruder an. »Er *will* sie hierher bringen.«

Zur Antwort zog North nur eine Augenbraue hoch.

Scot zwinkerte Jason verschwörerisch zu. »Ihr werdet ihr den Ankleideraum zeigen?«

Daran hatte er nicht gedacht, doch jetzt bevölkerten Bilder von ihr in diesem Fantasieraum seinen Verstand. O nein, sie hierher einzuladen, war überhaupt keine gute Idee. »Nein, ich brauche einfach nur ihre Hilfe. Was zum Teufel weiß ich schon von der Planung einer legitimen Festlichkeit?«

Scot zuckte mit den Schultern. »Ihr gebt die verbotensten Feste in ganz London und jetzt wollt ihr eine junge Dame in Eure Höhle einladen. Ich würde sagen, Ihr wisst nahezu gar nichts darüber, etwas Legitimes zu planen.«

North hustete, doch es klang verdächtig nach einem Lachen, das er unterdrückte. »Was für ein unverschämtes Paar ihr seid«, meinte Jason ohne Groll. Er sah die beiden Männer mit Leidensmiene an. »Ich werde darüber nachdenken, ob es schicklich ist, hier ein Treffen zu arrangieren.«

»Das klingt ganz so, als hättet Ihr etwas für sie übrig«, meinte Scot ohne auch nur einen Anflug von Sarkasmus.

Ja, das hatte er vermutlich, doch er zauderte immer noch ein bisschen. Bislang hatte sie unter Beweis gestellt, dass sie anders als ihre Tante war – doch wie weit, musste sich erst noch herausstellten. »Das habe ich.«

»Wann findet die Hochzeit statt?« Da war der Sarkasmus.

Jason hob den Blick zur Decke. »Ach, du liebe Güte. Etwas für sie übrig zu haben, bedeutet nicht, dass ich sie heiraten werde.«

Scot, der ewige Naseweis, legte den Kopf schief und fragte: »Warum habt Ihr Cora dann die Tür gewiesen? Noch nie habt Ihr es mit einer anderen so lange ausgehalten und ihr Fortgang wirkte abrupt.«

Jason war nicht ganz sicher, außer dass er nicht mehr mit ihr ins Bett gehen konnte, nachdem sie in sein Arbeitszimmer gekommen war und ihn in diesem Zustand gesehen hatte. »Ich war reif für eine Veränderung.« Aber für eine Heirat? Das hatte er vollkommen abgeschrieben.

Scot öffnete die Hände und hielt sie kapitulierend hoch. »Na schön.« Der Schalk tanzte in seinen Augen, als er sich wieder zu Jason drehte. »Aber wenn Ihr zu einer Veränderung bereit seid und Lady Lydia nicht Eure Herzensdame ist, kenne ich ein paar Kurtisanen, die Ihr zu Eurem nächsten Fest einladen solltet. Eine darunter ist neu in der Stadt. Groß, blond und Beine bis hier.« Er hielt die Hand in einer stark übertriebenen Höhe über seinen Kopf.

»Danke, Scot«, konterte North knapp. »Wenn du nur halb so viel Zeit auf die Erledigung deiner Pflichten verwenden würdest, wie darauf, unter Röcke zu schauen, wärst du der gefragteste Kammerdiener Londons.«

Scot verdrehte die Augen. »Ich hatte so gehofft, dass Sarah dir diesen Stock aus dem Hintern ziehen würde.«

»Ja, nun, wir können nicht alle so ungehemmt sein wie du.«

Jason machte sich nicht die Mühe, das Grinsen zu verbergen, das beim Geplänkel der beiden auf seine Lippen trat. Sie waren durch und durch Brüder – neckten einander, unterstützen einander, und sie liebten einander. Gab es eine Chance, dass er mit Ethan dasselbe haben könnte? Das hatte Jason sich das nie im Leben vorgestellt. Und jetzt?

North nickte Jason knapp zu. »Ich habe Pflichten, die meine Aufmerksamkeit erfordern, Mylord.« Er warf seinem Bruder einen vorwurfsvollen Blick zu, der eindeutig anzweifelte, ob Scot nicht etwas tun sollte.

»Was?«, fragte Scot und blicke in gespielter Unschuld zu seinem Bruder auf. »Seine Lordschaft ist mit meiner Leistung nicht unzufrieden.«

Mit geschürzten Lippen drehte North sich um und ging hinaus.

Jason sah Scot kopfschüttelnd an. »Würde es dich umbringen, deinem Bruder eine Pause zu gönnen?«

Scot lehnte sich auf seinem Stuhl zurück und winkte ab. »Ich stehe bereits in seiner Schuld, weil er mir das Leben gerettet hat. Wenn ich ihm nicht hin und wieder kontra gebe, würde er absolut unerträglich werden.«

North *hatte* seinen Bruder gerettet. Er hatte ihn von der

Straße geholt, gleich nachdem er einer Diebesbande beige-
treten war. Dann hatte er Jason überredet, ihm einen Posten
im Stall zu geben. Scot hatte es gehasst, doch er hatte gute
Arbeit geleistet und als Jasons Personal ihn nach seinem
Kampf mit Ethan und seiner wutentbrannten Zerstörung
von Lockwood House im Stich gelassen hatte, waren North
und Scot die Einzigen, die geblieben waren. In gewisser
Weise hatten die beiden ihn gerettet.

Eine lästige Frage bemächtigte sich Jasons Gedanken:
Wer hatte Ethan gerettet?

Die schmerzhafte und irgendwie schockierende Antwort
war glasklar: Niemand.

KAPITEL 13

*L*ydias Herz schlug dreimal so schnell, als Jason am folgenden Abend in den Salon von Mr. und Mrs. Horwatts elegantem Stadthaus am Hanover Square trat. Er sah in seinem schwarzen Abendanzug unverschämt gut aus, und seine schneeweiße Krawatte bildete einen starken Kontrast, wie auch die Narbe auf seinem Gesicht einen direkten Gegensatz zu der absoluten Vollkommenheit von allem anderem an ihm bildete.

Ihre Blicke trafen sich und seine Lippen teilten sich zu einem kleinen Lächeln, was ihre Aufregung nur noch steigerte. Ihr Magen schlug Purzelbäume und sie fragte sich, ob sie überhaupt in der Lage sein würde, einen Bissen beim Dinner herunterzubringen.

Sie warf einen Blick zu ihrer Tante, die in eine Unterhaltung mit Lady Dunthorpe versunken war.

Beide hatten den Blick zur Tür gerichtet, was Lydia zu dem Glauben veranlasste, dass sie über Jasons Ankunft sprachen. Lydias Beschützerinstinkt erwachte und sie musste sich beherrschen, um nicht zu ihm hinüberzugehen und sich mit ihm zu unterhalten.

Tante Margaret war über die Nachricht erfreut gewesen, dass Lydia nicht länger an der Planung von Jasons Fest beteiligt sein würde, obwohl sie enttäuscht war, nichts über die Geheimnisse von Lockwood House herauszufinden. Ihre Enttäuschung war allerdings nur von kurzer Dauer gewesen, als an diesem Morgen die Einladung zu seinem Fest eingetroffen war. Sie hatte vor, diese Veranstaltung als Gelegenheit zu nutzen, all die abtrünnigen Dinge ans Licht zu bringen, die sich in Lockwood House zutrugen. Lydia hatte so getan, als würde sie ihre Sache unterstützen, während sie zu ergründen versuchte, welchen Komplott ihre Tante schmiedete, was nicht leicht war.

Sie musste mit Jason reden, doch das konnte sie vor ihrer Tante nicht. Sie musste ihn für ein paar Minuten allein erwischen. Es war zu schade, dass Audrey nicht hier war, um ihr zu helfen.

Bemüht, so nonchalant zu wirken wie nur möglich, durchquerte sie den Salon und fragte Mrs. Horwatt leise, wo sie den Ruheraum finden könnte. Mit Wegbeschreibungen zum hinteren Teil des Stadthauses ausgestattet, machte Lydia sich auf den Weg zur Tür. Dies brachte sie in Jasons Nähe und sie murmelte: »Folge mir in einem Augenblick in den Ruheraum, aber diskret.«

Sie schaute nicht zurück, um sich zu vergewissern, ob er ihre Anweisung gehört hatte, doch sie vertraute darauf, dass dem so war.

Einige Augenblicke später ging sie in dem kleinen Wohnzimmer hin und her. Der Raum war mit zahlreichen Lampen gut beleuchtet und im Kamin brannte ein Feuer. Es war auch der Ort, an dem jederzeit jemand zu einer kurzen Verschnaufpause auftauchen könnte. Vielleicht war es nicht der beste Treffpunkt für ein heimliches Treffen.

Das Geräusch der sich öffnenden Tür weckte ihre

Aufmerksamkeit – und ihre Furcht. Sie atmete auf, als Jason eintrat und die Tür hinter sich schloss.

Er runzelte die Stirn, was nicht gerade der Reaktion entsprach, die sie sich gewünscht hatte. »Lydia, das ist keine gute Idee.«

»Ich muss mit dir sprechen.« Sie ging auf eine weitere Tür zu und öffnete sie vorsichtig.

Jason trat neben sie und löste einen Schauder aus, der ihr über den Nacken kribbelte. »Was tust du hier allein?«, flüsterte er.

»Ich versuche, einen passenderen Ort zu finden als den Ruheraum, den jeder betreten kann.«

Die Tür führte zu einem kleinen Speisezimmer, wahrscheinlich handelte es sich um den Frühstücksraum. In der Mitte stand ein runder Tisch, der von einem halben Dutzend Stühlen umgeben war. Lydia trat ein und Jason folgte ihr rasch.

Er schloss die Tür und wieder runzelte er die Stirn. »Sie scheint kein Schloss zu haben.«

An der gegenüberliegenden Wand gab es noch eine Tür, doch Lydia wollte sie nicht öffnen. Was, wenn sie zum großen Speisezimmer führte, in dem sie bald dinieren würden? Sie war zuvor noch nicht bei den Horwatts zuhause gewesen, und sie wollte das Risiko nicht eingehen.

In der Zwischenzeit hatte Jason einen der Stühle vom Tisch gegen die Tür gestellt und wiederholte dasselbe jetzt mit der anderen Tür.

»Ist das wirklich notwendig?«, fragte sie, gleichwohl sie erfreut war, dass er solche Mühe auf sich nahm, um ihren Ruf zu wahren.

Er vollendete sein Werk und wandte ihr seine volle Aufmerksamkeit zu. »Notwendiger, als dein Vorschlag, dir zu folgen.« Er sprach mit leiser Stimme, als er zu ihr herankam und vor ihr stehen blieb. »Was ist so wichtig, dass du beschlossen hast, dich voll und ganz über die gesellschaftlichen Regeln hinwegzusetzen?«

Seine Augen waren voller Sorge. Zart berührte sie seine Frackaufschläge mit den Fingerspitzen. »Vielleicht hast du einen Einfluss auf mich.«

Er sog scharf die Luft ein. »Lydia. Es sei denn, du willst einen Einfluss auf *mich* haben, solltest du besser auf den Punkt kommen.«

Warum machte es solchen Spaß, mit ihm zu flirten? Aber nein, sie hatte ihn nicht zu einem Stelldichein hierherbestellt, gleichwohl das überaus verlockend klang. Sie schüttelte den Kopf. »Ich wollte dich wissen lassen, dass meine Tante vorhat, zu deinem Fest zu kommen, um deine Geheimnisse auszuspionieren.«

Er blinzelte sie an. »Welche Geheimnisse?«

»Du *weißt* schon«, antwortete sie. Und als er sie weiterhin perplex anschaute, fügte sie hinzu: »Was während deiner lasterhaften Feste passiert.«

Er unterdrückte ein Lachen. »Das sind keine Geheimnisse. Es ist einfach nur höflich, nicht laut darüber zu sprechen, obwohl ich sicher bin, dass manche das tun.«

»Ach.« Ihre Gedanken gingen auf Wanderschaft, wobei sie an diese Dinge dachte und sich wunderte, wie ähnlich sie dem waren, was Jason und sie neulich bei dem Musikabend getan hatten. »Also machst du dir keine Sorgen, dass meine Tante dein Fest ruinieren könnte? Das ist, fürchte ich, ihre Absicht.«

»Ich würde von ihr nicht weniger erwarten.«

Lydia legte die flache Handfläche an seine Brust und trotz der verschiedenen Lagen Kleidung, fühlte sie sein Herz stark und sicher schlagen. Es schien, als würde ihres im gleichen Rhythmus tanzen, doch das war bestimmt Einbildung. »Du hättest uns nicht einladen sollen. Gleichwohl ich sie jetzt, da du es getan hast, unmöglich überzeugen könnte, nicht zu kommen.«

Er legte seine Hände auf ihre und sie wünschte ihre Handschuhe zum Teufel. Sie wollte die Wärme seiner Haut auf ihrer fühlen. »Mir wird nichts geschehen«, versicherte er ihr. Voller Versprechen bohrten sich seine grauen Augen in ihre. »Ich bin für sie gewappnet.«

Eigentlich sollte sie jetzt gehen, ehe ihre beiderseitige Abwesenheit auffallen würde, aber sie wollte nicht. Er hatte sie einmal als wagemutig bezeichnet und zugestanden, dass es ihm gefiel. Sie hoffte, ihn mit dem, was sie zu tun vorhatte, nicht zu verstören. Sie stellte sich so, dass ihre Körper sich fast berührten. Ohne den Augenkontakt zu unterbrechen, zog sie den Handschuh von ihrer rechten Hand. Dann hob sie die Hand an sein Gesicht. »Darf ich?«

Augenscheinlich in ihren Bann geschlagen, sah er ihr in die Augen. »Ja.«

Zart berührte sie mit der Fingerspitze den Anfang seiner Narbe direkt unter seinem Auge. »Hat es sehr wehgetan?«

Er hielt die Luft an. »Ja.«

Langsam zog sie die Spur über seine Wange nach und ihr Finger glitt über die wulstige Haut. »Wie viele Stiche hast du gebraucht?«

»Einundzwanzig.«

In der Mitte fand sich eine kleine Erhebung. »Warst du bei Bewusstsein?«

»Bei jedem einzelnen.«

Als sie das Ende erreicht hatte, legte sie den Finger an seine Wange. »Es tut mir leid.« Dann stellte sie sich auf die Zehenspitzen und drückte die Lippen auf den Ansatz der Narbe.

Er stöhnte und drehte sein Gesicht, um ihre Lippen zu

bedecken. Der Kuss war weder sanft noch zart. Er war hart, fordernd und ließ ein heftiges Verlangen aufflammen, das direkt bis zu ihrer Seele strahlte.

Er legte die Arme um sie und zog sie an seinen Oberkörper, wobei er ihre Brüste flach presste. Doch es fühlte sich wundervoll an. Gleichwohl sie wusste, dass es sinnlos war – sie hatten keine Zukunft zusammen –, sehnte sie sich danach, wieder von ihm gehalten zu werden. Sie winkelte den Kopf an und teilte die Lippen. Seine Zunge war bereit und drang heiß in ihren Mund. Vor Wonne wurde ihr Kopf ganz leicht und ihr Puls beschleunigte sich.

Sie krümmte die Finger um seinen Kiefer und schlang die andere Hand um seinen Nacken, gleichwohl sie noch immer ihren Handschuh hielt. Er wirbelte sie herum und hob sie auf die Tischkante, während er ihren Kuss so vertiefte, dass sie sich ungeschützt und seinem Hunger ausgeliefert fühlte. Ein Wort, das sie nur murmelnd gehört hatte, kam ihr in den Sinn und es schien ihr die perfekte Beschreibung: *erotisch.*

Mit seinen Händen drängte er ihre Beine auseinander. Sie fügte sich und er stellte sich so, dass ihr innerer Schenkel an seinem äußeren rieb. Wenn sie sich seinem Kuss ausgeliefert gefühlt hatte, war dies weitaus invasiver. Aber umso köstlicher.

Er ließ von ihrem Mund ab, um mit seinen Lippen an ihrem Hals entlang zu wandern. Sie ermunterte seinen Abstieg, indem sie den Kopf zurückwarf und ihm freien Zugang zu ihrer Kehle bot. Er konnte von ihr haben, was immer er wollte. Sie wünschte sich, er würde *nehmen*, was immer er wollte.

Seine Hand glitt an ihrer Seite empor und er liebkoste ihre Hüfte und dann ihren Brustkorb, ehe er unter ihrer Brust innehielt. Mit seinem Daumen strich er über ihre Brustwarze. Scharf sog sie die Luft ein.

Er leckte die Haut über ihrem Schultertuch und sie wünschte, dass jedes einzelne Kleidungsstück, das sie trug, einfach von ihr abfallen würde. Doch seine Vernunft war weitaus präsenter als die ihre und er zog sich zurück. »Nicht hier. Nicht jetzt.«

Er drückte einen Kuss auf ihre entblößte Handfläche. Es war ein langer, heißer und feuchter Kuss, der sie auf dem Tisch erzittern ließ. Dann nahm er ihren Handschuh aus der anderen Hand und hielt die Öffnung so, dass sie mit der Hand hineinschlüpfen konnte. Als die weiße Seide schließlich ihren Arm umschloss, trat er zurück. »Du bist die gefährlichste junge Dame, die ich je getroffen habe. Wenn du immer noch an einem Rundgang durch Lockwood House interessiert bist, werde ich alles arrangieren.«

Sie fragte sich, ob »alles« mehr bedeutete als nur einen Rundgang oder ob es bloß an ihrer erregten Vorstellungskraft lag. Sie sollte nein sagen. Sie sollte tun, was immer notwendig war, um zu verhindern, mit ihm allein zu sein, aber sie konnte einfach nicht leugnen, wie gut sie sich durch ihn fühlte. Wie niemand sonst sie auch nur annähernd die Dinge hatte fühlen lassen wie er: verführerisch, begehrt, *gemocht*. »Ja, das will ich.«

Er nickte unmerklich. »Warte auf meine Nachricht. Und kehre jetzt in den Ruheraum zurück.« Er zog den Stuhl von der Tür weg und öffnete sie einen Spalt. Nachdem er in den Raum gespäht hatte, stieß er die Tür weiter auf und bedeutete ihr, einzutreten.

Ehe sie die Gelegenheit hatte, etwas zu sagen, war sie schon allein im Ruheraum. *Was zu sagen?* »Danke?« oder »Ich kann kaum erwarten, dass du mich wieder küsst?«

Sie erschauderte, um einerseits ihre Gedanken zu klären und andererseits das

Gefühl von seinem Mund und seinen Händen abzuschütteln. Sie musste ihre Contenance wiederherstellen, ehe sie zur Soirée zurückkehrte.

Wundersamerweise schaffte sie es nicht nur zurück in den Salon, sondern sie überstand auch das Dinner, ohne sich vollkommen lächerlich zu machen. Natürlich war es hilfreich, dass Jason auf der anderen Seite des Tisches am anderen Ende saß.

Nach dem Dinner spielte Lydia mit ihrer Tante, Mrs. Horwatt und Lady Rowe Karten, als Jason und die anderen Gentlemen wieder ins Zimmer traten. Sie hatte ihr Stelldichein – denn als solches hatte es sich eindeutig entpuppt – mehrere Male in Gedanken durchlebt. Tante Margaret starrte sie immer wieder an, weil sie nicht aufpasste, aber Lydia entschuldigte sich einfach und täuschte ein falsches Gähnen vor, um Müdigkeit vorzugeben.

Nach einem Blick in Jasons Richtung achtete Lydia sorgfältig darauf, den Blick abgewandt zu halten. Doch ihr Kopf schnellte herum, als Tante Margaret bemerkte: »Wirklich Johanna, ich bin ein bisschen schockiert, dass du Lockwood eingeladen hast.«

Mrs. Horwatt sah erschrocken aus. »Aber warum? Ich dachte, es würde ein höllischer Spaß werden, ihn hier zu haben. Darüber hinaus dachte ich, du würdest dich über seine Anwesenheit freuen.«

»Das tue ich nicht. Er ist ein echter Flegel. Und verrückt wie jeder Insasse in Bedlam. Es ist nur eine Frage der Zeit, bis er, genau wie seine Mutter, den Verstand verliert.« Tante Margarets dunkle Augen funkelten. Lydia spannte sich an. Sie hatte diesen Blick schon einhundert Mal gesehen. Ihre Tante führte etwas im Schilde.

»Lord Lockwood«, rief Tante Margaret süßlich.

Jasons Augen verengten sich leicht – nicht genügend, um die Aufmerksamkeit der anderen auf sich zu lenken, doch

Lydia war auf die Nuancen seines Ausdrucks eingestellt. Wann war das passiert?

Er kam näher an ihren Tisch heran. Nervös blickte Mrs. Horwatt zu ihm auf. Lady Rowes Züge waren erwartungsvoll. Tante Margarets Miene kalkulierend. Lydia versuchte, an eine Möglichkeit zu denken, wie sie das heraufziehende Desaster abwenden könnte, und es würde ganz sicher ein Desaster werden, wenn ihre Tante erfolgreich war.

»Lord Lockwood«, meinte Lydia mit ihrer sonnigsten Stimme. »Es ist so entzückend, Sie heute hier zu sehen. Wie gefällt Ihnen der Abend?« Sein Blick war einladend, aber auf schickliche Art. Falls irgendjemand gewusst hätte, dass sie vorhin eine leidenschaftliche Umarmung ausgetauscht hatten, läge es nicht daran, dass er dies zeigte. »Recht gut, danke.« Er wandte seine Aufmerksamkeit ihrer Gastgeberin zu. »Mrs. Horwatt, ich muss Ihnen meinen Dank für die Einladung in Ihr prachtvolles Haus aussprechen. Das Dinner war ausgezeichnet und der Port ihres Ehemannes exquisit.«

Bei seinen Komplimenten strahlte Mrs. Horwatt ein bisschen, gleichwohl Lydia bemerkte, dass die Frau nichts dagegen tun konnte, mit einem angewiderten Blick auf seine Narbe zu blicken. Unerklärlicherweise wollte Lydia sie unter dem Tisch treten.

»Ich bin sicher, dass jedes Dinner, zu dem Sie eingeladen worden sind, exzellent war«, bemerkte Tante Margaret mit einem Anflug von Säure. »Wir müssen dankbar sein, dass Sie sich betragen, wie Sie sollten. Das letzte Mal hatten sich die Dinge nicht gut entwickelt, als ich einer Dinnerparty mit einer Lockwood beigewohnt hatte.«

Lydia erstarrte. Tante Margaret konnte sich doch nicht auf die Dinnerparty beziehen, bei der Lady Lockwood ihren Nervenzusammenbruch erlitten hatte? Aber natürlich tat sie das. Lydia blickte gespannt zu Jason auf, und der Atem stockte ihr in der Brust.

Jasons graue Augen wurden hart, doch er zwang sich zu einem dünnen Lächeln. »Ich bin sicher, dass diese wunderbaren Ladys hier nicht an alten Geschichten interessiert sind, *Lady* Margaret.«

»Gewiss sind sie das, mein Junge.« Ihre gekünstelte Vertrautheit ließ ihn zurückweichen.

»Nun, ich jedoch nicht.« Dann drehte er sich weg, was ein bisschen rüde war, weil er sich nicht entschuldigte, aber Lydia machte ihm nicht den geringsten Vorwurf. Sie sah zu den anderen Damen, um ihre Reaktionen einzuschätzen. Mrs. Horwatt wirkte betreten, und Lady Rowe enttäuscht. Jetzt wollte Lydia *sie* unter dem Tisch treten.

»Seht ihr, was ich meine?«, fragte Tante Margaret an ihre Tischnachbarn gerichtet. »Er besitzt ein Mindestmaß an Manieren, vermute ich, aber das Blut wird den Sieg davontragen. Er ist noch jung. Seine Mutter ist bis zum Erreichen ihrer mittleren Jahre nicht vollständig verrückt geworden. Es ist nur eine Frage der Zeit, ehe Lockwood das Gleiche tut und ich frage euch, ob wir das wirklich in der Öffentlichkeit miterleben wollen?«

Lydia biss sich tatsächlich auf die Zunge, um ihrer Tante nicht vorzuwerfen, sich solch ein Spektakel wirklich zu wünschen. Dass es in Wahrheit genau das war, was sie provozieren wollte.

Doch Jason wirbelte mit solcher Vehemenz herum, dass sämtliche Unterhaltungen um sie verstummten. Lydia sah zu ihm auf und bat ihn im Stillen, einfach zu gehen. Ihre Blicke trafen sich und nach einem langen Moment schien er sie zu verstehen. Die Muskeln in seinem Kiefer, die er bei seiner Kehrtwende so fest angespannt hatte, wurden sichtlich locker und Lydia stieß die Luft aus, die sie angehalten hatte.

Jason verneigte sich vor den Damen am Tisch. »Auf Wiedersehen. Vielen Dank noch einmal, Mrs. Horwatt für einen – größtenteils – vergnüglichen Abend.« Dann drehte er sich um, ohne Lydia auch nur einen winzigen Blick zu erübrigen, und sie hoffte, dies geschah, weil er nicht ertappt werden wollte. Gleichwohl sie fürchtete, es sei, weil er es nicht ertragen konnte, Margarets Nichte anzuschauen.

~

*A*m folgenden Morgen bereitete Jason sich für ein nachmittägliches Treffen mit seinem Rechtsanwalt vor, als North ihn in seinem Arbeitszimmer unterbrach. «Mylord», ergriff er das Wort. »Lord Carlyle ist hier, um Euch zu sprechen.«

Jason runzelte die Stirn. Was könnte er wollen? Ihr letztes Treffen hatte damit geendet, dass sie beide bezüglich Ethan auf unterschiedlichen Meinungen beharrten. Doch jetzt musste Jason zugeben, dass seine Meinung zumindest ein bisschen anders war. Jason nickte North einmal zu. »Führe ihn herein.«

Einige Augenblicke später betrat Carlyle sein Arbeitszimmer und verbeugte sich knapp. »Guten Morgen, ich störe doch hoffentlich nicht?«

»Überhaupt nicht. Bitte setzen Sie sich« Jason zeigte auf einen der Stühle auf der anderen Seite seines Schreibtischs. Carlyle setzte sich auf die Stuhlkante und hielt den Rücken kerzengerade. Sein Verhalten schien ein bissen aufgeregt oder vielleicht sogar aufgewühlt. »Ich bin gekommen, um mit Ihnen über Jagger zu reden.«

Jason setzte sich in seinem Stuhl zurück, als ob Ethan ihn nicht weniger kümmern könnte, aber er war hellwach und begierig zu hören, was Carlyle zu sagen hatte. »Was ist mit ihm?«

Carlyle runzelte die Stirn. Er legte die Hand auf sein gebeugtes Knie und schien nach den richtigen Worten zu suchen. »Ich fürchte, er könnte letztendlich vielleicht mit dem Diebesring involviert sein.«

»Ach?«, fragte Jason in einem unbeteiligten Tonfall. »Wie kommt das?«

»In letzter Zeit haben sich zwei Diebstähle in Mayfair ereignet.«

»Zwei?« Jason gab es auf, so zu tun, als ob ihn das Thema nicht interessieren würde. Er setzte sich in seinem Stuhl vor und verschränkte die Hände auf der Schreibtischoberfläche. »Ich habe von dem in der Curzon Street gelesen. Es hat einen weiteren gegeben?«

Carlyle nickte. »Gestern Abend. In der South Audley Street, nahe dem Park.«

»Und Sie glauben, Ethan war beteiligt?«

»Ich glaube nicht, dass er das eigentliche Verbrechen begangen hat, aber ja, ich fürchte, er könnte möglicherweise involviert sein.« Carlyle sah nicht gerade erfreut aus, das zugeben zu müssen.

Jason versteckte seine Verwirrung nicht. »Was hat Ihre Meinung geändert? Bei unserem letzten Treffen haben Sie mich angehalten, Ethan den Vorteil des Zweifels einzuräumen. Sie hatten geglaubt, dass er sich zu verändern suchte.«

»Ich hoffte, er würde versuchen, sich zu ändern und jetzt erkenne ich meinen Fehler. Zu hoffen, dass sich jemand verändert hat, ist nicht dasselbe, als hätte er es tatsächlich getan.«

Das war es? »Sie haben einfach entschieden, dass Sie sich in ihm getäuscht haben? Welche Beweise haben Sie, um ihn mit den Diebstählen in Verbindung zu bringen?«

Carlyles Augen weiteten sich eine Nuance, ehe er seine Reaktion verbarg. »Es scheint, als sei ich nicht der Einzige, der seine Meinung geändert hat. Sie brauchen plötzlich einen Beweis, um zu glauben, dass er Aldridges Stelle eingenommen hat?«

Unwillig, seine Meinungsänderung kundzutun, zuckte Jason mit den Schultern, insbesondere, weil er sich über seine Bereitschaft, sie zu akzeptieren, unsicher war. »Sie waren recht überzeugend.«

»Wie es der Zufall will, habe ich Kenntnisse, die mir zu denken geben. Wenngleich es kein fester Beweis ist, dass er Aldridges Platz eingenommen hat, wirft es aber ein unvorteilhaftes Licht auf ihn. Er könnte etwas mit Lady Aldridges Tod zu tun haben.«

Jason gefror das Blut in den Adern. »Berichten Sie mir, was Sie wissen.«

Carlyle nickte. »Deshalb bin ich gekommen.« Er beugte sich vor und legte eine Hand auf Jasons Schreibtisch. »Jaggers Diener – ein Bursche namens Oak – ist eine Kohorte aus seinem früheren Leben. Er hatte Aldridge House bei mehreren Gelegenheiten besucht, bis zu Lady Aldridges Tod.«

Das klang nicht gut. Jasons Magen krampfte sich zusammen. »Was hatte er getan?«

»Er hatte Laudanum abgeliefert.«

Woran nichts merkwürdig gewesen wäre, wenn Oak der Assistent eines Apothekers gewesen wäre oder ein Botenjunge. Doch das war er nicht. Er war Ethans Diener und wahrscheinlich ein Krimineller. Dennoch konnte es eine plausible und *legale* Erklärung für seine Handlungen geben.

Jason biss den Kiefer zusammen, als er Carlyle erwartungsvoll ansah. »Ist da noch mehr?«

»Bow Street glaubt allmählich, sie sei umgebracht worden. Nach dem Tod ihres Ehemannes hatte sie mit der Einnahme von Laudanum begonnen, doch in den letzten Wochen war ihr Konsum bis zu einem Grad angestiegen, an dem sie kaum noch bei Bewusstsein war.«

Verdammt. Jason hatte sich gefragt, ob sie dem gleichen Schicksal erlegen war wie ihr verstorbener Ehemann, obwohl auf eine glücklicherweise weniger grausige Art, aber er hatte nicht wirklich geglaubt, dass Ethan verantwortlich sein könnte. Carlyle schien dem offenbar nicht zuzustimmen. »Sie glauben, Ethan steckt hinter ihrem Tod und dass er ihr irgendwie die Überdosis Laudanum hatte zukommen lassen? Wie sollte das möglich sein?«

Carlyle hatte einen grimmigen Ausdruck auf dem Gesicht. »Lady Aldridges Zofe berichtete, dass sich der Konsum ihrer Ladyschaft gesteigert hatte, nachdem sie anfing, sich mit Jagger zu treffen. Dann hörten sogar diese kurzen, öffentlichen Auftritte auf. Bow Street hatte alle Diener und alle anderen, die eine Verbindung zu Aldridge House hatten, eingehend befragt. Angesichts Lady Aldridges raschem Verfall, glaubt Bow Street, dass das von Oak gelieferte Laudanum eine stärkere Wirkung besaß als das, was sie sonst genommen hatte. Auf tödliche Weise.«

»Und Bow Street hat Ihnen die Informationen einfach so zur Verfügung gestellt?« Das war verdammt praktisch. »Gibt es eine Art von Club für ehemalige Konstabler, der Ihnen einen solchen Zugang erlaubt?«

Carlyle lächelte müde. »Etwas in der Art.« Seine Züge verfinsterten sich. »Ich hoffe, ich irre mich und es gibt eine Art Erklärung für die Beteiligung von Jaggers Diener.«

»Vielleicht hat Ethan keine Kenntnis über Oaks Vorhaben. Oder vielleicht handelt Ethan aus Furcht. Sie sagten selbst, Ethan arbeitet für einen gefährlichen Mann, und dass seine Entscheidungen vielleicht nicht seine eigenen sind.« Jason war nicht sicher, ob er glaubte, dass Ethan die Anweisungen eines anderen befolgen würde. Ethan schien kein Mann zu sein, der sich groß vor etwas fürchtete, und er würde auch nicht die Rolle einer Marionette spielen.

Die Lippen zu einem festen Strich zusammengepresst, schien Carlyle das auch nicht zu glauben. »Hoffen wir, es handelt sich um Ersteres – dass er nichts von Oaks Machenschaften weiß. Denn, wenn Letzteres zutrifft, wird Bow Street es nicht kümmern, wer verantwortlich war. Ethan wird hängen.«

Jason versuchte, das angstvolle Gefühl zu ignorieren, das ihn beschlich. Es sollte ihn nicht kümmern, was mit Ethan geschah. Aber die wilde Wut, die in ihm rumorte, die er zum ersten Mal für die Verteidigung von Ethan empfand, anstatt gegen ihn, sagte ihm, dass er das tat. »Was schlagen Sie vor?«

»Statten wir ihm einen Besuch ab.«

Gleichwohl Jason wissen wollte, was Ethan über die Lieferungen seines Dieners für Aldridge House zu sagen hatte, fürchtete er, dass dies ein vergebliches Unternehmen war. »Er wird Ihnen gar nichts sagen.«

Carlyle kniff die Augen zusammen. »Warum sagen Sie das?«

»Weil ich bei mehr als einer Gelegenheit mit ihm gesprochen habe, und er weigert sich, irgendetwas in Bezug auf Lady Aldridge zu sagen.«

Carlyle, der sich erhoben hatte, holte tief Luft. »Vielleicht kann ich ihn zum Reden bewegen. Das war letztendlich mein Beruf.«

Jason bezweifelte, dass Carlyle erfolgreich wäre, wo er versagt hatte, aber er war zu neugierig über diese Entwicklungen, um die Einladung abzulehnen. Er stand auf und kam um den Tisch herum. »Gehen wir.«

Dreißig Minuten später setzte Carlyles Kutscher sie vor dem Bevelstoke ab. Ein Diener ließ sie in das Gebäude eintreten.

Carlyle führte Jason zwei Stockwerke hinauf. Sie gingen den Korridor entlang, bis sie die Tür am Ende erreichten. Carlyle klopfte. Sie warteten, doch es kam keine Antwort. Carlyle versuchte es ein zweites Mal und wieder wurden sie von Stille begrüßt.

Carlyle blickte in seine Richtung. Er schob die Hand in seinen Überrock und zog etwas hervor.

»Was tun Sie?« Jason beugte sich über seine Schulter, um besser zu sehen.

»Genau das, was Sie glauben. Sie stehen mir im Licht.« Carlyle deutete auf die Fackel hinter Jason.

»Ist das legal?«, fragte Jason und wunderte sich nicht nur über die Gesetzeskonformität ihres Handelns, sondern auch, ob Ethan dort drinnen war und ihr Klopfen einfach ignorierte.

»Für mich ist es das.« Carlyle blickte ihn von der Seite an. »Wenn Sie sich hiermit nicht wohlfühlen, können Sie gern gehen. Wir schauen uns nur um.«

Jason vermutete, dass das nicht schaden konnte. »Was, wenn er drinnen ist?«

Mit einem kleinen Lächeln schüttelte Carlyle den Kopf. »Männer wie er kommen zur Tür – oder sie haben ihre Lakaien, die zur Tür kommen. Und zwar, weil sie nicht wollen, dass jemand hereinplatzt. Sie müssen mich nicht begleiten, aber wenn ich etwas finde, wollen Sie dann nicht davon wissen?«

Unfähig, etwas gegen Carlyles Logik einzuwenden – er hatte Ethans Plänen schon seit einiger Zeit auf den Grund gehen wollen – trat Jason zur Seite, um Carlyle Platz und Licht zu gewähren, um seine Arbeit zu vollenden. Einen Augenblick später war das Schloss geöffnet und die Tür sprang auf.

Vorsichtig und leise trat Carlyle ein. Ein großes Fenster an der gegenüberliegenden Wand ließ einen Strahl sonniges Mittagslicht eindringen. Jason folgte ihm in die Wohnung und schloss die Tür hinter sich. Carlyle verschwand durch eine Tür auf der rechten Seite.

Der Hauptraum war nicht besonders groß, doch mit einem runden Spiegel über dem Kaminsims, der mit vergol-

deten Schnörkeleien verziert war, zwei dunkelgrünen
Sesseln und einem goldenen Sofa auf dem grüne mit Gold-
fäden bestickte Kissen lagen, gut ausgestattet. In der linken
Ecke befand sich ein Schrank und einige Regale mit einem
Tisch und zwei Stühlen.

Carlyle tauchte in der Tür auf und schüttelte den Kopf.
»Niemand hier.« Dann trat er an einen Schreibtisch beim
Fenster und sah die Papiere durch, die ordentlich gestapelt
darauf lagen.

Jason kam näher. »Was tun Sie?«

Carlyle blickte nicht auf. »Ich suche nach etwas, das uns
sagen kann, was Ihr Bruder vorhat.«

Es fühlte sich ein bisschen falsch an, ohne Erlaubnis in
Ethans Gemächer einzudringen und seine Sachen zu durch-
wühlen, doch wie sollte er sonst die Wahrheit darüber
herausfinden, wenn Ethan ihm nicht vertraute? Was würde
Jason darüber hinaus mit dieser Wahrheit anfangen? Mitan-
sehen, wie er ins Gefängnis geworfen oder wie Carlyle sagte,
gehängt würde? Oder war da eine winzige Chance, dass
Jason Ethan helfen wollte? Darauf hatte er im Augenblick
keine Antwort.

»Ich werde hier nachsehen.« Jason ging zur Tür des
Zimmers, das Carlyle bereits untersucht hatte, und trat in
Ethans Schlafzimmer.

Wieder fiel das Licht durch ein Fenster auf die üppige
Ausstattung – ein großes Himmelbett, das mit dunkelroten
Vorhängen drapiert und von einem passenden, seidenbesti-
cken Überwurf mit silbernem Blumenmuster ergänzt wurde.
In der Ecke stand ein großer Kleiderschrank. Alles war
ordentlich und sauber wie das Wohnzimmer. Eine weitere
Tür führte zu einem Alkoven mit einer Pritsche, auf der
wahrscheinlich sein Diener nächtigte. Dies schien ein geeig-
neter Platz für den Anfang, doch es gab dort nur die Pritsche
und eine rasche Suche ergab nichts.

Jason drehte sich wieder zum Schlafzimmer um. Sein Blick fiel auf eine kleine Schachtel auf dem Nachttisch. Er ging hinüber und öffnete den Deckel. Auf scharlachrotem Samt gebettet lagen dort einige Accessoires, Krawattennadeln, eine Handvoll Goldringe und eine Taschenuhr. Er nahm einen der Ringe in die Hand. Er besaß einen auffälligen Rubin. Jason ließ ihn wieder fallen und nahm einen anderen. Er erstarrte. Er war mit einem L graviert und das genaue Gegenstück zu dem, den er beim Tod seines Vaters geerbt hatte. Der, den Jason nie trug.

Er betrachtete ihn eingehend. Die Innenseite und die Kanten waren recht glatt, und deuteten auf häufiges Tragen hin. Hatte ihr Vater ihm diesen Ring gegeben oder hatte Ethan ihn anfertigen lassen? Beide Gedanken bereiteten ihm Unbehagen. Stirnrunzelnd warf Jason ihn in die Schatulle zurück und ließ den Deckel herunterkrachen.

Die Schatulle verrutschte und enthüllte die Ecke eines Bogens Papier darunter. Jason schob das Behältnis zur Seite und nahm ein gefaltetes Papier in die Hand.

Darauf befand sich eine Liste mit Adressen. Einige hatten Markierungen daneben. Jasons Magen krampfte sich zusammen, als er las, dass eine der Adressen die Curzon Street war. Diese Liste konnte Ethan möglicherweise mit den Diebstählen in Verbindung bringen. Sein Instinkt sagte ihm, die Notiz in die Tasche zu stecken, bis er sie weiter untersuchen könnte, wenn er wieder zurück in Lockwood House wäre, doch in diesem ungünstigen Augenblick trat Carlyle ein.

»Was haben Sie gefunden?«, fragte er und sein forschender Blick fixierte sich auf das Schriftstück in Jasons Hand. So, wie Carlyle entschlossen auf ihn zukam, glaubte Jason nicht, es als nichts abtun zu können. Also prägte Jason sich seinen Inhalt so gut er konnte ein, ehe er Carlyle die Liste übergab. »Es ist eine Liste mit Adressen.«

Carlyle überflog das Schriftstück. »Es befinden sich die

Adressen der Curzon Street und South Audley Street darauf.« Er runzelte die Stirn, als er wieder zu Jason aufsah. »Das sieht nicht gut für ihn aus.«

Aus welchem Grund auch immer nahm Jason eine Abwehrhaltung ein. «Sind dies die Adressen, an denen die Diebstähle stattgefunden haben?«

»Ich weiß es nicht, aber Bow Street wird es wissen.«

Jason spürte ein Kribbeln im Nacken. »Sie werden dies Bow Street übergeben?«

Carlyle nickte, doch er sah diesbezüglich gar nicht glücklich aus. »Ich habe Teague gesagt, ich würde ihn informieren, wenn ich etwas herausfände.«

Verärgerung flammte in Jasons Brust auf. »Haben Sie mich deshalb heute besucht? Als eine Art Bow Street Agent?«

»Nein, ich bin gekommen, weil ich dachte, dass Sie daran interessiert wären, etwas über die Motive für das Erscheinen Ihres Bruders in der Gesellschaft zu erfahren. Sie waren so sicher, dass er hier war, um Aldridges Diebesring zu übernehmen, aber jetzt scheinen Sie das weitaus weniger zu sein.« Er legte den Kopf schief und seine Augen bekamen einen forschenden Glanz. »Sie sagten, Sie hätten mehr als einmal mit ihm gesprochen. Wenn er Sie überzeugt hat, ihm zu vertrauen, würde ich gern wissen, wie.«

»Das hat er nicht«, konnte Jason unzweifelhaft antworten. »Allerdings habe ich ein bisschen von dem gesehen, wovon Sie gesprochen hatten – er scheint ein Mann zu sein, der bemüht ist, sich zu bessern.« Jason zeigte auf das elegante Schlafzimmer, in dem sie standen.

»In der Tat«, stellte Carlyle mit einer Spur Kummer fest. »Gleichwohl ich gehofft hatte, er würde dies innerhalb der Gesetzesgrenzen tun.«

Jason erkannte, dass er dies ebenfalls gehofft hatte, doch er weigerte sich, sich enttäuscht zu fühlen. Er hätte nicht erwarten sollen, dass die Dinge sich in Hinsicht auf seinen

Bruder ändern würden. »Ethans Angelegenheiten sind nicht die meinen. Sie werden dies jetzt in der Bow Street abliefern?« Er nickte zu der Liste in Carlyles Hand.

Carlyle faltete das Schriftstück zusammen, schob es in seine Tasche und nickte. »Ich hatte gesagt, ich wäre der Erste, der ihn zur Bow Street zerrt, wenn ich glauben würde, dass er etwas Illegales getan hätte.«

Das hatte er. Doch wohingegen dies Jason einst mit Befriedigung erfüllt hätte, verspürte er jetzt Angst. Niemand hatte seinen Bruder gerettet, doch nun war vielleicht die Zeit reif, dass jemand dies tat. Nicht nur irgendjemand – Jason.

KAPITEL 14

$\mathcal{A}$m folgenden Nachmittag wartete Lydia in Audreys privatem Salon auf die Ankunft von Mr. Ethan Locke. Sie hatten die Möbel ein bisschen beiseite geräumt, um Platz zum Walzertanzen zu schaffen. Audrey saß in ihrem bevorzugten Sessel mit dem Blumenmuster, während Lydia Kreise durch den Raum zog.

»Warum wanderst du umher?«, fragte Audrey.

»Ich mache mir Sorgen, dass dies keine gute Idee war. Was, wenn jemand Mr. Locke in dein Haus kommen sieht? Was, wenn einer der Dienstboten die Information weitersagt?«

Audrey lachte. »Das werden sie nicht. Ich habe einen Plan ausgeheckt, der Mr. Locke Zutritt erlaubt, ohne Aufmerksamkeit zu wecken.«

Lydia wollte nach dem Wie fragen, doch dann entschied sie, dass ihr Gehirn bereits von durcheinanderwirbelnden Gedanken überfüllt war. Zaudernd setzte sie sich neben Audrey. Noch immer wurde sie von Energie durchdrungen, doch andererseits hatte sie sich auch seit der Dinnerparty neulich Abend angespannt gefühlt. Ihr geheimer Rundgang durch Lockwood House sollte morgen stattfinden, aber sie wartete noch auf die Einzelheiten für ihren Besuch von Jason, und sie vermutete, dass er seine Meinung geändert hatte, nachdem Tante Margaret ihn bei den Horwatts derart provoziert hatte. Sie sollte erleichtert sein, doch stattdessen fühlte sie sich schockierenderweise enttäuscht.

Audrey tätschelte Lydia das Knie und sah sie mit tiefer Besorgnis an, die niemand sonst – außer Mrs. Lloyd-Jones vielleicht – ihr erübrigte. »Was beschäftigt dich in Wirklichkeit?«

Lydia musste feststellen, dass sie es nicht richtig ausdrücken konnte. Da war Jason und ob er entschied, weiterhin etwas mit ihr zu tun haben zu wollen. Da war Tante Margaret, natürlich, und was immer sie auf Jasons Feier zu tun vorhatte und dazu noch ihre stets präsentes Herumreiten auf Klatsch und der Wahrung ihrer Stellung in der Gesellschaft. Und dann war da Mr. Locke und die Wahrung seines Geheimnisses. Das tat Lydia gern, aber sie war dennoch in Sorge, falls Tante Margaret entdecken sollte, worauf sie aus war.

Schließlich zwang Lydia sich zu einem Lächeln und winkte ab. »Ach, eine Vielzahl von Dingen, und keines ist wirklich so bedeutsam.«

»Ich mag dein neues Ich«, meinte Audrey leise. »Ich meine, ich habe dich vorher gemocht, aber jetzt sollten alle dich mögen, weil sie endlich sehen können, was ich sehe – eine fürsorgliche junge Frau, die nur akzeptiert werden will. Und ich weiß, das ist dir das Wichtigste.«

Das war es. »Wie kommt es, dass wir so gute Freundinnen geworden sind? Dich der gesellschaftlichen Form anzupassen, scheint dir gar nicht so wichtig zu sein.«

Audrey lachte. »Wahrscheinlich ist das der Grund. Weil ich nicht unbedingt Wert darauf lege, was die Leute von mir halten, war ich imstande, deine Freundin zu sein – und ich meine das nicht beleidigend. Ich weiß, dass du die Tatsache anerkennst, dass deine Tante und ihre Forderungen an dich deinen gesellschaftlichen Erfolg geringer haben ausfallen lassen, als du dir gewünscht hattest.«

»Das stimmt.« Lydia machte sich nicht die Mühe, die Niedergeschlagenheit in ihrem Tonfall zu verbergen. »Ich hatte solch wundervolle Erwartungen, als ich nach London kam.« Sie hatte ihren Vater immer wieder angefleht, ihr eine Saison zu ermöglichen, aber er war nicht interessiert, ein Stadthaus zu mieten und sie zu Festen und Bällen zu begleiten. Er kam in die Stadt, um seinen Sitz bei den Lords einzunehmen und seine Mutter zu besuchen, und er blieb stets in seinem Club. Und Lydias Großmutter war nicht in der Lage sie zu unterstützen, da sie mit ihren beiden Cousinen, die Jungfern geblieben waren, in einem kleinen Stadthaus lebte. Lydia war begeistert gewesen, als Tante Margaret eingewilligt hatte, sie aufzunehmen und während einer Saison zu begleiten. Doch hier stand sie sechs Saisons später, mit einem enttäuschenden gesellschaftlichen Status – sie war natürlich gefürchtet, jedoch nicht besonders beliebt – und keinem Ehemann. Sie hatte nur einen Platz in der Gesellschaft finden wollen, wo sie einen Freundeskreis, ein Zuhause und eine Familie gehabt hätte. Sie hatte nichts von diesen Dingen, außer Audrey, die zumindest so viel wie ein halber Freundeskreis wert war. Lydia drückte Audrey die Hand und lächelte. »Ich bin so froh, dass du verstehst.«

Die Tür, welche das Wohnzimmer mit Audreys Schlafzimmer verband, öffnete sich und Mr. Ethan Locke trat ein.

Lydia glotzte ihn an. »Sind Sie durch Audreys Schlafzimmer hereingekommen?« Sie warf Audrey einen ungläubigen Blick zu, deren Wangen sich in einem schwachen Rosa gefärbt hatten.

Audrey nickte Locke zu. »Dort ist ein Blatt auf Ihrem Ärmel.«

Locke zupfte das gelbliche Laub von seinem moosgrünen Frack. »Danke, Miss Cheswick.« Er schaute Lydia an. »Ja, ich bin durch Miss Cheswicks Schlafzimmer hereingekommen. Sie war so freundlich, mich einen Baum vor ihrem Fenster hinauf zu dirigieren. Sie ist bemerkenswert abenteuerlustig.« Er warf ihr einen anerkennenden Blick zu.

Was zum Teufel war hier los? Flirtete Locke etwa mit Audrey? Das hoffte Lydia sehr. Ein bisschen Aufregung würde Audrey guttun.

Locke verbeugte sich ein wenig verspätet. »Guten Tag, die Damen. Vielen Dank, dass Sie diesem armen Gentleman helfen.«

Er war alles andere als »arm«, zumindest nicht, was seine Erscheinung anbelangte. Er war mit einer beigen Hose, auf Hochglanz polierten Stiefeln und einer adretten weißen Krawatte, mit einer kleinen juwelenbesetzten Nadel, in der sich das Sonnenlicht brach, das durch die Fenster fiel, elegant gekleidet.

Locke schritt auf Audrey zu und Lydia wurde an die Katze aus ihren Kindertagen erinnert, die den Vögeln aufgelauert hatte. »Ich bin erfreut, endlich Ihre formelle – Bekanntschaft zu machen, Miss Cheswick.«

Audrey streckte ihm die Hand hin. »Mr. Locke, es ist mir ein Vergnügen. Allerdings ist auch dies keine formelle Bekanntschaft, da wir uns im *Geheimen* treffen.« Ihr Tonfall war keck, doch der schwache Anflug von Rosa auf ihren Wangen verriet Lydia, dass ihre Freundin nervös war, wie so oft in Gesellschaft von Gentlemen.

Locke ergriff Audreys Hand und drückte ihr einen Kuss auf den Handrücken. Er lächelte sie träge an, während sie ihre Hand – ganz langsam – wieder zurückzog. »Das Vergnügen ist ganz meinerseits, aber ich bin erfreut, es mit Ihnen zu teilen.«

Audrey legte die Hand in ihren Schoß, doch sie entgegnete nichts. Lydia konnte nicht sagen, was sie dachte. Lieber Himmel, wahrscheinlich hatte noch nie jemand mit Audrey geflirtet. War sie sich dessen überhaupt bewusst?

Locke drehte sich zu Lydia und unterbrach damit ihre Gedankengänge. »Wie sollen wir anfangen?«

Lydia nickte. »Sie sagten, Sie wollten den Walzer tanzen, also werden wir mit der ruhigsten Version anfangen.«

Mr. Locke wandte sich zu Audrey. »Darf ich zu hoffen wagen, dass Sie meine Partnerin sein werden, Miss Cheswick?«

Audrey nickte.

»Es ist mir eine Ehre«, antwortete er und bot ihr seine Hand.

Audrey nahm – wieder sehr langsam – seine Hand. Er trug Handschuhe, sie jedoch nicht. Lydia fragte sich, ob es ihr lieber wäre, ebenfalls welche zu tragen und machte sich im Geiste eine Notiz für die nächste Stunde.

»Walzer tanzen ist nicht so furchtbar schwierig«, fing Lydia an. »Audrey zeig Mr. Locke, wo er seine Hände platzieren muss.«

Audrey dirigierte Locke zur Mitte des freigeräumten Bereichs. Er blickte Audrey aufmerksam an und Lydia wollte nicht, dass er sie verschreckte.

»Mr. Locke«, fing Lydia an. »Sie wirken nervös. Es ist wirklich recht einfach. Nichts, worüber Sie in Aufregung geraten müssten.«

»Ich denke, er schaut gelangweilt drein«, bemerkte Audrey, deren Blick mit seinem verschlungen war. »Tatsächlich glaube ich, dass er vielleicht sogar überfordert wirkt.« Sie senkte die Stimme ein bisschen. »Sie müssen das nicht tun, wissen Sie. Niemanden wird es kümmern, wenn Sie nicht tanzen. Ich tanze nur selten und keiner nimmt überhaupt Notiz davon.«

»Aber niemand beobachtet Sie«, entgegnete Locke.

Lydia öffnete den Mund, um ihn zu tadeln, doch dann schloss sie ihn wieder, als er hinzufügte: »Das ist ein Verbrechen.«

Daraufhin wandte Audrey den Blick ab und Lydia erkannte zwei Dinge: Locke *flirtete* mit Audrey und Audrey wusste es.

»Platzieren Sie Ihre rechte Hand in ihrem Rücken«, meinte Lydia, als weder er noch Lydia sich zu rühren beabsichtigten. »Sie müssen sie nicht fest berühren, nur ein leichtes Streichen Ihrer Fingerspitzen genügt.«

So hatte Jason sie nicht berührt, als sie Walzer getanzt hatten, doch sie erkannte keine Notwendigkeit dies hier zu ermutigen. Es war schön und gut für Locke, mit Audrey zu flirten, doch sein geheimnisvoller Hintergrund war keine Empfehlung für etwas Dauerhaftes.

Locke kam ihrer Anweisung nach und legte die leicht gespreizte Hand auf Audreys Rücken. Weil Audrey recht groß war, reichte ihr Haupt bis zu seinen Augen. Lydias Kopf reichte nur bis zu Jasons Mund. Wann war ihr dieses Detail aufgefallen?

»Lady Lydia«, meinte Locke gedehnt. »Wir erwarten Ihre Anweisungen.«

Sie musste wirklich aufpassen! »Sie werden die Hände verschlingen, und es wird Ihre rechte Hand sein, die Ihre Partnerin über das Tanzparkett führt.«

Er dehnte die Hand in Audreys Rücken und runzelte die Stirn. »Das fühlt sich merkwürdig an.«

»Sind Sie Linkshänder?«, fragte Audrey.

»In der Tat, das bin ich«, antwortete er. »Wie scharfsinnig von Ihnen.«

Audrey legte den Kopf schief und bedachte ihn mit einem schelmischen Funkeln. »Linkshändigen Menschen wird nachgesagt, mit dem Teufel verwandt zu sein.«

Lydia blinzelte. Wo war ihre schüchterne Freundin?

Locke formte die Lippen zu einem Grinsen. »Ja, das stimmt. Und Sie werden feststellen, dass ich keine Ausnahme bilde, da bin ich sicher.«

Lydia hüstelte gekünstelt. »Können wir uns wieder dem Unterricht zuwenden? Der Walzer wird im Dreivierteltakt der Musik getanzt. Die Fußfolge ist ein bisschen schwierig zu meistern, aber das Wichtigste ist, in Bewegung zu bleiben. Wenn Sie das nicht tun, werden andere Paare mit Ihnen zusammenstoßen.«

»Das könnte unterhaltsam werden«, meinte er gedehnt.

Audrey kicherte. »Ach, das ist es, wenn es passiert.«

»Aber lassen Sie uns das vermeiden, bitte?«, erwiderte Lydia daraufhin. »Mr. Locke, Sie werden mit ihrem linken Fuß beginnen.«

Das tat er und automatisch trat Audrey zurück.

»Ausgezeichnet. Jetzt treten Sie mit dem rechten Fuß nach rechts vor und bilden einen rechten Winkel mit dem Fuß.«

Locke folgte ihren Anweisungen und Audrey machte mit.

»Verlagern Sie Ihr Gewicht auf Ihren rechten Fuß, Mr. Locke und dann ziehen Sie Ihren linken Fuß daneben.«

»Gut. Jetzt werden Sie alles umgekehrt machen. Treten Sie mit Ihrem rechten Fuß zurück.« Das tat er und Audrey folgte. »Bewegen Sie den linken nach hinten und nach links – das Gegenteil dessen, was Sie mit Ihrem rechten nach vorn getan haben.«

Er nickte einmal und folgte ihrer Anweisung.

»Verlagern Sie Ihr Gewicht auf Ihren linken Fuß und ziehen Sie den rechten danaben.«

Nachdem er den Schritt vervollständigt hatte, klatschte Lydia in die Hände. »Jetzt wiederholen Sie das Ganze einfach. Ich werde währenddessen zählen. Wir machen uns noch keine Gedanken über die Bewegungen, Drehungen oder Zehentechnik. Lassen Sie uns einfach die Schritte meistern.«

»Wie ver–« Er hustete. »Wie kompliziert ist dieser Tanz?«

»Sollen wir es noch einmal durchgehen?«, fragte Audrey. »Sie schienen bei dem letzten Schritt zurück ein bisschen unsicher zu sein.«

Locke verzog den Mund ein wenig mürrisch. »Nein. Ich denke, ich habe es begriffen. Gleichwohl ich bei der Ergänzung von Drehungen oder ›Zehentechnik‹ skeptisch bin. Ich bin bereit, auf Ihr Vorzählen, Lady Lydia.«

»Und eins, zwei-drei, EINS«, rief sie aus. »Zwei, drei, eins, zwei, drei.« Sie zählte anfangs langsam weiter. Locke folgte ihrem Takt und bewegte sich, wie er sollte. Nach drei Übungsschritten wurde Lydia ein bisschen schneller und Locke hielt mit. Beim ersten Schritt. Beim zweiten trat er Audrey dann ans Schienbein.

»Autsch.« Ihre Augen zogen sich ein wenig zusammen, und sie nahm die Hand von seiner Schulter, um sich ihr Bein unter dem Rocksaum zu massieren.

Locke beobachtete sie. Er machte den Mund auf, um etwas zu sagen, doch dann schloss er ihn wieder. Er versuchte, zurückzutreten, doch Audrey hielt seine rechte Hand weiterhin mit ihrer linken fest.

»Mir ist nichts passiert«, sagte sie. »Lydia, zähl weiter.«

Lydia zählte, dieses Mal wieder langsamer, und er schlug sich während einer Abfolge von fünf Schritten gut. »Ein bisschen schneller«, schlug Audrey vor.

Lydia gehorchte und zählte schneller. Dieses Mal schaffte er drei Schritte, ehe er Audrey beinahe wieder getreten hätte. Allerdings korrigierte er sich, ehe er Schaden anrichtete, und Audrey lächelte ihn aufmunternd an.

»Ausgezeichnete Arbeit, Mr. Locke!«, lobte Lydia. »Sollen wir eine Pause einlegen?«

Audrey ließ Lockes Hand und Schulter los, ehe sie zurücktrat. »Ich werde gehen und ein Tablett mit Tee besorgen.«

Sobald sie allein waren, wandte sich Locke zu Lydia um. »Mein Bruder gibt eine legitime Soirée in Lockwood House. Was wissen Sie darüber?«

Gleichwohl ihre Einmischung ein Geheimnis sein sollte, stellte sie fest, dass sie jemand anderem außer Audrey davon erzählen wollte. Und weil Locke und sie Vertraulichkeiten miteinander teilten, beschloss sie, ihn ins Vertrauen zu ziehen. »Es war mein Einfall, gleichwohl dies *mein* Geheimnis ist, das ich Ihnen anvertraue«, meinte sie vielsagend. »Er sollte der Gesellschaft beweisen, dass er nicht nur der Halunke ist, der den anderen Unterhaltung bietet.«

Locke schmunzelte. »Ich hätte wissen sollen, wer dahinter steckt. Und haben Sie ihm gesagt, mich einzuladen?«

»In der Tat. Das habe ich. Es freut mich, dass er meinen Ratschlag angenommen hat.«

»Danke.« Er musterte sie interessiert. »Sie werden fälschlicherweise als eine hohlköpfige Klatschbase mit wenig Sinn für Loyalität dargestellt.«

»Sie müssen nicht alles glauben, was Sie hören.« Beinahe hätte sie sich bei diesen Worten verschluckt, weil sie stets auf Leute vertraut hatte, die genau das taten.

Audrey kehrte mit einem Teetablett zurück. Direkt bei der Türschwelle blieb sie stehen und rang die Hände. »Mr. Locke muss gehen. Mein Großvater ist frühzeitig nach Hause zurückgekehrt.«

Vor Enttäuschung runzelte Locke die Stirn. »Was für ein Jammer.« Doch dann ließ er ein ungemein attraktives Lächeln aufblitzen und Lydia erhaschte einen kurzen Blick darauf, wie Lockwood wahrscheinlich ohne seine Narbe ausgesehen hätte. Und sie entschied, ihn eindeutig mit seinem Makel zu bevorzugen. Es war nicht nur, dass seine Züge durch die Narbe Charakter und einen Anflug von Verletzlichkeit erhielten. Sie verlieh ihm eine Tiefe und förderte eine Stärke zutage – innerlich und äußerlich.

»Bis zum nächsten Mal, die Damen.« Locke verneigte sich erneut und verschwand durch Audreys Schlafzimmer.

Lydia drehte sich zu Audrey und leicht verblüfft legte sie den Kopf schief. »Du hast ihn durch dein *Schlafzimmer* dirigiert?«

Audrey machte vor lauter Unschuld große Augen. »Es ist schließlich nicht so, als hätte ich ihn dort *empfangen*.« Dann verengte sie den Blick spielerisch. »Du wirst wohl nicht über mich urteilen, wo du dich heimlich mit Lord Lockwood triffst?«

Sofort spannten sich Lydias Muskeln an. Während der Tanzstunde hatte sie ihre Sorgen bezüglich Jason vergessen, doch nun kamen sie mit voller Wucht wieder zum Vorschein.

Audrey presste die Lippen zusammen, was sie oft tat, wenn sie sich sorgte. »Ach du liebe Güte, was habe ich gesagt?«

»Es ist nichts«, antwortete Lydia, die sich weigerte, wegen Jason Lockwoods Plänen besorgt zu sein. Seine Küsse mochten himmlisch sein, aber mit jemandem wie ihm hatte sie keine Zukunft. Sein gesellschaftlicher Status mochte sie ihren respektablen Freundeskreis kosten und er würde sie mit einem verruchten Zuhause ausstatten und seine Familie neigte zu Wahnsinn. Es war gut und schön, eine Freundschaft mit ihm zu unterhalten, aber alles darüber hinaus wäre töricht – nie könnte sie einen Halunken lieben.

KAPITEL 15

$\mathcal{E}$s hatte einige Zeit gebraucht, alles für Lydias heutigen Besuch vorzubereiten, und gar nicht davon zu reden, wie er sie hierher bekommen sollte. Jason hatte sich letztendlich der überraschend enthusiastischen Hilfe von Mrs. Lloyd-Jones bedient. Lydia würde sie zu einem nachmittäglichen Besuch in ihrem Haus aufsuchen, doch dann in einer Mietdroschke bis zu Lockwood House weiterfahren.

Die Dinge hatten sich perfekt gefügt, außer, dass Mrs. Lloyd-Jones darauf bestand, mitzukommen. Jason hatte gegen diesen Akt aus Schicklichkeit nicht widersprechen können, und es war zum Besten, da er Lydia nicht weiter küssen konnte, ganz egal, wie sehr er das wollte.

Jason marschierte in der Eingangshalle auf und ab, als die Stunde von Lydias erwarteter Ankunft heranrückte, und er hatte dabei North an seiner Seite. »Ist alles für Lady Lydias Besuch bereit?«

»Ja, Mylord. Außer der Köchin haben heute Nachmittag alle frei, und sie ist in der Küche beschäftigt. Und ich bin natürlich zugegen.« Sie hatten das Haus geräumt, um Lady Lydias Ruf zu schützen – er vertraute seinem Personal bedingungslos, aber trotzdem hatte er diese Maßnahme ergriffen.

»Die Köchin bereitet Kostproben für das Fest vor«, erklärte North. »Wir werden sie servieren, sobald Lady Lydia eintrifft.«

»Sehr gut.« Jason drehte sich auf dem Absatz um. »Ich werde sie im Salon erwarten.«

North nickte und als Jason die Eingangshalle durchquerte, dachte er, die Geräusche einer Kutsche draußen vor der Tür zu hören.

Ein paar Minuten später führte North Lydia in den Salon. Sie trug ein langärmliges elfenbeinfarbenes Kleid, mit einem kleinen Blumenmuster, das von einem grünen Mieder geziert wurde, der seinen Blick direkt auf ihre Brüste lenkte. Sofort ließ er seinen Blick nach oben schnellen, damit er nicht beim Starren ertappt würde. Dieses Treffen fing nicht im richtigen Sinne an – nicht, wenn er beabsichtigte, seine Hände bei sich zu behalten. Es war insbesondere gut, dass sie nicht allein gekommen war.

Allein. Er blickte hinter Lydia auf der Suche nach ihrer Anstandsdame. »Wo ist Mrs. Lloyd-Jones?«

Lydia schaute ihn nicht an, sie studierte den Raum. »Sie hat sich nicht wohlgefühlt und als ihre Schwester – Miss Vining – ebenfalls über Kopfschmerzen klagte, hat sie stattdessen eine Zofe mitgeschickt.«

»Eine Zofe?«, wiederholte er dumpf, als sein Körper blitzartig zu voller Bewusstheit erwachte.

»Sie ist in die Küche gegangen«, meinte Lydia wohl eine Spur zu schüchtern. Noch hatte sie seinen Blick nicht erwidert. Wo war die mutige junge Frau, die mit der Fingerspitze über seine Narbe gefahren war?

Eine Zofe in der Küche würde ganz und gar nichts zum Schutz von Lydias Ruf beitragen. »Ist das in Ordnung oder hättest du es lieber, sie würde uns beaufsichtigen?«

Endlich erwiderte sie seinen Blick und ihr Mundwinkel hob sich leicht. »Es ist in Ordnung. Ich habe ihr vorgeschlagen, Tee zu trinken.«

Jason hatte das Gefühl, als sei Lydia nervös, also bemühte er sich, sie zu zerstreuen. Er vollführte eine tiefe Verbeugung. »Willkommen in Lockwood House«, verkündete er und zwinkerte dabei vielsagend, »wieder.«

»Danke. Macht es dir etwas aus, wenn ich meine Haube absetze?« Ihre Finger zupften bereits an den Bändern unter ihrem Kinn. Sie zog die Haube von ihren üppigen blonden Locken und legte sie auf einen Tisch in der Nähe der Tür.

Als sie sich herumdrehte und ihn anschaute, war ihr Blick von Beklemmung erfüllt. »Ich wollte mich für das Benehmen meiner Tante neulich bei der Dinnerparty entschuldigen. Ich gebe zu, ich war ein bisschen in Sorge, dass du den heutigen Rundgang absagen würdest, insbesondere, da ich bis spät gestern Abend nichts von dir gehört hatte.«

Er hasste, dass sie einen guten Teil der Woche gedacht hatte, dass er vielleicht wütend auf sie sei. Er war so darauf fixiert gewesen, was immer Ethan im Schilde führte, dass ihm nicht in den Sinn gekommen war, eine Nachricht zur Bestätigung zu schicken. Auf keinen Fall hatte er beabsichtig, Lydia glauben zu lassen, er würde sie für die Taten und Worte ihrer Tante verurteilen. »Es besteht keine Notwendigkeit, dich für deine Tante zu entschuldigen. Tatsächlich«, er unterlegte seinen Tonfall mit einem leichten Sarkasmus in der Hoffnung, sie damit zu überzeugen, dass er ihr keinen Vorwurf machte, »könntest du dich bis zum letzten Atemzug entschuldigen, und es gäbe für mich trotzdem keine Möglichkeit, ihr zu verzeihen. Du, andererseits, hast nichts getan, wofür du dich entschuldigen müsstest. Tatsächlich sollte ich dir dafür danken, mich vor einer Verschlimmerung der Situation gerettet zu haben.«

Lydia lächelte mitfühlend und er entspannte sich. »Ich bin froh, dass du so denkst. Ich war enttäuscht, dass der Abend durch ihre Kommentare zerstört war.«

»Nichts könnte jenen Abend ruiniert haben.« Verdammt, warum hatte er das gesagt? Als ob die Erinnerung an seine unvollendete Verführung nicht bereits etwas wäre, was er nur mit Mühe vergessen konnte. Er sollte sie wahrscheinlich gleich in diesem Moment auf den Weg schicken, doch das tat er nicht. Offenbar war er nicht umsonst ein Halunke.

Ehe Jason ihre Reaktion angemessen einschätzen konnte, tauchte North mit einem Tablett voller Speisen in der Tür auf. Er stellte es auf einen Tisch beinahe in der Mitte des Zimmers. Ein Tisch, den während seiner lasterhaften Feste normalerweise eine leichtbekleideten Kurtisane zierte. *Denke nicht an Lydia in dieser Position.*

»Eine Auswahl der Speisen als Vorschlag der Köchin für das Fest.« North vollführte eine Verbeugung und dann zog er sich zurück. Jason bemerkte, dass der Hundesohn die Tür offen gelassen hatte. Wozu um alles in der Welt war die Schicklichkeit an diesem Punkt wohl noch dienlich? Sie war eine junge, unverheiratete Frau, die heimlich in Lockwood House zu Besuch war – ohne angemessene Anstandsdame. Eine offene Tür war absolut sinnlos.

Lydia ging zu dem Tablett hinüber und betrachtete das Angebot. Ihr Blick blieb auf dem Paar Austern hängen. »Dies sieht wunderbar für das Buffet aus. Ich liebe Austern.«

Jason kam nicht umhin, als an Casanovas Gewohnheit, täglich fünfzig Austern zu essen, zu denken. Er widerstand dem Drang, auch nur eine zu verspeisen, denn seine Lust brauchte in diesem Moment nicht auch noch weitere Förderung. Er wandte seine Aufmerksamkeit dem Fasan, der Blutwurst und dem aufgeschnittenen Schinken zu. »Die Speisen sind angemessen?«

»Sie sehen ausgezeichnet aus und ich bin sicher, dass es wunderbar mundet.« Sie blickte sich im Salon um. »Wird dies unser Hauptraum für die Einladung sein?«

»Ja.«

Sie drehte sich halb um die eigene Achse, ehe sie innehielt und fragte: »Und was ist die Funktion dieses Raumes während deiner lasterhaften Feste?«

»Lydia.« Er starrte sie an, als er darum kämpfte, die Fantasiebilder von Lydia als Teilnehmerin einer seiner lasterhaften Feste loszuwerden. »Warum um alles in der Welt willst du das wissen?«

Ein schuldbewusstes Lächeln erhellte ihr Gesicht. »Entschuldigung. Ich bin von Natur aus neugierig. Jeder wäre das.«

»Alle sind das.« Er schlenderte auf sie zu. »Bist du heute hierhergekommen, um all die Antworten zu bekommen und sie dann der feinen Gesellschaft Londons kundzutun?« Sobald seine Frage heraus war, wollte er sie auch schon wieder zurücknehmen. »Und jetzt tut es mir leid. Ich wollte dich necken und das war nicht besonders geschickt von mir.«

Sie fixierte ihn mit einem lodernden Blick. »Ich werde alles, was du mir sagst, ungenutzt lassen.«

Er sollte ihre Naivität nicht verletzen, indem er Einzelheiten seiner Feste preisgab, aber er genoss ihre gemeinsame Zeit mehr, als er für möglich gehalten hatte, und er schien nicht damit aufhören zu können. Er trat neben sie und ging dann neben ihr her, als sie ihren Kreis vollendete. »Hier kommen die Gäste gleich nach ihrer Ankunft herein. Wir halten die Beleuchtung gedämpft.«

»Alle tragen Masken, nicht wahr?«, fragte sie und klang ein bisschen außer Atem, was sein infernalisches Verlangen nur noch weiter anfachte.

»Ja, es sei denn, sie begeben sich auf direktem Wege in das Spielzimmer. Mehrere Gentlemen kommen nur zum Karten- oder Billardspielen hierher und es kümmert sie nicht, wer davon weiß.«

Sie warf ihm einen forschenden Blick zu. »Der Marquess of Wolverton nimmt manchmal aus diesem Grund teil, habe ich gehört.«

Jason nickte und sein Verstand schwankte, was er mitteilen sollte und was nicht, um ihre entzückende Aura der Unschuld zu bewahren. »Ich lade nur bestimmte Gentlemen ein und sie müssen ihre Einladungen vorzeigen, um hereingelassen zu werden.«

Sie hielt inne und drehte ihren Oberkörper zu ihm hin. »Was ist mit Frauen?«

»Ich würde niemals den Ruf einer Lady aufs Spiel setzen, indem ich sie direkt einlade, doch wenn sich eine zur Teilnahme entschließt – oder sie gar keine Lady ist, weisen wir sie normalerweise nicht ab. Meine Diener sind angewiesen, auf ihr Urteilsvermögen zu setzen, wen sie einlassen.«

»Wenn ich also in einer Maske ohne Einladung erscheinen würde, wäre ich willkommen?«, fragte sie.

Er presste die Lippen zusammen. »Ich empfehle nicht, dass du es versuchst. Du erinnerst dich, was Lady Philippa passiert war.«

Sie nickte. »Lord Sevrin hatte versucht, sie zu retten.«

Gleichwohl das stimmte, waren sie trotzdem aufgeflogen. »Und du siehst, wie gut das ausgegangen ist.«

Sie schenkte ihm ein kleines Lächeln. «Eigentlich hat es sich perfekt für sie entwickelt. Sie sind sehr glücklich.«

»Du hast recht. Ich meine nur, dass ihr Weg zum Glück

nicht leicht gewesen ist – er war mit Geheimnissen und Skandalen gepflastert.«

Sie lenkte den Blick von ihm weg und ihre Stimme wurde sanft. »Es wäre mir egal, wenn meine Straße zum Glück von Katastrophen und Herzschmerz übersät wäre, solange sie ins Glück führt.«

Nicht zum ersten Mal fragte er sich nach der Ursache für ihren Kummer. Er spürte ihn dort direkt unter der Oberfläche. Allem Augenschein nach war sie lebhaft und zuversichtlich, aber vielleicht sah er nur die äußere Hülle einer Frau, die um ihren Platz kämpfte.

Sie drehte sich zu ihm um und blickte ihn mit einem strahlenden Lächeln an. »Ich hoffe, es ist recht, wenn wir diesen Raum ebenfalls als Versammlungsraum nutzen. Dann werden wir die Musik und den Tanz später am Abend hier haben. Welche anderen Räume sollten wir für die Benutzung einplanen?«

Er hielt ihr seinen Arm hin. »Nebenan ist ein kleinerer Salon. Ich dachte, wir würden ihn für das Dinner benutzen.« Er führte sie in den Raum, in dem sich seine Gäste normalerweise ungebührlichen Umarmungen hingaben. »Wir werden die Möbel hinausschaffen und ein Buffet aufstellen.«

»Wir werden einige Tische und Stühle für die Gäste brauchen, damit sie sich setzen und die Speisen genießen können, wenn sie wollen«, bemerkte sie mit einem Rundblick durch den Raum.

»Natürlich. North wird sich darum kümmern.« Er wusste, dass sie sich erkundigen würde, welche Funktion dieser Raum bei einem lasterhaften Fest hatte und versuchte, sie abzuweisen. »Frage mich nicht nach den Besonderheiten dieses Raumes. Die Gäste kommen hierher, wenn sie sich ein Mindestmaß an Privatsphäre wünschen.«

Sie richtete ihren fragenden Blick auf ihn. »Bietest du für diese Art von Dingen keine Räume im Obergeschoss an?«

Ein Schwall von Hitze überschwemmte seine untere Hälfte. »*Verflixt noch mal.* Verzeih mir, Lydia. Wie um alles in der Welt weißt du das?«

»Ich bin eine schrecklich gute Zuhörerin.« Ihr Blick traf auf seinen und sie vertraute ihm diese Information an, als wären sie Busenfreunde. In diesem Moment wusste er, dass er sie unbedingt kennen wollte. »Wenn du dich bei bestimmten Veranstaltungen neben die richtigen Leute stellst, kannst du einige sehr interessante Dinge belauschen.«

Er war sprachlos. »Wie?«

»Wie zum Beispiel, dass Lord Compton Mrs. Horwatt bei einem deiner Feste im letzten Jahr mit nach oben begleitet hat.«

Er blinzelte. »Aber die Leute sind maskiert. Wie können sie das wissen?« Er konnte sich nur vorstellen, dass Comptons Freunde diese Geschichte verbreitet hatten. Wer sonst sollte davon wissen? Er erinnerte sich, das Mrs. Horwatts Gesicht vollständig verhüllt gewesen war.

Lydias Augen funkelten schelmisch. »Wenn Lord Compton derjenige ist, der die Information ausgeplaudert hat, ist es sicher zu sagen, dass sie zutreffend ist, nicht wahr?«

»Dieser Tunichtgut!« Doch andererseits war er auch kaum schockiert darüber, dass Compton sich mit seinen sexuellen Leistungen brüstete. Das taten Männer – die meisten Männer – eben. »Also hast du mehr als eine vage Vorstellung davon, was sich hier abspielt?«

»Ja, gleichwohl ich nicht vermute, dass du mich nach oben führst, damit ich sehen kann, worum der ganze Wirbel gemacht wird – da du mich gewarnt hast, mich nicht in eines deiner Feste einzuschleichen.«

Der Halunke in ihm wünschte sich das. Der Halunke in ihm wollte sie gleich in diesem Moment die Treppe hinauftragen, in das erste Zimmer, auf das er stieß, und vollenden, was sie neulich Abend begonnen hatten. Doch selbst er erkannte an, dass er kein *vollständiger* Schurke war, und somit führte er sie in das nächste Zimmer.

Mit großer Anstrengung versuchte er, sich nicht auf die Hitze ihrer behandschuhten Finger zu konzentrieren, die sich durch seinen Ärmel brannte, oder das Geräusch ihrer Röcke, wenn sie um ihre Beine raschelten. Er holte tief Luft, um seine Lust zu beschwichtigen, und bedauerte seine Tat sofort, denn nun waren seine Sinne dem vollen Bouquet ihres blumigen Dufts ausgeliefert. Was für eine Blume war das? *Hyazinthen.*

»Der Billardraum?«, fragte sie, als ihr Blick an dem filz-überzogenen Tisch auf der gegenüberliegenden Seite des Zimmers hängenblieb.

»Ja, hier verspielen die Gentlemen ihre Vermögen.«

Sie spähte zu ihm auf. »Spielst du?«

»Unregelmäßig. Und wenn ich das tue, wette ich lieber bei Faustkämpfen.«

»Boxkämpfe? Hast du Lord Sevrin kämpfen sehen?«

»Das habe ich.« Gleichwohl er mehr Zeit damit verbracht hatte, Ethan auf seinem erhöhten Platz zu beobachten, und sich fragte, warum um alles in der Welt Sevrin zugestimmt hatte, für ihn zu kämpfen.

Sie erschauderte geziert. »Solch ein brutaler Sport. Ich gebe zu, dass ich ihm nichts abgewinnen kann.«

»Das tun Frauen selten. Was keine Herabwürdigung eures Geschlechts sein soll. Ich meine nur, dass Männer anschei-nend Vergnügen daraus gewinnen, andere dabei zu beobach-ten, wie sie physisch über ihre Widersacher triumphieren.«

»Wohingegen Frauen – einige Frauen – emotionalen Triumph über andere genießen«, murmelte sie.

Sie schüttelte den Kopf und dann warf sie ihm einen tiefen, neugierigen Blick zu. »Warum schaust du zu?«

Er zuckte die Schultern und seine Erinnerung wanderte zurück in seine Kindheit, als sein Vater angefangen hatte, ihn als etwa Neunjährigen mit zu den Kämpfen zu nehmen. Es waren wundervolle Abende gewesen und die einzigen Male, die er sich seinem Vater wirklich nahe gefühlt hatte. Er hatte mit Jason in einem Pub gegessen und dann hatten sie den Kampf verfolgt. Jason hatte sich neben seinem Vater wie ein Mann gefühlt. Aber dann hatte er Jason bei Lockwood House abgesetzt und war weiter zu seiner Geliebten gefahren und damit hatte er den bislang perfekten Abend zerstört. Dennoch hatte Jason sich nach dem nächsten Mal gesehnt. Tatsächlich hatte er dafür gelebt.

Bis Vater angefangen hatte, Ethan mitzubringen. Daraufhin hatten sich diese besonderen Abende in eine Qual verwandelt. Irgendwann hatte Jason aufgehört, sie zu begleiten. Aber er war weiter zu den Kämpfen gegangen. Es war eine Folter, von der er sich scheinbar nicht lösen konnte. Er hatte die einzigen glückseligen Erinnerungen heraufbeschwören und durchleben wollen, die er mit seinem Vater gehabt hatte.

»Jason?«

Ihre leise Stimme, die seinen Namen aussprach, rüttelte ihn – auf angenehme Weise – wieder zurück in die Gegenwart. Es gefiel ihm, ihre Lippen zu beobachten, wie sie seinen Namen sagten. Fast so sehr, wie es ihm gefiel, sie zu berühren.

»Ich habe gehört, du wärst in jungen Jahren in Kämpfe verwickelt gewesen und hättest sogar jemandem in Eton den Arm gebrochen, weshalb du fortgeschickt worden bist.« Ihre Stimme hatte einen leicht fragenden Tonfall. Sie klang nicht nach der Klatschbase, die sie angeblich sein sollte. Sondern wie die Stimme von jemandem, der wirklich Anteil nahm.

Fast hatte er vergessen, dass sie wahrscheinlich eine

ganze Reihe Geschichten und Gerüchte über ihn gehört haben musste. Und dennoch war sie hier. War der Grund, ihre Weigerung, ihn für den verrückten, gewalttätigen und leichtfertigen Lord zu halten, als der er dargestellt wurde?

»Nicht um mich verteidigen zu wollen, aber der andere Junge hatte angefangen und wurde ebenfalls der Schule verwiesen. Ich denke, er hatte mich geschlagen, weil er glaubte, ich hätte ihm ein Bein gestellt. Aber es war wirklich seine eigene Tollpatschigkeit. Wir waren jung und dumm und wir haben uns hinreißen lassen.« Er zog eine Grimasse. »Die Charakterisierung, von der du gehört hast, war mit Sicherheit weitaus schlimmer als die Wirklichkeit.«

Sie blickte ihn unverwandt an. »Ich wusste, dass es eine Erklärung dafür gab. Unabhängig davon, was mir zu Ohren gekommen ist, hast du mir bislang noch keine Anzeichen auf eine gewalttätige Natur offenbart. Aber du wolltest mir erzählen, warum du so gern bei Faustkämpfen zusiehst.«

»Das wollte ich?« Dem war nicht so, doch jetzt wollte er ihr dies erklären. »Ich pflegte, die Faustkämpfe mit meinem Vater zu besuchen. Das sind schöne Erinnerungen.«

Sie nickte und dann wandte sie den Blick ab. »Ich verstehe.«

Er dachte, das könnte sie. Er war sich nicht sicher, aber wie er wusste, war ihr Vater noch am Leben und auf irgendeine unerklärliche Weise nicht in ihrem Dasein präsent. Und da sie bei ihrer Tante Margaret lebte, schlussfolgerte er, dass ihre Mutter nicht mehr unter ihnen weilte. »Deine Mutter ist vor langer Zeit gestorben, nicht wahr?«

»Sie ist verschieden, als ich neun war.«

So jung, um seine Mutter zu verlieren, aber vermutlich hatte sie eine starke weibliche Präsenz in ihrem Leben gehabt – wenn es auch keine sehr gute war. »Und hat deine Tante dich aufgezogen?«

Sie wirkte überdrüssig, traurig. »Das sieht sicher so aus, aber nein. Ich war zu ihr gekommen, um meine erste Saison bei ihr zu verleben, und da ich weiterhin unverheiratet bin, gestattet mein Vater mir, bei ihr zu bleiben.«

Ihr Vater war Lord Prewitt. Plötzlich erinnerte Jason sich, dass er die meiste Zeit auf seinem Landsitz verlebte. »Dein Vater lebt in Northumberland?«

»Ja.« Deutlich kam ihr Missfallen in den kleinen Linien zum Vorschein, die von ihren geschürzten Lippen abstrahlten. »Er liebt es dort.«

»Du nicht?«

»Es liegt mitten im Nirgendwo«, stellte sie nüchtern fest. »Es gibt für eine unverheiratete Lady nichts zu tun, außer Kühe zu melken oder Handarbeiten. Ein Besuch beim nächsten Nachbarn ist nur mit einer Übernachtung machbar.«

Er stellte sie sich als Milchmagd gekleidet vor, wie sie auf einem Schemel im Stall saß, und konnte die elegante junge Dame der Gesellschaft nicht mit diesem Bild in Einklang bringen. »Du hast doch sicherlich keine Kühe gemolken?«

»Das habe ich.« Sie überraschte ihn mit einem Lächeln. »Es hatte mir gefallen, als ich noch ein Mädchen war. Meine Mutter hatte es mir beigebracht.«

Er erahnte das ungetrübte kleine Mädchen, das sie damals gewesen sein musste, und spürte, dass ihre Tante sie verändert haben musste, und vielleicht auf eine Art, die ihr nicht gefiel. Doch möglicherweise projizierte er seine eigene Meinung auf sie. »Bist du glücklich bei deiner Tante?«

Sie nahm die Hand von seinem Arm und ging zum Billardtisch hinüber, den Blick von ihm abgewandt. »Glücklich genug. Welche anderen Spiele bietest du neben Billard bei deinen Festen an?«

Er wollte sie zu einer aufrichtigeren Antwort drängen,

doch ihr unvermittelter Themenwechsel verriet ihm, dass sie nicht weiter darüber sprechen wollte. Und da es ihn auch nicht erfreute, über seinen Vater zu sprechen, verstand er sie.

Er folgte ihr in Richtung Billardtisch, doch dann blieb er stehen und gewährte ihr Raum. »Die üblichen Kartenspiele. Und Hazard. Allerdings werde ich keine so großen Wetteinsätze erlauben, wie bei meinen anderen Festen.«

Sie drehte sich vom Tisch weg. »Wir möchten nicht, dass jemand ein Vermögen verliert.«

Und dann, weil er die lebhafte junge Frau sehen wollte, die er zu schätzen gelernt hatte – und die er nach dem heutigen Tag noch mehr mochte –, streckte er ihr seinen Arm hin. »Komm, ich führe dich nach oben.«

Sie machte große Augen. »Das wirst du tun?«

»Wenn du willst?«

Sie zauderte einen winzigen Augenblick und Jason hielt die Luft an. Dann nickte sie einmal und ergriff seinen Arm. Er führte sie aus dem Billardzimmer und den gleichen Weg zurück, den sie gekommen waren. In der Eingangshalle geleitete er sie die breite Treppe hinauf.

Sie beäugte ihn mit unverhohlener Neugier. »Wohin gehen wir zuerst?«

Er schmunzelte über ihr unverblümtes Interesse. »Du schwörst, dass du nicht gekommen bist, um Informationen für niederträchtige Zwecke zu sammeln?« Das glaubte er nicht wirklich von ihr, aber er wollte es gern noch einmal hören.

»Ich schwöre.« Auf der Treppe hielt sie inne, worauf er sich umdrehte und auf sie herunterschaute. »Früher einmal hätte ich das getan, aber jetzt nicht mehr. Ich möchte dir wirklich nur helfen, Erfolg zu haben.«

Als er die Aufrichtigkeit in ihrem Blick erkannte, wusste er, wie anders als ihre Tante sie war, und dass all die Jahre in der Gesellschaft dieser Harpyie ihr Zartgefühl nicht für immer zerstört hatten. Er drehte sich wieder um und ging die Treppe weiter hinauf. »Ich fürchte, es ist nicht so besonders aufregend. Die Räume sind wirklich nichts weiter als eine Ansammlung von Schlafzimmern.«

Sie runzelte die Stirn. »Aber ich dachte, es gäbe einen besonderen Raum im Obergeschoss.«

Er wusste genau, auf was sie sich bezog, doch erneut schockierte ihn der Umfang dessen, was sie bereits wusste. »Manche nennen ihn ›Ankleideraum‹, andere ›Zuschauerraum‹ und wieder andere ›Requisitenraum‹.«

Ihre Augen waren weit offen, als sie zu ergründen versuchte, was mit jeder dieser Beschreibungen gemeint sein könnte – offenbar gab es noch einige Dinge, die er enthüllen konnte. Bei Erreichen des oberen Treppenabsatzes drehte sie sich zu ihm. »Und wie nennst du ihn?«

Er lächelte. »Den Fantasieraum.«

Ihr scharfes Luftholen weckte seine Vorstellungskraft. »Wie viele Fantasien hast du dort realisiert?«

»Keine.« Aber im Augenblick funkten ihm eine ganze Menge durch den Kopf.

Ihre braunen Augen waren voller Neugier, und wunderschön. »Warum?«

»Weil ich diesen Raum nie benutzt habe.« Er drehte sich nach links und zog sie sanft mit sich. »Hier entlang.«

Er führte sie den Korridor entlang und bog nach links zum westlichen Flügel ab. Der Korridor endete in einer gerundeten Nische. An den Wänden standen zwei Sofas. »Hier warten die Gäste, bis sie an der Reihe sind, den Raum zu benutzen. Er ist sehr beliebt. In den meisten Fällen lassen die Gäste bei ihrer Ankunft ihre Namen vormerken.«

Sie ließ den Blick von einem Sofa zum anderen wandern und drehte dann den Kopf, um ihn anzuschauen. »Du sagtest, er würde auch Zuschauerraum genannt. Wie funktioniert das?«

Er war sich ganz und gar nicht sicher, ob er ihr das erklären sollte, aber warum nicht. Sie war eine erwachsene Frau und über die Unschuld ihrer ersten Saison deutlich hinaus. »Wenn die Gäste, die den Raum benutzen, damit einverstanden sind, können andere ihnen bei ihrem Tun zuschauen. Es gibt einen weiteren Raum nebenan, mit kleinen Löchern zum Durchschauen.«

Allein, ihr davon zu erzählen, war schon unbeschreiblich erregend. Seine Haut fühlte sich heiß an. Wahrscheinlich wäre es besser, wenn sie sich nicht berührten. Er bewegte sich von ihr weg und zog seinen Arm von unter ihren Fingern hervor, um dann die Tür zu öffnen.

Jason trat zur Seite und gestattete Lydia, an ihm vorbei-zugehen. Wieder sog sie die Luft ein. »Es ist wunderschön.«

Ihr Blick war auf das Bett fixiert. Sein Schaft regte sich aufs Neue. Es war ein spektakuläres Bett, wenn er das behaupten durfte, aber das war auch der Sinn dieses Zimmers. Das Bett war ein riesiges Himmelbett, groß genug für mehrere Personen und mit üppiger violetter Seide bezogen.

»Es ist so groß«, hauchte sie. »Hast du es maßanfertigen lassen?«

»Ironischerweise nein. Es war das Bett meines Vaters, wie dies auch sein Schlafzimmer war.« Das hatte er noch nie jemandem erzählt. Heute war er offensichtlich nicht in der Lage, seine Worte an sie zu kontrollieren.

Sie drehte sich zu ihm. »Wenn dies das Zimmer des Viscounts ist, wo schläfst du dann?«

Er hatte nie in seines Vaters Bett schlafen wollen, und da es zu groß war, um sich bewegen zu lassen, hatte er ein neues Viscount-Zimmer im Ostflügel einrichten lassen. Aber es war sein Heiligtum – für ihn –, und noch nie hatte er jemanden dorthin mitgenommen oder jemandem erlaubt, es zu benutzen. »Als ich mein Erbe antrat, habe ich einige Renovierungen durchgeführt.«

»Ich verstehe.« Sie trat zu einem Schrank an der Wand. Für einen Augenblick geriet Jason in Panik. Es gab einen Schrank mit Kleidung und einen anderen mit Objekten, die zur Steigerung der Lust ersonnen waren. Da er diesen Raum nie benutzte – und ihn nur selten betrat –, war er nicht sicher, in welchem Schrank sich was befand. Er hoffte inständig, es handelte sich um Ersteres, doch dann erinnerte er sich, dass es Letzteres sein musste. Er eilte herbei, um vor sie hin zu treten, und lehnte sich mit dem Rücken gegen den Schrank. »Du willst diesen hier nicht öffnen.«

Sie schaute ihn erwartungsvoll an und ihr Mund formte sich zu einem Flunsch. »Ich dachte, du wolltest mir den Raum zeigen?«

»Ich denke, ich habe dich bereits genügend korrumpiert, und dieser Schrank ist für Kenner mit einer gewissen Erfahrung.«

Sie sah nicht überzeugt aus. Tatsächlich machte sie einen entschlossenen Eindruck. »Was ist dort drin?«

Er stieß die Luft aus. Er könnte es ihr sagen. Das bedeutete nicht, dass er es ihr zeigen müsste. »Objekte, die zur Erweiterung und Steigerung des Vergnügens dienen. Wenn du mit dem Geschlechtsakt vertraut wärst, könnte ich es dir ausführlicher beschreiben, aber ich vermute, das bist du nicht.«

Wieder errötete sie und dieses Mal in einem weitaus dunkleren Rosa. »Ich weiß genug.«

Er drehte sich um und öffnete den Schrank einen Spalt. Er griff hinein und nahm das erste Objekt hervor, das ihm in die Hände fiel. »Genug, um zu wissen, was das ist?« Er war sich nicht einmal sicher, was er da erwischt hatte, doch jetzt erkannte er, dass es sich um einen schmalen Lederriemen handelte. Er konnte eigentlich für eine ganze Reihe von

Möglichkeiten benutzt werden, doch er gelobte sich, ihr
nicht alle zu verraten. Selbst seine Perversion hatte ihre
Grenzen.

Sie richtete den Blick für einen Moment auf den Lederriemen, ehe sie ihn wieder zu ihm hob. »Nein, ich weiß
nicht, wofür das ist.« Sie schürzte die Lippen und er konnte
sehen, dass sie von ihrem mangelnden Wissen frustriert war.

»So wissbegierig«, meinte er, als er das weiche Leder
befingerte. »Dies wird benutzt, um jemanden an das Bett zu
binden. Oder vermutlich auch an einen Stuhl oder irgendein
anderes Möbelstück. Oder vielleicht auch nur, um jemandem
die Hände zusammenzubinden.«

Ihre Augen weiteten sich und ihre Nasenflügel begannen
zu flattern. »Warum?«, flüsterte sie heiß, womit sie sein
Verlangen aufrührte. Es war unmöglich, diese Unterhaltung
mit ihr zu führen, ohne ihr Bild, auf seinem Bett festgebunden, heraufzubeschwören, ihren prachtvollen Körper für
seine Bewunderung und Genuss – und dem ihren – ausgebreitet.

»Manche Menschen empfinden Vergnügen, wenn sie
während des Geschlechtsakts zurückgehalten werden. Sie
müssen ihrem Partner – oder Partnern – vertrauen«, er
sollte wirklich aufhören, sie zu schockieren, »und sich vollkommen ihrer Fürsorge hingeben.«

Wieder sah sie auf den Lederriemen. »Genießt du …
dies?«

Die Hitze im Raum stieg sprunghaft an. Er fand es ungemein schwer, sie nicht zu berühren, sie nicht zu küssen, ihr
die Kleider nicht vom Leib zu reißen. »Das habe ich – ein-
oder zweimal – aber das ist von der Partnerin abhängig. Und
ehe du fragst, ich bleibe normalerweise bei einer, egal, was
du vielleicht gehört haben magst.«

»Normalerweise?«, fragte sie, wobei ihre Stimme höher
kletterte.

»Lydia, willst du wirklich jede Einzelheit erfahren?« Er beugte sich vor und hoffte auf einen weiteren Schwaden ihres Hyazinth-Dufts. *Dort.* Beinahe schloss er die Augen vor Lust. »Ich finde ein bisschen Geheimnisvolles überaus reizvoll.«

Sie streckte die Hand aus und berührte das Leder und wieder streifte sie mit den Fingern über seine. »Es ist sehr weich.«

»Du würdest nicht wollen, dass es dir in die Haut schneidet, nicht wahr?« Sein Schaft befand sich nun in voller Erregung. Wie viel Zeit blieb ihnen, bis sie gehen musste? *Nein.* Das konnte er nicht einmal in Erwägung ziehen.

»Nein.« Ihre dunklen Augen glänzten und waren dennoch voller Neugier. Und er wollte sie bis auf den letzten Zentimeter zufriedenstellen. »Darf ich es haben?«, fragte sie.

Nichts hätte ihn mehr schockieren können. Das stimmte nicht ganz, aber es war nahe dran. »Lydia, was in Gottes Namen tust du mit mir?«

Ihr Blick wandelte sich und wurde entschuldigend. »Entschuldigung, das war zu forsch von mir.« Sie ließ den Lederriemen los. »Zeig mir, was sich noch hier drin abspielt.«

Er hatte ihr bereits von den Zuschauern erzählt, und er hatte ihr eine Requisite gezeigt. Damit blieb das Umkleiden. Er nahm sie an der Hand und führte sie zu dem anderen Schrank in der Ecke, wobei der den Lederriemen auf das Bett fallen ließ, als sie daran vorbeigingen. Weit öffnete er die Türen des Kleiderschranks und gab den Blick auf eine große Auswahl von Garderobe frei, wobei es sich größtenteils um Kleider in lebhaften Farben in gewagten Schnitten handelte, in denen sich keine respektable Dame sehen lassen würde.

»Ach«, hauchte sie, und streckte die Hand aus, um über einen üppigen, roten Samt zu streichen. »Sie sind so schön.«

»Die Gäste können sie tragen, gleichwohl ich zu sagen wage, dass sie sie nicht lange am Leibe haben.«

Sie ließ seine Hand los und sah sie durch, ehe sie an der Uniform einer Zofe innehielt. »Warum hängt diese hier?«

»Manche Leute spielen gern unterschiedliche Rollen. Es gibt Uniformen im Militärstil.« Er zeigte auf einen leuchtenden, hummerroten Mantel. »Für Frauen, die schon immer gern einmal mit einem Offizier vögeln wollten.«

Bei seiner rüden Sprache fingen ihre Nasenflügel an zu flattern. »Ich verstehe. Und ich fange auch an, zu begreifen, warum du dies das Fantasiezimmer nennst.« Sie drehte sich zu ihm. »Hier gibt es für jeden etwas. Aber ich möchte wissen, was es hier für dich gibt.«

»Nichts. Bis jetzt.« Er sah auf ihr hochgerecktes Gesicht hinab und rief sich den Abdruck ihrer weichen Lippen unter seinen in Erinnerung und das Gefühl ihrer warmen Hände, wie sie sich um seinen Hinterkopf legten.

Sie hob die Hände und legte ihm die gespreizten Finger an die Brust. »Ich möchte, dass du es tust. Ich möchte, dass du deine Fantasie spielen lässt. Jetzt.«

Gleichwohl sie bereits seit einiger Zeit flirteten, war er dennoch von ihren Worten überrascht. Aber bei Gott, wie sehr er es sich ebenfalls herbeisehnte. »Ich halte das nicht für klug.«

Ihre Augen verengten sich. Sie streifte einen Handschuh von der Hand und warf ihn auf das Bett hinter ihm. Als sie sich von dem zweiten Handschuh befreite, schaute sie ihn mit einem feurigen Blick an. »Wenn du es nicht tust, werde ich die meine spielen lassen. Und sie wird den Gebrauch des Lederriemens beinhalten, um dich an den Bettpfosten zu binden.« Sie durchbohrte ihn mit einem herausfordernden Blick und legte ihre Handfläche auf seine vernarbte Wange.

Er zuckte.

»Was ist?«, fragte sie, die Augen weit vor Sorge.

Die Berührung ihrer Hand brannte auf seiner Haut, aber in der bestmöglichen Weise. »Wie kannst du meine Narbe so mühelos berühren? Und du starrst sie auch nicht mehr an. Warum?«

»Weil ich sie nicht mehr sehe. Sie ist einfach ein Teil von dir. Sie ist nichts anderes als irgendein anderer Teil von dir – von denen, die ich gesehen habe.« In absichtlicher Langsamkeit ließ sie ihren Blick an seinem Körper herabwandern. »Ich finde dich überaus attraktiv Jason. Diese Narbe«, sie fuhr mit dem Daumen über den Ansatz, »ist einfach eine deiner vielen wundervollen Facetten und fehlte auch nur eine einzige, wärst du nicht Jason Lock–«

Er verschlang den Rest seines Namens von ihren Lippen. Die Lust brauste mit der gleichen Wucht in ihm auf wie jede Verrücktheit, die je seine Seele verfinstert hatte. Aber es war nicht finster. Es herrschte Licht. Blendendes, wunderschönes, herzergreifendes Licht.

Ihre Hände umklammerten seine Krawatte und arbeiteten sich zu seinem Nacken vor, um ihn in ihre Umarmung zu ziehen. Ihr Mund öffnete sich ihm mit einer Wildheit, die seiner eigenen entsprach, und ihre Zunge glitt mit hungrigen Stößen gegen seine.

Er umfasste ihre Taille und zog sie hoch, sodass ihre Brüste an seinen Oberkörper gepresst wurden. Hunderte Fantasien, deren Mittelpunkt sie war, wirbelten in seinem Kopf durcheinander. Darin war sie bekleidet, sie war nackt, sie war gefesselt, sie war frei, sie war maskiert, sie schaute ihn mit sinnlichen Augen an.

Er hob sie vom Boden auf und trug sie zu einer Chaiselongue, die vor dem Kamin stand. Behutsam setzte er sie darauf ab, doch sie entzog sich seinem Kuss. »Was stimmt nicht mit dem Bett?« Ihr Mund war rot und feucht.

Er beugte sich vor und leckte über ihre Unterlippe, dann

knabberte er mit den Zähnen an dem zarten Fleisch. »Das ist meine Fantasie, nicht wahr?«

»Ich bitte um Verzeihung«, entschuldigte sie sich leise mit einem Lächeln in der Stimme. »Ich weiß nicht, ob deine Fantasie das beinhaltet, aber du störst dich hoffentlich nicht daran, wenn ich dich ermutige, meine Brust zu berühren. Du bist dem jetzt schon zweimal schrecklich nahe gekommen, und ich fürchte, ich kann mir eine dritte Chance einfach nicht entgehen lassen.«

Sie hob ihre Finger zum grünen Mieder ihres Kleides und löste einige verborgene Verschlüsse. Das Mieder klaffte auf und gab den Blick auf das blasse Elfenbein ihres Unterkleids frei. Die Oberseiten ihrer Brüste wölbten sich über den Saum.

Er blickte gebannt auf die verführerischen Kurven ihres Busens und wurde um ein Haar von einem schwindelerregenden Wirbelwind der Begierde verschlungen. Er schloss die Augen. Das sollte nicht passieren. Er musste die Sache sofort beenden.

Doch als er die Augen wieder aufschlug, blickte er in die ihren, wobei er die wundersame Neugierde in ihren Tiefen erkannte, und er war verloren. »Ich möchte dich nicht enttäuschen.« Es war mehr als das – er könnte es nicht *ertragen*. Ohne den Blickkontakt mit ihr abzubrechen, schob er seine Handfläche zu ihrer Brust und umfasste sie durch das Hemd hindurch. Die Brustwarze verhärtete sich sofort, und ihre Haut wurde ganz heiß. Fast unmerklich weitete sich ihr Blick, und er nahm die gegenseitige Lust wahr, die zwischen ihnen wogte.

»Lydia, wir müssen damit aufhören.«

Ihr Blick war ruhig und enthielt nicht den leisesten Anflug von Angst oder Reue. »Ich weiß.« Sie streichelte seinen Hinterkopf und zog ihn zu sich herunter, damit er sie küsste.

Nur noch einen, sagte er sich, als er ihren Mund in Besitz nahm. Er ließ sich Zeit, ihre Lippen zu erforschen und ihren Mund zu kosten. Mit einem leisen Stöhnen warf sie den Kopf zurück und klammerte sich mit den Händen an ihn, als würde sie abstürzen, wenn er sie nicht hielt.

Sie drängte ihre Brust in seine Hand, und er neckte die Brustwarze zuerst mit dem Daumen und dann mit dem Zeigefinger, indem er an der Spitze zog. Er drehte sie und legte sie mit dem Rücken gegen die gerundete Rückenlehne der Chaiselongue. Dann schob er ein Knie zwischen ihre Beine und ließ von ihrem Mund ab, um ihre Kieferpartie mit Küssen zu übersäen. Sie bog den Rücken durch, aber er wollte, dass sie ruhig und schmiegsam auf der Chaiselongue liegen blieb. Er behielt eine Hand an ihrer Brust, doch die andere legte er sanft an ihren Hals und hielt sie fest. Sie schlug die Augen auf, doch kein Zeichen von Alarm stand darin, sondern nur heißes Verlangen, das in ihren kastanienbraunen Tiefen loderte.

»Lieg still«, befahl er sanft.

Sie folgte seiner Aufforderung und ließ den Kopf auf den goldenen Samt zurücksinken. Er glitt mit einer Hand an ihrem Hals hinab und streichelte ihre Haut mit den Fingerspitzen. Dann fasste er die Träger ihres Unterkleids und schob sie über ihre Schultern hinab. Er fuhr fort, ihr das Unterkleid und das Oberteil ihres Kleides vom Oberkörper zu streifen, bis ihre Brüste ganz entblößt waren. Ihre blasse Haut schimmerte in dem gesprenkelten Nachmittagslicht, das durch den Spalt zwischen den Vorhängen ins Zimmer fiel.

Er zog ihr das Kleid und das Unterkleid nicht von den Unterarmen, da er wusste, dass sie auf diese Weise gefesselt war. Er spürte, dass sie das hatte ausprobieren wollen, und es war nur eine von tausend Fantasien, die er mit ihr hatte, seit er diesen Raum betreten hatte.

Er senkte seinen Mund auf ihre Brust und umschloss ihre Brustwarze mit seinen Lippen, wobei er sich schwor, dass er sie nach dieser Kostprobe wieder anziehen und auf den Weg schicken würde. Sie keuchte und drängte sich ihm entgegen. Er spürte, wie sie mit den Händen zappelte, als wolle sie ihn umklammern.

Sie zappelte und versuchte, ihre Arme frei zu bekommen. Er wollte sie nicht aufhalten, sondern genoss ihre Bewegungen. Konnte sie sich auf ihre Befreiung konzentrieren, während er ihre Brüste liebkoste?

Er saugte an ihr und sog die Brustwarze dabei tief in seinen Mund. Er leckte und küsste sie, während er diesem Teil von ihr die gleiche Aufmerksamkeit widmete, wie ihrem Mund. Aber er ließ auch ihre andere Brust nicht unbeachtet. Er streichelte und massierte die köstliche Rundung, genoss es, wie perfekt sie sich in seiner Hand anfühlte.

Schließlich bekam sie ihre Hände frei und schloss sie um seinen Kopf, um ihn fest an sich gedrückt zu halten. »Jason«, hauchte sie, wieder und wieder.

Ihre Hüften kreisten, und er spürte die Hitze ihres Schoßes an seinem Knie. Er drückte es nach oben und bot ihr damit etwas, woran sie sich reiben konnte. Und sie folgte seiner Führung mit Hingabe, ihre Schenkel schlossen sich mit großem Verlangen um ihn.

Er umfasste ihre Brüste fester und wanderte mit dem Mund zur zweiten Brust, die er wie die erste zu verschlingen gedachte. Sie stöhnte leise auf, ihre Finger gruben sich in seinen Hinterkopf und ihre Hüften kreisten gegen sein Knie. Er sehnte sich danach, dieses durch seinen Schaft zu ersetzen und in sie zu dringen. Sie fühlte sich so gut an, so perfekt.

Sie wölbte ihre Brust, bot sich seinem Mund an und schwelgte in seiner Aufmerksamkeit. Das war mehr, als er sich in seiner Fantasie erlaubt hatte. Und es war mehr, als er sich in Wirklichkeit gestatten sollte.

Widerstrebend und ungemein zaudernd, zog er sich von ihrer Brust zurück. »Lydia, wir müssen aufhören. Nicht zuletzt, weil du fast keine Zeit mehr hast.«

Sie griff nach unten und zog den Rock ihres Kleides hoch, womit sie ihr bestrumpftes Bein enthüllte. »Dann solltest du dich besser beeilen.«

KAPITEL 16

*L*ydia wusste, wie schamlos das war, und dass sie ihr Kleid wieder anziehen und sich von ihm die Treppe hinunter begleiten lassen sollte. Aber sie konnte nicht. Noch nie hatte sie solche Empfindungen verspürt. Noch nie hatte jemand sie so angeschaut, geschweige denn auf diese Weise berührt. Und vielleicht würde sie das auch nie wieder erleben. Sie wusste um die Schönheit und Einzigartigkeit dieses Augenblicks, wahrscheinlich besser als um alles andere in ihrem Leben, und verdammt sollte sie sein, wenn sie ihn losließe, selbst wenn das ihren Ruin bedeuten sollte.

»Bitte, Jason, hör nicht auf. Ich will nicht, dass du aufhörst.«

Scharf sog er die Luft ein und konzentrierte sich auf ihr Gesicht, und sie spürte instinktiv, dass er mit aller Kraft versuchte, nicht mit dem fortzufahren, was er gerade tat. Sie spürte ein Zittern in seinen Händen, als sie ihre Brüste umschmiegten.

»Ich bin eine ganze Menge Dinge und die meisten davon

sind schrecklich, aber ich bin kein Schänder von Jungfrauen.«

Nein, sie war nicht bereit, diesen Moment loszulassen. Eine nie gekannte Wonne war so zum Greifen nahe, dass sie sie schmecken konnte. »Ich fühle mich nicht im Geringsten geschändet.« Und weil sich seine Augen um eine winzige Spur weiteten, konnte sie erkennen, dass er ihre Bitte abwog, und setzte hinzu: »Wie du sagtest, haben wir nur wenig Zeit. Wir haben keine Zeit zu verlieren.« Aus irgendeinem undefinierbaren Grund brauchte sie dies. Sie brauchte *ihn*. »Bitte.«

Er schaute sie noch einen langen Moment an und dann richtete er sich schließlich auf. Ihr Herz krampfte sich zusammen und fing zu welken an, als er sich von ihr entfernte. Tränen brannten ihr in die Augen – aber warum? Sie hatte bereits beschlossen, dass sie keine gemeinsame Zukunft hatten, dass eine Ehe mit ihm ihr nicht das bieten würde, was sie sich wünschte. Sie wollte sich einreden, dass er das Richtige tat, wohingegen sie sich skandalös benahm. Sie hätte über dieses Paradox gelacht, hätte sie sich nicht so elend gefühlt.

Das Geräusch der sich schließenden Tür klang schwer in ihren Ohren. Sie setzte sich auf, um ihr Kleid wieder zu schließen, aber seine Worte ließen sie erstarren. »Was tust du da?«

Sie blinzelte zu ihm auf und wurde gewahr, dass er sie nur verlassen hatte, um die Tür zu schließen. »Hast du deine Meinung geändert?« Hoffnung keimte in ihrer Brust auf, als ihr Verlangen zurückkehrte und heiß durch ihre Adern rauschte.

»Ich habe sie nicht geändert – ich habe sie mir gebildet. Aber vielleicht sollte ich ...«

Seine Hand fassend, zog sie ihn auf die Chaiselongue zurück, auf deren samtiges Polster sie sich zurücklehnte. Dann zog sie seinen Kopf zu sich herab und küsste ihn. Sie würde ihm keine Gelegenheit lassen, seine Meinung zu ändern, nicht wenn sie das Glück in greifbarer Nähe spüren konnte.

Sie ahmte einiges dessen nach, was er bei ihr getan hatte, und leckte über seinen Mund, während sie mit den Zähnen an seinen Lippen zupfte. Dann hielt sie den Kopf schräg und glitt mit der Zunge weiter in die heißen Vertiefungen seines Mundes hinein. Er schmeckte himmlisch – wie ihr frisch gebackenes Lieblingsbrot, wie der wärmste Sommertag, wie sie sich den Geschmack von Glück vorstellte.

Mit seiner Hand glitt er an ihrem Brustkorb hinunter und legte sie um ihre Taille, während er sie mit der Handfläche durch die verschiedenen Lagen ihrer Kleidung hindurch massierte. Sie wünschte, sie hätten mehr Zeit. Sie würde verlangen, nackt bei ihm zu liegen.

Dann tauchte seine Hand tiefer, glitt über ihre Hüfte und ihren Oberschenkel bis zum Saum ihres Kleides, der knapp über ihrem Knie lag. Er schob den Stoff hoch und ließ dabei ihren nackten Oberschenkel frei, ehe er ihn um ihrer Taille bauschte, während der Rock seitlich auf die Liege fiel.

»Lydia«, keuchte er und hob den Kopf. »Die Zeit reicht nicht, um zu tun, was ich tun möchte. Um es für dich richtig und schön zu machen.«

»Ich versichere dir, dies ist überaus richtig und unverschämt schön für mich.« Sie drängte mit den Brüsten gegen seinen Oberkörper und obwohl er bekleidet war, liebte sie das Gefühl seiner Stärke an ihrer bloßen Haut.

Er lächelte auf sie herab, mit einem atemberaubenden, *erotischen* – da war dieses Wort schon wieder – Lächeln, das sie bis ins Mark mit Hitze und Verlangen durchflutete. Seine Hand näherte sich ihrer intimsten Stelle. Überrascht zuckte sie zusammen, doch sie zwang sich, zu entspannen, als er ihr ins Ohr flüsterte: »Ganz ruhig.«

Mit der Zunge strich er über die Außenkante ihres Ohrs,

während seine Finger sie zwischen ihren Beinen streichelten. »Du bist so weich und heiß und feucht.« Seine Worte entflammten sie ebenso heftig wie seine Berührung. »Es gibt so viele Dinge, die ich mit dir anstellen möchte – *für* dich. Doch das kann ich heute nicht. Du scheinst dich bereit zu fühlen. Bist du bereit, Liebes?«

Inmitten all der Empfindungen, die in ihr tosten, hatte es ihr die Sprache verschlagen, also nickte sie. Sein Daumen kitzelte die kleine Knospe am oberen Ende ihrer Scheide und umkreiste sie mit gekonnter Präzision. Es war gleichzeitig mehr, als sie aushalten konnte, und nicht annähernd genug. Dann glitt er mit dem Finger an ihren Schamlippen entlang und führte ihn in sie ein, um ihr Verlangen zu stillen.

»Ja«, sagte er und sein Atemstoß sandte ihr einen Schauer über den Rücken. »Öffne dich für mich.« Er zog seinen Finger zurück, stieß ihn dann wieder vor und erfüllte sie mit weißglühender Glückseligkeit. Sein Daumen koste die kleine Knospe, während er mit dem Finger immer wieder in sie hinein- und herausglitt. »Wenn ich Zeit hätte, würde ich meinen Mund dort unten auf dich legen. Ich würde dich hier lecken.« Er ließ seinen Finger über die empfindsame Haut gleiten. »Und dich hier saugen.« Er presste den Daumen gegen die Knospe und ihre Hüften bäumten sich auf, als die Lust sie bis in jeden Winkel durchflutete.

Er zog und drückte an ihrer Haut und massierte sie mit wilden, frenetischen Liebkosungen. Ihre Wonne explodierte zu etwas Heißerem, Grellerem. Es war herrlich. Und dann waren seine Finger wieder in ihr und streichelten sie mit einem Rhythmus, der direkt zu ihrer Seele sang. Sie verlor die Kontrolle, warf den Kopf zurück und spreizte die Beine, und ihr schwoll das Herz.

Seine Hände verließen sie kurz, und sie nahm verschwommen wahr, wie er an den Knöpfen seiner Hose nestelte. Der Stoff streifte ihre Oberschenkel, und dann spürte sie heiße Haut an ihrer.

Seine Augen fixierten die ihren, und sie war fasziniert davon, wie strahlend sie wirkten – wie die Sonne, die hinter einer dünnen Schicht grauer Wolken schien. »Ich werde sterben, wenn du mich bittest, aufzuhören, aber ich werde es tun. Ich werde alles für dich tun.«

Kurz – sehr, sehr kurz – fragte sie sich, ob sie ihn aufhalten *sollte*, ob es überhaupt einen Sinn hatte, ihre Tugend für eine Ehe zu wahren, die vielleicht nie zustande kam. Und ebenso rasch verwarf sie den Einfall auch wieder. Nichts würde sich jemals so richtig und wunderbar anfühlen wie dies. *Nichts.* »Du kannst nicht wirklich von mir erwarten, dich abzuweisen, wenn du solche Dinge sagst. Jason, was auch immer du tust, *hör nicht auf.*«

Sie tastete mit der Hand zu ihrem Oberschenkel hinunter. »Zeig mir, was ich tun soll.«

Er dirigierte ihre Hand zwischen sie und schmiegte ihre Finger um seinen Schaft. Er war heiß und hart, doch die Haut war dennoch zart. Sie fuhr mit ihrer Handfläche an seinem Schaft entlang und schlang ihre Finger um den Ansatz. Er stöhnte auf. »Mehr Zeit.« Die Worte waren ein Fluch und ein Flehen.

»Ein *anderes* Mal«, sagte sie und führte ihn instinktiv zu sich hin.

Er hatte seine Hand über ihre gedeckt, als er gegen ihre Schamlippen drängte. Er stupste einmal, zweimal, rieb sich in köstlicher Folter an ihr. »Schau mich an, Lydia. Das wird brennen, denke ich.«

Dann drang er in sie ein, schnell, aber mit großer Achtsamkeit. Sie schnappte nach Luft – ja, es brannte –, als sich ihr Inneres um ihn herum dehnte. Sie schob ihre Hand an seine Hüfte und hielt ihn fest umklammert, in der Erwartung, des Vergnügens, das er ihr kurz zuvor bereitet hatte. Das konnte nicht alles sein.

Für einen Moment verweilte er in ihr, sein Atem drang in röchelnden Stößen an ihr Ohr. Dann war sein Daumen wieder auf ihr, neckte sie, quälte sie und fachte ihre Leidenschaft immer mehr an. Feuchte Hitze wallte in ihrem Inneren auf, und als er sich in ihr rührte, erzeugte er eine köstliche Reibung.

Zunächst waren seine Bewegungen ganz langsam, doch dann gewannen sie an Tempo. Er zog sich weiter zurück und drängte dann wieder vor, wobei er sie jedes Mal mit blendender Wonne erfüllte. »Schlinge deine Beine um mich, Liebste«, forderte er sie mit tiefer, rauer Stimme auf.

Als sie seiner Anweisung folgte, führte er seinen Schaft noch tiefer in sie ein. Sie stöhnte tief und laut auf, als sich ihre Begierde nach Erlösung erneut in ihr aufbaute. Er sollte sich in ihr bewegen. Es verlangte sie danach, dass er sich bewegte. »Bewege dich.«

Mit den Hüften kreiste er gegen ihre, rieb sich an ihr, doch er zog sich kaum zurück. Sie sehnte sich nach dem Druck seines Schaftes, der in sie hinein- und wieder hinausglitt, und versuchte, mit den Hüften nach hinten auszuweichen, doch sie war fest gegen die Chaiselongue gedrückt.

In ihrer Verzweiflung, zum Höhepunkt zu kommen, stieß sie gegen seine Hüfte und drängte ihn, ihr zu gewähren, was sie ersehnte. Mit einem Mal zog er sich ruckartig zurück und ließ sie leer und hungrig zurück. Dann stieß er zu und füllte sie erneut, bis die Ekstase drohte. Wieder zog er sich zurück, und wieder füllte er sie aus. Sie bewegte ihre Hand zu seinem Hintern und führte ihn, während er sich vor- und zurück bewegte.

»Lydia, halte dich an mir fest, Liebes, denn ich kann nicht mehr an mich halten.«

Es dauerte einen Augenblick, bis sie begriffen hatte, was er meinte, doch dann wusste sie es. Mit schnellen und wilden Stößen drang er in sie, und sein Atem ging rasend schnell, während er ihr eine Wonne nach der anderen bereitete. Jeden seiner Stöße erwiderte sie mit einem ihrer eigenen. Der Hunger in ihr wurde immer größer, bis er sie auf ihren Höhepunkt trieb. Dann verband er den Mund in einem heftigen Kuss mit ihrem, und sie taumelte aus den himmlischen Höhen, wobei sie jeden Moment ihres Sturzes in vollen Zügen genoss.

Mit einem Stöhnen, das wie ein Fluch anmutete, zog er sich aus ihr zurück. Allmählich wurde ihr Orgasmus schwächer, und als sie die Augen öffnete, kniete er mit gesenktem Kopf neben der Chaiselongue.

Sie streckte die Hand aus und berührte ihn am Arm. »Ist alles in Ordnung mit dir?«

Sein Blick traf den ihren, und er nickte stumm, ehe er sich aufrichtete und zu einer kleinen Kommode trat. Er drehte sich von ihr weg, und seinen Bewegungen nach zu urteilen, schien er sich zu säubern.

Als er zu ihr zurückkehrte, war seine Hose zugeknöpft. Seine Augen waren dunkel vom Strudel seiner Emotionen. Er drückte weder Freude noch Zufriedenheit aus und Lydia erschauderte innerlich. Schnell setzte sie sich auf und zog ihren Rock zurecht, um sich zu bedecken.

»Normalerweise endet es nicht so abrupt.« Sein Tonfall war ausdruckslos, und sie konnte nicht erraten, was er fühlen mochte, gleichwohl er ... reumütig wirkte. »Ich habe mich zurückgezogen, um die Zeugung eines Kindes zu verhüten.«

Oh. »Das ist sehr rücksichtsvoll von dir, danke.« Sie fragte sich, ob er es überhaupt genossen hatte.

»Ich will ja kein Rohling sein, vor allem nicht nach solch einem herrlichen Ereignis«, bei seinen Worten wurde ihr warm ums Herz, »aber dir läuft wirklich die Zeit davon.«

Sie nickte und schnürte ihr Kleid rasch zu, um dann aufzustehen. Mit großzügigen Bewegungen strich sie mit den Handflächen über den Stoff, um die Falten in ihrem Rock zu glätten. Dann ging sie zu einem breiten Spiegel, der an der Wand gegenüber der Chaiselongue angebracht war, um ihre Frisur zu richten. Als sie ein paar verirrte Strähnen zurücksteckte, sah sie Jason im Spiegelbild neben der Chaiselongue. Mit großen Augen wirbelte sie herum. »Benutzen die Leute das hier auch zum Zuschauen?«

Sein Blick war dunkel, wölfisch und personifizierte genau den Halunken, der er angeblich sein sollte. In diesem Moment wusste sie, dass er nicht nur ihre Vereinigung beobachtet, sondern sie bis in jeden einzelnen Moment genossen hatte.

Ein scharfes Klopfen an der Tür beendete jeden Gedanken und versetzte ihr einen scharfen Stich der Beunruhigung. Sie erstarrte auf der Stelle und war wie versteinert, dass ihr Ruin bevorstehen könnte.

Jason ging zur Tür und öffnete sie nur einen Spalt. Er sprach leise und drehte sich dann wieder zu Lydia um. »Es ist Zeit für dich zu gehen.«

Vor Erleichterung, wenn diese auch subtil und nur teilweise zutage trat, setzte sie sich in Bewegung. »Nur einen Moment.« Eilig lief sie zum Bett zurück, nahm ihre Handschuhe von der violetten Decke und zog sie schnell an, während sie sich zur Tür aufmachte.

Er geleitete sie aus dem Zimmer, und als sie sich der Treppe näherten, sah sie seinen Butler die letzten Stufen hinuntergehen. Vermutlich war er derjenige an der Tür gewesen.

Als sie das Foyer erreichten, kam North ihnen mit ihrer Haube in der Hand entgegen. Seine Haltung und sein Gesichtsausdruck waren respektvoll, als er die Haube an sie übergab. Falls er wusste, was sich im oberen Stockwerk zugetragen hatte – und das musste er wohl –, zeigte er es nicht.

»Ich danke Ihnen.« Sie setzte die Haube auf und band mit zitternden Fingern die Bänder unter dem Kinn.

»Du siehst bezaubernd aus«, murmelte Jason dicht an ihrem Ohr.

Sie nickte unmerklich und schenkte dem Butler dann ein breites Lächeln. »Und danke, dass Sie sich um die Vorbereitungen für das Fest kümmern. Ich werde Ihnen eine Liste mit Dekorationen schicken, die Sie beschaffen sollen.«

«Gewiss, Mylady. Ich erwarte Ihre Anweisung. Es wird Sie freuen zu hören, dass die positiven Rückantworten auf die Einladungen reihenweise eintreffen.«

»Natürlich tun sie dies. Es wird das bedeutsamste Fest der Kleinen Saison werden. Niemand wird es versäumen wollen. Tatsächlich sollten wir sogar Vorkehrungen treffen, dass niemand versucht, sich hereinzuschleichen.«

»Auf solch ein Vorkommnis können wir uns, denke ich, vorbereiten, Mylady.« Wenn sein Tonfall auch eine leicht ironische Note besaß, nahm Lydia ihm das nicht übel. Natürlich – sie hatten schließlich immer wieder mit Leuten zu tun, die sich hereinzuschleichen versuchten.

Mrs. Lloyd-Jones' Dienstmädchen betrat die Halle. North öffnete die Eingangstür, und mit einem letzten, unsicheren Blick auf Jason verließ Lydia Lockwood House mit dem Dienstmädchen auf den Fersen.

Als sie beide in der Droschke saßen, zwang sich Lydia, regelmäßig Luft zu holen, um ihr rasendes Herz zu beruhigen. Was war gerade geschehen?

Sie hatte sich wie eine ausgemachte Dirne benommen. Mit Jason Lockwood!

Sie war mehr als ruiniert, oder wäre es, wenn jemand davon wüsste. Dem war aber nicht so. Und sie musste hoffen, dass die Sache nie ans Licht kam. Sie warf einen Blick auf das Dienstmädchen, das ihr gegenübersaß. Falls sie etwas Ungewöhnliches bemerkt hatte, zeigte auch sie es nicht. Doch wie bei North musste Lydia das Schlimmste annehmen.

»Wie war Ihr Tee?«, fragte Lydia und war heilfroh, dass ihre Stimme nicht so klang, als hätte sie gerade ihre Tugend an Londons berüchtigtstem Halunken verloren. Aber ach, wie hörte sich das in Wahrheit an?

Himmlisch.

Dass sie nicht einmal mit dem geringsten Anflug von Reue aufwarten konnte, hätte eigentlich alarmierend sein müssen, doch stattdessen war es tröstlich. Sie konnte keine Reue empfinden. Das *würde* sie *nicht*. Nicht, wenn ein Leben voller Ungewissheit vor ihr lag. Nicht, wenn sie diese Erinnerung bis ans Ende ihrer Tage in Ehren halten und immer wieder aufleben lassen konnte.

»Es war wunderbar, Mylady«, antwortete das Dienstmädchen. »Die Köchin hat mir einige der Kuchen für das Fest zu kosten gegeben. Sie waren deliziös.« Sie lächelte selig, und Lydia fragte sich, ob sie möglicherweise nicht wusste, was vorgefallen war. Das würde Lydia wahrscheinlich nie mit Sicherheit wissen und somit musste sie einfach das Beste hoffen.

Und sich sehr, sehr anstrengen, um zu vermeiden, dass so etwas noch einmal passierte.

◈

*D*ie Tür schloss sich hinter Lydia. North drehte sich zu Jason um. »War es ein ertragreicher Besuch, Mylord?«

Wie immer war North undurchschaubar. Er musste über ihre Aktivitäten im Fantasieraum Bescheid wissen. Aber er tat so, als wüsste er nichts.

«Ja. Ich glaube, Lady Lydia hat erhalten, weswegen sie
gekommen war.« Oh, das klang ziemlich sündhaft. Gott, er war
wirklich ein Halunke, wenn er nicht einmal einen Hauch von
Reue aufbringen konnte. Und das konnte er nicht. Sie war ihm
mehr als entgegengekommen, und er hatte sich vor langer Zeit
bewusst entschieden, die Regeln der Gesellschaft zu ignorieren.

North verschränkte die Hände hinter seinem Rücken. »Es
scheint jedoch, dass sie während ihres Aufenthalts hier genügend Zeit gehabt hätte, die Liste mit den Dekorationen zu
erstellen. Ich hätte unverzüglich mit den Vorbereitungen
beginnen können.«

Jason sah seinen Butler stirnrunzelnd an. Es schien, als
würde er nicht einfach ignorieren, was geschehen war.
»Warum sagst du nicht einfach, was du sagen willst?«

»Sehr wohl. Haltet Ihr es für klug, Lady Lydia in den
Requisitenraum geführt zu haben?«

Er warf North einen durch und durch sardonischen Blick
zu. »Offensichtlich tust du das nicht. Aber ich wage zu
behaupten, es geht dich nichts an.«

North schürzte kurz die Lippen, doch das genügte Jason,
zu erkennen, dass er beleidigt war – oder dies zumindest
vorgab. In seltenen Fällen konnte North, wie auch sein Zwilling, ein wenig theatralisch sein. »Sehr wohl, Mylord.« Er
schaute Jason weiter an, als ob er noch mehr sagen wollte.

»Nun, was noch?«, fragte Jason und gab sich geschlagen.

«Ihr werdet mir meinen Vorwitz nachsehen.«

Aus Furcht von dem, was jetzt wohl kommen mochte, zog
Jason eine Grimasse. »Ich werde es in Betracht ziehen.«

Norths Nicken war steif und über die Maßen respektvoll.
»Gibt es einen Grund, warum Ihr Lady Lydia nicht den Hof
machen könnt? Sie könnte Euch eine reizende Ehefrau sein.«

Es gab einen sehr beunruhigenden Grund. »Margaret
Rutherford.«

Ein schmerzlicher Ausdruck huschte kurz über Norths Züge. »Besteht für Euch nicht die Möglichkeit, über die verwandtschaftliche Beziehung hinwegzusehen?«

Margarets Rachegelüste waren unersättlich, und dazu noch besaß sie Ausdauer. Es war eine unbarmherzige Kombination, und Jason würde sein Leben lang über die Schulter schauen, in Erwartung darauf, dass die Schlange zuschlug. Trotzdem war ihm klar, dass er Lydia einen Antrag machen sollte. Er war noch nicht so weit gesunken, dass er das nicht erfasst hätte. Doch er konnte es nicht. So wie er sich nicht dazu durchringen konnte, ihre gemeinsame Zeit zu bedauern, konnte er sich auch nicht in eine Ehe fügen, insbesondere nicht mit Margarets Nichte.

»Kein Wort mehr, sonst muss ich mir überlegen, ob ich deine Insubordination tolerieren werde.« Das war eine leere Drohung, und North wusste es.

North ließ seine Augenbraue sehr hoch klettern, ehe er ehrerbietig nickte.

»Was um alles in der Welt?«, rief Scot aus, als er vom hinteren Korridor aus die Eingangshalle betrat. »Ich gehe in den Pub, um ein Bier zu trinken, und bei meiner Rückkehr muss ich erleben, wie seine Lordschaft dich auf deinen Platz verweist?« Er gluckste vergnügt und war sich in keiner Weise der Anspannung bewusst, aber vielleicht lag das daran, dass die einzige Anspannung in Jasons Kopf herrschte. *Himmel, was hatte er gerade getan?*

»Das ist nicht der Fall«, antwortete Jason an Scot gewandt. »Er versucht bloß ... hilfreich zu sein.«

Scot sah zwischen ihnen hin und her, sein Blick blieb an Jason hängen. Er öffnete den Mund und klappte ihn wieder zu, als hätte er beschlossen, dass Schweigen in diesem Fall klüger sei, und senkte den Kopf. Als er wieder aufblickte, lag ein schelmisches Funkeln in seinen Augen. »Ich wette, ich

bin hilfreicher als er. Wollt Ihr hören, was ich heute Nachmittag im Pub erfahren habe?«

Dankbar für ein Thema, das – einmal abgesehen von dem
kolossalen Schlamassel, den er gerade mit Lydia fabriziert
hatte, seine Gedanken beschäftigen würde, verschränkte er
die Arme vor der Brust. »Bitte.«

»Ich bin einem ehemaligen Diener von Lady Aldridge
begegnet. Er hat seinen Posten vor etwa zwei Wochen verlassen. Er gab an, er hätte es nicht ertragen können, für den
Unterbutler zu arbeiten – er war Lord Aldridges Kammerdiener gewesen und man hatte ihm den Posten nach seiner
Lordschafts Dahinscheiden angeboten.«

»Diese Information hat er einfach so herausposaunt?«,
fragte Jason.

Scot zuckte mit den Schultern. »Ähm, Ihr wisst, wie ich
bin. Wir sind über einem Ale ins Gespräch gekommen, und
bald schon vertraute er mir seine Lebensgeschichte an.«

Ja, Jason wusste, wie das passierte. Scot schaffte es, dass
jeder sich mit ihm so wohl fühlte, als würde er ihn schon sein
ganzes Leben lang kennen. Und dieser Diener war offensichtlich keine Ausnahme. »Was hat er dir außerdem
erzählt?«

»Er berichtete, der Unterbutler sei hochmütig gewesen
und hätte sich in sämtliche Haushaltsbereiche eingemischt.
Er war sehr um Lady Aldridges Pflege bemüht, was dem
Diener seltsam vorkam. Er kümmerte sich persönlich um die
Bestellung ihres Laudanum und sorgte dafür, dass ihre Zofe
es ihr regelmäßig verabreichte.«

Arbeitete der Unterbutler vielleicht mit Ethans Mann,
Oak, zusammen? Jason fragte sich, ob Bow Street diese
Informationen über Aldridges ehemaligen Kammerdiener
bekannt war. Er sollte sie weitergeben, insbesondere, da er
Teague dies versprochen hatte. Jason zögerte jedoch, noch
mehr Öl in das Feuer zu gießen, das sich um Ethan entfachte.

War das Mitleid mit seinem Halbbruder? Verführung Unschuldiger? Was, zum Teufel, *stimmte nicht* mit ihm?

»Mylord?«, fragte North und unterbrach Jasons Gedanken. »Werdet Ihr Bow Street informieren?«

»Ich weiß es nicht.« Mit frustrierter Miene machte er kehrt und marschierte in Richtung seines Arbeitszimmers, von North und Scot erwartend, ihm zu folgen, was sie auch taten.

Drinnen schenkte er sich ein Glas Whiskey ein und ließ sich in seinen Stuhl hinter dem Schreibtisch sinken. Als er einen Schluck getrunken hatte, setzte sich Scot auf einen anderen Stuhl, während North, wie es seine Gewohnheit war, stehen blieb.

»Wenn ich Bow Street davon erzähle, fügt das nur zu dem hinzu, was sie bereits gegen Ethan in der Hand haben.«

»Die Liste?« fragte North.

Nach seiner Heimkehr von Bevelstoke gestern hatte Jason den beiden von dem Schriftstück erzählt, das er gefunden hatte.

Scot lehnte sich in seinem Stuhl zurück und verschränkte die Beine an den Fußknöcheln. »Klingt, als wolltet Ihr nicht, dass Jagger schuldig ist.«

Jason wusste nicht, was er wollte, doch die Bitte seines Halbbruders, ihm zu vertrauen, hallte immer wieder in ihm nach. Plötzlich kam ihm ein Gedanke. North kannte sich in der Stadt gut aus, insbesondere in Mayfair, da er aus dem schottischen Flachland nach Süden gekommen war, um in einem großen Londoner Haus Arbeit zu finden. »North, dein Gedächtnis für Einzelheiten ist bemerkenswert. Erinnerst du dich zufällig, ob die Chaunceys in der Curzon Street Nummer neunzehn wohnen?«

North überlegte einen Moment und antwortete dann entschieden: »Das tun sie nicht, Mylord.«

»Das war die Adresse auf der Liste, die ich bei Ethan gefunden habe.«

»Vielleicht gab es eine andere Adresse in der Curzon Street?«, fragte North.

Jason durchforstete sein Gedächtnis – er hatte es mit dem Auswendiglernen sehr genau genommen. »Nein die einzige Adresse in der Curzon Street war die Nummer Neunzehn.« Er blickte zu North auf. »In welcher Hausnummer hat der Raub in der South Audley Street stattgefunden?«

Wieder war North mit der notwendigen Information zur Stelle. »In der Zeitung stand, es sei in der Nummer Dreiundsechzig gewesen.«

Jason fühlte seinen Triumph aufsteigen. »Das war nicht die Adresse auf der Liste. Ich weiß nicht, wofür diese Liste war, aber sie scheint nichts mit den Diebstählen zu tun zu haben.«

Das erklärte immer noch nicht die Rolle, die Ethans Diener möglicherweise bei Lady Aldridges Tod gespielt haben konnte. Jason hoffte, dass es sich bei den Laudanum-Lieferungen um genau das handelte, wonach es aussah: ein Diener, der Medikamente brachte. Gleichwohl die Tatsache, dass es nicht *ihr* Diener war, nicht gerade Vertrauen erweckte. Und was hatte das Benehmen des Unterbutlers mit der Sache zu tun – wenn überhaupt? Er sollte es Bow Street überlassen, die Dinge zu regeln – und vermutlich würden sie bezüglich der Liste zum gleichen Schluss wie Jason kommen und vielleicht hatten sie ihre Ermittlungen gegen Ethan bereits eingestellt. Allerdings bezweifelte Jason irgendwie, dass sein Bruder so leicht davonkommen würde.

Scot beugte sich vor und stellte den Ellbogen auf Jasons Schreibtisch. Dann stützte er das Kinn auf die Handfläche. »Dass sowohl die Curzon Street als auch die South Audley Street auf der Liste stehen, scheint recht zufällig zu sein.«

Jason mochte Scots Gedankengang nicht, denn er glaubte nicht an Zufälle.

»Nun«, meinte Scot nachdenklich, »was, wenn die Liste etwas mit den Diebstählen zu tun hat und die Adressen darauf eine Art Verschlüsselung sind?«

North sah seinen Bruder stirnrunzelnd an. »Das ist ein bisschen fantasievoll, selbst für dich.«

»Nein, das glaube ich nicht. Meine kriminelle Vorgeschichte ist zum Glück kurz«, er warf North einen dankbaren Blick zu, »aber ich erinnere mich, einmal verschlüsselte Anweisungen bekommen zu haben.«

Also konnte die Liste doch belastend sein. Verflixt. Es war an der Zeit, mit Ethan zu reden – und an der Zeit für ihn, sich entgegenkommender zu zeigen.

»Warum lassen wir Bow Street nicht ihre Arbeit machen?«, schlug North vor.

Scot zuckte kurz mit den Schultern und lehnte sich in seinem Stuhl zurück. Er betrachtete Jason mit einem wissenden Lächeln. »Wie ist es Euch und Lady Lydia heute Nachmittag mit der Planung des Festes ergangen?«

Verdammt, und er hatte sie gerade aus seinen Gedanken verbannt. »Gut.«

Scot wölbte eine Augenbraue und sah seinem Zwilling ähnlicher, als ihm wahrscheinlich lieb war. Wie schon vorhin machte er den Mund auf und gleich wieder zu. Er ließ das Kinn auf die Brust sinken und blieb still.

Jason nutzte sein Schweigen, um das Gespräch in eine neue Richtung zu lenken. »Sind wir uns einig, wie wir die ... interessanteren Aspekte von Lockwood House behüten werden?« Er hatte ihnen beiden von Margarets Absichten erzählt, das Fest zu ruinieren.

North legte den Kopf schief. »Die Türen zum Requisitenraum werden abgesperrt und draußen sind zwei Diener auf Posten. Weitere Diener werden am oberen Ende der Treppe und am oberen Ende des Dienstbotenaufgangs Wache stehen.«

Jasons »lasterfreies« Fest, wie Lydia es genannt hatte, würde beinahe ebenso viel Sicherheitsvorkehrungen erfordern wie seine lasterhaften Feste. »Ausgezeichnet.«

Scot setzte sich auf und rieb die Hände aneinander. »Besteht die Möglichkeit, uns etwas auszudenken, um Lady Margarets Neugier zu befriedigen? Vielleicht können wir eine Offensive starten, anstatt darauf zu warten, dass sie den ersten Schritt tut.«

Schockiert musste Jason feststellen, sich nicht auf ihr verachtenswertes Niveau herablassen zu wollen. »Die zusätzliche Sicherheit wird ausreichen.«

Enttäuscht stieß Scot die Luft aus.

North hüstelte. »Darf ich einen Vorschlag machen, Mylord?«

Sowohl Jason als auch Scot drehten ihre Köpfe und sahen ihn an.

»Ich könnte Sarah beauftragen, Lady Margaret auf dem Fest zu folgen – in diskretem Abstand natürlich. Sie könnte dafür sorgen, dass durch Lady Margarets Tun nichts Unangenehmes geschieht.«

Eine weitere brillante Idee seitens seines stets zuverlässigen Butlers. Jason warf ihm einen Blick zu, der besagte, dass er ihm die Frechheit von vorhin verzieh, aber eigentlich gab es nichts zu verzeihen. North übernahm lediglich die Rolle von Jasons Gewissen – und das in einem irritierenderweise hohen Maße. »Ein guter Einfall, North.«

Scot verdrehte die Augen, als er den Kopf zurück an den Stuhl legte und zur Decke hinaufblickte. »Bitte, schmeichelt seinem Ego nicht noch mehr, als Ihr es ohnehin schon tut.«

»Deine Eifersucht ist unattraktiv, Bruder.« North reckte das Kinn und verließ das Arbeitszimmer.

Scot sprang auf und warf Jason einen gespielt finsteren

Blick zu. »Ich danke Euch. Er wird beim Abendessen unausstehlich sein.«

Jason schüttelte den Kopf, als Scot dem Weggang seines Bruders folgte. Er hatte sie lange um ihre brüderliche Beziehung beneidet, und das war, wie er zugab, der Grund, warum er sie so sehr mochte, warum sie ihm so nahestanden wie seine eigene Familie, und warum er ihre Vertrautheit tolerierte – nein, ermutigte.

Aber sie waren keine Familie, und Jasons Familie war beklagenswert klein. Nur seine Mutter, und ein oder zwei entfernte Cousins ... und Ethan. Und einfach so öffnete er sich, wenn auch nur ein bisschen, für die Vorstellung, einen Bruder zu haben.

KAPITEL 17

*L*ydia stapfte die Treppe zu ihrem Schlafzimmer hinauf. Vielleicht benötigte sie ein Nickerchen. Durch den zügigen Spaziergang, den sie gerade unternommen hatte, war ihre Laune nicht besser geworden, doch wie sie vermutete, würde das erst der Fall sein, wenn sie von Jason hörte.

Drei Tage waren seit ihrem Rendezvous vergangen, und sie hatte keine Nachricht von ihm erhalten. Sie hatte die schreckliche Befürchtung, dass er ihre Begegnung zutiefst bedauerte und deshalb in einen Zustand der Niedergeschlagenheit verfallen war. Sie erwartete von ihm nicht, dass er ihr seine unsterbliche Liebe erklären würde – sie war sich nicht einmal sicher, ob sie das wollte –, aber seine abweisende Missachtung war quälender, als sie es sich hatte vorstellen können.

»Lydia!« Tante Margarets Stimme ließ Lydia innehalten, als sie an der offenen Tür des oberen Salons vorbeikam. »Komm herein!«

Mit dem Gefühl, als wären ihre Füße in Zement gegossen, drehte sich um. Sie war nicht in der Stimmung, Tante

Margaret zu erdulden, aber leider war sie der Gnade dieser Frau ausgeliefert. »Ja, Tante?«

Margaret sah von dem Stapel der Briefe auf ihrem Schoß nicht auf. »Komm her. Hier sind Briefe für dich.«

Briefe! Vielleicht war einer von Jason. Die Zentnerlast bröckelte von ihren Füßen und ihre Lungen füllten sich, als ihre Aufregung sie lebhaft in den Salon treten ließ. Eifrig trat sie zu Tante Margaret, die ihr, wieder ohne aufzusehen, ein Schriftstück hinhielt.

Der Brief war flach und war eindeutig geöffnet worden. Lydia unterdrückte ihre Empörung. »Hast du ihn etwa gelesen?«

Endlich hob Tante Margaret den Blick, gleichwohl sie alles andere als reumütig aussah. Tatsächlich wirkte sie belästigt. »Er ist von deinem Vater.«

Lydia unterdrückte einen finsteren Blick und ließ sich auf einen Stuhl nieder, um den kurzen Brief zu lesen. Nach zwei Sätzen sank ihr der Magen in die Kniekehlen, und sie fühlte sich, als sei sie drei Stockwerke die Treppen hinaufgerannt.

Er beabsichtigte nicht, eine weitere Saison zu finanzieren.

Nach sechs Jahren hatte er beschlossen, dass die Zeit für sie gekommen war, nach Northumberland zurückzukehren. Mr. Jarvis' Ehefrau war vergangenen Winter gestorben, und er schaute sich nach einem Ersatz um. Einem *Ersatz*? Hätte er nicht ein freundlicheres Wort benutzen können?

»Wie es scheint, läuft dir die Zeit davon.«

Lydia sah auf und konnte sich nicht entscheiden, ob Tante Margarets Gesichtsausdruck selbstgefällig oder lieblos war. Beides, vermutete sie. Und Lydia konnte ihren Zorn nicht länger ihm Zaum halten. »Du hast meinen Brief gelesen?«

Tante Margarets Augen wurden schmal, und sie zog die Brauen darüber eng zusammen. »Inzwischen solltest du wissen, dass du *keinerlei* Geheimnisse vor mir hast.«

Die eiskalte Art, mit der sie diese Aussage machte, jagte

Lydia einen Schauer des Entsetzens über den Rücken. Was wusste sie? Hatte sie etwa von Lydias Aktivitäten neulich erfahren? Der Schweiß rann ihr in den Nacken, und ihre Glieder wurden eiskalt.

Tante Margaret lehnte sich über den ovalen Tisch, der sie von Lydia trennte, und warf ihr zwei weitere Briefe in den Schoß. »Dein anderer Brief. Oder sollte ich sagen ›Briefe‹?«

Lydia blickte nach unten und erkannte Audreys Handschrift. *O nein.* Tante Margaret hatte auch Audreys Brief geöffnet. Und da es einen zweiten Bogen Papier gab, stellte Lydia fest, dass Jasons letztes Schreiben beigefügt gewesen war. Was hatte er geschrieben? Übelkeit breitete sich in Lydias Bauch aus, bis sie wirklich dachte, ihr würde schlecht werden.

Langsam schob Lydia die Bögen zurecht, um Jasons Brief ganz nach oben zu befördern. Allerdings war er nicht von Jason geschrieben worden, sondern von North, und er enthielt einen kurzen Bericht über die Antworten auf die Einladungen und die Blumen. Lydia entspannte sich etwas, jedoch war der Brief dennoch belastend. Jetzt wusste Tante Margaret, dass sie weiterhin bei Jasons Fest mithalf.

Lydia kämpfte sich an der Angst vorbei, die ihr im Halse steckte, und fragte: »Was wirst du jetzt unternehmen?«

»Die Frage ist, was wirst *du* unternehmen?«, entgegnete Tante Margaret leise. »Du hast zwei sehr verschiedenen Möglichkeiten zur Wahl: Du hilfst mir, Lockwoods Fest zu ruinieren, oder du nimmst die erste Postkutsche nach Northumberland.« Mit zittrigen Händen umklammerte Lydia den Papierstoß. »Mein Vater hat mich nicht gebeten, sofort zurückzukehren.« Er hatte in seinem Brief angekündigt, in einem Monat zu kommen, um Lydia abzuholen.

»Lydia, du wohnst hier dank meiner Gunst. Ja, dein Vater entrichtet einen Geldbetrag für dich für dich, doch es lag stets in meinem Ermessen, dich jederzeit nach Hause zu schicken. Ich bin zufrieden, dass dieser Zeitpunkt nun gekommen ist, wenn ich auch, wie ich eingestehen muss, enttäuscht sein werde. Wir hatten eine sehr gute Beziehung, und ich verstehe deine Auflehnung einfach nicht.« Sie klang tatsächlich enttäuscht, als sei Lydia einst eine Quelle großen Stolzes gewesen und habe sie nun im Stich gelassen. Aber so sah sie die Dinge wahrscheinlich auf ihre verquere Art.

Lydia straffte die Schultern. Sie war stolz darauf, wie sie sich verändert hatte, auch wenn Tante Margaret das nicht war. »Es macht mir keinen Spaß, anderen den Abend zu verderben, oder noch schlimmer, ihre Leben. Als ich im letzten Frühjahr nach dem Vorfall mit der Wette beliebt war, fingen die Leute an, mich aufrichtig zu mögen.« Bis Tante Margaret sie wieder einmal in ihr Netzwerk aus Klatsch und Tratsch verstrickt hatte.

»Du bist noch immer beliebt«, konterte Tante Margaret abschätzig.

»Eher gefürchtet.«

Tante Margaret starrte Lydia an, als wäre sie eine Verrückte. »Das ist besser, als ein Niemand zu sein, wie deine armselige Anhängerin, Miss Cheswick.«

Lydia atmete scharf ein. »Audrey ist nicht armselig. Sie ist eine wahre Freundin. Ich habe lieber eine wie sie als eine Legion von Leuten, die mir zu Füßen kauern.«

Tante Margaret grinste. »Dann hast du ja Glück, beides zu haben.«

Lydias Geduldsfaden riss. »Ist es zu viel verlangt, Liebe zu wollen? Einen Ehemann? Eine eigene Familie zu haben?«

«Mit einem Wort, ja. Du kannst die letzteren beiden Dinge haben – wenn du sie wirklich willst –, aber Liebe ist für Hohlköpfe. Wann wirst du erkennen, dass die Welt erbarmungslos ist? Wenn du dich nicht schützt, einschließlich dein Herz, wirst du diejenige sein, die ruiniert sein wird. Du bist so schrecklich nahe dran …« Sie ließ den Rest in der Luft hängen.

Die Furcht ließ Lydias Adern zu Eis erstarren. Was wusste Tante Margaret außerdem noch?

Lydia musterte die derzeit friedfertigen Züge ihrer Tante auf ein Anzeichen, dass diese etwas von ihrer Indiskretion wusste, doch da war nichts. Vielleicht bezog Tante Margaret sich nur auf die Hilfe, die sie Jason zukommen ließ. »Du bist wütend auf mich, weil ich Lord Lockwood helfe.«

»Ganz bestimmt«, erwiderte ihre Tante mit nüchterner Stimme. »Du weißt, dass ich ihn nicht ertragen kann. Dein Täuschungsmanöver ist ein Schlag in mein Gesicht. Das werde ich nicht dulden. Du wirst mir helfen, sein Fest am Freitag zu ruinieren, oder ich schicke dich auf der Stelle, deine Sachen zu packen. Hast du verstanden?«

Sehr deutlich, aber wie konnte Lydia nur versprechen, Jason zu ruinieren? Selbst wenn er sich wünschte, dass sie sich nie getroffen hätten, war sie längst über den Punkt hinaus, auch nur zu der Überlegung fähig zu sein, ihm wehzutun.

Tante Margaret beobachtete sie gerissen. »Ich kann sehen, dass du deine Entscheidung sorgfältig abwägst. Lass es mir dir leicht machen. Hilf mir, dieses Fest zu ruinieren und ich werde dich bleiben lassen, bis du heiratest. Ich werde für deine Ausgaben aufkommen und deinen Vater überzeugen, dich bleiben zu lassen. Wenn du dich weigerst, wirst du morgen um diese Zeit auf dem Weg nach Northumberland sein.«

Das war ein Teufelspakt – und einer, den sie nicht akzeptieren konnte. Wenn sie es allerdings nicht tat, wäre Jason ruiniert. Es sei denn, sie wäre auf dem Fest, um hoffentlich aufzuhalten, was ihre Tante vorhatte, was bedeutete, dass sie bis dahin nicht nach Northumberland aufbrechen konnte.

Sie musste einwilligen, Tante Margaret zu helfen – zumindest scheinbar.

Dennoch, sobald Tante Margaret Zeugin wurde, wie Lydia auf dem Fest gegen sie arbeitete, würde sich Lydia am Samstag in einer Kutsche gen Norden wiederfinden. Aber das wäre es wert, um Jason zu helfen. Er hatte verdient, glücklich zu werden – selbst, wenn es ohne sie wäre.

»Na schön. Ich werde dir helfen.« Die Worte kamen ihr nur schwer über die Lippen, und so klangen sie auch dunkel und krächzend, als ob sie auszusprechen damit gleichzusetzen wäre, eine Fuhre Steine durch London zu schleppen.

»Braves Mädchen.« Tante Margaret ließ ein grausames Lächeln aufblitzen. »Ich bitte dich nicht, etwas zu tun, was du nicht schon vorher getan hast.«

Wie Lydia sich wünschte, dies von sich weisen und behaupten zu können, nie in solche Tiefen gesunken zu sein, aber das stimmte nicht. Das *hatte* sie getan. Das Gefühl der Beschämung schnitt tief in sie.

Tante Margaret senkte die Stimme, als ob sie ein Geheimnis teilen würde – ein dramatischer Kunstgriff, den sie sehr genoss. »Vergiss nicht, dass egal wo auch immer du bist – in London oder der Wildnis von Northumberland – ich immer die Macht habe, dafür zu sorgen, dass du nie akzeptiert wirst.«

Lydias Kehle schnürte sich zusammen. Wie konnte sie so grausam sein? Was war nur geschehen, um sie zu solch einer schrecklichen Person zu machen?

»Nun«, meinte Tante Margaret, die sich aufrechter hinsetzte und einen geschäftsmäßigen Tonfall annahm. »Ich habe aus dem Brief erfahren, dass Lockwood beinahe einhundertfünfzig Gäste für Freitag erwartet.« Ihre Augen glühten vor Aufregung. »So viele werden Zeuge seiner Blamage werden.«

Lydia widerstand dem Drang, zu schreien. Sie konnte

Jason am besten helfen, wenn sie wusste, was Tante Margaret
aushecke. »Was hast du vor?«

Tante Margaret schüttelte den Kopf und formte die
Lippen zu einem verschlagenen Lächeln. »O nein. Ich traue
dir nicht genug, um dir die Einzelheiten tatsächlich schon im
Voraus zu verraten. Aber du wirst es wissen, wenn es
passiert und ich erwarte von dir, die Information wie ein
Buschfeuer im Hochsommer zu verbreiten.«

»Ja, Tante Margaret.« Lydia machte sich nicht die Mühe,
begeistert zu klingen. Wozu auch, wenn Tante Margaret sich
wohl bewusst war, dass sie gegen ihren Willen zugestimmt
hatte?

Tante Margaret schoss auf dem Sofa vor und schürzte die
Lippen auf eine durch und durch herablassende Art. »Ich
weiß, du hältst mich für grausam, aber ich möchte nur dein
Bestes. Ich möchte dich vor den Geiern der feinen Gesellschaft beschützen.«

Lydia wollte einwenden, dass *sie* selbst die Geier waren.

Tante Margarets Augen wurden schmal, doch ihr Lächeln
blieb. »Und ja, der sicherste Weg, sich zu schützen, besteht
darin, selbst einer zu sein.«

~

*J*ason durchquerte die Lamb and Flag Tavern in
Richtung des Bucket of Blood. Er wusste nicht,
ob Ethan zugegen sein würde, doch das hoffte
er, zumal er ihm eine Nachricht geschickt hatte, nachdem es
ihm trotz mehrfacher Besuche nicht gelungen war, ihn im
Bevelstoke anzutreffen.

Nicht, dass Ethan geantwortet hätte. Nein, Jasons einzige
Korrespondenz an diesem Tag war ein Brief von Miss Ches-
wick gewesen, in dem sie mitteilte, dass sie nicht länger als
Vermittlerin zwischen ihm und Lydia fungieren könne. Sie

hatte den Grund nicht angegeben, was Jason beunruhigte, doch um dieses Problem würde er sich morgen kümmern müssen. Heute Abend brauchte er Antworten von seinem Halbbruder.

»Lockwood.«

Der tiefe Klang seines Namens lenkte Jasons Aufmerksamkeit auf einen Winkel des Schankraums des Lamb and Flag, in dem Ethan saß.

Jason schlängelte sich an ein paar Tischen vorbei und nahm sich einen Stuhl zu seiner Linken. »Ich war mir nicht sicher, ob du kommen würdest.«

Ethan hatte eine Hand locker um ein Glas Whiskey auf dem Tisch gelegt. »Ich war mir auch nicht sicher, aber für den Augenblick scheint es sicher genug zu sein.«

Er konnte doch nicht erwarten, dass dieser geheimnisvolle Kommentar unbeachtet bliebe? Jason griff nach der Whiskeyflasche und schenkte den einzigen leeren Becher voll, dessen Rand abgesplittert war. »Sorgst du dich um deine Sicherheit?«

Ethan hielt seinen Whiskey hoch. »Ein Trinkspruch?«

Jason schaute ihn einen Moment lang unverwandt an und fragte sich, ob er tatsächlich etwas so Kultiviertes mit diesem Mann teilen konnte. Vielleicht würde es dazu beitragen, Ethans Zunge zu lockern. Jason hob sein Glas. »Auf ein Glas in Eintracht.«

»Darauf stoße ich an.« Ethan trank seinen Whiskey aus und schenkte sich neu ein. »Ich bin einem gewissen Bow Street Ermittler ausgewichen.«

Das erklärte, warum Ethan von Jason nicht im Bevelstoke angetroffen worden war. »Warum?«

Ethan zuckte mit den Schultern. Er wirkte nicht sonderlich besorgt, gleichwohl er die Umgebung unablässig im Auge behielt. »Ich bin einfach nicht in der Stimmung, mit ihm zu sprechen.«

Wie konnte Ethan so unbekümmert sein, wenn gegen ihn ermittelt wurde? Insbesondere, da sich die Beweise gegen ihn zu häufen begannen – wenn man Carlyle glauben wollte. Doch vielleicht war Ethan das nicht bekannt. »Ich weiß, warum er dich finden will.«

»Ach?«, fragte Ethan mit einer Spur von Nonchalance. »Es hat doch nicht etwa mit der Liste zu tun, die aus meinem Schlafgemach im Bevelstoke verschwunden ist?«

Jason schluckte den Whiskey, den er gerade getrunken hatte, ehe er antwortete. Natürlich hatte Ethan das Verschwinden der Liste bemerkt, aber verdächtigte er Jason oder Carlyle, sie entwendet zu haben? Jason beabsichtigte nicht, über seine Anwesenheit dort zu lügen. »So ist es.«

»Wer hat sie Bow Street übergeben?« Ethans Blick und seine Stimme verhärteten sich. »Bitte sag mir, dass du es nicht warst.«

»Nein. Das war Carlyle.«

Vor Enttäuschung verzog Ethan die Lippen. »Das hatte ich mir gedacht. Ich ging davon aus, dass du noch keine Erfahrung im Knacken von Schlössern gesammelt hattest. Du hattest ihn aber begleitet?«

Vor Unbehagen verlagerte Jason das Gewicht. Er hatte sich nicht wohl gefühlt, in die Räumlichkeiten seines Bruders einzudringen, doch Ethan hatte ihm keine große Wahl gelassen. »Wie hätte ich sonst von deinen Plänen erfahren sollen? Du warst schließlich nicht besonders entgegenkommend.« Ethans Augen verengten sich leicht und Jason setzte hinzu: »Nur zu deiner Kenntnisnahme, ich hatte nicht vor, ihm die Liste zu zeigen. Er hat mich damit erwischt, kurz nachdem ich sie gefunden hatte.«

Ethan schien verblüfft. »Danke.«

Jason rutschte auf seinem Stuhl umher und trank einen weiteren Schluck Whiskey. Er fühlte sich unsicher, ob er schon für Dankbarkeit bereit war. »Danke mir noch nicht.

Ich hatte die Absicht, von dir zu verlangen, mir zu verraten, was zum Teufel du treibst – und das werde ich auch weiterhin.«

»Aha.« Ethan legte den Kopf schief. »Du willst wissen, warum ich eine Liste mit Adressen hatte – einige darunter in Straßen, in denen in letzter Zeit Raubüberfälle stattgefunden haben.«

Gott sei Dank war Ethan nicht dumm. Jason konnte vieles an seinem Halbbruder ertragen, doch Dummheit hätte er seiner Ansicht nach nicht aushalten können. »Ja.«

»Ich bedaure, aber das fällt unter die Kategorie ›Dinge, Die Ich Dir Nicht Sagen Kann‹.«

Jason schlug mit der Faust auf den Tisch und beugte sich näher zu Ethan. »Unsinn! Ich bin dieses Spielchen leid. Entweder willst du dich ändern oder du willst es nicht. Du kannst von mir nicht erwarten, dir zu vertrauen, wenn du mir nicht selbst ein bisschen Vertrauen entgegenbringst.«

Ethans Augen funkelten kalt im schummrigen Licht des Gemeinschaftsraumes. »Das ist nichts Persönliches, Bruder. Ich vertraue niemandem.« In seinen Worten lag eine stählerne Schärfe, aber darunter schwang ein Hauch von Bitterkeit und Bedauern mit.

Das hörte sich ... einsam an. »Gar niemandem?«

»Und wem sollte ich vertrauen?« Ethan setzte das Glas ab. »Meine Mutter ist tot. Unser Vater ist tot. Du hast keinen Hehl aus deinem Wunsch gemacht, mich tot zu sehen. Oder zumindest hast du das bis vor Kurzem getan.«

Jason gefiel das Unbehagen nicht, das über sein Rückgrat kroch. »Was ist mit dem Beschützer deiner Mutter? Ich dachte, er hätte dich unter seine Fittiche genommen.«

Ethans Lachen war dunkel und hohl. »Er war ein korrupter Magistrat, also ja, ich schätze, man könnte sagen, er hat mich gut erzogen. Aber er war alles, was ich hatte, bis er gehängt wurde. Da ist niemand, dem ich vertrauen würde.«

»Nicht einmal mir?«

»Nicht einmal dir.« Ethan hob sein Glas und trank einen Schluck.

Jason mahlte mit den Zähnen. Wie sollten sie weiterkommen, wenn Ethan ihn so wenig wertschätzte? Möglicherweise konnten sie das nicht. Doch Jason würde es versuchen – nur dieses eine Mal. Er presste die Handfläche auf die zerschundene Tischplatte und holte tief Luft. »Wenn du es mir erzählen würdest, kann ich dir vielleicht helfen.«

Skeptisch kniff Ethan ein Auge zusammen. »Du willst mir helfen, Bow Street zu entgehen?«

Das war nicht der tieferliegende Grund und Ethan wusste das. »Ich möchte dir helfen, außer Gefahr zu sein. Nicht nur für jetzt, sondern für immer.«

Himmel, wann um alles in der Welt war dies zu etwas geworden, was Jason je hatte tun wollen? Vor zwei Wochen noch hätte er Ethan zur Bow Street gezerrt oder Teague zu diesem Treffen mitgebracht. Aber aus welchem Grund auch immer war er nicht bereit, seinen Bruder dem Gefängnis auszuliefern – oder zu Schlimmerem.

Der Mund stand ihm ein bisschen auf, als Ethan sich auf seinem Stuhl zurücklehnte. Für einen Augenblick ließ er den Blick auf Jason ruhen, und dann wandte er sich wieder der Überwachung des Schankraums zu. »Ich bin nicht sicher, ob das möglich ist.« Jason erhaschte, nur einen winzigen Sekundenbruchteil, ein Aufblitzen von etwas Unbestimmtem in seinen Augen – Resignation vielleicht?

»Ich werde es nicht wissen, es sei denn, du erzählst es mir. Lieber Himmel, Ethan, ich biete dir mehr an, als ich je für möglich gehalten habe.« Jasons Geduldsfaden wurde dünner. »Und das ist ein einzigartiges Angebot. Wenn du mich jetzt wieder ausschließt, sind wir fertig miteinander und Bow Street kann dich verdammt noch mal ebenso gut hängen lassen.« Gleichwohl Jason das sagte, war er nicht sicher, ob er das geschehen lassen könnte.

Abrupt lehnte Ethan sich vor und schlug die Handflächen auf den Tisch. »Du bist ein hartnäckiger Quälgeist.«

Hartnäckig – wie Lydia. Wahrscheinlich färbte sie auf ihn ab. Es war ihm egal. »Und du bist so aalglatt wie eine Brücke in Blackfriars im Dezember.«

Ethan grinste, als er die Hände umdrehte und mit den Fingerknöcheln über den Tisch schabte, bis er die Arme weit ausgebreitet vor sich hielt. »Ich kenne keinen anderen Weg.« Er ernüchterte, als er die Finger wieder um sein Whiskeyglas schlang. »Ich habe einen Plan. Die Einzelheiten kann ich dir nicht verraten, weil ich dich nicht in Gefahr bringen will. Es ist schlimm genug, dass wir hier sitzen und uns unterhalten.«

»Vor wem um alles in der Welt sollte ich mich fürchten?«

Ethan senkte die Stimme. »Leiser, bitte. Du musst keine Angst haben. Ich halte nur Bow Street ab.« Würde es denn noch andere geben? »Ich möchte nicht, dass sie glauben, du würdest mit mir unter einer Decke stecken.«

Jason gefiel nicht, wie das klang. »Es sieht ganz bestimmt so aus, als würdest du etwas Illegales tun.«

»Es ist egal, was ich *tue*. Wichtig ist nur, was Bow Street *denkt*. Jedenfalls werde ich dir die Einzelheiten nicht anvertrauen.«

»Das ist das Beste, was du zustande bringst? ›Ich habe einen Plan‹.« Jason schüttelte den Kopf. »Das genügt nicht.«

Ethan funkelte ihn finster an. »Du hast wirklich einen unwirschen Charakterzug, nicht wahr? Ich habe einen Plan, der beweisen wird, dass ich für die Diebstähle nicht verantwortlich bin.«

Jason ignorierte seine Provokation, doch er war sich vage bewusst, dass ihre Unterhaltung viele Ähnlichkeiten zu denen zwischen North und Scot aufwiesen. »Bedeutet das, es gibt noch jemanden?«

»Ja.« Ethan zog das Wort in die Länge, als würde er zaudern, mehr zu sagen. Letztlich tat er es aber doch. »Jemand, gegen den Bow Street nicht ermittelt.«

Endlich etwas, dass entfernt informativ war. Aber trotzdem, nur entfernt. »Wer? Und sag mir nicht, du wüsstest es nicht. Du bist zu scharfsinnig, um das nicht inzwischen schon ausgeknobelt zu haben.«

Ethan grinste. »War das ein Kompliment?«

»Du antwortest mir nicht.«

»Siehst du? Unwirsch.« Ethan nippte an seinem Whiskey. »Natürlich weiß ich das, aber ich sage es dir nicht. Noch nicht, jedenfalls.«

Jason wusste, dass ein Überzeugungsversuch sinnlos wäre. Also probierte er etwas anderes. »Sag mir, wie ich dir bei deinem Plan helfen kann.«

Ethan warf ihm einen fragenden Blick zu, doch dann nickte er. »Versuche, mir Bow Street vom Leibe zu halten.«

Jason konnte sich nicht vorstellen, wie er das bewerkstelligen sollte. »Was soll ich ihnen erzählen?«

»Ich weiß es nicht.« Einen Augenblick lang war er still, ehe er fortfuhr. »Vielleicht sagst du, du hättest mit mir gesprochen und ich hätte nichts von der Liste gewusst? Vielleicht deutest du an, dass die Liste in meine Wohnung geschmuggelt wurde.« Ethan schien sehr geschickt darin, sich Dinge einfallen zu lassen.

Jason hoffte, er wurde nicht von ihm angelogen, insbesondere, da er von ihm gebeten wurde, für ihn zu lügen. »Wenn ich herausfinde, dass du mich für irgendeinen niederträchtigen Zweck benutzt –«

Ethan schnitt ihm das Wort ab. Er sah ein bisschen verstimmt aus. Sein Gesichtsausdruck erinnerte Jason an

North, wenn Scot ihn geärgert hatte. »Ich weiß, du wirst mich persönlich an die Schlinge des Henkers liefern.«

Merkwürdigerweise verspürte Jason einen Ausbruch von Belustigung. Es war, als ob sie wirklich ... Brüder wären. »So etwas in der Art.«

»Ich sollte gehen.« Ethan trank seinen Whiskey aus und stellte das leere Glas auf den Tisch. »Danke für deine Anteilnahme. Für deine Hilfe. Für alles.« In seinem Tonfall lag eine Frage, als ob er nicht ganz glauben konnte, was Jason ihm angeboten hatte. Doch das konnte auch Jason nicht.

Jason trank aus, als Ethan seinen Stuhl zurückrutschte und aufstand. »Halte mich auf dem Laufenden«, bat Jason. »Ich werde mein Bestes tun, um Teague – und Carlyle – fernzuhalten, aber denke daran, dass ich einen besseren Verbündeten abgebe als einen Feind.«

»Das habe ich bereits entschieden.« Unmerklich schüttelte er den Kopf. »Und ich will verdammt sein, wenn mich das nicht zu Tode erschreckt.«

Als Jason Ethan nachsah, murmelte er: »Mich auch, Bruder. Mich auch.«

KAPITEL 18

*D*er Tag von Jasons lasterfreiem Fest war gekommen, und als er in seiner Abendgarderobe die Treppe nach unten nahm, spürte er zu seiner Überraschung das Aufkeimen von Aufregung. Es war nicht dasselbe wie bei seinen anderen Festen, aber er verabscheute den bevorstehenden Abend nicht. Wahrscheinlich deshalb, weil er Lydia endlich wiedersehen würde. Bereute sie es, mit ihm geschlafen zu haben? Verdammt, was, wenn sie sich zu sehr schämte, um zu kommen?

Er fluchte und schimpfte im Stillen, weil er nicht früher Verbindung mit ihr aufgenommen hatte. Aber wie hätte er das tun sollen, wenn Miss Cheswick ihre Rolle als Mittelsmann aufgekündigt hatte?

North kam ihm am Fuß der Treppe entgegen. »Ihr seht prächtig aus, Mylord.«

Jason hatte die vollständige Abendgarderobe angezogen, zu der auch die Tanzslipper gehörten – und das war etwas, was er bei seinen sonstigen Festen nie tat, bei denen er normalerweise trug, was ihm gerade passte. Der heutige Abend war jedoch aus mehreren Gründen ein bedeutender

Anlass, und er fand, er sollte dementsprechend aussehen.
»Vielen Dank. Ich würde fragen, ob alles bereit ist, aber ich
weiß es besser, als deine Fähigkeiten zu beleidigen. Sag mir
aber, was du lieber ausrichtest: ein Fest wie dieses oder
unsere üblichen lasterhaften Vergnügungen?«

North verschränkte die Hände hinter dem Rücken und
legte den Kopf schief. »Ich muss zugeben, Eure typischen
Feste lassen sich leichter koordinieren, aber vielleicht liegt es
auch daran, dass sie zur Gewohnheit geworden sind.«

»Autsch.« Jason tat so, als würde er zusammenzucken.
»Lass niemanden dich sagen hören, meine lasterhaften Feste
seien ›Gewohnheit‹.«

Ein winziger Anflug von Humor huschte über Norths
Züge. »Niemals, Mylord. Ich wollte damit nicht andeuten,
dass sie nicht aufregend sind. Es ist Zeit, sich im Salon zu
positionieren. Die Gäste werden jeden Moment eintreffen«,
suggerierte North, als der Diener die Tür öffnete.

Jason eilte in den Salon und verweilte nur zehn Minuten,
bis Lydia im Schlepptau ihrer Tante hereinkam. Sein Blick
war sofort von Lydia gefesselt. Sie war atemberaubend. Ihr
hellblondes Haar war elegant frisiert, die Schläfen von
Locken eingerahmt. Eine Perlenkette mit einer antiken
Kamee zierte ihren schlanken Hals und lenkte seinen Blick
auf die köstliche Wölbung ihrer Brüste über dem Spitzenbe-
satz ihres Kleides aus dunkler korallenroter Seide.

»Lockwood«, rief die alte Klatschtante mit ihrer nasalen
reibeisenartigen Stimme und zerstörte damit das Verlangen, das Lydia in ihm geweckt hatte. »Wie großzügig von
Ihnen, uns nach all der Zeit in Ihr Haus einzuladen. Ich war
nicht mehr hier, seit, na ja, Sie werden sich sicher
erinnern.«

Jason ballte seine Hände zu Fäusten. *An die Zeit, als du*
meine Mutter zu einem Anfall provoziert hattest, in dem sie dich
aus Lockwood House verbannt hat. Er zwang sich zu einem

nachsichtigen, wenn auch bösen Lächeln. »Ich bin froh, dass
Sie die Großzügigkeit meiner Einladung anerkennen.«

Abrupt richtete er seinen Blick auf Lydia. Sie sah wunderschön und lebendig aus, und er wusste, dass er sie allein
erwischen musste. Und sei es nur, um sich dafür zu entschuldigen, sich wie ein absoluter Schuft benommen zu haben.

Er nahm ihre Hand und drückte ihr einen Kuss auf die
Knöchel. Dann streichelte er mit dem Daumen über ihr
Handgelenk, ehe er sie zögernd losließ. »Sie sehen heute
Abend reizend aus, Lady Lydia. Ich freue mich darauf, später
mit Ihnen zu tanzen.«

»Ich auch«, entgegnete sie leise, und ihre kastanienbraunen Augen suchten sein Gesicht ab. Es lag eine Aura von
Unsicherheit auf ihr, als ob sie versuchte, seine Beweggründe
auszuloten. Ja, er musste eindeutig mit ihr allein sprechen.

»Verlassen Sie sich nicht darauf, dass Lydia mit Ihnen
tanzt«, warf ihre Tante böse ein. Sie starrte Jason mit einem
hochmütigen Blick an. »Komm, Liebes.« Sie schob Lydia von
ihm weg, und Jason sah, wie Norths Frau Sarah ihnen hinter-
herlief. Sie würde Margarets Verhalten an diesem Abend
beobachten und Jason Bescheid geben, wenn etwas nicht
stimmte.

Jason verbrachte die nächste halbe Stunde mit der Begrü-
ßung der Gäste, von denen viele seit mehreren Jahren nicht
mehr in Lockwood House gewesen waren – Menschen, die
er nie zu seinen anderen Festen einladen würde. Immer
wieder schweifte sein Blick zu Lydia, die bei ihrer Tante
blieb. Gleichwohl er ihrer Unterhaltung nicht folgen konnte,
erkannte er die abschätzige Art, mit der sie Lydia betrachtete, und die kleinlaute Reaktion Lydias auf ihr Verhalten.

Wut stieg in ihm auf. Er sehnte sich danach, Margaret
aus Lockwood House zu werfen und Lydia unter seinen
Schutz zu stellen. Seine Wut verflog, als er sich der Trag-
weite dieses Vorhabens bewusst wurde. Was hatte er sich

nur dabei gedacht? War er bereit, sich an jemanden zu binden? Konnte er einem anderen überhaupt genug vertrauen, um sich auf diese Weise zu öffnen? Konnte er *ihr* vertrauen?

Suchend sah er sich im Salon nach Scot um und entdeckte ihn in der Nähe der Tür zum Wohnzimmer stehend. Er ging in Scots Richtung und war erfreut, als der Diener ihm auf halbem Weg entgegenkam. »Mylord?«, fragte er, wobei er sich heute Abend wesentlich förmlicher aufführte. Jason wäre amüsiert gewesen, hätte er nicht herauszufinden versucht, wie er Lydia allein erwischen könnte.

»Bring Lady Lydia in mein Büro«, sagte er so leise, dass er hoffen musste, Scot hätte ihn gehört.

»Jetzt?« fragte Scot, und versicherte somit, Jasons Worte deutlich genug gehört zu haben.

Jason antwortete, indem er einmal knapp nickte und begab sich dann sofort in sein Arbeitszimmer, um seine Stimmungslage mit einem Glas Whiskey aufzuheitern.

Zehn Minuten später ging die Tür auf und Lydia trat ein. Im Nu war er neben ihr und schloss die Tür mit Schwung. Er nahm ihre Hand und zog sie in sein Büro. Ihr Blick war verhalten.

»Du wolltest mich sehen?«, fragte sie und ihr Tonfall war ebenso beklommen wie ihr Blick.

Und das missbehagte ihm zutiefst. Er wollte die Furchen des Zweifels ausradieren, die sich in ihre Stirn gegraben hatten. »Gewiss wollte ich dich sehen«, antwortete er.

Ihre Gestalt entspannte sich ein wenig, doch ihr Argwohn verschwand nicht. »Ich habe mich gewundert. Du bist schrecklich still gewesen.«

»Weil Miss Cheswick mir eine Nachricht geschickt hat, in der sie mich bat, nicht mit dir zu korrespondieren.« Aber er wusste, wie kläglich das klang. Sie hatten sich vor einer

Woche geliebt und seitdem hatte er kein Wort zu ihr gesagt. Er war von der schlimmsten Sorte der Halunken.

Sie nickte einmal. »Meine Tante hatte herausgefunden, dass ich dir weiterhin bei der Planung des Festes half. Sie hat weitere Korrespondenz nicht zugelassen.« Ihr Blick wurde fragend. »Hättest du mir geschrieben?«

Er öffnete den Mund, doch dann erkannte er, dass er nichts antworten konnte, was nicht furchtbar geklungen hätte. Sie hatte etwas Besseres verdient. »Es tut mir leid, was passiert ist.«

Eine winzige Sekunde lang sackten ihre Schultern zusammen, ehe sie sie wieder zurücknahm und das Kinn hob. »Mir nicht.«

Ach, sie war ein tapferes und wunderschönes Geschöpf. Warum machte sie das nicht mit ihrer Tante und verwies die alte Harpyie auf ihren Platz? Weil Lydia von all den Jahren, die sie mit ihr zusammengelebt hatte, müde und erschöpft war. Plötzlich wurde ihm von dem Gedanken gründlich übel, ihr erlaubt zu haben, in das Haus dieses Monsters zurückzukehren und er überlegte, ob er sie nach Gretna Green entführen sollte. Aber er wollte London wegen Ethan und seiner derzeitigen Zwickmühle nicht verlassen.

Er legte die Hände um ihr Gesicht. »Du bist eine außerordentliche und wunderbare Frau, weißt du das?«

Als sie ihr Gesicht in seine Handfläche drehte, konnte er die Wärme in ihrer Wange spüren. »Wenn du das sagst, glaube ich es fast.«

»Glaube mir«, entgegnete er, und war entschlossen, es ihr zu zeigen. »Ich will dich von Margaret fortbringen.«

Ihre Augen weiteten sich. »Sie ist fest entschlossen, den Abend zu ruinieren. Ich fühle mich schrecklich, weil ich dieses Fest vorgeschlagen habe. Wahrscheinlich sollte ich mich so weit wie möglich von dir fernhalten.«

Ihm ging die Qual in ihrer Stimme gegen den Strich. Er

wollte sie lächeln sehen. »Das wird sehr schwierig werden, wenn du meine Frau bist. Wenn du mich heiraten willst, meine ich.«

Ihre Lippen teilten sich und sie starrte ihn einen langen Moment an. »Du willst mich wirklich heiraten?«

Mit dem Daumen zog er die Kontur ihres Kiefers nach, in dem Versuch, ihr ein Lächeln zu entlocken. »Ja. Ist das so schwer zu verstehen?«

»Ja.« Sie schüttelte den Kopf. »Ich meine nein. Das heißt, du kannst mich trotz meiner Tante akzeptieren?«

»Es ist ja nicht so, als würdest du sie anbeten und ich somit gezwungen wäre, ihre Gesellschaft in der Weihnachtszeit zu ertragen.«

Lydia kicherte, womit sich die Spannung in Jasons Schultern löste. »Nein, das niemals.«

»Du willst mich also heiraten?« Ihm stockte der Atem in der Kehle, als er auf ihre Antwort wartete.

»Ja.« Sie streckte die Hand nach oben, schlang die ihre Arme um seinen Nacken und zog ihn zu einem Kuss zu sich herunter.

Ihr Mund war warm und lieblich, und einladend teilte sie die Lippen für ihn. Als seine Zunge auf ihre traf, tanzten sie, während sie ihren Körper an seinen presste. Das Verlangen rauschte in seine Lenden, und er hatte Mühe, sich im Zaum zu halten. Er hatte nicht die Absicht, hier mit ihr zu schlafen. Aber er wollte verdammt sein, wenn nicht Bilder davon in seinem Kopf auftauchten und seine Lust nährten.

Plötzlich brach sie den Kuss ab, und seine Begeisterung drohte, durch die Enttäuschung abzukühlen – was wahrscheinlich eine sehr gute Sache war. Doch was sie als Nächstes sagte, bewirkte einen gegenteiligen Effekt. »Ist die Tür abgeschlossen?«

Er zwang seinen Verstand, zumindest einen Moment, die

Herrschaft über seinen Körper zu gewinnen. »Lydia, wir müssen zurück auf das Fest.«

»Uns bleibt doch noch ein wenig Zeit, nicht wahr? Zudem bin ich jetzt deine Verlobte, wenngleich wir das noch nicht kundgegeben haben.« Kleine Fältchen stiegen auf eine hinreißende Art zwischen ihren Augenbrauen auf. »Du wirst meinem Vater schreiben müssen, und das wird mindestens eine Woche dauern. Plus die Zeit, um eine Antwort zu erhalten. Das heißt, das Aufgebot wird wahrscheinlich erst in zwei Wochen verlesen. Jason, es könnte Wochen dauern, bis wir wieder allein zusammen sind.«

Jason war kaum noch imstande, Worte zu bilden. Sein Körper hatte sein Denkvermögen vollkommen in seiner Gewalt und offenbar konnte er sich nur noch vorstellen, wie er sie lieben könnte, ohne ihr Kleid zu zerknittern oder ihre Frisur zu ruinieren.

»Die Tür?«, fragte sie.

Genau. Jason ging und schloss die Tür ab.

Bei seiner Rückkehr lächelte sie verführerisch. Sein Schwanz schwoll an, und er wusste plötzlich, wie er es anstellen musste, damit sie nicht aussah, als hätte man sie gevögelt.

»Lydia«, raunte er, und seine Stimme klang, als bräche er die ersten Worte nach einem wochenlangen Schlaf hervor. »Vertraust du mir?«

Sie nickte, ihre Lippen immer noch geschwungen wie die einer Sirene. »Natürlich.«

»Dann dreh dich um.«

Ihr Lächeln verwandelte sich in ein hinreißend verwirrtes Stirnrunzeln. »Aber ich dachte, wir würden...«

Er konnte nicht anders, als sie zu küssen. Schnell. Innig. »Das werden wir auch, aber ich möchte dein Haar und dein Kleid schonen. Vertraust du mir, es dir zu zeigen?«

Sie nickte, und er besann sich darauf, wie unschuldig und unerfahren sie war. Vielleicht war das zu viel.

«Lydia, wir können warten ...«

Jetzt war es an ihr, ihm mit einem glühenden Kuss das Wort abzuschneiden. »Ich kann nicht.« Sie schob die Hände unter seinen Frack und ließ ihre Handflächen über seine Brust und seine Schultern gleiten. »Du kannst doch wenigstens das hier ausziehen, oder nicht?«

Er wand sich aus dem Kleidungsstück und sehnte sich nach dem Tag, an dem er nackt mit ihr zusammen sein würde.

»Du bist so schön«, hauchte sie, während ihre Hände wieder über seine Brust streichelten. »Ich wünschte, du könntest das alles ausziehen.«

Mit nichts anderem hätte sie ihn mehr erregen können. Er senkte seinen Mund zu einem stürmischen Kuss auf ihren. Die Arme um sie geschlungen, zog er sie fest an seinen Oberkörper. Sie legte die Hände mit klammerndem Griff um seinen Hinterkopf. Dann saugte sie in schamloser Manier an seiner Zunge – wo zum Teufel hatte sie das gelernt? –, und er war verloren.

Oder das wäre er zumindest gewesen, hätte er sich nicht auf seine Aufgabe konzentrieren müssen. Sie durften nicht erwischt werden. Nicht hier. Nicht heute Abend.

Mit äußerster Anstrengung riss er seinen Mund von ihrem los und wirbelte sie herum, ehe er es sich anders überlegte und ihr einfach die Kleider vom Leib riss, um sie auf jede erdenkliche Weise bis zur Besinnungslosigkeit zu vögeln.

Himmel, er war wirklich verkommen.

Er führte sie zwei Schritte vorwärts zu seinem Schreibtisch. Mit einer Handbewegung schob er die darauf liegenden Gegenstände beiseite. »Leg die Ellbogen auf die Tischplatte.«

Sie drehte sich um und sah ihn über ihre Schulter an, sagte aber nichts. Ihre Augen waren dunkel, die Pupillen groß. Dann stützte sie die Ellbogen ab und beugte sich vor. Unter ihrem Kleid zeichnete sich die Rundung ihres Hinterns deutlich ab. Mit vor Verlangen bebenden Händen hob er ihre Röcke an und entblößte erst die bestrumpften Waden, dann die nackten Oberschenkel und schließlich ihren perfekt gerundeten Po. Er fuhr mit der Hand über die zarte Haut und knetete sie. Dann fasste er sie an den Hüften, beugte sich über sie und flüsterte ihr ins Ohr: «Spreize deine Beine.«

Sie gehorchte und stellte ihre Schenkel auseinander. Er ließ seine Finger langsam zu dem Spalt zwischen ihren Beinen hinabgleiten und stieß auf ihre feuchte Hitze. Als er mit den Fingerspitzen über ihre Schamlippen fuhr, verwöhnte er sie dabei mit langsamen, gleichmäßigen Streicheleinheiten. Ihre Hüften bewegten sich im Takt mit seiner Berührung. Sie war exquisit. Er führte einen Finger in sie ein. Freudig empfing sie ihn mit ihrer Feuchtigkeit und den Bewegungen ihres Körpers, worauf er einmal und dann ein zweites Mal in sie stieß. Sie stellte sich noch breitbeiniger, um ihm besseren Zugang zu gewähren, und er nahm das Angebot an, wobei er mit immer schnelleren Stößen in sie drang.

Sie stöhnte auf, und eine weitere Ermutigung brauchte er nicht mehr.

Er knöpfte seine Hose auf und nahm seinen Schaft in seine Handfläche. In seiner Fantasie zeichnete sich das Bild ihres nackten, blassen Rückens ab, wie sich ihre Muskeln anspannten. *Beim nächsten Mal.* Vorgebeugt küsste er ihren Nacken. »Versuche, still zu sein. Ich weiß, ich werde es höllisch genießen.«

Dann dirigierte er seinen Schaft in ihre Scheide. Sie schob die Schenkel noch weiter auseinander und drängte rückwärts, womit sie ihn schneller in sich aufnahm, als er vorgegangen wäre. Aber es war eine solche Wonne. Sie war so viel mehr, als er je erwartet hatte. Weit mehr, als er verdient hatte.

Er drapierte ihre Röcke auf ihrem Rücken und fasste sie um die Hüften. Langsam fing er an, sich in ihr zu bewegen. Sie war so heiß und feucht, und bewirkte genau das richtige Maß an Reibung, um seinen Schaft zu provozieren. Es war nur gut, dass ihre Zeit knapp bemessen war, denn er wollte nicht, dass dies lange dauerte. Ihm lag daran, dass sie sich so fühlte wie er – vor Verlangen überwältigt, und verzweifelt nach Erlösung. Er wollte sie besitzen.

Er wurde sogar noch schneller und drang immer wieder mit sicheren und gleichmäßigen Stößen in sie. Ihre Hüften bewegten sich im Einklang mit ihm und ihr Atem bestand aus kurzen kleinen Stößen, die seine Lust nur noch mehr schürten.

»Schneller«, forderte sie drängend.

Er musste sich im Zaum halten, damit er die Hand nicht mit ihrem Haar verschlang. Stattdessen hielt er ihren Nacken umfangen und stieß mit scharfen, schnellen Stößen in sie. Er lehnte sich über sie, den Mund an ihr Ohr gepresst. »Ist das schnell genug?«

Sie hatte die Hände auf dem Schreibtisch zu Fäusten geballt und die elfenbeinfarbenen Handschuhe spannten sich straff über ihre Fingerknöchel. »Ja.« Sie keuchte, und er spürte, wie sich ihre Muskeln um seinen Schaft zusammenzogen.

Er saugte an ihrem Ohr und knabberte am Ohrläppchen. Er spürte, wie sie unter ihm erschauderte.

»Ja, komm mit mir, Lydia.« Er drang voller Leidenschaft in sie und küsste ihr Ohr, ihren Hals, und seine Zunge leckte dabei über ihre Haut.

Sie gab einen erstickten Laut von sich, warf den Kopf in

den Nacken und reckte den Hals zu voller Länge. Er wollte an ihr saugen, sie mit seinen Lippen und seiner Zunge markieren, doch das tat er nicht. Dafür würde genügend Zeit sein. Ein Leben lang.

Sein Orgasmus brandete über ihn hinweg, und er konnte sich gerade noch zurückziehen, ehe er sich in ihr erlöst hätte. Ihm ging auf, dass es keine Rolle spielte, doch bis zu ihrer Vermählung würde er nichts als selbstverständlich erachten.

Dann geschah das Unvermeidliche, denn kein Moment hatte das Recht, so perfekt zu sein wie dieser, und es klopfte an der Tür.

Sie richtete sich ruckartig auf, wobei ihre Röcke zum Glück der Schwerkraft unterlagen und ihre untere Körperhälfte wieder verdeckten. Sie blickte mit großen Augen zu ihm.

Er legte den Finger an die Lippen und bedeutete ihr, zum Kamin zu gehen, damit sie von der Tür aus nicht zu sehen war – vorausgesetzt, er konnte verhindern, dass sich die Tür mehr als einen Spalt öffnete.

Schnell säuberte er sich mit einem Tuch aus seinem Schreibtisch, knöpfte sich wieder zu und ging zur Tür. Als er sie vorsichtig einen Spalt öffnete und nur North auf der anderen Seite sah, war er erleichtert.

Nur dass North noch viel verzweifelter aussah als Lydia gerade. Und da North nie etwas anderes als leicht amüsiert oder irritiert oder irgendeine andere Emotion zeigte, winkte Jason ihn hinein. »Was ist los?«

North erblickte Lydia, und seine Nasenflügel blähten sich, bevor sein Blick auf Jason fiel. »Wir haben ungebetene Gäste.«

Jason hatte sich schon gefragt, ob einige Leute ohne Einladung kommen würden, aber dem Verhalten seines Dieners nach zu urteilen, lag die Sache wohl ernster. «Wer?«

»Vielleicht solltet Ihr einfach kommen und es mit eigenen

Augen sehen.« North sah Lydia an. »Derzeit konzentriert sich alles Geschehen auf den Salon. Wenn Sie also einen Moment warten und sich dann in das Spielzimmer begeben, sollten Sie nicht auffallen.«

Lydias Wangen erröteten, doch sie nickte.

Jason war es zuwider, dass ihr entzückendes Stelldichein auf diese Weise enden musste. Er warf ihr einen aufmunternden Blick zu und folgte North dann aus seinem Arbeitszimmer. Als er den Salon betrat, erstarrte er. Sie hatten geglaubt, auf alles vorbereitet zu sein, was Margaret geplant haben könnte, aber das hatte er nicht kommen sehen.

Mitten im Salon stand Cora Stroud. Und sie war auf dekadente, schockierende und unbarmherzige Weise nackt.

KAPITEL 19

*J*ason starrte Cora an. Ihre Augen weiteten sich, als sie erkannte – wohl anhand Jasons finsterem Gesichtsausdruck –, dass sie nicht hier sein sollte. Sie hatte einen grünen Banyanmantel getragen, der ihren Körper verhüllt hatte, doch dieser lag nun zu ihren Füßen gebauscht. Jason hob das seidene Gewand vom Boden auf und schlang es um sie herum. »Es tut mir leid«, murmelte er, und es ärgerte ihn, dass sie auf diese Weise erniedrigt worden war. Gleichwohl eine Kurtisane es normalerweise genoss, ihren Körper zu zeigen, würde Jason es nicht zulassen, dass dies zum Zweck der Demütigung geschah.

Margaret Rutherford schlenderte auf den Tisch zu, und ihre Augen glühten vor Triumph. »Wir hätten wissen müssen, dass Sie kein anständiges Fest geben können. Schauen Sie sich nur an. Wo haben Sie Ihren Frack gelassen? Oben in Ihrem berüchtigten Zimmer der lasterhaften Ausschweifungen?«

Verdammter Mist. Er hatte nach seinem Stelldichein mit Lydia vergessen, seinen Frack wieder anzuziehen.

Er *konnte* wirklich kein anständiges Fest ausrichten.

»Dies war ein Fehler«, meinte er leise und meinte damit sowohl die Anwesenheit Coras und der anderen – ein schneller Rundblick im Salon zeigte, dass sich mindestens ein halbes Dutzend ihrer Halbweltschwestern hier befanden – und die Tatsache, dass er an erster Stelle überhaupt versucht hatte, dieses Desaster eines Festes durchzuführen. »Ich habe nicht sie oder eine der anderen eingeladen.«

Eine weitere Matrone der Gesellschaft, die unmittelbar hinter Margaret stand, schlug den gleichen Ton wie sie an: »Der Fehler war unsererseits, zu glauben, dies wäre keines Ihrer typischen lasterhaften Feste.« Überall im Raum war zustimmendes Gemurmel zu vernehmen.

»Lockwood, dies ist skandalös!« Ein älterer Gentleman – jemand, der nicht zu seinen anderen Festen kam – schüttelte missbilligend mit dem Kopf. »Ich hätte mir nie vorgestellt, dass Sie solch eine unzüchtige Unterhaltung anbieten würden, aber offenbar sind Sie genauso verdreht wie Ihre Mutter.« Wieder schüttelte er den Kopf, nahm seine glotzende Frau beim Ellbogen und geleitete sie aus dem Raum.

Jason erwartete von den anderen Gästen, dass sie folgen würden. Doch anstatt mit dem Abgang einen Massenexodus auszulösen, starrten ihn alle weiter an und flüsterten. Tatsächlich schienen sich noch mehr Gäste aus dem angrenzenden kleinen Salon einzufinden. Seine Wut nahm ihn allmählich in Besitz. Trotz aller Anstrengungen sah es so aus, als würde Margaret genau das bekommen, was sie wollte.

»Ja, ich würde sagen, er ist mindestens ebenso verdreht wie seine Mutter. Und weit skandalöser.« Margaret sah sich unter ihrem sprachlosen Publikum im Zimmer um. »Zumindest hat Lady Lockwood ihren Familiennamen nicht entehrt, indem sie solche Unzucht in ihrem Heim geduldet hätte.«

Den Namen seiner Mutter aus dem Mund dieser Harpyie zu hören, fachte seine Wut nur an. Er trat vor Cora und starrte die Frau mit loderndem Blick an, die es sich zur Lebensaufgabe gemacht hatte, zu zerstören, was von seiner Familie noch übrig war. »Was hatten Sie damit zu tun? Haben Sie sie hierher eingeladen?«

»Ich?« Margaret riss die Augen zu einer profanen Zurschaustellung gespielter Unschuld auf. »Warum hätte ich das nötig? Sind sie nicht Ihre üblichen Gäste?«

»Wir werden gehen«, murmelte Cora und drehte sich zur Tür.

»Nein.« Jason wollte nicht, dass sie oder die anderen beschämt abzogen. Der Abend war ohnehin ruiniert. Schweigen senkte sich über den Raum. »Lady Margaret hat recht. Ihr seid meine üblichen Gäste, wie auch verschiedene andere Personen, die heute Abend hier anwesend sind.« Jason hörte ein paar Leute nach Luft schnappen. »Aber es ist nicht meine Sache, Klatsch zu verbreiten oder andere zu beschämen. *Lady* Margaret, ich verlange, dass Sie sich bei diesen Frauen entschuldigen.«

Die Stille wurde noch von mehrmaligem, vernehmbarem scharfem Luftholen unterstrichen, aber keines war lauter als dasjenige, das er bei der Tür hörte. Lydia. Sie sollte im Spielzimmer sein. Es war ihm ein Gräuel, dass sie hierin verwickelt wurde. »Es gibt nichts, wofür ich mich zu entschuldigen hätte«, entgegnete Margaret hochmütig. »Und ich würde mich nie dazu herablassen, das Wort an diese Frauen zu richten, und erst recht nicht, um mich für irgendetwas bei ihnen zu entschuldigen.«

Mr. Rawlings, ein Gentleman mittleren Alters, in dem Jason einen gelegentlichen Gast seiner lasterhaften Feste erkannte, trat vor. »Wirklich, Lockwood, das können Sie nicht von ihr verlangen.«

»Ich kann«, knurrte Jason, »und ich werde.« Es war ihm völlig egal, was diese Leute von ihm oder seinem Fest hielten. Am liebsten hätte er Rawlings gefragt, ob er mit einer der hier anwesenden Kurtisanen schon einmal ein wenig Zeit verbracht hatte. Doch er würde sich nicht auf Margarets Niveau herablassen, nicht einmal denen gegenüber, die ihn verachten würden.

Rawlings starrte ihn fassungslos an. »Aber sie sind unter unserem Stand.«

«In Ihrer Vorstellung«, entgegnete Jason. »Jedoch sind sie Menschen wie Sie und ich, und sie wurden hierher gelockt, um eine Art von Unterhaltung zu bieten, die sie erniedrigt. Das werde ich nicht dulden.« Als Rawlings weiterhin aufgebracht wirkte, verzog Jason die Lippen. An jedem anderen Abend amüsierte der Mann sich in Lockwood House und dennoch wollte er hier Position beziehen und so tun, als stünde er über allem? Zum Teufel mit ihm und allen anderen, die genauso dachten. »Außerdem«, fügte Jason langsam in dem schlimmsten Tonfall an, den er zustande brachte, »mag ich sie lieber als die meisten von euch.«

Cora hob ihr Kinn und stand aufrechter. «Danke, Jas– Mylord.«

Margaret formte die Lippen zu einem hämischen Grinsen. »Ich denke, es ist jetzt ziemlich klar, warum Sie Ihren Frack abgelegt haben. Vielleicht haben Sie auf Ihre Geliebte gewartet.« Der siegesgewisse Ausdruck in ihren Augen raubte Jason den letzten Rest Geduld.

»Es gibt einen sehr guten Grund, warum ich meinen Frack abgelegt habe.« Er warf einen Blick auf Lydia, die, wie die meisten anderen, Cora anstarrte. Was er jetzt sagen würde, würde zwei Dinge bewirken: Es würde Margaret zum Schweigen bringen und Lydia zeigen, dass Cora nicht diejenige war, die er begehrte. »Ich habe meinen Frack ausgezogen, um darauf zu knien, als ich Ihrer Großnichte vor wenigen Augenblicken einen Heiratsantrag gemacht habe. Ich freue mich, sagen zu können, dass sie eingewilligt hat, meine Frau zu werden.«

Das darauf folgende vielfache Aufkeuchen fiel lauter aus, als bei der letzten Serie – und dauerte länger an. Offenbar war die Hochzeit mit Lady Lydia Prewitt schockierender als die Einladung von Kurtisanen zu einer gesellschaftlichen Soirée.

Schließlich klaffte Margarets Mund auf und ihre Augen weiteten sich vor Entsetzen, was Jason eine gehässige Schadenfreude bescherte. Dann richtete sie ihre Aufmerksamkeit auf Lydia. »Was hast du getan?«

Alle Augen richteten sich auf Lydia, die in der Tür stand. Nachdem sie miteinander geschlafen hatten, hatte sie rosig und lebhaft gewirkt, doch jetzt war sie blass, und ihre Schultern hingen herab, was sie wie jemand aussehen ließ, der am liebsten mit dem Hintergrund verschmelzen würde.

Unbehagen stieg in ihm auf. Er hätte ihre Verlobung nicht auf diese Weise ankündigen sollen. Verdammt, er war so schrecklich aus der Übung.

Dann lachte Margaret, ein blechernes, knirschendes Geräusch. »Ich bin sicher, meine Nichte wollte Ihren Antrag unbedingt annehmen. Nur so kann sie vermeiden, nach Northumberland zurückzukehren, denn ihr Vater hat beschlossen, dass die Zeit für ihre Heimkehr gekommen ist.«

Lydias Wangen erröteten, und sie schlug den Blick nieder, ehe sie das Rückgrat straffte und die Lippen zu einer festen, herausfordernden Linie formte. Gleichwohl sie einen mutigen Eindruck zu erwecken suchte, verriet der erste Blick in ihren Augen Jason alles, was er wissen musste: dass Margaret die Wahrheit sprach.

Diese Niederlage zerschmetterte das freudige Gefühl, das Jason noch vor Kurzem empfunden hatte. War das wirklich heute Abend geschehen? In diesem Moment sah er nur Lydia vor sich und fühlte sich, als würde er in der Schwebe hängen. »Ist es wahr, was sie sagt? Hast du meinen Antrag angenommen, weil du nicht heimkehren wolltest?«

Lydia sah sich um. »Können wir später darüber sprechen? Die Leute hören zu.«

Wut und Schmerz trieben ihn zu ihr. »Es ist mir schnurz, wenn der Erzbischof von Canterbury hier wäre. Dies ist eine Angelegenheit zwischen dir und mir.« Er wandte sich wieder dem Salon zu. »Alle hinaus. Das Fest ist vorbei.«

North erschien an seiner Seite. »Mylord«, meinte er leise, aber eindringlich, »warum erlaubt Ihr mir nicht, Miss Stroud und die anderen nach draußen zu begleiten? Das Fest ist nicht ruiniert.«

Zum Teufel, das war es. Alle schauten ihn mit einer Mischung aus Abscheu, Angst und Mitleid an. Die Ereignisse des heutigen Abends würden in jeder Klatschspalte der Presse von hier bis Edinburgh erscheinen. Er war in Ungnade gefallen. *Wieder einmal.* Aber er musste nicht dastehen und das erdulden. Er wollte sie alle loswerden. *Sofort.* »Warum rührt sich niemand?«, fragte er.

Allmählich setzten sich die Gäste in Richtung Eingangshalle in Bewegung, wobei North, Scot und ein weiterer Diener ihnen den Weg wies. Jason drehte sich wieder zu Lydia um, die von der Tür zurückgetreten war, damit die Leute hindurchgehen konnten. Ihre Lippen waren zusammengepresst, und das Rosa war aus ihren Wangen gewichen, was sie sehr blass wirken ließ.

Margarets widerwärtige Stimme wurde neben ihm laut. «Meine Großnichte zu heiraten, wird Sie nicht retten.« Sie formte den Mund zu einem beglückten Grinsen, doch dann blitzten ihre Augen auf, als Ethan an den aufbrechenden Gästen vorbeiging und in den Salon trat. »Schaut nur alle, Mr. Locke ist da. Und das, nachdem wir gerade hinausgeworfen wurden.« Sie tat so, als würde sie schmollen, dann formte sie ihre Lippen zu einem raffinierten Lächeln. »Ich wage zu behaupten, dass Locke ein besserer Ehemann wäre als sein Bruder. Kein verdorbenes Blut von der Mutter, wisst ihr.«

Eilig trat Ethan an Jasons Seite. «Lass sie gehen«, raunte er.

Margaret, die ungemein zufrieden mit sich wirkte, schlenderte an ihnen vorbei auf Lydia zu. Fast sanft nahm sie Lydias Arm. »Komm, Liebes, es ist Zeit zu gehen. Ich weiß, es sieht so aus, als ob im Moment alles durcheinander ist, aber niemand wird wirklich von dir erwarten, Lockwood zu heiraten. Dieser Unsinn mit dem Heiratsantrag wird als die Auswüchse eines Verrückten abgetan werden.«

Lydias Augen waren dunkel vor Bedauern.

Ethan spannte seine Hand fester an. »Lass auch sie gehen. Das kannst du später in Ordnung bringen.«

Jason riss sich aus dem Griff seines Bruders los und starrte ihn an. »Du kannst gleich mit ihnen gehen.« Mit einem letzten sengenden Blick auf Lydia marschierte Jason in sein Arbeitszimmer und warf die Tür hinter sich zu. Er steuerte direkt auf die Anrichte zu, doch anstatt sich ein Glas einzuschenken, fegte er die Gläser und Flaschen mit einer Armbewegung zu Boden.

Sein Blick landete auf dem halb leergeräumten Schreibtisch und er stellte sich Lydia bildlich darüber gebeugt vor, wie es vor kurzer Zeit der Fall gewesen war. Dann riss er alles andere darauf zu Boden.

Die Tür ging auf, doch Jason nahm an, dass es sich um einen seiner vorwitzigen Diener handelte und drehte sich nicht, um nachzusehen, wer es war. »Nicht jetzt.«

»Doch jetzt.« Die Tür schnappte zu.

Ethan.

Wie kam es, dass Jason seine Stimme bereits erkannte? Er warf ihm einen wutentbrannten Blick zu. »Ich habe dir gesagt, du sollst gehen.«

»Ich bin nicht sehr gut darin, Anweisungen zu befolgen.«

Sein Blick schweifte über das Durcheinander auf dem Boden. »Wie um alles in der Welt sollen wir jetzt etwas trinken?«

»Das tun wir nicht.«

»Ach, nun, ich bin sicher, dass einer deiner Männer Nachschub bringen wird. Es ist nicht so, als ob nicht jeder hätte hören können, dass du so viel zerbrochen hast, dass es sich wie ein ganzer Weinkeller angehört hat.« Ethan ging zu dem zerbrochenen Glas und verschütteten Alkohol hinüber und postierte sich bei einem der Bücherregale, an das er sich lehnte. »Erzähl mir, warum du sie alle rausgeworfen hast.«

Jason starrte Ethan an. Vielleicht hatte er die Intelligenz des Mannes letztendlich doch überschätzt. »Das ist offensichtlich, sollte ich wohl meinen.«

»Nein. Einige Kurtisanen haben sich bei deinem ersten normalen Fest eingefunden.« Er zuckte die Schultern. »Wie du sagtest, war es ein Irrtum. Du wickelst die Nackte wieder ein und schickst sie alle fort. Alle lachen und dann genießen sie ihr Dinner. Ja, es hätte Klatsch darüber gegeben, und ja, es wäre nicht das Fest gewesen, das du dir erhofft hattest, aber wirklich Jason, was um alles in der Welt hattest du überhaupt beabsichtigt?«

Was *war* seine Absicht gewesen? Er hatte sich auf diesen albernen Vorstoß in die Gesellschaft nur eingelassen, um mit seinem Bruder mitzuhalten. Das brauchte er allerdings nicht mehr.

Dann hatte Lydia ihm vorgeschlagen, dieses Fest auszurichten. Sie hatte ihm gesagt, es würde gut für ihn sein – und für sie. Und weil er keinen Pfifferling darauf gab, welcher sein Platz innerhalb der Gesellschaft war … Er hatte es für sie getan.

Doch das würde er Ethan nicht sagen. Wenn sein Bruder Geheimnisse hüten konnte, dann konnte Jason das auch. »Es ist unwichtig. Ich meinte, was ich gesagt habe. Sie alle sind mir egal. Das Fest war eine lächerliche Idee.«

Ethan schüttelte den Kopf. »Das war es nicht. Es war nur zu dumm, dass du diese Hexe einladen musstest. Aber andererseits musst du sie wohl in Kauf nehmen, wenn du ihre Großnichte heiraten wirst.«

Jason war nicht sicher, ob das nach dem, was er gerade getan hatte, passieren würde. Wenn er eine Wette abschließen sollte, würde er sagen, dass die Chancen gegen ihn standen. »Ich bezweifle, dass es dazu kommen wird.«

»Sie zu heiraten oder diese Hexe zu tolerieren? Ich hoffe, es macht dir nichts aus, aber ich glaube, so werde ich deine angeheiratete Großtante in Zukunft nennen.«

Jason war nicht in der Stimmung für Ethans Humor. Er wollte allein sein. Mit einem Drink. Er betrachtete die auf dem Boden verstreuten Glasscherben und den Whiskey, der eine Pfütze darum bildete. Das war ein Problem.

»Jason?« Ethan schnippte mit den Fingern. »Du bist wirklich in einem furchtbaren Zustand.« Er runzelte die Stirn. »Warst du nach unserem Kampf auch so gewesen?«, fragte er leise und voller Zerknirschung.

Daraufhin schaute Jason zu ihm hin und die bloße Erwähnung jenes Tages schürte seine Wut erneut. »Nein, es war viel schlimmer, aber du warst ja nicht geblieben, um das herauszufinden. Seitdem habe ich gelernt, meine Wut im Zaum zu halten. Du solltest dankbar sein, denn wenn ich das nicht getan hätte, würdest du diesem Haufen ähnlich sehen.« Er gestikulierte zu dem Unrat auf dem Fußboden.

Ethan nickte langsam. »Vermutlich sind zerbrochenes Glas und vergeudeter Whiskey besser als gebrochene Rippen.« Er klopfte sich an die Brust.

Jason überlegte, noch einmal seines Bruders Nase anzuvisieren. »Du hattest diese gebrochenen Rippen verdient.«

»Das hatte ich.« Seine Stimme wurde leise. »Aber du hattest nicht verdient, was mit deinem Gesicht passiert war.

Oder deinem Ruf. Wenn ich zu jenem Tag zurückkehren könnte, um alles anders zu machen, würde ich das tun.«

Jason fühlte sich nicht brüderlich oder mitfühlend. »Warum, weil du dann nicht in deinem derzeitigen Schlamassel stecken würdest?«

Ethans Augen wurden schmal. »Es ist nicht nötig, dich wie ein Hundesohn aufzuführen. Ich kann nicht ändern, was vor sieben Jahren passiert ist, aber ich kann dir jetzt helfen.«

Was für ein verdammter Heuchler. »Und ich soll dich machen lassen, während du mir kaum gestattest, das Gleiche zu tun?«

Ethan verschränkte die Arme vor der Brust. »Vielleicht liegt es daran, dass ich dir mehr schulde als du mir. Was willst du jetzt unternehmen, um diese Sache mit dem verkorksten Fest wieder geradezubiegen?«

»Nicht eine einzige verdammte Sache. Es ist vorbei.«

»Ich meine«, setzte er an und zog dabei theatralisch die Augenbraue hoch, »was wirst du tun, um die Sache mit Lydia in Ordnung zu bringen? Es gab einen Moment, in dem jeder Anwesende dabei war, zu entscheiden, ob du ein reformierter Verkommener bist, oder ein echter Halunke – und du hast deine Verlobung mit einer jungen Frau verkündet, der die Ansichten der Gesellschaft eindeutig sehr wichtig sind.«

Die Beklemmung, die er vorhin im Salon nach der Verkündung seiner Verlobung empfunden hatte, entwickelte sich nun zu regelrechter Befürchtung – und Bedauern –, als ihm aufging, was er getan hatte. Jason setzte sich auf die Schreibtischkante. »Sie ist nicht ruiniert – zumindest nicht davon. Niemand würde ihr einen Vorwurf machen, wenn sie mich nicht heiratet. Tatsächlich wird sie das gesamte Debakel ganz wunderbar überstehen, wenn sie den Vorschlag ihrer Tante beherzigt und behauptet, es hätte überhaupt keine Verlobung gegeben und dass ich einfach ein

fantasierender Verrückter sei.« Vor Wut über Margarets
Einmischung schlug er mit der Faust auf den Schreibtisch.
»Verdammt, ich hatte Lydia beweisen wollen, dass ich sie
begehre und nicht Cora.«

Mit grimmiger Miene ließ Ethan die Arme sinken. »Ich
verstehe, aber deine Wahl des Zeitpunkts war schrecklich
unglücklich.«

Jason richtete den Blick auf die Unordnung am Boden.
Erneut hatte er die Kontrolle verloren. Vielleicht nicht so
schlimm wie vor sieben Jahren, aber sein Auftritt im Salon
würde nichts an der allgemeinen Meinung über ihn ändern.

Mit Ausnahme einer Sache.

Er hatte die einzige Person tief bestürzt, die ihn erfolgreich hatte sehen wollen, die an ihn geglaubt hatte. Und das
gab ihm das Gefühl, als wäre er dieses Mal noch verhee-
render gescheitert als bei allem anderen, was er je getan
hatte. Obendrein war er nicht sicher, ob er in der Lage wäre,
es je wiedergutzumachen.

Dann geschah genau das, was er gefürchtet und wovor er
sich all die Jahre gehütet hatte: Sein Herz zersprang in
tausend Stücke, die so gezackt und unterschiedlich waren,
wie das Glas, das seinen Fußboden übersäte.

～

*A*m folgenden Tag hätte Lydia sich am liebsten den
ganzen Tag in ihrem Schlafzimmer versteckt, aber
Tante Margaret bestand auf ihrer Anwesenheit beim
Mittagsmahl. Lydia saß bereits, als ihre Tante mit verknif-
fener Miene geschäftig in den Raum marschierte.

»Da bist du ja endlich! Du bist so ein Feigling – du kannst
dein Gesicht nicht unter die Bettdecke stecken. Du bist
bekannter als je zuvor, und das ist doch genau, was du wolltest, nicht wahr?« Diese Frage hätte auf vielerlei Weise

ausgedrückt werden können, doch Tante Margaret brachte sie mit einer gesunden Portion Giftigkeit hervor.

Lydia starrte sie finster an, denn sie erkannte keinen Sinn darin, so zu tun, als würde sie irgendetwas anderes als Abscheu für die Frau empfinden, die ihr Vormund war. »Du weißt, dass ich das nicht wollte.« Sie wollte gemocht und akzeptiert werden, und nicht als Verlobte eines Verrückten bedauert oder als die eines Halunken verspottet werden.

Tante Margaret nahm auf ihrem Stuhl am Tisch Platz und der Diener begann mit dem Auftragen des Mittagessens. »Nun, wie ich gestern Abend sagte, hast du eindeutig entschieden, dich mit dem falschen Kerl zu verbinden.«

Nachdem sie Lockwood House gestern Abend verlassen hatten, hatte sich Tante Margaret die gesamte Kutschfahrt bis nach Hause über ihren Erfolg und Lydias Dummheit ausgelassen. Lydia hatte sich alle Mühe gegeben, sie zu ignorieren, was nicht allzu schwierig gewesen war, da Jasons ungeheuerliches Benehmen ihre Gedanken voll beschäftigte.

Lydia fragte sich, ob sie sie wieder ignorieren könnte, und beabsichtigte, das herauszufinden.

Allerdings hielt das ihre Tante nicht davon ab, weiter zu schwafeln. »Glücklicherweise hast du mich, um dich vor dem Schlamassel zu retten, den du angerichtet hast. Niemand erwartet von dir, Lockwood zu heiraten, insbesondere nicht jetzt.«

Da seine Handlungen gestern Abend ›bewiesen‹ hatten, dass er zumindest ein Halunke war, und vielleicht ein kleines bisschen verrückt. Lydia hatte die halbe Nacht versucht, zu entscheiden, ob sie ihn nun heiraten sollte, oder nicht. Sie hatte sich in ihn verliebt, aber wenn er beabsichtigte, seinen lockeren Lebensstil beizubehalten, nachdem sie verheiratet waren, könnte sie das nicht ertragen.

Sie konnte keine endgültige Entscheidung treffen, bis sie ihm nicht erklärt hatte, dass ihres Vaters Rückruf nach

Hause für die Annahme seines Heiratsantrags unbedeutend gewesen war. Und er hatte eine Menge zu erklären. Sie verstand, warum er so wütend geworden war – Tante Margaret hatte alles in ihrer Macht Stehende getan, um ihn zu provozieren – aber er hatte die Sache schrecklich verpatzt. Was erwartete er nun von ihr? Ihm kleinlaut zum Traualtar zu folgen, während ganz London über sie lachte? Vielleicht lag ihm nichts an seinem Ruf, aber ihr dahingegen schon. Ein Leben am Rande der Gesellschaft wäre kein Leben für sie. Selbst Audrey würde ihre Freundschaft aufkündigen müssen.

»Gleichwohl du mir beim Ruinieren seines Festes nicht geholfen hast, werde ich dir eine weitere Chance anbieten, in London zu bleiben.« Tante Margaret beäugte sie skeptisch. »Wenn du Lockwood sitzen lässt, werde ich deinen Vater überzeugen, dass er dich hierbleiben lässt.«

Ein weiterer Pakt mit dem Teufel. »Wenn ich die Verlobung also für nichtig erkläre, wird es dir nichts ausmachen, dass ich dir nicht länger bei deinem Klatsch helfen will?«

Tante Margaret verzog die Lippen auf eine Weise, die mehr Abscheu als Enttäuschung zum Ausdruck brachte. »Wenn das die vollständige Vernichtung dieses Halunken bedeutet, dann ja.«

Dann fiel Lydia kein Grund mehr ein, sich zu kontrollieren und sie ließ ihren Emotionen, die sie so lange in sich eingeschlossen hatte, einfach freien Lauf. »Wie konntest du ihm das antun? Sein Leben war vor sieben Jahren ruiniert worden – und du hast keine kleine Rolle dabei gespielt, indem du seine Mutter fortgesetzt gepiesackt hattest. Das Gleiche hast du in den vergangenen Wochen bei jeder Gelegenheit mit ihm gemacht. Was hat er dir nur angetan? Nicht sein Vater, nicht seine Mutter, sondern *er*? Du führst eine Fehde weiter, die nicht existiert. Ich kann mir nur vorstellen, dass du dies einfach deshalb tust, weil du andere gern gedemütigt siehst.« Sie rief sich die Unterhaltung in Erinnerung, die sie mit Jason im Billardzimmer in Lockwood House über Leute geführt hatte, die andere in ihrem Schmerz sehen mussten, und entschied, dass ihre Tante schlichtweg krank war.

Margaret legte ihre Gabel neben den Teller. »Wenn du so tief erniedrigt worden wärst wie ich, willst du diejenigen, die dafür verantwortlich sind, leiden sehen. Und das schließt auch diejenigen ein, die sie lieben. Revanche ist nicht schön, Lydia, aber sie ist sehr, sehr befriedigend.« Tante Margaret stand vom Tisch auf. »Also, was willst du? Lockwood das Herz brechen oder ins Nichts verschwinden?«

Hoffentlich gab es eine dritte Wahlmöglichkeit, in der Jason und sie die Dinge klärten und heirateten. Wie gern würde Lydia Tante Margarets Gesicht sehen, wenn es dazu käme. In der Zwischenzeit würde sie sie hinhalten. »Ich weiß es nicht.«

Tante Margaret schürzte die Lippen, und als ob sie Lydias Gedanken lesen könnte, sagte sie: »Sei nicht dumm und glaube, du könntest ihn trotzdem heiraten. Präge dir meine Worte ein, er ist ebenso verrückt wie seine Mutter. Ausbrüche wie der, den er gestern Abend gehabt hatte, waren die Vorboten ihres Nervenzusammenbruchs. Es ist nur eine Frage der Zeit, bis er ihr folgt.« Der Genuss in ihren Worten war spürbar.

Jason war provoziert worden – von Tante Margaret. Lydia fragte sich, ob ihre Tante auch Lady Lockwoods Ausbrüche provoziert hatte. Sie behauptete, nicht zu wissen, was für Lady Lockwood bei jener Dinnerparty der Auslöser gewesen war, doch plötzlich war sich Lydia sicher, dass es Tante Margarets Sticheleien und Andeutungen gewesen waren.

Tante Margaret stieß die Luft aus und dann schnalzte sie mit der Zunge. »Du wirst mich wahrscheinlich herzlos finden, aber wirklich Lydia, ein Herz zu haben, wird dir nur Kummer bereiten.« Sie drehte sich um und ging hinaus.

Der Diener räumte das Geschirr ab, und Lydia wanderte, in Gedanken versunken vom Tisch in den angrenzenden Salon. Sie trat an die Fenster und blickte auf die kleine Terrasse und den Hintergarten hinaus.

Lydia betrachtete den Garten so lange, bis sie ihre Tante das Haus verlassen hörte. Darauf entspannte sie sich ein wenig, wissend, dass Tante Margaret fort war, doch dass ihr gestellte Ultimatum lastete schwer auf Lydias Gemüt. Sie drehte sich von den Fenstern weg, als der Butler eintrat.

Tate hielt die Hände hinter seinem Rücken verschränkt. »Lady Lydia, Lord Wolverton ist hier, um Sie zu besuchen.«

Was in aller Welt wollte er hier? Und um sie zu besuchen? Lydia wandte sich ganz der Tür zu. »Führen Sie ihn herein.«

Instinktiv strich sie ihren Rock glatt und formte die Lippen zu einem einladenden Lächeln.

Der breitschultrige Gentleman schritt in den Salon. Sich umschauend nahm er den Raum in Augenschein, ehe er den Blick auf Lydia richtete. »Guten Tag, Lady Lydia, ich hoffe, ich störe Sie nicht.«

»Ganz und gar nicht. Allerdings ist meine Tante nicht zu Hause.« Lydia konnte sich nicht vorstellen, warum er hier war, um sie zu besuchen, insbesondere, da er in Tante Margarets Alter war. Allerdings hatte Lydia die beiden noch nie miteinander sprechen sehen, was seinen Besuch noch seltsamer machte.

»Das ist auch gut so, denn ich bin gekommen, um Sie zu sehen.« Er blickte sich noch einmal um, und dann meinte er: »Ist es zu viel verlangt, nach Tee zu schicken? Vielleicht haben Sie ein Dienstmädchen, das welchen bringen könnte?«

Es war eine merkwürdige Bitte – Tate, der Butler, konnte sie leicht bedienen – aber womöglich handhabte Lord Wolverton diese Dinge in seinem Haushalt anders. Sie

lächelte ihn an und ging zum Klingelzug. »Unsere Haushälterin kann ein Tablett heraufbringen.«

Tate trat wieder ein, und Lydia wies ihn an, Mrs.
Erickson den Tee bringen zu lassen.

Sobald der Butler wieder gegangen war, bedeutete Lord
Wolverton ihr mit einem Zeichen, sich zu setzen, und tat es
ihr dann nach, indem er sich mit seiner hochgewachsenen
Gestalt auf einem blau gemusterten Sofa niederließ. »Sie
haben einen Butler und eine Haushälterin? Aber viel mehr
wahrscheinlich nicht, bedenkt man die Größe des Hauses?«

Führte er etwa ein Alltagsgespräch? Lydia war sich nicht
sicher, was sie von seinen Fragen halten sollte, doch sie
wollte nicht unhöflich sein. Sie drapierte ihre Röcke um die
vergoldeten Stuhlbeine. »Wir haben drei Dienstmädchen
und auch drei Diener. Unsere Haushälterin kocht mit Hilfe
eines der Dienstmädchen.«

Er nickte. »Ich verstehe. Eine gute Besatzung also«,
meinte er mit einem wohlwollenden Lächeln. »Ich hoffe, Sie
finden den Anlass meines Besuchs nicht zu aufdringlich,
doch nach den ... *Aktivitäten* gestern Abend in Lockwood
House musste ich Ihnen einfach einen Besuch abstatten.«

Lydia vermutete, er war gekommen, um zu ergründen, ob
sie Jason tatsächlich heiraten oder ihn für verrückt erklären
würde. Ersteres wusste sie nicht und Letzteres würde sie
niemals tun. In ihrem hochmütigsten Tonfall entgegnete sie:
»Ich bin, fürchte ich, nicht daran interessiert, die Ereignisse
des gestrigen Abends zu besprechen. Vielleicht sollten Sie
wiederkehren, wenn meine Tante zu Hause ist.«

Er schmunzelte. »Nein, nein, meine Liebe. Das ist nicht
der Grund meines Kommens. Ich habe vielmehr in der Hoffnung vorgesprochen, Sie allein, ohne Ihre Tante, anzutreffen.
Ich glaube, sie ist unterwegs, um jedem, der davon hören
will, von dem Debakel des gestrigen Abends zu erzählen,
nicht wahr?«

Ja, und im Gegensatz zu Lydia bereitete es ihr *keinerlei* Problem, vor der gesamten Bevölkerung Englands Jasons «Verrücktheit» kundzugeben. Unvermittelt fühlte Lydia sich sehr erschöpft und wollte nur noch zum Kern dieses Besuchs kommen. »Warum sind Sie dann gekommen?«

»Um Sie zu unterstützen, und meiner Vermutung nach haben Sie das nach dem letzten Abend auch nötig. Sie überraschen mich, Lady Lydia. Ich hatte immer angenommen, Sie seien ein Abbild Ihrer Tante. Ich bin hocherfreut, zu erkennen, dass Sie das nicht sind. Sie tragen keine Schuld an irgendetwas dessen, was sich auf Lockwoods Fest abgespielt hat. Die Fehde zwischen Ihrer Tante und Jason Lockwoods Familie ist alt und kompliziert.« Wolvertons sehr graue und sehr buschige Brauen senkten sich tief über seine Augen. »Vielleicht gestatten Sie mir, Ihnen einige Dinge mitzuteilen, die Sie wahrscheinlich nicht über Ihre Tante wissen. Einige Dinge, die sie in ein anderes Licht rücken könnten.«

Lydia starrte ihn an, ihre Neugierde war mehr als geweckt. Andererseits hatte niemand es je gewagt, über Tante Margaret zu tratschen. »Sie fürchten sich nicht davor, meine Tante zu verstimmen?«

»Überhaupt nicht. Ich habe nicht die geringste Angst vor Ihrer Tante. Ich glaube allerdings, dass sie sich vor mir fürchtet.« Seine Augen funkelten, als ob er diesen Umstand zu schätzen wüsste. Seine Schadenfreude sollte sie nicht stören. Tante Margaret hatte eine solche Behandlung sicherlich verdient. Doch Lydia musste feststellen, dass ihr nicht danach zumute war – nicht einmal auf Kosten ihrer Tante.

Mrs. Erickson kam mit einem Teetablett herein und schenkte ein. Als sie gegangen war, hob Wolverton seine Tasse und trank einen großen Schluck. »Hat Ihre Tante Ihnen jemals von ihrer Jugend erzählt? Von ihrer ersten Saison?«

»Ja. Sie berichtete, sie sei kurz davor gewesen, sich mit

Lord Lockwood zu verloben, doch dann hätte er sie für die jetzige Lady Lockwood sitzengelassen.«

»*Er* soll *sie* abserviert haben?« Wolverton lachte herzhaft. »Meiner Vermutung nach ist das ist gar nicht so weit von der Wahrheit entfernt, aber es klingt so, als ob sie beim Erzählen eine oder zwei Einzelheiten ausgelassen hätte. Er hatte sie tatsächlich wie einen Stein fallen lassen – aber erst, nachdem sie ihm ihre Unschuld geschenkt hatte.« Sein Blick wurde hart. »Wissen Sie, einige Gentlemen halten es für akzeptabel, die Reize einer jungen Lady zu genießen und sie dann abzuschieben, damit sie eines anderen Mannes Problem wird.«

Lydia war froh, dass sie ihre Teetasse noch nicht in die Hand genommen hatte, denn sie hätte sie sicher fallen lassen, wie Miss Vining vor einigen Wochen, als Jason bei Mrs. Lloyd-Jones' Tee erschienen war. »Lord Lockwood klingt absolut verwerflich.« Hatten die Leute davon gewusst? Hatte das zu Jasons Ruf beigetragen? Dann sorgte sie sich, dass ihr die Farbe aus dem Gesicht wich, da ihr aufging, dass Jason genau das Gleiche mit ihr getan hatte – gleichwohl er sie nicht abserviert hatte. Noch nicht.

Das würde er nicht. Doch seine verletzte Miene und sein unmögliches Benehmen beherrschten ihre Gedanken.

Er könnte. Er war heute noch nicht zu ihr geeilt, um sich zu entschuldigen oder ihr zu versichern, dass ihre Verlobung tatsächlich bestand.

Sie versuchte, ihre Aufmerksamkeit auf die derzeitige Unterhaltung zu konzentrieren, anstatt sich in wilden Fantasien zu ergehen.

»Ja, Lockwood war ein ausgemachter Schurke.« Wolverton schüttelte verächtlich den Kopf. »Aber man kann es ihm nicht ganz verdenken. Ihre Tante wollte unbedingt heiraten. Als Lockwood seine Aufmerksamkeit anderen zuwandte, kam sie zu mir.«

Lydia versuchte, ihm zu folgen. Woher kannte Wolverton

diese intimen Einzelheiten? Es sei denn, Lockwood hätte sie verraten. »Hatte Lockwood Sie vor ihr gewarnt?«

»Nein, in dieser Hinsicht war er ein Gentleman.« Er seufzte bedauernd. »Ich fürchte, ich habe aus erster Hand von der Indiskretion Ihrer Tante erfahren, gleichwohl ich nicht stolz auf meine Taten bin. Ich hatte mich hinreißen lassen. Ich hatte sie heiraten wollen. Bis mir klar wurde, dass sie nicht ganz ehrlich zu mir gewesen war.«

Und nun konnte Lydia erkennen, dass ihre Tante auch ihr gegenüber unehrlich gewesen war. Ihrer Behauptung nach, hatte Jasons Mutter unehrliche Maßnahmen ergriffen, um ihr Lockwood zu stehlen, und dass Harmony Lockwood Lügen darüber verbreitet hatte, was ihre Tante getan hatte, um ihn zu verführen – Lügen, die nun der Wahrheit zu entsprechen schienen.

Außerdem hatte sich Tante Margaret auch Wolverton hingegeben. Trotz all der Grausamkeiten und Machenschaften ihrer Tante verspürte Lydia ein gewisses Mitleid mit der jungen Frau, die törichte Entscheidungen getroffen und ihre Träume wahrscheinlich zerstört gesehen hatte. Allmählich erkannte sie, wie ihre Tante wahrscheinlich korrumpiert worden war. Sie hatte unüberlegt gehandelt und für ihr Verhalten bezahlt, obwohl sie dem Ruin wundersamerweise entgangen war. Vielleicht hatte sie sich daraufhin vorgenommen, dafür zu sorgen, dass sie niemals Gegenstand eines Skandal werden würde.

Lydia schüttelte sich innerlich und lenkte ihre Aufmerksamkeit wieder auf Lord Wolverton, der an seinem Tee nippte. »Ihre Verlobung mit meiner Tante ist meiner Vermutung nach nicht publik gemacht worden?«

»Nein, nein, so formell war es nie geworden. Sie hat mich fasziniert, ich habe ihr meine Liebe gestanden, die Dinge ... haben sich weiterentwickelt, und als ich entdeckte, dass sie nicht mehr rein war, eröffnete ich ihr, sie nicht heiraten zu können. Verstehen Sie bitte, ich wäre mit ihr nie so weit gegangen, wenn ich nicht die Absicht gehabt hätte, sie zu heiraten. Und das hätte ich auch getan, wenn nicht klar gewesen wäre, dass sie mich nur benutzte, um einen Namen für ihr ungeborenes Kind zu bekommen.« Lydia konnte nicht verhindern, nach Luft zu schnappen. Wolverton zog eine Grimasse. »Deswegen bin ich wahrscheinlich ein schlechterer Mann, aber ich könnte mein Leben nicht mit jemandem teilen, der so etwas tut.«

Lydia war von jeder seiner Enthüllungen schockiert. »Was ist mit ihrem Kind geschehen?«

»Sie hat es vermutlich verloren. Sie hatte die Stadt nie verlassen, um es auf die Welt zu bringen.« Er zuckte mit den Schultern. »Ich erzähle Ihnen dies, sodass Sie vielleicht die Beweggründe für den Hass Ihrer Tante auf Lockwood und seine Familie verstehen können. In Ihrem Verlobten sieht sie wahrscheinlich eine Kopie seines Vaters – so wie ich Sie, fälschlicherweise, für eine Kopie Ihrer Tante gehalten habe.« Er schüttelte den Kopf und formte die Lippen zu einem selbstironischen Lächeln. »Ich hätte es besser wissen müssen, als einfach so ein Urteil über Sie zu fällen.«

Lydia war von Wolvertons Großherzigkeit überrascht. Sie hatte ihn fälschlicherweise für einen furchteinflößenden Adligen gehalten, der sich einbildete, über allen anderen zu stehen. »Warum haben Sie niemandem von den Taten meiner Tante erzählt?«

Wolverton verzog das Gesicht zu einem missbilligenden Ausdruck. »Mir liegt nichts an Klatsch und Tratsch und ich sah keine Veranlassung, sie zu ruinieren. Wie dem auch sei, unterhielten sich gewisse Gentlemen ohnehin schon untereinander, und sie war ohnehin so gut wie ruiniert. Es ist schade, aber ich fürchte, die Situation hatte sie selbst verschuldet.«

Lydia nahm ihre Teetasse und trank mehrere Schlucke,

denn sie wollte nicht sagen, dass es mindestens einen anderen Menschen brauchte, um diese Situation herbeizuführen. Tatsächlich war ihr das ganze Gespräch unangenehm, insbesondere, weil sie sich genau derselben Indiskretion schuldig gemacht hatte.

Lord Wolverton stellte seine Teetasse ab. »Verraten Sie mir, Lady Lydia. Wie gedenken Sie, sich diese Informationen zunutze zu machen?«

Lydia blinzelte ihn an. »Das werde ich nicht.«

Wolverton wich leicht überrascht zurück, doch dann überspielte er seine Reaktion rasch mit einem Kopfschütteln. »Natürlich nicht öffentlich, aber nach dem, was ich gestern Abend gesehen habe, wollen Sie sich vielleicht an Ihrer Tante rächen. Es ist klar, dass sie Ihren Verlobten nicht sehr schätzt.«

Nein, das tat sie nicht, doch würde Lydia durchsickern lassen, von ihrer skandalösen Vergangenheit zu wissen, würde das ihre Meinung über Jason nicht ändern. Und es war ohnehin wahrscheinlich auch egal. Nicht, wenn es nicht zu einer Heirat käme. »Ich denke, es ist das Beste, die Vergangenheit dort zu belassen, wo sie hingehört – in der Vergangenheit.«

»Sie sind eine weitaus herzensgütigere Frau, als sie es ist. Zu Ihrem Guten.« Er nickte ihr zu. »Ich habe die Kamee bemerkt, die Sie gestern Abend in Lockwood House getragen haben. Es ist ein exquisites Schmuckstück. Ist es ein Familienerbstück? Es scheint mindestens aus der Zeit Anfang des letzten Jahrhunderts zu sein.«

Lydia besann sich auf die Halskette, die sie getragen hatte, denn es handelte sich um eines ihrer Lieblingsstücke. »Sie haben ein gutes Auge. Sie ist etwa von 1700. Sie hat meiner Ururgroßmutter gehört.«

»Sie ist sehr speziell. Nun, ich muss vermutlich gehen«, meinte Lord Wolverton und erhob sich. »Werde ich Ihre

Tante und Sie am Montagabend bei Lady Holborns Soirée antreffen?«

Lydia fand keinen Grund, ihrer Furcht nicht Ausdruck zu verleihen. »Ich bin nicht sicher, ob ich nach gestern Abend jemanden sehen möchte.«

»Sie müssen sich nicht schämen. Lockwood ist derjenige, der eine schlechte Figur gemacht hat, nicht Sie. Es sei denn, Sie spielen noch immer mit dem Gedanken, ihn zu ehelichen. Allerdings bin ich sicher, dass Sie sich von vornherein sehr bewusst darüber waren, wie die Leute Sie behandeln würden, wenn Sie ihn heirateten, als Sie seinen Antrag annahmen.« Er hielt inne und sein Blick wurde abschätzend. »Haben Sie seinen Antrag angenommen?«

Hier war er. Der Moment, in dem sie alles leugnen und Jason als verrückten Tor dastehen lassen konnte. Doch das brachte sie nicht über sich. »Das habe ich.«

Wolvertons Nase zuckte. »Ich verstehe. Nun es ist nicht zu spät für Sie, sich zu regenerieren. Denken Sie über Ihren nächsten Schritt nach.« Sein Blick wurde ernst. »Und treffen Sie keine Entscheidung, die Sie bedauern werden. Das Leben ist viel zu kurz, Lady Lydia.«

Dankbar für seine Herzensgüte und Unterstützung lächelte Lydia ihm zu. »Danke, Lord Wolverton. Ich freue mich, Sie am Montag zu sehen.«

Mit einem Grinsen sah er zu ihr herab, als er sie zur Tür begleitete. »Das Vergnügen wird ganz meinerseits sein.«

KAPITEL 20

*M*itten am Nachmittag schlurfte Jason mit schmerzendem Kopf und rumorendem Magen in den Frühstücksraum. Beim Anblick von Ethan, der am Tisch sitzend einen Teller mit Eiern, Bücklingen und frisch gebackenem Brot verschlang, blieb er ruckartig stehen.

Ethan blickte auf und winkte mit der Gabel. »Wird auch Zeit, dass du runterkommst«, stellte er mit vollem Mund fest.

Jason nahm Ethans Kleidung in Augenschein, und gleichwohl vieles von gestern Abend verschwommen war – sie hatten sich betrunken, bis sie sternhagelvoll gewesen waren, nachdem North den Scherbenhaufen beseitigt und die Alkoholvorräte im Arbeitszimmer wieder aufgefüllt hatte –, war er sich ziemlich sicher, dass sein Halbbruder den gleichen Anzug trug wie am Abend zuvor. »Hast du letzte Nacht hier geschlafen?«

»Du erinnerst dich nicht, mir die Benutzung deines ›goldenen Zimmers‹ angeboten zu haben?«, fragte Ethan lächelnd, während er ein weiteres Stück Schinken aufspießte. »Du warst sehr angeheitert.«

Mit einem finsteren Blick und einem Grunzen setzte sich Jason an den Tisch und wartete, dass der Diener seinen Teller brachte. Doch, sobald dieser vor ihm stand, fragte er sich, ob er überhaupt noch essen wollte.

»Bring ihm ein Ale«, meinte Ethan an den Diener gewandt.

Jason blickte Ethan an. »Dein Rezept gegen die Nachwirkungen eines betrunkenen Abends?«

Ethan hob einen Krug und prostete ihm zu. »Mir hat es stets gute Dienste geleistet.«

Das konnte Jason sich nur vorstellen, und er musste zustimmen. Er hatte lange Zeit mit der Trinkerei verbracht, nachdem die Gesellschaft ihn geächtet und die Frauen sich angewidert und ängstlich abgewandt hatten.

»Wirst du Lydia heute Nachmittag aufsuchen?«, fragte Ethan und stellte sein Ale auf den Tisch zurück.

Jason nahm seine Gabel und schob etwas von dem Essen auf seinem Teller hin und her. »Nein.«

Ethan starrte ihn an. »Warum verdammt noch mal nicht? Gestern Abend hattest du beschlossen, sie um Verzeihung zu bitten. Sag mir nicht, du hättest es dir anders überlegt, sonst muss ich dich vielleicht verprügeln.«

Der Menge an Whiskey wegen, der er zugesprochen hatte, erinnerte sich Jason an nichts dergleichen. Er musste sie um Verzeihung bitten, aber er wollte zu diesem Zweck nicht Margarets Haus aufsuchen. »Lassen wir das Thema für den Augenblick. Ich würde lieber über deinen Plan sprechen.«

Ethan schnitt einen Bissen Schinken ab und spießte ihn auf seine Gabel. »Es ist wirklich schade, dass du dich nicht an gestern Abend erinnerst. Ich habe dir alles über meinen Plan erzählt.« Seine Lippen teilten sich zu einem verschmitzten Grinsen.

»Blödsinn.« Jason unterdrückte den Drang, Ethan seinen

Teller an den Kopf zu werfen. Der Diener brachte Jasons Ale, und Jason nahm eifrig einen Schluck. *Köstlich.* Und genau, was er brauchte, Ethan zum Dank. War das etwa, was man unter Brüderlichkeit verstand?

Ethan lehnte sich auf seinem Stuhl zurück. »Warum willst du nicht gehen und mit ihr reden?«

»Ich habe nicht gesagt, ich würde nicht mit ihr reden, ich habe nur gesagt, ich würde es nicht heute tun.« Er bedachte Ethan mit einem finsteren Blick. »Ich habe dich auch gebeten, das Thema fallen zu lassen.«

Ethans Blick war unerbittlich. »Das werde ich nicht. Und nach dem, was deine treuen Diener mir erzählt haben, solltest du nicht zögern.«

»Was zum Teufel haben sie dir denn erzählt?« Aber Jason konnte es sich denken. Seit wann hatten sich ihre verschlossenen Lippen in einem solchen Maße gelockert? Und das bei einem Mann, den Jason fast sein ganzes Leben lang gehasst hatte?

»Sei nicht böse auf sie«, sagte Ethan. «Ich habe sie auch mit Whiskey abgefüllt. Verdammt, dein Kammerdiener kann eine Menge vertragen.«

Ja, Scot war erstaunlich trinkfest. Aber North? »Ich bin überrascht, dass das bei meinem Butler funktioniert hat. Normalerweise frönt er dem Alkohol nicht.«

»Diesen Eindruck hatte ich ebenfalls, doch andererseits hatte er wohl auch eine harte Nacht. Erinnerst du dich, wie er uns erzählt hat, einen deiner Gäste oben im Requisitenzimmer mit einer Kurtisane erwischt zu haben?«

Verflixt. Also hatte sich sein »legitimes« Fest tatsächlich in eine lasterhafte Ausschweifung gewandelt. »Nein, und vielleicht wäre es besser gewesen, wenn ich es nicht erfahren hätte.«

Ethan grinste schief. »Seit wann bist du so ein Feigling? Du bist ein Halunke. Steh dazu. Du bist ein Anhänger der

Ausschweifungen und bietest sie sogar an. Soweit ich das einschätzen kann, ist dir die Meinung anderer über dich vollkommen egal, also vergiss sie alle. Lebe dein Leben und heirate Lady Lydia.«

Als ob das so einfach wäre. Wollte sie ihn nach dem gestrigen Abend überhaupt noch heiraten? »Ich weiß nicht einmal, ob sie mich noch haben will. Und so etwas Bedeutsames werde ich nicht mit Margaret besprechen, die uns mit Argusaugen belauert.«

»Was wirst du dann tun? Du kannst nicht einfach abwarten, bis sich eine Gelegenheit ergibt. Deine ohnehin schon spärliche Flut von Einladungen wird nach dem gestrigen Auftritt sicher völlig versiegen.«

Jason massierte sich die schmerzenden Schläfen. Ethan hatte recht. Und es wäre undenkbar, Lydia noch einmal hierher einzuladen. Bereits mehr als einmal hatte sie ihren Ruf aufs Spiel gesetzt, um Lockwood House zu besuchen, und gestern Abend hatte er denselben mit Füßen getreten. Nein, er musste zu ihr, aber nicht zu Margaret. »Es muss doch einen Ort geben, an dem ich sie treffen kann.«

Ethan stand auf. »Zufälligerweise gibt es den. Ich besorge dir eine Einladung zur Soirée bei Holborn am Montag.«

Jason gab es auf, den Anschein zu erwecken, als würde er essen, und schob seinen Teller beiseite. »Wieso um alles in der Welt kennst du den Veranstaltungskalender der feinen Gesellschaft so gut? Und wie kommt es außerdem, dass *du* dich so gut auskennst, um *mich* in Holborn House einladen zu lassen?«

Ethan ließ ein Grinsen aufblitzen. »Ich bin ein neugieriger Kerl. Und ich habe Mittel und Wege, mir gewisse Orte zugänglich zu machen. In diesem Fall kann ich wahrscheinlich über Sevrin an eine Einladung kommen – er steht Saxton recht nahe.« Der Holborns Sohn war.

»Dein Masterplan sieht vor, dass ich zu diesem Fest gehe,

mich mit Lydia allein finde und sie überrede, mich zu heiraten?« Jason zweifelte am Gelingen jedes einzelnen dieser
Schritte für sich genommen, doch alle zusammen schienen
sie verdammt unmöglich.

Ethan seufzte genervt auf. »Ich weiß, es gefällt dir nicht,
dass ich das sage, aber vertraue mir. Bitte?«

Jason sackte auf seinem Stuhl zurück und blickte zu
Ethan auf. »Weißt du was? Ich werde es tun. *Dieses Mal.* Was
bedeutet, dass du es besser nicht vermasselst.«

Auf eine alberne, formelle Art schlug Ethan die Hacken
zusammen und verneigte sich. »Ich werde dich nicht im
Stich lassen.«

Es war nicht Ethan, der ihm Sorgen machte. Jason könnte
sich glücklich schätzen, wenn er bei dem Fest nicht von dem
Moment an, in dem er eintrat, von allen geschnitten würde.
Nicht, dass er letztlich einen Pfifferling auf die Meinung der
anderen gab. Das zündete eine Idee und ihm wurde leichter
um die Brust. Er könnte sie vielleicht noch für sich gewinnen. »Wenn ich noch mal darüber nachdenke, will ich gar
keine Einladung. Ich würde es vorziehen, das Überra-
schungsmoment auf meiner Seite zu haben. Verschaff mir
auf irgendeine andere Weise Zugang zu dieser Soirée.« Er
fixierte seinen Bruder mit einem spöttischen Blick. »Vermutlich wird sich dies für dich nicht als allzu schwierig
erweisen.«

Ethan grinste. »Überhaupt nicht. Ich sehe dich am
Montag.«

Er ging hinaus und einen Moment später trat North ein.
Wenn er gestern Abend zu viel getrunken hatte, zeigte er das
nicht. Sein dunkles Haar war gebändigt und so akkurat wie
stets, und seine Livree makellos. Jason nahm Norths Züge
prüfend in Augenschein, auf der Suche nach irgendwelchen
Anzeichen von Schwäche – der Mann war praktisch ein
Automat. Aber da! Ein schwach violetter Schatten unter

seinem linken Auge. Jason war froh zu sehen, dass sein Butler gegen Alkohol nicht vollkommen immun war und lächelte.

»Ich bin froh, Euch endlich zu sehen, Mylord. Ich vertraue, dass Ihr Euch wohlauf fühlt.«

»Nicht ganz, aber das wird schon. Ich fürchte, ich habe nicht viel Erinnerung an das, was sich nach Ende des Festes zugetragen hatte. Ethan sagt, du hättest jemanden im oberen Stockwerk mit einer Kurtisane erwischt. Wer war es?«

»Blaylock.«

Idiot. »Streiche ihn von der Liste und alle anderen auch, die glotzend im Salon herumgestanden haben.«

»Das wird Eure Anzahl von Gästen um etwa zwanzig mindern, würde ich sagen.« North hielt inne, doch ganz eindeutig hatte er noch nicht geendet. »Ihr beabsichtigt doch nicht, Eure Feste im alten Stil weiterhin abzuhalten, jetzt, da ihr heiraten werdet?«

Natürlich konnte er das nicht tun, wenn er verheiratet wäre. Aber verdammt, er würde sie vermissen. Sie hatten ihm Trost gespendet. Freude. Identität. In jener Welt wusste er genau, wer er war. Ohne diese Feste, wer war er dann?

»Mylord?«

Jason erkannte, dass er Norths Frage nicht beantwortet hatte. »Ich bin noch nicht bereit, die lasterhaften Feste aufzugeben. Ich bin nicht sicher, ob ich noch eine Braut habe.« Wenn Lydia ihn fallenließ, würde er sich in einen stetigen Strom dieser gottverdammten lasterhaften Dinge stürzen.

North nickte und dann straffte er die Schultern. »Wenn ich das so sagen darf, Mylord, ist es gut, Euch und Mr. Jagger zusammen zu sehen. Er scheint Euch aufrichtig zu mögen.« North schien über seine eigenen Worte überrascht.

Jason musste widerstrebend zugeben, dass er seinen Bruder im Gegenzug immer mehr mochte. »Ich hoffe, was immer er ausheckt, wird bald Früchte tragen. Sonst wird unsere Versöhnung sehr kurzlebig sein.«

North legte den Kopf schief. »Also habt Ihr Euch mit ihm versöhnt?«

Ja, das hatten sie vermutlich. Noch immer über die Wendung *dieser* Ereignisse verwundert, nickte Jason. Es schien, als könnten sich tatsächlich Wunder ereignen. Vielleicht könnte er doch noch auf eine Zukunft mit Lydia hoffen.

Am kommenden Montag würde er es wissen.

~

$\mathcal{N}$achdem Lydia abgelehnt hatte, Tante Margaret am nächsten Tag in die Kirche zu begleiten, hielt sie ihre nachmittägliche Verabredung im Stadthaus von Audreys Großvater ein. Wäre sie weiterhin willkommen, wenn sie den berüchtigtsten Junggesellen der feinen Gesellschaft heiratete?

Sie stieg aus der Kutsche und blickte blinzelnd zu dem eleganten Stadthaus am Berkeley Square auf, das Audrey ihr Zuhause nannte, seit sie vor einem Jahr hier den Sommer verbracht hatte. Ihr Großvater war allein und sie verstanden sich sehr gut. Ihre Beziehung war beneidenswert.

Der heutige Besuch war vor mehreren Tagen vereinbart worden – vor Jasons Fest – und sollte Mr. Lockes nächste Tanzstunde werden. Lydia fragte sich, was Mr. Locke von den Ereignissen hielt. Hatte er mit Jason gesprochen? Ihre Interaktion neulich Abend hatte einen anderen Eindruck gemacht, als ob sie zu einer Art von Einigung gekommen wären, was sie überraschte.

Tante Margarets Diener hielt das Tor auf und Lydia ging den Weg entlang bis zur Tür. Der Butler, Spool, führte Lydia in den gewohnten Salon, in dem Audrey wartete. Sie stand sofort auf und kam Lydia entgegen, als diese eintrat.

Sorgenvolle Fältchen bildeten sich um Audreys Augen, als sie Lydias Hand ergriff. »Lydia, es tut mir so leid wegen Lockwoods Fest. Ich wünschte, ich hätte dort sein können, um dich zu unterstützen.« Audrey, ihre Eltern und ihr Großvater waren eingeladen gewesen, aber ihre Eltern hatten ihr die Erlaubnis verweigert, hinzugehen.

»Danke, es war eine schreckliche Katastrophe, aber andererseits war es auch genau das, was Tante Margaret sich gewünscht hatte.«

Audrey schnappte nach Luft. »Sie ist dafür verantwortlich?«

»Hauptsächlich.« Lydia zauderte, obwohl sie nicht wusste, warum. Audrey hatte wahrscheinlich in der Presse über die Geschehnisse gelesen, was Jason getan hatte. Außerdem war sie Lydias beste Freundin, der sie natürlich vertrauen konnte. Aber ach, die ganze Affäre war so beschämend. Und je länger sie nichts von Jason hörte, desto wütender wurde sie. »Ich bin sicher, dass du die Zeitungsberichte gelesen hast. Über Jason.«

Audrey drückte Lydia die Hände und zog sie weiter in den Salon. »Das habe ich. Aber ich habe mich mit meinem Urteil zurückgehalten, bis du mir sagst, was tatsächlich passiert ist. Hat er seinen Frack wirklich abgelegt, um dir einen Antrag zu machen?«

Trotz allem, was passiert war, konnte Lydia ein Lächeln nicht unterdrücken, als sie sich auf den *wahren* Grund besann, aus dem er seinen Frack abgelegt hatte. Doch ebenso schnell verblasste das Lächeln von ihren Lippen. Ihre gemeinsame Zeit heraufzubeschwören war nur eine schmerzliche Erinnerung an das, was sie riskiert und wahrscheinlich verloren hatte. Gleichwohl sie vielleicht nicht schwanger war – und sie konnte nur beten, dass dies nicht der Fall war –, so war sie nun nicht besser als Tante Margaret. Nein, das stimmte nicht genau, da sie keine Pläne hatte, einen unwissenden Gentleman in die Falle zu locken, um ihn zu heiraten. Wenn sie aber Jason nicht heiratete, was um alles in der Welt sollte sie dann tun?

Niedergeschlagen zog sie sich aus Audreys tröstlichem Griff zurück, um ihre Handschuhe und die Haube auszuziehen und sie auf einen Tisch zu legen.

»Ach Liebes«, meinte Audrey und berührte vor lauter Sorge kurz ihren Mund. »Du siehst gar nicht glücklich aus.«

Hilflos zuckte Lydia die Schultern. »Sollte ich das? Ich habe mich in einer Zeitspanne von dreißig Minuten von einer glücklichen Verlobten in eine gesellschaftlich Ausgestoßene verwandelt. Was ich ausgehalten hätte, wenn ich dächte, Jason würde mich unterstützen. Aber ich weiß nicht, wo er steht.«

»Er versucht wahrscheinlich nur herauszufinden, wie er es wiedergutmachen kann«, antwortete Audrey fest. »Zu seiner Verteidigung – verzeih mir – verstehe ich, warum er dich nicht im Haus deiner Tante aufsucht.«

Das konnte Lydia ebenfalls verstehen, aber das hieß nicht, dass es richtig war. »Er hat mich ganz ohne Anhaltspunkt gelassen.«

Audrey nickte, den Blick zu Boden gerichtet. »Was willst du unternehmen?«

»Das hängt von ihm ab, aber ich habe nicht unendlich Zeit. Mein Vater möchte, dass ich nach Hause komme, und ohnehin bin ich genaugenommen nicht mehr heiratsfähig …«

»Unsinn!« Audrey kniff die Augen zusammen. »Die Dinge mit Lockwood werden sich klären.«

Lydia war für Audreys Optimismus dankbar, aber sie musste realistisch bleiben. »Und wenn nicht?«

»Du wirst einen anderen finden.« Allerdings klang

Audreys Stimme nicht so, als würde sie das wirklich glauben – nur nicht aus dem gleichen Grund, aus dem Lydia *wusste*, dass sie das nicht würde. Weil Lydia Audrey nicht erzählt hatte, warum sie nicht heiratsfähig war.

»Ich werde keinen anderen finden«, entgegnete Lydia ruhig, den Blick für einen Moment auf den gemusterten Teppich unter ihren Füßen geheftet. »Ich habe dafür gesorgt, dass kein anderer mich mehr haben will. Es sei denn, ich führe sie hinters Licht.«

Vor lauter Verwirrung verzog Audrey das Gesicht und dann riss sie plötzlich die Augen auf. »Ach!« Sie eilte herbei und legte Lydia einen Arm um die Schultern. »Du Ärmste. Ich habe mein Urteil gefällt. Zumindest über Lockwood. Er ist ein echter Schwerenöter. Ein Halunke. Ein Verwerflicher der allerschlimmsten Sorte.«

Lydia konnte nicht anders, als bei der standhaften Unterstützung ihrer Freundin zu lächeln.

»Ich hoffe doch, Sie sprechen nicht von mir.« Mr. Locke betrat den Salon.

Audrey sprang auf und wirbelte herum. »Liebe Güte, Sie haben mich überrascht!«

Er verbeugte sich. »Verzeihung. Aber ich hoffe, das macht mich nicht – was haben Sie gesagt? – zu einem Verwerflichen der schlimmsten Sorte.«

»Nein, ich fürchte, ich habe mich auf Ihren Halbbruder bezogen.« Audreys Blick wurde dunkel vor Wut.

Er lächelte sie milde an. »Könnte ich Sie bitten, Abstand davon zu nehmen, ihn gänzlich zum Teufel zu schicken? Zumindest bis nach morgen Abend?«

»Warum?«, hatte Audrey schon mit einem misstrauischen Ton in der Stimme nachgehakt, ehe Lydia das Gleiche tun konnte. »Was wird morgen Abend passieren?«

»Das, fürchte ich, kann ich nicht sagen.« Er wandte seine

Aufmerksamkeit Lydia zu. »Sie werden doch hoffentlich zu Holborns Soirée kommen?«

»Das werde ich«, entgegnete sie vorsichtig, und war sich ganz und gar nicht sicher, ob sie diesem Mann oder seinem Bruder trauen sollte, aus diesem Ereignis nicht auch ein völliges Desaster zu machen.

»Ausgezeichnet. Sind wir für meine Tanzstunde bereit?«, fragte Locke und schien dabei recht zufrieden. Erkannte er nicht, dass Lydias Zukunft an dem beschädigten Fädchen in Form von Jasons Laune hing? Was immer er für morgen Abend geplant hatte, konnte ihrem Ruf mehr schaden als alles, was er bereits getan hatte.

Lydia verschränkte die Arme und fühlte sich gerechterweise rebellisch. »Ich denke, ich werde meine Meinung ändern und daheim bleiben.«

Lockes Gesicht verfinsterte sich. »Nein. Das können Sie nicht tun.« Er trat einen Schritt vor, als ob er vergessen hätte, wo er war und mit wem. Dann holte er tief Luft. »*Bitte.* Sie müssen zu dem Fest gehen.«

Sie war nicht bereit nachzugeben, gleichwohl ihre Neugier letztendlich wahrscheinlich die Oberhand behalten würde. »Ich bin sehr wütend auf ihn.«

Locke hob beschwichtigend die Hände. »Und Sie haben allen Grund dazu. Ich habe ihm selbst die Leviten gelesen.«

»Haben Sie das?«, fragte Audrey beeindruckt.

Locke wandte sich wieder Audrey zu, mit einem Grinsen, das einen Anflug von Schalk erahnen ließ. »Natürlich. Was für ein Gentleman wäre ich, wenn ich das nicht getan hätte?« Er sah Lydia bittend an. »Bitte vertrauen Sie mir, dass er nichts tun wird, das Sie verärgert oder Ihrem Ruf abträglich ist.«

Anstatt einer Antwort schürzte Lydia die Lippen. Sie war nicht sicher, ob sie auf das eine oder andere vertrauen sollte, aber was hatte sie noch zu verlieren?

Ihr Herz.

Mit schmalem Blick sah sie Locke an. »Ich denke, es ist Zeit für Ihren Unterricht.«

»Auf jeden Fall.« Locke verbeugte sich höflich vor Audrey. »Darf ich bitten?«

KAPITEL 21

*E*than auf den Fersen, schlich sich Jason die Dienstbotentreppe von Holborn House hinauf. Eine kriminelle Vergangenheit war scheinbar für bestimmte Dinge nützlich. Um sich beispielsweise in das Haus eines Herzogs zu stehlen.

Angstschweiß benetzte Jasons Handflächen unter den Handschuhen. Immer wieder war er durchgegangen, was er zu tun hatte, was allerdings nicht bedeutete, dass es einfach werden würde. Nein, seiner Befürchtung nach würde es das Schwerste werden, was er je getan hatte. Aber er würde es tun. Für Lydia.

Ethan führte ihn durch eine Tür in einen verwaisten Salon und drehte sich dann zu ihm um. »Du wartest hier und ich gehe sie suchen.«

Jason hatte Ethan nicht über seine Pläne informiert. »Nein, dieser Plan erfordert, dass ich sie auf dem Fest suchen gehe.«

Ethan starrte ihn an, als wäre er nicht ganz bei Trost. »Wenn du da hinausgehst, wird es eine Katastrophe geben. Du kannst nicht einfach mitten in das Fest platzen.«

Obwohl sein Plan absurd schien, hatte Jason ihn gründlich durchdacht und war von seiner Notwendigkeit überzeugt. Und falls er sehr viel Glück hatte, wäre er auch noch erfolgreich. »Warum nicht? Die Leute könnten mich auslachen? Oder denken, ich sei verrückt? Oder mich als einen Degenerierten erachten? Ich hasse es, dich zu enttäuschen, aber das tun sie bereits.«

Ethan rollte mit den Augen, doch er ließ von ihm ab. »Na schön. Aber behaupte bloß nicht, ich hätte nicht versucht, dich aufzuhalten.«

Jason zog seinen Frack zurecht und schritt aus dem Zimmer, wohl wissend, dass Ethan ihm auf den Fersen war. Sie folgten dem Lärm der Gäste und gelangten schließlich zu einem großen Saal. Es war kein Ballsaal, doch er war weitaus größer als ein gewöhnlicher Salon. Es waren zwar Möbel vorhanden, aber sie waren so beiseite gerückt worden, dass die Leute in der Mitte umherlaufen und später vielleicht tanzen konnten. Es war der perfekte Schauplatz für Jasons Plan.

In dem Moment, in dem er den Raum betrat, drehten sich die Köpfe. Er nahm niemanden bestimmten wahr, während er methodisch nach Lydias perlmuttfarbenem Teint und ihren dunklen Augen suchte. Sie war die einzige Person, die ihm etwas bedeutete, die Einzige, die er sehen wollte.

Die Konversationen begannen zu verstummen. Seine Nackenhaare sträubten sich und seine Beklemmung erreichte neue Höhen, doch außer seiner Suche nach Lydia ließ er alles andere außer Acht.

Ethan berührte ihn am Arm und zeigte mit dem Kopf zur gegenüberliegenden Wand. Lydia stand dort mit Miss Cheswick und einer anderen jungen Frau, einer Rothaarigen, von der Jason annahm, dass es sich um Lady Saxton handelte, der Schwiegertochter des Herzogs von Holborn. Sofort ging Jason auf die Gruppe zu.

Dass es im Saal noch stiller werden könnte, hätte er nicht gedacht, aber mit jedem Schritt schien die Stille tiefer zu werden, als wäre sie ein lebendiges, atmendes Wesen, das sie alle verschlingen könnte. Die Menschen machten ihm den Weg frei und bildeten eine immer größer werdende Schneise, die sich mitten durch den Saal zog.

Ethan beugte sich im Gehen dicht zu ihm und murmelte: »Ich hoffe, du weißt, was du tust«, ehe er sich von ihm entfernte.

Vollkommen allein stand Jason inmitten einem Meer aus erwartungsvollen und missbilligenden Gesichtern. Das einzige allerdings, auf das er sich konzentrierte, war Lydias.

»Lady Lydia«, sprach er sie laut und deutlich an. Dann sank er auf ein Knie. Der ganze Raum stieß ein Keuchen aus, laut genug, um Lydia zusammenzucken zu lassen. Zumindest hoffte er, dass sie deshalb zusammenzuckte.

Als es wieder still war, nahm er all seinen Mut zusammen. »Ich möchte mich dafür entschuldigen, neulich Abend unsere Verlobung bekannt gegeben zu haben. Das war nicht recht von mir. Ich bitte Sie aufrichtig um Verzeihung.«

Gemurmel brach aus, aber Jason konnte nicht verstehen, was geredet wurde. Nicht, dass es ihn interessierte. Seine ganze Aufmerksamkeit, seine ganze Sorge galt Lydia. Ihre Reaktion, ihre Meinung, ihre Vergebung, nur das zählte.

Er wartete, dass sie sprach. Sich rührte. Dass sie irgendetwas anderes tat, als nur dazustehen und ihn anzustarren, als sei er weitaus verrückter, als man ihm unterstellte. Aus einem Moment wurden zwei, und seine Handflächen wurden immer feuchter, während sein Nacken regelrecht zu jucken begann.

»Lydia?«, wagte er leise zu sagen.

Sie blinzelte, blieb aber ansonsten so still wie eine Statue. »Ich weiß deine Entschuldigung zu würdigen. Und ich nehme sie an.«

»Danke.« Erleichtert atmete er aus. Aber das war nur ein Teil seines Plans. Der einfache Teil.

Es war an der Zeit, alles publik zu machen. Er holte tief Luft und fuhr fort. »Ich bedaure die Vorfälle von neulich Abend. Ich hatte zwar keinen Anteil an der Inszenierung der Ereignisse, aber ich hätte die Situation besser handhaben können. Ich bin ein Hitzkopf.« Er schenkte ihr ein sanftes Lächeln, wurde aber entmutigt, als ihre Gesichtszüge verschlossen blieben. Nein, das war nicht ganz richtig. Sie wirkte, als würde sie gleich von einer vierspännigen Kutsche überfahren werden.

Aber dennoch, er musste fortfahren. »Wenn ich an etwas schuld bin, dann an meiner übermäßigen Leidenschaft.« Noch mehr Gemurmel. »Vermutlich ist das ist der Grund, warum ich überhaupt lasterhafte Feste veranstaltet habe.« Weil es die einzige Möglichkeit war, mit Menschen in Kontakt zu kommen. Doch hier würde er seine Seele darüber nicht bloßlegen. Später würde er ihr genauer erklären, warum er sie ins Leben gerufen hatte und warum er sie gebraucht hatte.

»Aber mit dir als meine Frau«, fuhr er fort und war überrascht, wie sicher und stark er angesichts dessen klang, was er sagen wollte, »wird Lockwood House nicht länger das Zentrum gesellschaftlicher Ausschweifungen sein.« Er hatte seine Worte sorgfältig gewählt. Wenn er sich auf diese Weise demütigen wollte, würde er damit jeden einzelnen Heuchler daran erinnern, nicht besser zu sein als er.

»Wollen Sie damit sagen, Sie werden die lasterhaften Feste aufgeben?«, fragte eine tiefe Stimme irgendwo hinter Jason.

Er drehte sich nicht um, sondern behielt seinen Blick auf Lydia, die ihn eindringlich anschaute. Doch, ob sie erfreut war oder nicht, konnte er nicht sagen. Verdammt noch mal, warum ermutigte sie ihn nicht einmal ein bisschen? Offensichtlich machte er etwas falsch.

Die Frage des Mannes kam ihm wieder in den Sinn. Obwohl es ihn schmerzte, die Antwort auszusprechen, tat er es und betete, dass sich Lydias kühle Haltung auch nur ein Stück weit erwärmen würde. »Ja, ich gebe die lasterhaften Feste auf.«

Das Geraune schwoll an, als die Leute diese schockierende Entwicklung kommentierten. Jason versuchte gar nicht erst, zu verstehen, was sie redeten. Er wünschte sich nur, Lydia würde etwas sagen. Irgendetwas.

»Es hat ganz den Anschein, als würde Ihr Plädoyer auf taube Ohren stoßen, Lockwood.« *Diese* Stimme erkannte er.

Margaret. Sie musste irgendwo links von ihm stehen.

»Eine hübsche Ansprache, gewiss, aber sie ist zu klug, ihn zu akzeptieren«, bemerkte jemand gerade so laut, dass Jason es hören konnte. »Eine Heirat mit ihm wäre kaum besser als eine Rückkehr nach ... Wo lebt ihr Vater?«

»Alles wäre besser, als sich an einen Verrückten wie ihn zu ketten. Sieh ihn dir nur an. Auf seinem Knie kauert er. Er macht sich wirklich zum Affen.«

Margaret rückte in sein Blickfeld und stellte sich in Lydias Nähe, aber nicht direkt neben sie, denn Miss Cheswick und Lady Saxton hatten sich nicht vom Fleck gerührt.

Miss Cheswick beugte sich herab und flüsterte etwas dicht an Lydias Ohr. Jason wünschte sehnlichst, er könnte hören, was sie sagte, doch das war unmöglich. Lydia nickte jedoch, und Hoffnung keimte in seiner Brust auf.

Und wurde rasch wieder zerschmettert.

»Ich weiß es nicht. Ich bin mir nicht sicher ...«, haspelte Lydia mit leiser, zittriger Stimme.

Margaret reichte um Miss Cheswick herum und tätschelte Lydias Arm. »Gut gemacht, Mädchen.« Dann schenkte sie Jason ein triumphierendes Lächeln.

»Hört, hört!«, rief jemand, gefolgt von einem Klatschen. Dann ein zweites. Dann ein drittes. Bald applaudierten Dutzende.

Lydia sah zu Miss Cheswick und dann zu Lady Saxton, ehe sie ihren fassungslosen Blick auf Jason richtete. Er erkannte, wie ihr Mund das Wort »Nein« formte, auch wenn er es wegen des plötzlich tosenden Applauses nicht hören konnte.

Nicht zu wissen, ob sie ihn heiraten wollte, war einer Absage gleichzusetzen. Entweder sie liebte ihn oder sie liebte ihn nicht. Es gab kein Mittelding. Er hatte alles für sie getan, hatte sogar angeboten, auf seine lasterhaften Feste zu verzichten, und wofür? Damit sie sein Herz nahm und auf dem Boden zerschmetterte.

Er stand auf und seine Beine fühlten sich erstaunlich fest an, aber er fühlte sich andererseits auch, als wäre sein ganzer Körper aus Holz. Sein Blut, sein Herz, seine Seele waren zu einer kalten, harten Masse erstarrt.

Die Menschen bewegten sich auf Lydia zu und umringten sie, sodass er ihr Gesicht nicht mehr sehen konnte. Andere wandten sich ihm zu, einige mit mitleidigen Blicken, andere mit verächtlichem Grinsen. Als er eine Hand auf seiner Schulter fühlte, wusste er, dass es Ethans war.

Aber Jason wollte weder seine Hilfe noch seinen Trost. Er wollte nur zu dem Leben zurückkehren, das er hinter sich gelassen zu haben glaubte. Das einzige Leben, das er anscheinend verdiente.

～

*L*ydia hatte Mühe, sich aus der drängenden Masse um sie herum zu befreien. Sie registrierte kaum, wer wer war oder was gesagt wurde, gleichwohl sie Audreys Hand auf ihrem Arm spürte, die sie ins Freie zu

führen versuchte. Sie ignorierte alles außer Audreys Berührung, als sie sich ihren Weg durch die Menschentraube
bahnten.

Endlich konnte Lydia die Saalmitte überblicken, aber
Jason war nicht mehr da. Verzweifelt suchte sie in der Menge
nach ihm, aber vergeblich. Er war gegangen und sie konnte
ihm keinen Vorwurf machen.

Wie hatte sie einfach nur dastehen können?

Sie war vollkommen überwältigt und im wahrsten Sinne
des Wortes sprachlos gewesen. Sein aufrichtiger Appell hatte
sie erschüttert. Nicht, weil er es getan hatte, sondern wegen
der Art und Weise, wie er sein Anliegen vorgebracht hatte.
Er war hergekommen und hatte sich vor den höchsten
Mitgliedern der feinen Gesellschaft bloßgestellt.

Und ihre Reaktion war nicht besser gewesen als das, was
er ihr neulich Abend angetan hatte. Ihr Gesicht brannte vor
Scham, als sie den Schmerz in seinen Augen in aller Deut-
lichkeit vor sich sah. Seine Narbe war vor lauter Qual blass
geworden, während sie um Worte gerungen hatte, um ihm
zu sagen, dass sie ihn liebte. Warum hatte sie so einen
Schwachsinn gemurmelt?

Weil sie in Panik geraten war. Sie hatte um den Verlust
ihres Status und ihres Rufs gefürchtet. Doch als Ihresglei-
chen sich um sie versammelt hatten, um ihre weise Entscheidung zu bejubeln, wurde ihr klar, dass dieser Moment den
Rest ihres Lebens bestimmen würde. Und ihr größter
Wunsch bestand nicht in einem hohen Status oder einem
makellosen Ruf. Sie wollte *ihn*. Einen Halunken, ja, aber ein
Halunke, der ihr gerade öffentlich angeboten hatte, sein
Leben für sie zu ändern. Und das ängstigte sie mehr als alles
andere.

»Es war klug von dir, dass du ihn abgewiesen hast«,
bemerkte jemand neben ihr. »Gut gemacht.«

»Natürlich hat sie ihn abgewiesen«, schnitt Tante Margarets Stimme durch den misstönenden Lärm um Lydia. »Sie ist ein gutes Mädchen.«

Jetzt war sie »gut«?

»Bin ich nicht«, widersprach sie. Sie griff nach Audreys Handgelenk und drückte es. Audrey drehte sich um. Ihr Gesicht war gerötet. Lydia brauchte jemanden, der hörte, was sie sagte. »Ich bin nicht gut.«

Audrey zog sie vorwärts und hakte sie unter. »Komm schnell mit mir.«

Es ging nicht schnell, aber schließlich kamen sie aus dem Saal heraus und Audrey führte sie einen schmalen Korridor entlang. Zinnoberrote Röcke rauschten vor ihnen, und Lydia erkannte, dass Lady Saxton – Olivia, wie Audrey und sie sie nannten – sie anführte.

Olivia öffnete eine Tür und führte sie in einen kleinen Raum mit zierlichen Möbeln, darunter eine blassgelbe Chaiselongue. »Du Ärmste.« Ihr Blick drückte mitfühlende Anteilnahme aus. »Willst du dich hinlegen?«

Lydia beäugte die Chaiselongue und aus irgendeinem dummen Grund konnte sie an nichts anderes als Jasons Fantasiezimmer denken. Ein quälender Schmerz durchzuckte sie. »Ich möchte nach Hause gehen.«

Das wollte sie eigentlich nicht, zumindest nicht zu Tante Margaret. Doch andere Möglichkeiten hatte sie nicht.

»Du kannst gerne mit mir nach Saxton House kommen«, bot Olivia lächelnd an. »Vorausgesetzt, du hast nichts gegen ein Neugeborenes.«

Lydia starrte sie an, und wieder kamen ihr die Worte nur langsam über die Lippen. Endlich brachte sie sie hervor. »Warum? Ich war grauenhaft zu dir, als du in die Stadt gekommen bist. Ich habe all dies verdient.«

Entschieden schüttelte Olivia den Kopf. »Nein, das hast du nicht. Niemand hat das.«

Die Tür öffnete sich, und Lydia sackte der Magen in die

Kniekehlen. Sie fürchtete zu schreien, falls es sich um Tante Margaret handelte.

Aber es war nicht Tante Margaret. Es war Philippa. Auch sie schaute Lydia mitfühlend und besorgt an. Das war verständlich, denn sie konnte Lydias Misere besser verstehen als jeder andere.

»Wie geht es dir?«, fragte sie zaghaft.

»Ich weiß es nicht.« Ihr war kalt und heiß und übel. »Das ist nicht wahr. Ich fühle mich furchtbar. Ich habe ihn einfach dort stehen – knien – lassen und nichts unternommen. Ich bin ein schrecklicher Mensch.«

Audrey war nicht von ihrer Seite gewichen und nun drückte sie ihrer Freundin die Schultern. »Das bist du nicht. Du bist ein Mensch. Du wirst mit ihm reden. Er wird es verstehen.«

»Wie kann er das, wenn ich mir selbst nicht sicher bin, ob ich das tue?«

»Liebst du ihn?«, fragte Olivia.

Lydia nickte. Mehr als je zuvor. Mehr als sie sich je hatte träumen lassen. Was den Stich nur noch tiefer in ihre Magengrube trieb. »Aber du hast ihn da draußen gesehen. Es ist ihm egal, was andere sagen oder denken. Er spricht davon, seine lasterhaften Feste aufzugeben, aber ich weiß, wie viel sie ihm bedeuten. Ich habe versucht, ihn zu ändern, und dachte, ich würde mir damit selbst helfen, aber ich glaube, in Wirklichkeit hatte ich ihn nur dem Mann anpassen wollen, den ich mir wünschte, anstatt dem Mann, der er ist. Und wie sich gezeigt hat, liebe ich den Mann, der er ist.«

Olivia schüttelte ein wenig den Kopf. »Was stimmt dann nicht?«

»Er gelobte, seine lasterhaften Feste für mich aufzugeben.« Lydia konnte immer noch nicht glauben, dass er das gesagt hatte – und obendrein in aller Öffentlichkeit. »Was ist, wenn ihm das letztendlich leidtut? Was, wenn er es mir übel nimmt?«

»Das wird er nicht«, widersprach Philippa. »Lockwood hat mit seinem Erscheinen heute Abend viel aufs Spiel gesetzt. Ich wette, er ist genauso bereit, das aufzugeben, was ihm wichtig ist, wie du bereit bist, dem Haufen da draußen eine lange Nase zu machen.«

»Das bist du, nicht wahr?«, fragte Audrey.

Lydia hätte nie gedacht, ihrem Wunsch nach Anerkennung und Akzeptanz einmal den Rücken kehren zu können, doch sie hatte etwas weitaus Wertvolleres gefunden. »Ich bin mehr als bereit. Ich hoffe nur, es ist noch nicht zu spät.«

»Niemals.« Philippa lächelte aufmunternd. »Ich war Ambrose den ganzen Weg nach Cornwall gefolgt.«

»Zum Glück für mich ist Lockwood House viel, viel näher.« Dann umarmte Lydia abwechselnd jede ihrer Freundinnen.

Nachdem sie eine gute Stunde allein in aller Abgeschiedenheit verbracht hatte, wagte sie sich zurück auf das Fest, um die Kommentare und Glückwünsche der Gäste über sich ergehen zu lassen. Mit etwas Übung, dachte sie, könnte sie lernen, sich nicht darum zu kümmern, was andere von ihr dachten oder über sie sagten. Schließlich war die Zeit zum Aufbruch gekommen und sie nahm mit Tante Margaret in der Kutsche Platz, um die kurze Heimfahrt anzutreten.

Tante Margaret nickte anerkennend. »Ich bin sehr stolz darauf, wie du dich heute Abend verhalten hast, obwohl du nicht so lange hättest verschwinden sollen. Du hast dir damit deine Freiheit, bei mir zu bleiben, mehr als verdient. Ich werde deinem Vater gleich morgen früh schreiben.«

O nein. Tante Margaret dachte, sie hätte Jason absichtlich gedemütigt. »Nein, das wirst du nicht. Ich werde ihm schreiben und ihn über meine bevorstehende Hochzeit informieren. Vorausgesetzt, Jason will mich noch haben.«

Tante Margaret glotzte sie an. »Du hast den Verstand verloren. Du wirst eine Ausgestoßene sein.«

»Vielleicht.« Lydia zuckte mit den Schultern. »Vielleicht auch nicht. Philippa hat ihre Eheschließung mit Sevrin wohlbehalten überstanden.«

Die Kutsche hielt vor dem Stadthaus von Tante Margaret. Tante Margaret beugte sich auf ihrer Sitzbank vor. »Nicht nach Meinung aller. Ich bin schockiert, dass Lady Holborn sich herablässt, einen wie ihn mit einzubeziehen, aber ich nehme an, sie hat es getan, um ihren Sohn zufriedenzustellen. Aber sieh dir an, was *Saxton* geheiratet hat.« Sie rollte mit den Augen. »Er hätte jede junge Frau haben können, aber er hat sich für diese Namenlose entschieden.« Dann richtete sie ihren finsteren, bösartigen Blick wieder auf Lydia. »Falls du Lockwood heiratest, wirst du vollkommen ruiniert sein.«

»*Wenn* ich Lockwood heirate.« Lydia weigerte sich, eine andere Alternative in Betracht zu ziehen. »Und das ist mir egal. Gleichwohl ich mir sicher bin, dass du alles in deiner Macht Stehende tun wirst, um uns unglücklich zu machen.«

Die Tür der Kutsche öffnete sich, und der Diener reichte Tante Margaret die Hand. »Das werde ich nicht müssen. Lockwood hat seinen Ausschluss aus der feinen Gesellschaft heute Abend festgeschrieben, und wenn du so töricht bist, ihn zu heiraten, wirst du ihm ins Verderben folgen«, prophezeite sie, ergriff die dargebotene Hand und trat auf den Bürgersteig.

Lydia stieg nach ihr aus der Kutsche und folgte ihr bis zur Haustür. Jetzt, da sie sich entschieden hatte, zu dem zu stehen, was sie wirklich wollte – Jason –, fand sie keinen Grund mehr, bei ihrer Tante Margaret ein Blatt vor den Mund zu nehmen. »Hör auf, deinen Hass auf Jason und seine Mutter zu richten. Nicht sie sind es, die dir wehgetan haben.«

Tante Margaret blieb kurz vor der Tür stehen und

wirbelte herum. Im Licht der Straßenlaterne funkelten ihre Augen erbost. »Wer hat es dir gesagt?« Ihre Stimme hatte an Tonfall und Lautstärke verloren.

Lydia trat näher zu ihrer Tante heran. Sie wollte nicht mehr kämpfen, nicht, wenn sie hoffentlich im Begriff war, ein sehr glückliches Leben zu beginnen. Sanft berührte Lydia ihren Arm. »Wolverton hat mir alles erklärt, aber er wollte nur, dass ich es verstehe. Ich wünschte, du hättest es mir gesagt. Vielleicht hätte ich dir helfen können, es loszulassen.«

»Was loslassen?«, fragte Tante Margaret schnaubend, als sie ihren Arm von Lydia wegzog. «Ich kann nicht fassen, dass Wolverton meine Vergangenheit vor dir ausgebreitet hat, aber ich sollte wohl für all die Jahre seines Schweigens dankbar sein.«

Sie klang allerdings nicht dankbar. Sie klang verbittert. »Verbreitest du deshalb Klatsch und Tratsch?« fragte Lydia. «Damit die Leute dich fürchten und du selbst nie darunter leiden musst?«

Tante Margarets Augen weiteten sich kurz, doch dann verfinsterte sich ihr Gesicht. »Der Grund spielt keine Rolle. Und ich will dein Mitleid nicht.« Mit einem Grunzen drehte sie sich um. »Wo ist Tate? Warum hat er die Tür nicht geöffnet?«

Der Diener, der in der Kutsche mitgefahren war, eilte herbei und öffnete die Tür. Die Eingangshalle war verwaist. Gespenstisch verwaist.

Lydia trat hinter Tante Margaret ein. »Hier muss etwas nicht in Ordnung sein.«

Tante Margaret wandte sich an den Diener. »Geh und finde Tate.«

Er nickte und machte sich auf die Suche.

»Ich gehe zu Bett«, verkündete Tante Margaret und ging zur Treppe hinüber. »Ich hoffe, dass Coxley dort auf mich wartet.« Sie war auf halbem Weg die Treppe hinauf, als sie eilige Schritte hörten.

»Lady Margaret!«, rief der Diener, ehe seine Füße ihn in die kleine Eingangshalle trugen. »Man hat Euch beraubt! Eine Gruppe von Männern ist ins Haus gekommen und hat unten alle Dienstboten aneinander gebunden.«

Tante Margaret erbleichte, und Lydia eilte herbei, um sie zu halten, damit sie nicht die Treppe hinunterfiel. Während sie ihrer Tante die Schulter tätschelte, wandte sie sich an den Diener. »Schicke den Kutscher bitte in die Bow Street, um einen Ermittler zu holen.« Das war alles, was ihr dazu einfiel. Lydia stellte fest, dass sie zitterte. Kurz bevor der Diener die Haustür erreichte, hielt sie ihn noch einmal auf. »Sind alle unversehrt?«

Er nickte knapp. »Ich denke schon, Eure Ladyschaft. Sie sind alle nur verschreckt.« Er entfernte sich, und Lydia wandte ihre Aufmerksamkeit wieder Tante Margaret zu.

»Lass mich dir ins Bett helfen, dann schicke ich Coxley hinauf.« Lydia führte Tante Margaret langsam die Treppe hinauf.

»Nein, es ist mir lieber, du bleibst bei mir. Für ein Weilchen.« Sie klang kleinlaut und verängstigt.

So hatte Lydia sie noch nie gehört. Sie legte ihren Arm fester um die Schultern ihrer Tante. »Ich bleibe so lange bei dir, wie du willst.«

»Ich danke dir. Ich hoffe, sie haben meinen Schmuck nicht gestohlen – oder deinen.« Sie warf Lydia einen flüchtigen Blick zu.

Lydia dachte an die Schmuckstücke, die ihrer Mutter gehört hatten, und verspürte einen Anflug von Trauer. »Das hoffe ich auch.« Aber vor allem war sie froh, dass niemand verletzt worden war. Jetzt erkannte sie mehr denn je, wie wichtig es war, ihr Leben so zu leben, dass sie glücklich war, und sie hoffte, dass Tante Margaret das endlich ebenso sah.

KAPITEL 22

»Mylord, Mylord!« Scot stürmte mit North auf den Fersen in Jasons Schlafzimmer und weckte Jason vollends aus dem Schlummer, den er gerade halbwegs genossen hatte. Nur halbwegs, denn es hatte ihn die ganze verdammte Nacht gekostet, um dorthin zu gelangen.

»Steht das Haus in Flammen?«, fragte Jason, und rieb sich mit der Hand über die Augen, als er sich aufsetzte.

Scot schaute seinen Bruder an. »Willst du es ihm sagen?«

»Nein, du tust das«, gab North mit unheilvoller Miene zurück.

Mit zunehmender Frustration schaute Jason zwischen seinen beiden Dienern hin und her. »Es ist mir egal, wer das macht, aber besser einer von euch – und schnell.«

»Gestern Abend hat es einen Raub gegeben«, verkündete Scot unheilvoll.

Sein Tonfall löste einen Alarm in Jasons Gehirn aus. Das, und die Tatsache, dass sie in sein Zimmer gestürmt waren, was sie sonst nie taten.

«Wer?«, fragte Jason mit mehr als nur ein bisschen Beklemmung.

»Lady Lydia.«

Fast hatte Jason ihren Namen erwartet. Wer sonst hätte diese vorwitzigen Diener dazu bringen können, sich auf diese Weise aufzuführen? Die Angst, die er tief in seiner Brust verspürte, hatte er allerdings nicht erwartet. Insbesondere nicht nach der Art und Weise, wie sie ihn gestern Abend gründlich abgewiesen hatte. Er sollte sie verabscheuen, nicht wahr? Nein, denn unabhängig von ihrer nicht stattfindenden gemeinsamen Zukunft, sorgte er sich noch immer um sie. »Wie habt ihr das erfahren?«

»Mr. Teague ist unten«, antwortete North.

»Hättet ihr nicht mit dieser Information anfangen können?« Jason schlug die Bettdecke zurück und marschierte direkt in sein Ankleidezimmer. Er wusste, dass Scot und North ihm folgten, also setzte er die Unterhaltung fort. »Was wisst ihr noch?«

North blieb in der Tür stehen, während Scot sich sofort daranmachte, Jasons Kleidung herbeizuholen. »Nichts.«

Jason drehte sich zu Scot. »Dann sieh verdammt nochmal zu, dass ich angezogen bin.«

Kaum zehn Minuten später erschien Jason unten im vorderen Salon, in dem Teague vor den Fenstern stand. Er drehte sich um, als Jason ihn begrüßte.

»Es tut mir leid, Sie zu so früher Stunde zu belästigen, Mylord, aber ich wollte Sie über den Raub von gestern Abend informieren. Ihr Butler hat Sie ins Bild gesetzt?«

Jason nickte. »Das hat er. Wie geht es Lady Lydia?«

»Sie und ihre Tante sind verängstigt, aber sie waren nicht zuhause, als es passierte. Als sie von einem Fest heimkehrten, hatten sie ihre Dienstboten aneinandergefesselt in der Spülküche aufgefunden.« Teague runzelte die Stirn. »Das unterscheidet sich zu den vergangenen Raubüberfällen, die durchgeführt wurden, ohne die Hausbewohner zu belästigen. Diese Diebe sind hereinspaziert, haben sich genommen, was sie wollten, und niemand hat bis nach der Tat etwas gemerkt.«

Jason war erleichtert, dass Lydia nicht dort gewesen war, als der Raub sich ereignet hatte. »Warum ist dieser anders durchgeführt worden?«

Teagues Ausdruck wurde grimmig. »Ich weiß es nicht, aber es ist auffällig, da wir seit Aldridges Tod keinen Raub mehr in diesem Stil erlebt haben. Wer immer ihn geplant hatte, wusste Dinge über das Haus und die Dienerschaft, und er wusste, dass Lady Margaret und Lady Lydia nicht zuhause waren.«

Jason gefror das Blut in den Adern. Er wusste, was Teague sagen wollte. »Sie glauben, Ethan – Jagger – ist darin verwickelt.«

»Wir haben seinen Mann, Oak. Er hat uns erzählt, dass Jagger tatsächlich Aldridges Bande übernommen hatte und sie für die letzten Diebstähle verantwortlich waren. Er sagte auch, dass die von Ihnen gefundene Liste verschlüsselt war.«

Jason wollte nicht glauben, dass Ethan ihn angelogen hatte, oder er dumm genug gewesen war, auf Ethans Täuschungsmanöver hereinzufallen. Und er konnte wirklich nicht glauben, dass Ethan es auf Lydias Haus abgesehen hatte. Nicht der Ethan, den er neuerdings kennengelernt hatte. Wenn er etwas damit zu tun hatte, Lydia zu bestehlen, ihr Angst zu machen ... Jason würde dafür sorgen, dass er an den Galgen käme.

Während das Blut in seinen Ohren rauschte, versuchte Jason logisch zu denken. »Aber Sie sagten, dieser Raub sei anders gewesen. Könnte nicht ein anderer dafür verantwortlich sein? Ethan hat mir erzählt, es gäbe noch eine andere Person.«

»*Er* hat Ihnen das erzählt?« Teague klang skeptisch. »Ich denke, er hat Sie wahrscheinlich angelogen.«

Jason fühlte sich, als hätte er einen Schlag in die Magengrube erhalten. Wiederholt. Insbesondere, wenn er an die Dinge dachte, die Ethan gesagt hatte – dass er mehrere Male mit Lydia gesprochen hatte. Es war nur naheliegend, zu glauben, dass er dabei Gelegenheit hatte, etwas über ihren Haushalt herauszufinden. Und es war ihm mehr als bekannt gewesen, dass Lydia gestern Abend nicht zuhause sein würde. Er hatte dafür gesorgt, dass sie bei Holborns Soirée wäre. Jasons Adern fühlten sich an, als wären sie zu Eis erstarrt.

»Da ist noch etwas«, meinte Teague. Als ob Jason noch mehr hören musste. Er war höchstpersönlich bereit, Ethan zu erdrosseln. »Oak hatte auf Befehl von Jagger gehandelt, als er in der Woche von Lady Aldridges Tod eine besonders kräftige Laudanum-Mischung in Aldridge House abgeliefert hatte, sodass sie, wenn sie ihre übliche Dosis nahm, sich somit eine Überdosis verabreichte.«

Dieser verlogene Hurensohn. Er ballte die Fäuste. »Werden Sie Ethan verhaften?«

»Ja.« Teague zog eine Grimasse. »Aber zuerst müssen wir ihn finden.«

Jason wollte Antworten. Und er wollte diesen Mistkerl leiden sehen. »Gestatten Sie mir zu helfen.«

»Ich hatte gehofft, dass Sie das sagen. Carlyle schien zu glauben, Sie beide hätten sich versöhnt.«

Er hatte sich mit Carlyle unterhalten? Aber natürlich hatte er das, als Carlyle ihm die Liste gebracht hatte. Jason konnte nicht das geringste bisschen Verärgerung gegenüber dem Mann aufbringen, solange jede Faser seines Seins auf den Hass ausgerichtet war, den er derzeit für seinen Halbbruder empfand. »Nicht mehr. Ich werde ihn für Sie suchen.

Und dann können Sie dafür sorgen, dass er genau das bekommt, was er verdient hat.«

Nachdem Teague von North hinausgeführt worden war, kehrte der Butler in den Salon zurück. »Mylord, steht Euch der Sinn nach einem Frühstück?«

»Nein, ich gehe aus.« Jason machte kehrt und marschierte in die Eingangshalle. Er bezweifelte, dass Ethan im Bevelstoke wäre, aber er konnte nicht einfach daheimsitzen und nichts tun. Er stand zu sehr unter dem Einfluss seiner nervösen Energie.

Wie erwartet, war Ethan nicht im Bevelstoke. Gemäß der Aussage des Dieners an der Tür war er tatsächlich während der gesamten vergangenen Woche kaum da gewesen.

Frustriert und vor unbefriedigter Wut kochend, dirigierte Jason seinen Kutscher zu Carlyles Haus. Vielleicht konnte er ihm helfen, Ethan aufzuspüren.

Es war immer noch sehr früh – weit früher als Jason oder irgendein anderer Gentleman normalerweise unterwegs war. London war um diese Morgenstunde fremdartig und irgendwie schön. Es war still, friedlich und alles wirkte zielgerichteter, wahrscheinlich, weil die Leute, die unterwegs waren, ihren Geschäften nachgingen, anstatt unbekümmert ihr Vergnügen zu suchen. Und wahrscheinlich war Jason dies aufgefallen, weil er Geschäften nachging, anstatt wie sonst auf der Suche nach Vergnügungen zu sein.

Kurze Zeit später hielt seine Kutsche vor Carlyle House. Er musste den Butler von Carlyle überreden, seine Lordschaft zu wecken, aber nach ein paar Minuten wurde er in Carlyles Arbeitszimmer geführt, in dem er dann auf den Mann wartete.

Ein Dienstmädchen brachte ein Tablett mit Tee und nachdem Jason eine halbe Tasse getrunken hatte, erschien Carlyle. Er war schlicht angezogen und Jason konnte sich vorstellen, dass er sich selbst angekleidet hatte. Ein Mann mit seiner Vergangenheit brauchte wahrscheinlich keinen Kammerdiener. Jason brauchte ihn kaum, aber nur, weil er auf ihn als Mensch vertraute. Als Freund.

»Welchem Umstand habe ich diesen frühmorgendlichen Besuch zu verdanken?«, fragte Carlyle, der hinter seinem Schreibtisch Platz nahm. »Moss behauptet, Sie hätten ein dringendes Anliegen.«

»Margaret Rutherfords Stadthaus wurde gestern Abend ausgeraubt.«

Carlyle schnitt eine Grimasse. »Ihre Verlobte wohnt dort. Es tut mir sehr leid, dass das passiert ist.« Er brachte die Worte mit einem Mitgefühl hervor, das nur jemand zeigen konnte, der dasselbe erlebt hatte, denn seine Frau war Opfer eines ähnlichen Verbrechens geworden.

Jason machte sich nicht die Mühe, ihn bezüglich des Status seiner Verlobung zu korrigieren. »Bow Street hat eine Aussage von Ethans Diener, die meinen Halbbruder mit den Diebstählen und dem Mord an Lady Aldridge in Verbindung bringt.«

Carlyles Stirnrunzeln verstärkte sich. »Es tut mir leid, das zu hören.«

»Warum? Sie hatten ihn doch bereits in Verdacht.«

»Das heißt aber nicht, nicht die Hoffnung gehabt zu haben, mich zu irren. Ihr Bruder hat das Leben meiner Frau gerettet – und meins. Es widerstrebt mir zu erleben, dass die Sache auf diese Weise für ihn ausgeht.«

Vor zwei Stunden hätte Jason Ethan vielleicht noch eine selbstlose Tat zuerkannt, doch jetzt konnte er nicht über die Tatsache hinwegsehen, dass er es auf Lydia abgesehen hatte. Sie begehrte ihn vielleicht nicht, aber er konnte seine Gefühle für sie nicht einfach abschalten. »Helfen Sie mir, ihn zu finden.«

Carlyle lehnte sich auf seinem Stuhl zurück. »Jagger ist sehr gut darin, sich unauffindbar zu machen. Er hat sich über eine Woche lang mit aller Geschicklichkeit Bow Street entzogen, und doch war er in Lockwood House und an einer Handvoll anderer Orte gewesen.«

Jason wusste, wie man ihn aus der Reserve locken konnte. »Er wird zu mir kommen. Ich muss ihm nur eine Nachricht überbringen.«

Carlyle tippte mit dem Zeigefinger auf die Armlehne seines Stuhls. »Er wird bald wissen, dass Bow Street ihn verhaften will.«

»Dann werde ich ihm meine Hilfe anbieten.« Das hatte er schließlich schon getan. Ethan würde keinerlei Verdacht schöpfen. »Können Sie dafür sorgen, dass er meine Nachricht erhält?«

»Ich werde ihn nicht selbst aufspüren können, aber ich kenne Leute, die mit ihm in Verbindung treten können.« Carlyle nahm einen Bogen Papier aus seiner Schublade und schob ihn zusammen mit einem Stift und Tinte über den Schreibtisch.

Jason überlegte, was er schreiben sollte, und schrieb dann eine Nachricht, mit der er Ethan bat, am Donnerstagabend zu seinem Fest zu kommen. Er bot an, ihm helfen zu wollen, Bow Street zu entkommen, und unterschrieb ihn sogar mit »*Dein Bruder*«, was ihm beträchtliches Magengrimmen bereitete.

Carlyle nahm das Papier und faltete es. »Vielleicht beruhigt es Sie zu wissen, dass ich glaube, Ihr Bruder hat versucht, sich zu ändern. Ich habe schon seit geraumer Zeit das Potenzial in ihm gesehen, und im letzten Frühjahr, als meine Frau und ich von Aldridge und seiner Bande als Geiseln genommen wurden, ließ Jagger uns frei.«

Jason würde sich nicht von Ethan hinters Licht führen lassen. Wenn er gutherzig gehandelt hatte, dann war das nicht aus Wohlwollen geschehen. Sondern weil er einen

Grund hatte, der ihm irgendwie zugutekommen würde. »Das beruhigt mich eigentlich überhaupt nicht.«

Carlyle nickte. »Ich werde dafür sorgen, dass die Nachricht heute noch geliefert wird.«

Jason stand auf. »Wie werden Sie sicherstellen, dass er sie bekommt?«

»Ich sorge dafür, dass er weiß, dass es von Ihnen kommt. Sie sagten, er würde auf Sie hören. Besteht die geringste Möglichkeit, dass er das nicht tut?«

Ethan war sehr aus sich herausgegangen, um eine Beziehung zu Jason aufzubauen, und schockierenderweise waren sie beide zu einer Einigung gelangt. »Nein. Er vertraut mir.« Sein Halbbruder behauptete, dass er das nicht tat, aber Jason glaubte ihm nicht. Ethan war ein einsamer Junge, dem es nach jemandem verlangte, der sich um ihn kümmerte. Und das würde Jason nutzen, um ihn zu Fall zu bringen.

Eine Viertelstunde später hielt seine Kutsche auf seine Anweisung hin vor Lydias Haus. Es sah gut aus, sogar unberührt. Doch drinnen waren Lydia – und sogar ihre gottverdammte Tante – wahrscheinlich aufgewühlt und verängstigt. Jason verspürte einen fast schmerzhaften Drang, ins Haus zu eilen und Trost und Schutz anzubieten. Aber nichts dergleichen oblag seiner Verantwortung. Das hatte sie ihm deutlich zu verstehen gegeben.

Er klopfte auf das Dach, und die Kutsche fuhr an. Als er sich entfernte, warf er einen letzten Blick auf das Haus und sah das Flattern eines Vorhangs an einem Fenster im Obergeschoss. Er spürte ein Stechen in der Brust und wandte sich dann ab, denn er war sich sicher, dass er Lydia sehen würde, wenn er genau hinsah. Und wenn er das täte, würde ihm das Herz mit Sicherheit wieder brechen.

*L*ydias Herz krampfte sich zusammen, als sie Jasons Kutsche nachsah, wie sie die Straße entlangfuhr. Sie wandte sich vom Fenster ab, als Tante Margaret in den Salon kam.

Heute Morgen sah sie noch immer blass aus, und ihren Augen fehlte der typische harte Blick. Lydia fragte sich, ob der Raubüberfall von gestern Abend sie irgendwie erweicht hatte.

»Warum, um alles in der Welt, siehst du so trist aus?«, fragte Tante Margaret.

Offenbar nicht.

»Die letzte Nacht war eine harte Prüfung, meinst du nicht?« Lydia sah keinen Grund mehr, bei ihrer Tante ein Blatt vor den Mund zu nehmen.

Tante Margaret trat in den Salon und nahm in ihrem angestammten Sessel Platz. Sie nahm Lydia mit einem Blick ins Visier, der von Enttäuschung überschattet war. »Ich nehme an, dass eine Nacht Schlaf – oder auch nur eine halbe Nacht – dich nicht zu einer Änderung deiner Meinung bewogen hat. Du triffst eine völlig törichte Entscheidung, wenn du ihn heiratest.«

»Das tue ich nicht. Ich liebe ihn, nicht, dass ich von dir erwarte, das zu verstehen.« Lydia war vollkommen sicher, dass ihre Tante keine Ahnung von dieser Emotion hatte.

Mit zusammengebissenen Zähnen wandte Tante Margaret den Blick ab. »Ich hatte Lockwood, den Schwerenöter, geliebt. Wolverton auch, wenn du das glauben kannst. Und du kannst ja sehen, was die Liebe für mich bewirkt hat.« Als sie den Blick wieder auf Lydia richtete, glühten ihre Augen vor Schmerz. »Ich war eine Närrin, mich Lockwood hinzugeben, aber er war ungemein beliebt und ich hatte mir verzweifelt gewünscht, dass er sich für mich entschied. In seiner Jugend war sein Sohn genauso wie er. Die Frauen lagen ihm alle zu Füßen. Er hätte jede haben können und wahrscheinlich hätte er wie sein Vater ihre Herzen gebrochen, wenn ich nicht eingeschritten wäre.«

Lydias Kiefer erschlaffte. »Was hast du getan?« Doch sie wusste es bereits. »Du hattest seine Mutter in diesen Zusammenbruch getrieben, nicht wahr? Ist all das, was du mir je erzählt hast, eine Lüge?«

Tante Margaret schürzte die Lippen, doch sie wich unter Lydias Zorn nicht zurück.

Lydia tat es in der Seele für Jason leid, und ihre Feindseligkeit für die ihr gegenübersitzende Frau verstärkte sich. »Du bist ein schrecklicher Mensch.«

In ihren dunklen Augen stand Trotz. »Ja, ich bin ein schrecklicher Mensch, aber mit einem verdammt guten Grund.« Ihr Mangel an Reue war widerwärtig, aber absolut zu erwarten.

»Warum?«, fragte Lydia. «Warum hast du es dir zur Lebensaufgabe gemacht, Menschen zu ruinieren? Es ist ja nicht so, als wüsste jemand von deinen Verfehlungen.«

Margaret – irgendwann in den letzten Momenten hatte Lydia aufgehört, sie als »Tante« zu titulieren – umklammerte die Armlehnen ihres Sessels. »Was blieb mir anderes übrig? Meine Irrungen waren nicht allseits bekannt, aber die Männer reden. Ich wurde eine Jungfer. Und ich hatte nicht vor, ein Mauerblümchen zu werden wie deine alberne Freundin Miss Cheswick. Ich habe das Beste aus meinem Los gemacht, und jetzt bin ich eine der meistverehrten Personen der Gesellschaft.«

Lydia empfand Mitleid für diese Frau. Sie war absolut wahnhaft. »Du wirst nicht verehrt, du wirst gefürchtet. Das ist nicht das Gleiche. Und das Traurigste daran ist, dass du immer noch allein bist. Nun, das wird mir nicht passieren.«

Margaret reckte hochmütig das Kinn. »Du wirst nicht

glücklich werden. Lockwood zu heiraten, wird dein Schicksal im Exil besiegeln.«

Vor Zorn ballte Lydia die Hände zu Fäusten und versteifte ihr Rückgrat. »Ich werde glücklich werden, und das nicht trotz der Heirat mit Jason, sondern gerade deswegen.« Ja, manch einer würde sie meiden, doch sie hatte gelernt, dass diese Leute unbedeutend waren. Ihre wahren Freunde und gute Menschen würden sich nicht von ihr abwenden. »Und du irrst dich – es gibt viele Menschen, die sich für Jason und mich freuen werden.«

Sie funkelte Lydia mit einem grässlichen, rachsüchtigen Blick an. »Ich habe es mir zur Lebensaufgabe gemacht, Sorge dafür zu tragen, dass der Familie Lockwood Unglück beschieden ist. Du wirst nicht verschont bleiben, wenn du erst einmal dazu gehörst.« Sie war fest entschlossen, ihre Klatschkampagne fortzusetzen, und wie sie es mit seiner Mutter getan hatte, würde sie versuchen, Jason in den Wahnsinn zu treiben.

Mit steifen Schritten trat Lydia vor und blieb vor ihrem Sessel stehen. Sie starrte auf die Frau hinab, die ihr das Leben schon viel zu lange zur Hölle gemacht hatte. »Du wirst weder mich noch Jason belästigen. Wenn du es dennoch tust, werde ich dafür sorgen, dass die gesamte Gesellschaft über alles Bescheid weiß, was ich von Wolverton über dich erfahren habe.«

Margaret erbleichte. »Das würdest du nicht tun.«

Nein, das würde sie nicht, doch das brauchte Margaret nicht zu wissen. Da sie immer das Schlimmste von den Menschen annahm, würde es ihr nicht schwerfallen, Lydias leere Drohung für bare Münze zu nehmen. »Es gibt nur eine Möglichkeit für dich, dies mit Sicherheit zu wissen.«

Sie starrte Lydia einen langen Moment an, ehe sie blinzelnd den Kopf abwandte. »Ich habe dich zu gut unterrichtet.«

»Nein, das hast du nicht, denn im Gegensatz zu dir habe ich keine Freude daran, dieses Wissen gegen dich verwenden zu müssen. Ich wünschte nur, es gäbe einen Weg für dich, die Vergangenheit loszulassen.«

Margaret zuckte mit der Schulter, doch sie hielt den Blick abgewandt.

Lydia schüttelte den Kopf, um die Wut und die Enttäuschung zu verscheuchen. Es war an der Zeit, sich für Freude – und Hoffnung – zu öffnen. Sie war der Ansicht gewesen, in der Liebe zu einem Halunken kein Glück zu finden, doch hierin hatte sie sich gewaltig geirrt.

Aber wie sollte sie ihn überzeugen, sie zu empfangen? Wahrscheinlich hatte er seine Dienerschaft angewiesen, Sorge dafür zu tragen, dass sie sich Lockwood House auf nicht mehr als fünfzig Meter nähern durfte. Möglicherweise brauchte sie ihn aber auch gar nicht zu überreden. Vielleicht musste sie nur seinen Butler für ihre Sache gewinnen.

KAPITEL 23

*J*ason fühlte sich so gut wie seit Tagen nicht mehr. Das lasterhafte Fest – das er gleich nach seiner Heimkehr von dieser desaströsen Soirée in Holborn House geplant hatte – war in vollem Gange, sein Halbbruder würde sich bald in der Obhut von Bow Street finden, und Scot hatte Sorge dafür getragen, dass eine neue Kurtisane in der oberen Etage auf ihn warten würde. Wie ein eingesperrtes Tier schlich er von Zimmer zu Zimmer, während er auf Ethan wartete.

Scot fand ihn im Salon. »Eure Unterhaltung für den heutigen Abend erwartet Euch.«

Jason sah ihn finster an. »Ich bin noch nicht so weit. Ich bin erst fertig, habe ich dir gesagt, wenn Ethan eingetroffen ist und Teague ihn abtransportiert hat.« Der Bow Street Ermittler wartete in Jasons Arbeitszimmer, und mehrere andere Ermittler warteten im Haus verteilt.

»Ich weiß, was Ihr gesagt habt, aber ich dachte, ich setze Euch dennoch ins Bild.« Er wandte den Blick ab. «Und da ist noch eine Sache. Ich musste sie in Euer Schlafzimmer bringen.«

Scot hatte jetzt Jasons volle Aufmerksamkeit. «Du hast *was* getan?«

»Ich hatte keine andere Wahl. Alle anderen Zimmer sind belegt. Ihr habt eine ansehnliche Truppe hier heute Abend. Es scheint, als wollten nach den Ereignissen von letzter Woche alle kommen.«

Natürlich wollten sie das. »Du bist ein Idiot«, knurrte Jason, dessen gute Laune sich verflüchtigte. »Du wusstest, dass ich so früh niemanden sehen wollte, und hast sie in *mein* Schlafzimmer gebracht. Hol sie raus.«

»Das würde ich ja gerne, aber ich habe Lord Faversham versprochen, eine gewisse junge Dame aus dem Neben-zimmer zu holen.« Schon eilte Scot davon.

Jason fluchte. »Ich werde es ihr höchstpersönlich sagen.«

Er marschierte aus dem Salon und stieg rasch die Treppe hinauf. Auf dem oberen Treppenabsatz stand ein Paar an die Wand gelehnt. Offenbar *hatte* er heute Abend wenig Platz. Leise stahl er sich an ihnen vorbei.

Als er seinen privaten Flügel des Hauses erreichte, war der Korridor hell erleuchtet. Sie hielten ihn so, um die Leute davon abzuhalten, sich in diese Richtung zu wagen. Ein Übermaß an Licht bedeutete einen Mangel an Privatsphäre, und so etwas war nie gut.

Bei der Tür angekommen, hielt er inne. Was würde er dort drinnen vorfinden? Ein Bild von Lydia – ausnahms-weise unbekleidet – auf seinem Bett ausgebreitet, drang in seine Fantasie und eine Woge der Lust überkam ihn, von solcher Gewalt, dass er plötzlich sicher war, die Kurtisane nicht nur aus dem Zimmer zu werfen, sondern aus dem Haus. Nein, es war mehr als Lust. Es war Liebe. In diesem Moment erkannte er, dass er mit niemand anderem zusammen sein wollte, und er fürchtete, das nie wieder zu sein.

Er öffnete die Tür und hatte sie eigentlich nicht schließen

wollen, doch der Anblick, der sich ihm bot, ließ sie ihn ins Schloss werfen.

Lydia – und ja, sie war vollkommen, herrlich nackt – hatte sich auf seinem Bett zurückgelehnt und ihren linken Arm gegen den Bettpfosten erhoben.

Sein Sprachvermögen war ihm vollkommen abhandengekommen, als er ihren herrlichen Körper anstarrte, blass und perfekt im Kerzenlicht. Er musste jede Unze Selbstbeherrschung aufbringen, und davon hatte er derzeit herzlich wenig, um sich nicht auf sie zu stürzen.

»Was tust du hier?«, krächzte er.

»Scot sagte, du hättest Gesellschaft nötig. Ich hoffe, es macht dir nichts aus, aber ich dachte, ich könnte diesen Lederriemen ausprobieren.« Sie zog an ihrer Hand und Jason konnte erkennen, dass ihr Handgelenk am Bett festgebunden war.

Sein Schaft begehrte vor Lust auf. Doch sein Verstand intervenierte mit einer dringend nötigen Dosis Vernunft. Er konnte nicht mit ihr weitermachen. »Lydia, so gern ich dein Angebot annehmen würde …« Sein Mund wurde staubtrocken, als sein Blick auf ihre herrlich gerundeten Brüste fiel. Er schluckte. »Weiß irgendjemand außer Scot – und vermutlich North –, dass du hier bist?«

»Nein.« In ihrer Stimme schwang ein Anflug von Heiterkeit mit, der ihn wieder ernst stimmte. Warum war sie glücklich, wenn ihm elend zumute war?

Warum war sie überhaupt *hier*, insbesondere bei einem lasterhaften Fest? »Du hast mich vor den Augen von halb London abgewiesen.«

Sie zog eine Grimasse und ihre lieblichen Züge knitterten kurz. »Das hatte ich nicht beabsichtigt. Du hattest mich überrascht. Ich fürchte, ich war in Panik geraten.«

Sprachlos schaute er sie an. »Und du hast so lange gewartet, um mir das zu sagen?«

Darauf lachte sie und dieser wunderschöne Klang erfüllte ihn mit Hoffnung. »Das ist ein starkes Stück von einem Mann, der mich drei Tage lang im Elend hat sitzen lassen, nachdem er mich öffentlich gedemütigt hatte.«

Er zuckte zusammen. »Dann war meine ebenfalls öffentliche Entschuldigung vielleicht nicht genug.«

»Nein, ich denke, das war sie nicht. Du wirst es einige Zeit lang bei mir wiedergutmachen müssen.« Mit einem durch und durch sündhaften Blick betrachtete sie ihn von oben bis unten. »Du kannst gleich anfangen.«

Das Verlangen pulsierte in ihm. Er bewegte sich auf das Bett zu und ging zu der Seite, an der ihr Handgelenk angebunden war. »Was meinst du?«

»Dass ich dich will. Ich will dich heiraten. Ich will eine Zukunft mit dir.« Sie reckte das Kinn ein wenig. »Und ich werde nicht gehen, bis du nicht einverstanden bist.«

Dann lächelte er bewundernd über ihren Einfallsreichtum und ihre Hartnäckigkeit. Aber würde ihre Liebe ausreichen?

»Lydia.« Mit seiner ganzen Willenskraft wandte er sich von ihren verführerischen Rundungen ab und schaute an die Wand. »Nichts davon ändert etwas daran, wer ich bin oder was ich getan habe. Die Gesellschaft hält mich für verrückt und degeneriert. Ich werde nie auf die Art und Weise akzeptiert werden, die du dir wünschst, und darüber hinaus möchte ich das auch gar nicht.«

»Ich weiß.« Ihre Stimme klang leise, klein. »Das hätte ich nie von dir erwarten sollen. Ich denke, ich habe zu lange unter Tante Margarets Fuchtel gestanden. Ich habe den Blick dafür verloren, was wirklich wichtig ist, wenn ich das überhaupt je gewusst habe. Und vielleicht hatte ich das auch nicht, ehe ich dich kennengelernt hatte. Mit dir zusammen zu sein, war das einzige Glück, das ich je gekannt habe. Ich werde dich auf jede Weise nehmen, wie ich dich bekommen kann – als Verkommenen, als Wahnsinnigen, als Halunken.«

Er ließ den Blick wieder zu ihr herumschnellen. Sie schaute ihn mit diesen dunklen, verführerischen Augen an und er fühlte sich, als ob er bis tief in ihr Herz blicken könnte. Ein Herz, das sie ihm anbot, wenn er nur den Mut hätte, es zu akzeptieren.

Seine Furcht ließ ihn auf der Stelle erstarren und seine Sicht verschwimmen. Wenn er sich ihr öffnete, sie einließ … es war alles, was ihm noch blieb. Er wusste nicht, ob er das riskieren konnte.

Sie stieß sich vom Bett hoch und mit ihrer freien Hand streichelte sie seine gezeichnete Wange. »Ich liebe dich, Jason. Jeden beschädigten, verrückten und einsamen Teil von dir.«

Die Furcht rumorte in seiner Magengrube und ließ eine leichte Übelkeit aufsteigen. »Was, wenn ich wie meine Mutter *bin* …«

Ihre Berührung wurde deutlicher und sie umschmiegte sein Gesicht mit Wärme und Sicherheit. »Das bist du nicht. Wir werden die Dämonen gemeinsam in Schach halten. Deine Mutter hatte keinen Partner, keinen Seelenverwandten, niemanden, der für sie gekämpft hätte. Du schon.«

Sein Blick wurde wieder klar, und er konzentrierte ihn auf ihr herzerweichend schönes Gesicht. Das Glück war so nahe …

»Lass zusammen mit mir los, Jason«, lockte sie ihn und ihre Finger liebkosten dabei seine Narbe. »Sei bei mir.«

Die Augen geschlossen sank er langsam nach vorn und sein Mund fand den ihren, als er sie auf das Bett niederdrückte. Ihre Lippen waren weich, einladend. Sie teilten sich für ihn und er küsste sie mit einer quälenden Zärtlichkeit.

Er erfüllte ihre Aufforderung und ließ los, nicht, weil er dem Tumult in seinem Inneren nicht widerstehen konnte, sondern weil er geben und nehmen und diesen Augenblick mit ihr teilen wollte. Er hielt den Kopf schräg und intensivierte den Kuss, wobei er den Mund öffnete und mit der Zunge in ihre Wärme drang. Sie antwortete ihm mit feurigem Verlangen und krümmte die Hand in seinen Nacken, um ihn zu sich herunterzuziehen.

Ihr Körper unter ihm war warm und weich. Die Rundungen ihrer Brüste pressten sich an seinen Oberkörper und ließen ihn erkennen, dass er viel zu viel Kleidung trug. Er legte die Hand seitlich um ihren Hals und löste den Mund von ihrem. Ihre Lippen waren rot und feucht, ihre Wangen gerötet. *Wunderschön.* Er nippte an ihren Lippen und küsste ihren Nacken, unfähig, sich von dem Versuch abzuhalten, sie im Ganzen zu verschlingen.

»Ich nehme nicht an, dass du meine Hand losbinden könntest?«, fragte sie atemlos. »Ich kann wirklich nichts mehr unterhalb meines Handgelenks spüren.«

Lächelnd setzte er sich zurück und knüpfte den Lederriemen auf. »Für eine längere Fesselung ist es besser, die Hand flach zu halten, wenn sie gebunden wird.« Er nahm ihre Hand und massierte sie sanft, ehe er sie auf das Bett neben ihrem Kopf sinken ließ. »So etwa. Und ich würde dich in die Mitte meines Bettes legen.« Er schob sie in die Mitte der breiten Matratze und behielt seine Hände dabei auf ihren, sodass ihr Arm ausgestreckt blieb. Er kniete sich neben sie, um dann über sie zu greifen und ihre andere Hand zu fassen. »Dann würde ich deine Hände so aneinanderbinden.« Er streckte den Arm flach aus, sodass sie zumindest in der oberen Hälfte lang ausgestreckt dalag.

Ihre Augen waren dunkel wie Ruß, als sie zu ihm aufschaute. »Und meine Beine?«, fragte sie mit ebenso dunkler Stimme.

»Das Gleiche.« Sein Schaft pochte beinahe schmerzhaft, als er sich das bildlich vorstellte. Eines Tages würde er das mit ihr tun und er würde ihr ein Vergnügen bereiten, das sie noch nie erlebt hatte. Aber nicht heute Abend. Heute Abend hatte er andere Pläne. Zuerst musste er seine Kleidung loswerden.

Er stand auf und sie runzelte die Stirn. »Ruhig, Liebste«, meinte er. »Ich werde mich nur in meinen natürlichen Zustand versetzen.«

Ihre Augen wurden zu Schlitzen, als er seinen Frack auszog. »Ich wollte dir meine Hilfe anbieten, aber ich denke, ich würde dir lieber zuschauen.«

Gott, sie wusste genau, was sie sagen musste, um sein Verlangen anzufachen, bis es noch heißer loderte. Dafür würde er ihr ein Spektakel bieten. Inzwischen ohne Frack, setzte er sich auf das Bett, um seine Stiefel – für seine lasterhaften Feste machte er sich nie die Mühe, Abendgarderobe anzulegen – und Strümpfe auszuziehen. Dann stand er auf und drehte sich zu ihr, während er an seiner Krawatte nestelte. Langsam lockerte er sie und zog den Knoten auf. Spielerisch – Gott, wann war er das je gewesen? – warf er sie auf ihren flachen, alabasterfarbenen Bauch.

Sie ergriff sie und hielt sie an ihre Lippen. Fast hätte er vor Wollust gestöhnt.

Als er sich weiter entkleidete, streifte er seine Weste ungeduldiger ab, als er die Krawatte abgenommen hatte. Er schleuderte sie zu Boden und zog dann sein Hemd aus der Hose.

Ihr Blick war auf seinen Oberkörper geheftet, die Lippen erwartungsvoll geteilt. Langsam und methodisch zog er sich den Stoff über den Kopf, sodass seine Haut Zentimeter für Zentimeter entblößt wurde.

In dem kurzen Moment, in dem ihm die Sicht durch das Hemd versperrt wurde, als er es sich gerade über den Kopf zog, hatte sie sich vor ihm auf der Bettkante auf den Knien aufgerichtet. Ihre Augen trafen die seinen. »Ich bin des Zusehens müde geworden.«

»Müde? Auf mich hast du ziemlich engagiert gewirkt.«

Ihr Blick fiel auf seine Brust und sie fuhr mit den Händen über seine Brustmuskeln. »Jason«, hauchte sie. »Du bist atemberaubend.« Sie grub ihre Finger in sein Fleisch und senkte den Mund auf ihn, um mit den Lippen begierige Küsse auf sein Brustbein zu tupfen.

Er gab seine Vorstellung auf und zog seine Hose mit hektischen Griffen herunter, wobei sich einer der Knöpfe löste. Hastig schob er das Kleidungsstück über seine Beine, beugte sich in der Taille und küsste sie auf den Mund, während er die Hose beiseite trat.

Sie schlang die Hände um seinen Nacken und zog ihn nach unten, während sie sich rücklings aufs Bett legte. Er schob sich über sie und drückte sie in die Matratze, wobei sich sein Körper perfekt an ihren schmiegte.

Ihre bisherigen Momente der Zweisamkeit waren umwerfend gewesen, doch dies hier war anders. Nichts befand sich zwischen ihnen, und das bezog sich nicht nur auf das Fehlen von Kleidung. Sie waren in einer neuen Situation, bereit, einander zu vertrauen und in eine Zukunft zu blicken. Dies musste keine überstürzte Vereinigung oder möglicherweise das letzte Mal sein.

Dieser Gedanke erfüllte ihn mit Demut.

Und er wollte sich für den Rest seines Lebens an diese Nacht erinnern. Er drängte seine Hüften gegen ihre, und sie spreizte ihre Beine, sodass er sich zwischen ihre Schenkel schmiegte. Die Hitze ihres Schoßes lockte seinen schmerzenden Schwanz, aber noch nicht jetzt.

Mit dem Wunsch, sie zu schmecken, leckte und küsste er sich einen Weg zu ihren Brüsten, streichelte und massierte eine nach der anderen, während er ihre köstliche Weichheit liebkoste und saugte. Ihr leises Stöhnen erfüllte sein Schlafzimmer und er war unendlich froh, dass keine andere Frau je dieses Zimmer mit ihm geteilt hatte.

Sie lockte ihn mit Worten, indem sie immer wieder »Ja« murmelte, und mit Taten, indem sie ihre Finger mit seinem Nackenhaar verflocht und ihm ihre Brüste entgegenreckte. Er sog eine Brustwarze tief in seinen Mund und leckte die entzückende Spitze. Ihr Kopf sank zurück, und sie spreizte die Beine weiter.

Er wanderte mit seinem Mund die Wölbung ihres Bauches hinunter und leckte über ihre zarte Haut, während er weiter an ihren Brüsten zupfte. Dann schob er eine Hand zwischen ihre Schenkel und tauchte in ihre feuchte Hitze ein. Sie keuchte auf, als er seinen Finger sanft in sie einführte. Sie kreiste mit den Hüften auf der Matratze, und er rieb seinen Daumen über ihre Klitoris. Dann zuckte sie zusammen, und er spürte, wie sich ihr Höhepunkt anbahnte.

Er staunte über ihre Hemmungslosigkeit und freute sich über ihre Lust. Noch nie hatte er eine Geliebte gehabt, die nicht erfahren und professionell war. Lydia war unschuldig und großzügig, und er sehnte sich danach, jeden Moment für sie gut – nein, spektakulär – zu machen.

Er drang weiter nach unten vor, übersäte ihren Hüftknochen mit Küssen und dann ihren Schamhügel. Er übte Druck auf ihre Klitoris aus, während er über ihre weichen Schamlippen leckte. Sie schrie seinen Namen heraus und ihre Schenkel spannten sich an. Fest drückte er die Handflächen auf ihre Haut und hielt sie geöffnet, während er sie mit der Zunge schleckte.

Sie schmeckte würzig und süß, und der Moschusduft ihrer Weiblichkeit vermischte sich mit dem Hyazinth-Parfüm, das sie benutzte. Sie hob und senkte die Hüften mit kreisenden Bewegungen, als ihr Orgasmus sich anbahnte.

Mit einer Hand auf einem ihrer Schenkel benutzte er die andere, um in ihre weichen Tiefen zu dringen, wobei seine

Finger mit seinem Mund zusammenspielten, und damit ihre Welt zum Einsturz brachten. Er glitt in sie hinein und aus ihr heraus, während er an ihrer Klitoris saugte. Sie wurde feuchter und heißer, und ihre Hüften bewegten sich schneller. Sein Streicheln wurde schneller, sein Saugen kräftiger. Dann schrie sie auf, und ihre Muskeln spannten sich an, als sie zum Höhepunkt kam.

Er richtete sich auf die Knie auf und bestaunte Lydias Schönheit im Rausch ihres Orgasmus, um dann sank er tief in sie.

KAPITEL 24

*E*ine Welle der Lust nach der anderen drohte Lydia hinwegzuschwemmen. Sie war ohne Vorstellung, wo sie landen würde, hatte überhaupt kein Gefühl für Raum und Zeit, doch dann drang er in sie und sie wusste genau, wo sie war – sie war genau an dem Ort, an dem sie sein wollte.

Sie schlug die Augen auf und betrachtete ihn, wie er in sie hinein- und wieder hinausglitt. Ihr Körper bebte noch von den Erschütterungen ihres Höhepunkts oder vielleicht hielt er auch einfach weiter an. Sie hatte keine Ahnung. Sie wusste nur, wie gut sie sich fühlte, und wie unbeschreiblich dieser Mann war.

Er wurde langsamer und drang nun mit gemäßigten, aber tiefen Stößen in sie ein. Jede Empfindung war auf den Punkt konzentriert, an dem ihre Körper sich vereinigten. Sie hielt seine Hüften umklammert und drängte ihn, sich ein bisschen rascher zu bewegen, und die Reibung bis zu diesem schmerzhaft glückseligen Maß zu steigern.

Doch er schenkte ihr nur ein halbes Lächeln und sein Blick verband sich mit ihrem, als er seinen, zum Verrückt werden gemäßigten Angriff fortsetzte.

»Jason«, flehte sie, als sie sich vom Bett hob.

Er drückte sie einfach wieder nach unten und begleitete ihre Bewegung, um ihren Mund mit dem seinen zu versiegeln. »Schh. Wir haben uns immer so beeilen müssen. Das möchte ich nicht. Dieses Mal nicht.«

Sie schmeckte einen salziges moschusartiges Aroma auf seiner Zunge und erkannte, schockiert, dass es sich um ihren eigenen Geschmack handelte.

Sie musste irgendwie reagiert haben, denn er hob den Kopf von ihr und lächelte auf sie herab. »Stört dich das?«

Noch schockierender war, dass dem nicht so war. Kopfschüttelnd zog sie ihn zu einem längeren, tieferen Kuss zu sich herab.

Er nahm ihr Gesicht zwischen seine Hände, als er ganz langsam auf ihre Lippen und Mund herabsank. Ganz allmählich bewegte er sich schneller und glitt in einem immer schneller werdenden Takt in sie hinein und wieder heraus. Die Beine um seine Hüften geschlungen, drängte sie ihn, sich noch schneller zu bewegen. Sie stöhnte, doch dann streichelte er mit seinen Fingern diese empfindliche Stelle zwischen ihren Körpern und die Ekstase spülte über sie hinweg. Er umschloss ihre Hüfte mit seiner gespreizten Hand und drang mit erquicklicher Präzision in sie ein, wobei jeder Stoß sie auf eine neue Ebene der Wonne erhob.

Noch einmal sank er nach vorn und legte seinen Mund über ihre Brust. Seine Zunge war heiß, als er an ihrer Brustwarze leckte und dann saugte er ihr gequältes Fleisch. Sie wusste nicht, wie viel sie noch aushalten konnte. Jeder Teil von ihr fühlte sich übersensibel an. Sie war von seiner Berührung vollkommen gefangen.

Irgendwann hatte sie die Augen geschlossen, doch dann streichelte er mit dem Daumen über ihre Unterlippe und sie öffnete die Lider, um ihn über sich anzuschauen. Um seinen Mund spielte noch immer dieses schwache Lächeln, das er die ganze Zeit schon aufgesetzt hatte. Nie hatte sie ihn so glücklich gesehen.

»Bist du jetzt bereit?«, fragte er leise.

»Ich bin seit einiger Zeit bereit, falls du das nicht bemerkt haben solltest.«

Er kreiste mit den Hüften gegen ihre und drang mit seinem Schaft noch tiefer in sie, um sich dann schlagartig zurückzuziehen, sodass sie sich vollkommen beraubt fühlte. Er spreizte die Lippen zu einem Grinsen. »Ich habe es bemerkt. Aber sag mir nicht, du hättest nicht jeden Augenblick genossen. Das werde ich dir nicht glauben.« Mit jedem Wort glitt er in sie hinein und wieder heraus und jetzt, da er an Tempo zugelegt hatte, stieß er mit einer köstlichen Kraft in sie, bis sie den Kopf in den Nacken warf und die Augen zukniff, als sie unter ihm in Stücke zerbrach.

Er schrie auf, als er sich tief in ihr vergrub. Sie klammerte sich an seinen Rücken und zog ihn zu sich herab, wobei sie sich an seiner Leidenschaft und Kraft ergötzte. Er war spektakulär und war der ihre.

Minuten später kämmte sie mit den Fingern durch sein Haar und hinterließ Spuren in seinen dunklen Locken, während sie den Druck seines Körpers auf ihrem genoss. Er hob den Kopf und schaute sie an. Das Lächeln war fort, doch nun stand in seinem Blick ein Staunen, das sie mit Schüchternheit erfüllte.

»Was ist?«, fragte sie mit der Hand noch immer an seinem Kopf.

Er rutschte an ihre Seite und zog sich dabei aus ihr zurück. Doch er drehte sie dabei auf die Seite, sodass ihre Gesichter einander zugewandt waren. »Du bist weit mehr, als ich mir je erträumt habe.«

Sie wusste genau, wie er fühlte. Sie schmiegte sich an seine Brust und legte ihre Hand mit gespreizten Fingern auf seine warme Haut. »Ich bin so froh, dass ich nirgendwo hingehen muss. Wäre es schrecklich skandalös, wenn ich die Nacht hier verbringe und mich ihm Morgengrauen nach Hause stehle?«

Anstatt Gelächter, auf das sie voll und ganz gefasst gewesen war, zog er sich mit einem gemurmelten Fluch von ihr zurück. Er verließ das Bett und begann, sich anzukleiden.

Stirnrunzelnd setzte sie sich auf. »Wo gehst du hin?«

Er warf ihr ein Lächeln zu, das sie beruhigte, aber ihre Neugier nicht befriedigte. »Ich gebe ein Fest dort unten.«

Sie rutschte an die Bettkante. »Sicher brauchen sie dich nicht, um den Gastgeber zu spielen. Vergiss nicht, dass ich weiß, was sich dort unten abspielt – und hier oben – und ich bezweifle, dass du vermisst wirst.«

»Ich erwarte Ethan.«

»Wirklich? Darf ich mit dir kommen?«, fragte sie und schwang die Füße über die Bettkante. »Scot kann mir eine Maske bringen –«

»Nein.« Er schaute sie nicht an, als er seine übereilte Toilette fortsetzte.

»Warum nicht?« Sie stand trotzdem auf und hob ihr Hemd vom Boden auf, wo sie es hatte fallenlassen.

Er zog seine Stiefel an. »Weil Bow Street hier ist und sie ihn verhaften werden. Ich möchte dich nicht dabei haben.«

Sie hielt sich das Kleidungsstück vor die Brust und schaute ihn ungläubig an. »Ihn verhaften? Weswegen denn?«

»Diebstahl. Mord. Wahrscheinlich einige andere Verbrechen.« Er klang vollkommen unbeteiligt.

Schnell streifte sich Lydia ihr Hemd über und fasste ihn am Handgelenk. »Du kannst ihn nicht von Bow Street verhaften lassen.«

Jason hielt beim Zuknöpfen seiner Weste inne. »Er war für den Diebstahl deiner Sachen verantwortlich. Ich werde ihnen ganz bestimmt erlauben, ihn zu verhaften. Das ist der Grund, weshalb ich ihn heute Abend eingeladen habe.«

Ihr wurden die Knie weich. »Das kann ich von ihm nicht glauben.«

»Warum?«, fragte Jason mit argwöhnischem Blick.

»Er hatte mich vor Wochen angesprochen – auf dem Whitmore Ball – und mich gebeten, ein Treffen zwischen euch beiden zu arrangieren. Und ich habe ihm das Walzertanzen beigebracht.«

Jason starrte sie einfach nur an. »Warum um alles in der Welt hast du mir nichts davon erzählt?«

»Weil du dich an ihm hattest rächen wollen.« Sie legte den Kopf schief und erkannte, dass er sich in den letzten Wochen irgendwie verändert hatte. Plötzlich fragte sie sich, warum er ihr nichts davon erzählt hatte. »Abgesehen davon ist es nicht so, als hättest du mich über eure Beziehung auf dem Laufenden gehalten.«

»Du hättest mir sagen sollen, dass er dich angesprochen hatte.« Er presste die Lippen zusammen und schien ein ganz anderer Mann zu sein als der, mit dem sie bis vor einigen Augenblicken das Bett geteilt hatte. »Und wo hast du ihm das Tanzen beigebracht?«

»In Audreys Haus.«

»Er hat Miss Cheswick in seine Pläne verstrickt?« Jason klang sehr verärgert.

Lydia fand ihre Strümpfe und setzte sich auf das Bett, um sie anzuziehen. Sie sprach mit einem abwehrenden Tonfall, als ob sie sich rechtfertigen müsste. »Ich würde Walzer tanzen lernen, kaum als ›Plan‹ bezeichnen, aber sie zu bitten, war mein Einfall. Sie war sehr gern bereit dazu.«

Jason schüttelte den Kopf, als er seine Weste fertig zuknöpfte. »Er ist ein Verbrecher, Lydia. Das ist er jahrelang gewesen. Bow Street hat Beweise, dass er hinter den Raubüberfällen steckt und in Lady Aldridges Tod verwickelt war.«

Lydia zitterten die Hände. Das konnte er nicht getan

haben. Nicht, wo er so charmant war. »Es muss eine Erklärung geben. Hast du versucht, mit ihm zu reden?«

»Viele Male. Er wollte mir nie sagen, was er tut. Er sagte, er könne mir nicht trauen und dass er niemandem trauen könnte.« Jason presste die Lippen zusammen, bis die Haut um seinen Mund und seine Narbe weiß geworden waren. »Ich war ein Dummkopf, seinen Lügen Glauben zu schenken.«

Sie besann sich auf das, was Ethan ihr bei dem Musikabend erzählt hatte, als er sie darum gebeten hatte, ihm das Walzertanzen beizubringen. »Er hatte sich nicht ausgesucht, ein Verbrecher zu sein – zumindest war es nicht seine erste Wahl. Er war allein auf der Welt. Du und deine Mutter hattet ihm den Rücken zugekehrt.«

Jason durchbohrte sie mit einem wütenden Blick. »Verteidige ihn nicht gegen mich. Mir tut es um sein Los leid, aber wir alle haben Wahlmöglichkeiten und er hat sich für dein Haus als Ziel entschieden. Außerdem hat er mich wochenlang angelogen.« Als er darauf die Lippen schürzte, wirkte er besonders furchterregend. »Wenn ich noch einmal darüber nachdenke, tut es mir überhaupt nicht leid um ihn.«

Ein Klopfen an der Tür ließ sie beide aufmerken. Jason half Lydia in ihr Kleid, was quälend lange Minuten in Anspruch nahm. »Herein«, rief er, als sie fertig waren.

In das Schlafzimmer trat Scot, mit North auf den Fersen. Ihre Gesichter waren blass und langgezogen. Genauer gesagt traf das auf Scot zu. Norths Gesicht war nur blass.

»Was ist los?« Jason klang beunruhigt, doch mit Blick auf seine Dienstboten hatte er allen Grund. Lydia war es ebenfalls.

»Einer der Diener – Kerr – ist tot aufgefunden worden«, informierte North ihn und seine Aufmerksamkeit richtete sich auf Jason, als ob Lydia nicht da wäre.

Jason wich das Blut aus dem Gesicht. »Himmel. Wo?«

»Draußen in der Gasse, bei der Rückwand. Dockley war gegangen, um ihn von seinem Posten zu erlösen und hat ihn gefunden. Seine Kehle war aufgeschlitzt, Mylord. Und man hat ihm seine Livree ausgezogen.«

Lydia nahm Jasons Hand und drückte sie.

»Ist Teague in meinem Arbeitszimmer?«, fragte Jason.

»Ich bedaure, aber Teague hatte vor einer Weile eine Nachricht erhalten und ist gegangen«, antwortete North.

Jason ließ Lydias Hand los, als Scot mit seinem Frack kam und ihm in das Kleidungsstück half. »Verdammt, hat er gesagt, wohin er wollte?«

North schüttelte einmal den Kopf. »Nein, Mylord.«

»Sind die anderen Ermittler mit ihm gegangen?«, fragte Jason und zog dabei seinen Frack zurecht.

North runzelte die Stirn. »Ich bin nicht sicher.«

»Das ist schon in Ordnung, North. Schick jemanden in die Bow Street – selbst, wenn Teague nicht dort ist, sollte jemand in der Lage sein, ihn aufzuspüren.« Jason drehte sich zu Scot um. »Nimm einige der Diener und versuche, Ethan zu finden – er sollte inzwischen angekommen sein. Ich werde herunterkommen, so schnell ich kann.«

Die beiden Männer nickten und entfernten sich voller Eifer.

Jason drehte sich zu Lydia und fasste sie an den Schultern. »Ich will dich nicht hier haben, wenn sie Ethan festnehmen. Ich werde einen meiner Diener heraufschicken, damit er dich nach Hause bringt.«

»Ich kann immer noch nicht glauben, dass Ethan so etwas tun würde. Er muss sich geändert haben.« Ihr Verstand hatte Mühe, all dies zu begreifen. »Warum sollte ein Verbrecher Walzertanzen lernen wollen?«

»Lydia, Bow Street hat Beweise – Zeugnis von einem Mann, der für Ethan arbeitet. Er hat Lady Aldridges Tod herbeigeführt.« Jasons Augen waren traurig. »Es tut mir leid, dir solch eine Tatsache verraten zu haben, aber du musst wissen, was für ein Mann er ist.«

»Ich muss gehen.« Er ließ seinen Blick von Kopf bis Fuß über sie wandern, und schien ein bisschen wehmütig, als er es beendete. »Brauchst du jemanden, der dir hilft?«

»Nein, vielen Dank.« Ihre Frisur war zweifellos erschreckend, aber sie würde klarkommen.

Er beugte sich vor und gab ihr einen Kuss auf die Schläfe. »Ich werde dich morgen besuchen.«

Lydia nickte und blickte ihm nach, als er hinausging.

Mit einem schweren Seufzen machte sie sich auf die Suche nach ihren Schuhen und zog sie an die Füße. Sie konnte sich von Ethan immer noch nicht vorstellen, dass er sie bestahl, ganz zu schweigen davon, für Lady Aldridges Tod verantwortlich zu sein. Lieber Gott, was würde Audrey sagen, wenn Lydia ihr das erzählte? Sie wäre ebenso geschockt wie Lydia. Vielleicht sogar mehr. Audrey hatte schließlich mit ihm geflirtet.

Nachdem etwa eine Viertelstunde verstrichen war, klopfte es an der Tür. Lydia zog sie einen Spalt auf, und dort stand ein untersetzter Diener, den sie noch nie zuvor gesehen hatte.

»Ich bin hier, um sie nach Hause zu bringen, Mylady«, meinte er mit einem hilfsbereiten Lächeln. Sein Gesicht war freundlich und aufrichtig und er beruhigte sie sofort. »Ich bin Jimmy.«

»Jimmy?«, fragte sie, als er ihr ein Zeichen gab, ihm voranzugehen. »Sie lassen sich nicht beim Nachnamen nennen?«

»Nein, Mylady. Ich bin einfach Jimmy.« Er eilte an ihre Seite. »Wir müssen uns beeilen. Seine Lordschaft möchte Sie so schnell wie möglich auf dem Nachhauseweg wissen.«

»Natürlich.« Sie beschleunigte ihre Schritte, und sie waren die Treppe zur Eingangshalle schon halb unten, als sie erkannte, dass sie keine Maske trug. Wenn jemand sie sah, wäre sie ruiniert – aber war das wirklich wichtig? Freudig erkannte sie an, dass dem nicht so war.

Jimmy lief noch schneller, als sie in der Eingangshalle waren und führte sie zur Tür hinaus, ehe jemand sie gesehen hatte, aber sie hatten auch keine Menschenseele gesehen. Was merkwürdig war. Sollte nicht jemand in der Eingangshalle auf Posten sein? Oder waren sie alle wegen des toten Dieners beschäftigt? Lydia wurde es ein bisschen mulmig, als sie erkannte, dass der Tod ganz in der Nähe war.

Sie wurde langsamer, als sie auf die Straße zugingen, die von einer Handvoll Kutschen gesäumt war, von denen keine Jason gehörte. Welches Gefährt sollte sie nehmen? Verwirrt drehte sie sich zu Jimmy, aber er schenkte ihr keine Aufmerksamkeit. Er drehte den Kopf in eine Richtung und dann die andere.

»Was ist?«, fragte sie, als ganz langsam Unruhe in ihr aufstieg.

Jimmy fasste sie am Arm und zog sie zur Straße. »Wir müssen eine Droschke anhalten.«

Seine Stimme hatte sich ganz subtil verändert und ließ ihre Unruhe zu voller Panik anschwellen. Sie versuchte, sich aus dem Griff des Dieners zu lösen. »Ich denke, ich gehe lieber wieder nach drinnen.«

Sein Griff wurde fester und nachdem er die Straße hinauf und hinab geschaut hatte, zog er sie auf die andere Seite, gleichwohl sie unnützerweise versuchte, ihre Füße ins das Pflaster zu stemmen.

»Lassen Sie mich los!« Ihre Stimme wurde lauter, doch der aufblitzende Stahl einer Messerklinge ließ sie sofort verstummen.

Er hatte den Dolch aus seinem Stiefel gezogen und hielt ihn nur wenige Zentimeter vor ihr Gesicht. »Es sei denn, Sie wollen eine Narbe, die zu seiner Lordschafts Narbe auf der

Wange passt, halten Sie den Mund. Tun Sie, was ich sage und Sie werden nicht bluten.« Seine gesetzte Sprechweise eines Dieners, war durch die Sprache eines Menschen einer weit niedrigeren Klasse ersetzt worden.

Lydia biss sich in die Wange, damit sie nicht schrie und betete, dass Jason sie finden würde. Aber er dachte, sie sei nach Hause gegangen. Bis morgen früh würde er nicht wissen, dass sie dort nicht angekommen war. Wer konnte schon wissen, was ihr bis dahin nicht alles passiert wäre?

Die Angst ließ ihren Körper erstarren, als ihr Entführer sie zu weiß Gott was für einem Schicksal zerrte.

KAPITEL 25

*J*ason eilte in die Eingangshalle hinunter und traf North dort an. »Hat schon jemand Ethan gefunden?«

»Nein, Mylord. Es ist möglich, dass er nicht gekommen ist, oder er hat die draußen stationierten Bow Street Ermittler gesehen und ist gegangen.« North verschränkte die Hände in seiner normalen Haltung hinter dem Rücken, doch brodelte eine nervöse Energie in ihm, als ob er bereit wäre, jeden Augenblick in Aktion zu treten.

Jason war wütend gewesen, als Teague am frühen Abend mit vier weiteren Ermittlern aufgetaucht war. Ethan war viel zu schlau, und wenn er witterte, dass es sich um eine Falle handelte, würde er gehen und sie würden ihn vielleicht nie finden.

In dem Moment trat Scot durch die Eingangshalle. Als er Jason ansichtig wurde, hielt er inne. »Es ist noch ein Ermittler hier. Er ist draußen in der Gasse mit Kerr.« Scots Miene war grimmig, doch sie zeigte auch eine Spur Wut. »Ich würde liebend gern meine Hände um den Hals desjenigen legen, der ihm das angetan hat.«

Jason fühlte sich genauso und vielleicht sogar noch mehr, weil er den Verdacht hatte, dass es sich um seinen Halbbruder handelte, der ihn gründlich und erfolgreich hinters Licht geführt hatte. »Immer noch kein Zeichen von Ethan?«

»Noch nicht. Eure Gäste spüren, dass etwas nicht stimmt, aber wir haben Kerrs Tod verschwiegen. Gleichwohl ich nicht weiß, wie lange das noch gut gehen wird.«

Jason nickte. »Ich brauche jemanden, der Lydia nach Hause bringt. Ich möchte sie so schnell wie möglich hier raus haben.«

North nickte. »Ich werde jemanden schicken, der sich darum kümmert.« Er machte kehrt und ging mit langen Schritten davon.

Jason drehte sich zu Scot, dessen Miene weiterhin irgendwo zwischen Wut und Traurigkeit schwebte. »Wo habt ihr nach Ethan gesucht?«

»Ich wollte nach oben gehen.«

Jason rief sich sein letztes lasterhaftes Fest in Erinnerung. Ethan hatte sich unentdeckt in das Billardzimmer geschlichen. Das Gleiche konnte er sehr gut heute Abend getan haben. »Ich werde mir das Spielzimmer vornehmen.«

Scot schüttelte den Kopf. »Dort habe ich nachgesehen.«

»Es ist möglich, dass du nicht wusstest, wonach du Ausschau halten musst.« Jason eilte zum Billardzimmer und sah sich schnell unter allen Anwesenden um, als er das Zimmer durchquerte. Nur wenige Männer trugen Masken und keiner von ihnen war Ethan. Und gleichwohl Jason ihn bei dem letzten lasterhaften Fest wahrscheinlich nicht sehr leicht erkannt hatte, fühlte er sich sicher, dass er ihn jetzt überall erkennen würde.

Er erreichte den hinteren Bereich des Zimmers und stand bei den Terrassentüren, von denen eine zum Teil geöffnet war, um vermutlich kühle Luft in den Raum zu lassen. Aber wenn das nicht der Grund war? Vorsichtig stieß Jason die Tür weiter auf und trat ins Freie.

Eine Fackel an der Außenwand erhellte diesen Bereich der Terrasse. Jason blieb ruckartig stehen, als er Ethan über einen Körper gebeugt entdeckte. Ethans Blick traf auf Jasons. Ganz langsam erhob er sich. Ein Blutfleck breitete sich unter dem Körper aus – es war Wolverton. Jasons Blick fiel auf das blutbesudelte Messer, das in Ethans Hand baumelte.

Stockend trat Jason vor und schaute zwischen dem eindeutig toten Wolverton und Ethan hin und her. «Was hast du getan?»

Ethan drehte sich zu ihm um und trat von Wolverton weg. »Ich habe das nicht getan.«

Jasons Magen rebellierte. »Für mich sieht es aber so aus, als hättest du es getan.« Jason drehte den Kopf und bemerkte die Ankunft von Teague.

Der Ermittler trat auf die Terrasse hinaus und stellte sich neben Jason. »Leg das Messer hin, Jagger.«

»Teague, ich dachte, Sie wären gegangen«, meinte Jason, ehe er die Aufmerksamkeit wieder auf Ethan richtete.

»Das war ich, aber ich bin gerade zurückgekehrt und wie ich sehe, keinen Moment zu früh.«

Ethan hielt die Hände hoch. Das Blut tropfte vom Messer und landete wie ein scharlachroter Regentropfen auf den Steinen. »Ich weiß, es sieht schlimm aus, aber ich habe Wolverton nicht umgebracht.«

Jason starrte ihn an. »Ich habe dich in Schutz genommen. Ich war dumm genug zu glauben, du hättest dich geändert. Und du hast meine Verlobte bestohlen.« Er ballte die Hände zu Fäusten in der Hoffnung, endlich eine Gelegenheit zu finden, diesem Mistkerl die Nase zu brechen.

Ethan fixierte ihn mit ernstem Blick. »Ich habe Lydia nicht bestohlen. Das war Wolverton. Ich habe dir gesagt, dass jemand anders beteiligt war.«

Und dieser jemand war ein Marquess? Diese Annahme
hätte nicht unmöglich sein sollen, da der Earl of Aldridge
eine Diebesbande geführt hatte, aber wie viele verdammte
Adlige arbeiteten für Gin Jimmy? Oder log Ethan schon
wieder? »Verzeih mir, dass ich dir nicht vertraue, aber das
hast du mir verdammt schwer gemacht. Hast du einen
Beweis?«

»Den haben wir«, unterbrach Teague. »Ich bin vorhin
gegangen, weil ich eine Nachricht erhalten habe, die mich zu
Wolverton House führte. Wir haben mehrere gestohlene
Objekte gefunden, einschließlich einer Halskette, die Lady
Lydia gehört.«

Jason stieß die Luft aus. Er war erleichtert, dass Ethan
nicht gelogen hatte – zumindest nicht darüber, Lydia
bestohlen zu haben.

Teague trat einen Schritt auf Ethan zu. »Haben Sie
Wolverton   umgebracht,   um   Ihre   Konkurrenz
auszuschalten?«

»Warum sollte ich das tun, wenn ich davon ausging, dass
Sie Wolverton verhaften?« Ethan starrte den Ermittler zu
gleichen Teilen mit Geringschätzung und Arroganz an,
wobei weder das eine noch das andere in seiner Sache dienlich war. »Wer, glauben Sie hatte die Nachricht geschickt, die
Sie nach Wolverton House geführt hat?«

Jason versuchte, in allem einen Sinn zu erkennen und
wünschte sich verdammt noch mal, sein Bruder hätte ihn
eingeweiht, in was immer sein Plan war, den er auszuführen
gedachte. »Warum stehst du hier mit diesem verdammten
Messer?«

Ethan blickte auf die Waffe herunter und Jason nahm ein
Aufflackern von Abscheu in seinen Augen wahr. »Ich sage
dir, dass ich das nicht getan habe. Von den anderen erwarte
ich nicht, dass sie mir glauben, aber von dir schon.«

Jason wusste nicht, was er glauben sollte. Er hatte weit

DIE SCHÖNE UND DER HALUNKE 383

mehr Zeit damit verbracht, diesen Mann zu hassen, als ihn zu mögen. Und wie sollte er in jemanden Vertrauen haben, der einem kein Vertrauen entgegenbrachte?

»Ethan, ich werde Sie für den Mord an Wolverton und möglicherweise den Mord an Lord Lockwoods Diener verhaften müssen.« Teague tat einen weiteren Schritt. »Und für die Herbeiführung von Lady Aldridges Tod.«

Ethan wich zurück. »Das habe ich nicht getan. Es war Oak – er hat Gin Jimmys Anweisungen befolgt. Und Gin Jimmy hat Wolverton umgebracht.« Er sah Jason an. »Einer deiner Diener ist tot?«

Ehe Jason antworten konnte, fragte Teague. »Sie erwarten von mir zu glauben, dass Gin Jimmy aus seinem Versteck gekommen ist, um jemanden umzubringen?« Teagues Tonfall machte deutlich, dass er so etwas nicht glaubte.

Ethans Nasenflügel flatterten und seine grauen Augen funkelten vor Wut. »Ja, Gott verdammt noch mal. Er ist im Haus. Er trägt die Lockwood Livree. Aber ihr müsst euch beeilen, denn vielleicht ist er inzwischen schon entwischt.«

Jason ging langsam ein Licht auf, was sich zugetragen haben könnte. »Warum ist Gin Jimmy heute Abend hierhergekommen?«

»Um Wolverton umzubringen.« Ethan nickte kaum merklich, als ob er versuchte, Jason noch etwas anderes mitzuteilen. »Gin Jimmy dachte, er hätte sich gegen ihn gewandt.«

Jason hatte das Gefühl, Ethans Plan allmählich zu verstehen. Er *hatte* letztendlich versucht, sich zu ändern. *Er* hatte sich gegen Gin Jimmy gestellt, nicht Wolverton. »Und er hat meinen Diener umgebracht, um an meine Livree zu kommen, weil er sich leichter ins Bild fügen und entkommen wollte?«

»Wir müssen ihn finden«, drängte Ethan. «Es ist gut, dass

er die Livree trägt, also werdet ihr wissen, wonach ihr Ausschau halten müsst. Ich bin sicher, Teague weiß nicht, wie er aussieht.«

»Nein.« Teague wirkte hin- und hergerissen. Er richtete den Blick zum Haus, doch er stand Ethan zugewandt, die Füße weit auseinander und die Arme angespannt. Er war kampfbereit. Aber er konnte Ethan nicht halten und Gin Jimmy verfolgen. »Lord Lockwood, wo ist der Ermittler, der hiergeblieben ist?«

»In der Gasse.«

»Ich sage das nicht gern, aber würde es Ihnen etwas ausmachen, ihn zu holen? Ich fürchte, bei so vielen Verbrechern hier brauche ich noch ein weiteres Paar Hände zur Unterstützung.« Er warf Ethan einen dunklen Blick zu. »Beschreiben Sie Gin Jimmy.«

»Er sieht aus wie ein typischer Großvater.« Ethan hielt die Hand hoch und zeigte damit eine Höhe an, die etwa an seinen Mund reichte. »Kleiner, vielleicht einen Meter siebzig, ein bisschen rundlich um die Mitte. Weißes Haar, sauber rasiert und er hat einen Goldzahn. Und er sieht jetzt natürlich aus wie jeder andere von Jasons Dienern.«

Diener. Eiskalt kroch es Jason den Nacken hinauf. North hatte jemanden nach oben geschickt, um Lydia nach Hause zu bringen. Er hätte sofort erkannt, dass Gin Jimmy keiner ihrer Dienstboten war, aber trotzdem fühlte Jason sich beunruhigt. »Ich werde Ihren Ermittler holen gehen«, sagte er ein bisschen abwesend, als er sich zum Haus umdrehte und die Absicht hatte, zuerst nach Lydia zu sehen.

Das Geräusch eines Handgemenges veranlasste ihn, sich wieder umzudrehen. Ethan stand über dem bewusstlosen Teague und hielt dabei noch immer das blutige Messer umklammert.

Jason blickte auf die Waffe. »Himmel, Ethan! Hast du ihn auch umgebracht?«

Ethan richtete den Blick auf ihn und dann ließ er das Messer neben Teague fallen. »Ich habe niemanden umgebracht. Heute Abend jedenfalls nicht.«

Jason hatte nicht die Zeit, über diese Enthüllung schockiert zu sein. Er drehte sich wieder zur Tür, denn er musste sich vergewissern, dass Lydia das Haus sicher verlassen hatte. Mit Ethan auf den Fersen eilte er hinein. Fast wäre er über North gestolpert, der direkt an der Tür im Billardzimmer stand.

»Die Gäste werden neugierig«, meinte North. »Ich habe erklärt, Sie würden Geschäfte auf der Terrasse aushandeln und wollten nicht gestört werden.«

Mehrere Männer blickten von ihren Spielen auf, doch Jason machte sich nicht die Mühe, irgendeinem mit beruhigendem Blick zu antworten. Dass es ihm gelingen könnte, die beiden Morde geheim zu halten, bezweifelte er. Es schien, als wäre Lockwood House wirklich ein Schandfleck.

»North, wer hat Lydia nach Hause gebracht?«

»Ich habe Pemley beauftragt, jemanden nach oben zu schicken, um Ihre Ladyschaft zu holen und nach Hause zu bringen.«

Die Kälte, die sich über Jasons Rückgrat gelegt hatte, erstarrte zu Eis. »Pemley ist neu.«

»Weshalb ich ihn nicht gebeten habe, sie nach Hause zu bringen«, antwortet North mir gerunzelter Stirn. »Was stimmt nicht?«

Ethan packte Jason am Arm. »Du glaubst, weil dieser Pemley neu ist, könnte er Gin Jimmy gefragt haben, sie nach Hause zu bringen?«

Jason war sicher, dass ihm alles Blut aus dem Gesicht gewichen war. Ethan hatte sich bereits in Bewegung gesetzt.

Sie eilten in die Eingangshalle, in der – wundersamerweise – Pemley an der Tür stand.

»Pemley!«, rief Jason. »Wer hat Lady Lydia nach Hause gebracht?«

Die Wangen des Dieners färbten sich rot. »Ich erinnere mich nicht an seinen Namen, Mylord. Ich bitte um Entschuldigung.«

»War er älter? Etwa so groß?« Ethan hielt die Hand auf der Höhe seines Kiefers. »Seine Livree schien wahrscheinlich ein bisschen zu lang für ihn.«

Pemley nickte. »Das ist er. Aber er hat getan, was ihm gesagt worden ist. Ich habe ihn mit Lady Lydia vor ein paar Minuten gehen sehen.«

Gottverdammt. Eine wütende Energie brauste in Jason auf, während sich seine Muskeln gleichzeitig anfühlten, als wären sie aus Gelee.

»Komm.« Ethan rannte zur Tür hinaus und blickte über die Straße.

»Wohin würde er gehen?« Jasons Herz drohte, ein Loch in seine Brust zu hämmern. »Warum würde er sie entführen?«

»Um sicherzustellen, dass er davonkommt.« Ethan drehte sich und rannte in nördliche Richtung. »Er wird nach St. Giles zurückkehren. Wenn er dort ankommt, ist er unberührbar – deshalb verlässt er es nie. Weißt du, wie verdammt schwer es für mich war, ihn dort herauszulocken? Und die gottverfluchte Bow Street konnte ihn nicht einmal festnehmen.«

Jason hielt mit Ethan Schritt und versuchte zu verarbeiten, was er gesagt hatte. »Also bist du derjenige, der sich gegen Gin Jimmy gewandt hat.«

»Entweder das, oder ich wäre sein Sündenbock für Lady Aldridges Tod gewesen, was mir ohnehin vielleicht bevorsteht«, meinte er dunkel.

Ethan zog den Kopf ein und beschleunigte seine Schritte. Jason tat es ihm gleich. Einige Minuten und zwei Straßen weiter, schien ihr Tempo nachzulassen, doch dann spurtete Ethan voran. »Dort ist er!«

Ein Stück vor ihnen bogen ein Mann und eine Frau in die Beak Street ein – der Mann zog sie eindeutig mit sich.

Jason stieß einen unmenschlichen Schrei aus und überholte Ethan in seinem Streben, zu Lydia zu kommen.

Gin Jimmy wirbelte herum, einen Arm um ihren Hals und den anderen auf ihre Seite gerichtet … mit einem Messer.

Ethan war mit einem Satz vor Jason und schirmte ihn praktisch ab, aber Jason umrundete ihn. Ethan verschränkte die Arme vor der Brust. »Bleib still. Wenn du dich rührst, bringt er sie um.«

»Was machst du, Jagger?«, fragte Gin Jimmy und presste die Klinge gegen Lydias Rippen.

Trotz Ethans Arm, der ihn zurückhielt, konnte Jason sich kaum im Zaum halten.

»Lass sie los, Jimmy«, forderte Ethan. »Du brauchst sie nicht. Du bist entkommen. Gehen wir.«

Gin Jimmy legte den Kopf schief. »Irgendetwas stimmt nicht mit dir, Jagger. Ich fange langsam an zu glauben, dass Wolverton die Wahrheit gesagt hat. Dass du mich reingelegt hast anstatt er. Warum solltest du dich einen Kehricht um dieses Püppchen kümmern? Sie ist deines Bruders Lady, nicht wahr? Und ich weiß, wie sehr du ihn hasst. Warum hast du ihn noch nicht fertiggemacht?« Seine Lippen spreizten sich zu einem humorlosen Lächeln. »Vielleicht hast du über deine Gefühle für ihn gelogen – wie du mich angelogen hast.«

»Du hast mich reingelegt, Jimmy.« Ethan sprach in einem knappen und kalten Tonfall.

Gin Jimmys Gesicht war grimmig und sein Mund bedrohlich verzogen. »Du hast keine gute Arbeit geleistet. Du solltest dich um Lady Aldridge kümmern und sie nicht in der Stadt herumführen. Es scheint, als hätte dein hübscher neuer Platz in der Gesellschaft deinen Blick getrübt. Also habe ich den Dingen durch Oak auf die Sprünge geholfen.«

Während Jason froh war, zu hören, dass Ethan nichts mit Lady Aldridges Dahinscheiden zu tun hatte, war er in diesem Moment weitaus mehr um Lydia besorgt. Er stieß Ethans Arm fort und trat vor. »Lydia, geht es dir gut?«

Ihre dunklen Augen waren vor Angst weit aufgerissen. Natürlich ging es ihr nicht gut. Sie befand sich in der Gewalt eines Mörders. Aber zumindest war sie nicht verletzt. Noch nicht.

»Wenn du meiner Verlobten Leid zufügst, werde ich dich persönlich umbringen«, schwor Jason. Tatsächlich überlegte er, das ohnehin zu tun, dafür, dass er sie entführt und zu Tode geängstigt hatte.

»Jagger! Gin Jimmy!« Hinter ihnen erscholl ein Gebrüll aus Stimmen und Schreien und Stiefelgetrampel. Jason blickte sich um und sah Teague und einen anderen Mann in ihre Richtung stürmen.

Gin Jimmy knurrte. Er drehte das Handgelenk. Das Messer blitzte im Schein der Laterne auf. Bei Lydias Aufkeuchen krampfte es Jason den Magen zusammen und er stürzte auf sie zu.

Ethan bewegte sich wie Quecksilber und er fasste Gin Jimmy mit einer Hand an der Kehlgrube. Jason vermutete, dass er es auf die Luftröhre abgesehen hatte, aber er hatte sie nicht erwischt. Dennoch reichte es, dass Gin Jimmy seinen Griff um Lydia lockerte. Ethan packte Lydias Unterarm und riss sie nach vorn. Sie taumelte in Jasons wartende Arme.

Gin Jimmy hob seinen Arm und die Messerklinge blitzte, als er sie auf Ethans Brust senkte. Ethan wich gerade noch rechtzeitig aus, aber die Klinge erwischte ihn am rechten Oberarm, als er sich herumdrehte.

Mit einem Knurren ergriff Gin Jimmy die Flucht und rannte die Straße entlang.

Teague und der andere Ermittler hatten sie fast eingeholt.

Ethan drehte sich, seine Züge angespannt, die grauen Augen voller Wut. »Ich werde mich nicht von ihnen fangen lassen.«

»Lauf«, sagte Jason. Ethan hatte Lydia das Leben gerettet und obwohl er vielleicht ein Narr war, fühlte Jason sich sicher, dass er Wolverton nicht umgebracht und auch Lady Aldridges Tod nicht herbeigeführt hatte. »Ich werde erklären, was du zu tun versucht hast. Wie du gegen Gin Jimmy gearbeitet hast.«

»Es wird keine Rolle spielen«, antwortete Ethan niedergeschlagen und auch reumütig. »Sie werden trotzdem hinter mir her sein.«

Jason hielt einen Arm um Lydia, aber er streckte die Hand aus und fasste seines Bruders Handgelenk. »Lass mich dir helfen. Es ist Zeit, mir zu vertrauen. Geh. Ich werde dafür sorgen, dass du einen anständigen Start bekommst.«

Ethan lächelte und darin konnte Jason sich selbst sehen. Er sah eine Zukunft, die sie zusammen aufbauen könnten. Er hoffte, sie würden eine Chance dazu bekommen. Ethan trat einen Schritt zurück und Jason ließ ihn gehen.

»Danke.« Dann drehte Ethan sich um und rannte.

Jason lenkte seine Aufmerksamkeit auf die Frau, die er liebte. »Lydia, tu mir einen Gefallen und fall in Ohnmacht.«

Sie sah zu ihm auf, einen verwirrten Ausdruck in den Augen und die Lippen leicht geteilt. Sie sah schon halbwegs danach aus.

»Ich muss Teague ablenken«, drängte er.

Sie riss die Augen auf, als sie verstand und dann schlossen sich ihre Lider flatternd. Theatralisch seufzte sie auf und stieß einen kleinen Schrei aus, als sie so tat, als würde sie wie ein Stein zusammensacken. Jason fing sie auf, ehe sie auf das Pflaster aufschlug.

Er kniete sich und nahm ihren Kopf auf seine Knie, ehe er sich hinabbeugte. »Das war ausgezeichnet. Ich liebe dich.« Er fühlte, wie sie zuckte. »Nein, mach die Augen nicht auf. Lass mich erst mit Teague reden. Dann, meine Liebste, werden wir den Rest unseres Leben in Angriff nehmen.«

Sie öffnete eines ihrer Augen einen Spalt, gerade so viel, um ihn anzuschauen. »Ich hatte dir gesagt, das Ethan kein Verbrecher ist.«

$\sim$

*L*ydia schloss ihr Auge wieder und täuschte Bewusstlosigkeit vor. Sie hoffte nur, dass Ethan die Flucht gelungen war.

»Wo ist er hin?«, erkundigte sich jemand fordernd. Lydia glaubte, es sei Teague. Sie hatte ihn nur das eine Mal getroffen, nachdem ihr Haus ausgeraubt worden war, aber sie erkannte seine Stimme.

»Er ist entkommen«, erklärte Jason. »Ich hatte mich um Lydia kümmern müssen.« Er strich mit der Hand über ihre Stirn.

Er liebte sie. Diese Erkenntnis erfüllte sie mit Wärme und Freude.

Sie fand es statthaft, jetzt aufzuwachen, und so ließ es geschehen, dass ihre Augen sich zaghaft öffneten. »Was ist passiert?«, fragte sie schwach.

»Du bist in Ohnmacht gefallen«, antwortete Jason, dessen Hand noch immer über ihren Haaransatz streichelte.

Schnell setzte sie sich auf. »Gin Jimmy!«, rief sie, in der Hoffnung, die Aufmerksamkeit auf ihn, statt auf Ethan zu lenken.

»Er hat die Flucht ergriffen, fürchte ich, aber du bist

wohlauf.« Jason half ihr auf. Er legte einen Arm um ihren Rücken und hielt sie eng bei sich.

»Ja. Gott sei Dank für Ethan. Hätte er Gin Jimmy nicht nachgesetzt, wäre ich vielleicht tot!« Lydia machte sich all ihre jahrelange Erfahrungen als versierte Geschichtenerzählerin zunutze, um so überzeugend wie möglich zu klingen.

Teague runzelte die Stirn. »Er wird dennoch wegen Mordes gesucht.« Er ließ seinen Blick zu Jason schweifen. »Selbst Sie können nicht leugnen, dass er für Wolvertons Tod verantwortlich ist – das Messer, das er auf Ihrer Terrasse hat fallen lassen, gehört ihm, die Buchstaben EJ sind eingraviert.«

Lydia spürte, wie Jason sich anspannte und warf ihm einen Seitenblick zu. Er mahlte mit dem Kiefer. »Bestimmt gibt es eine vernünftige Erklärung, da bin ich sicher.«

»Das ist zweifelhaft.« Teague wandte sich an seinen Begleiter. »Gehen wir.« Sie nahmen die Richtung, die Ethan und Gin Jimmy eingeschlagen hatten. Lydia betete, dass Ethan ihnen irgendwie entkommen würde, aber er war verletzt.

Sie drehte sich in Jasons Umarmung um. »Wird Ethan es schaffen? Jimmy hat auf ihn eingestochen.«

»Ich weiß.« Jason streichelte mit den Fingerspitzen in beruhigenden Kreisen über ihre Schulter. »Aber wenn irgendjemand als Sieger aus diesem Schlamassel hervorgehen kann, dann ist es Ethan.«

Sie sah zu ihm auf. »Deine Meinung über ihn hat sich geändert.«

»Ja.« Er runzelte bedauernd die Stirn. »Aber das ändert nichts an der Vergangenheit, und er war ein Verbrecher – ganz gleich, was du glauben willst. Er mag Wolverton nicht umgebracht oder dich bestohlen haben oder gar etwas mit dem Tod von Lady Aldridge zu tun gehabt haben, aber ich

fürchte, da sind noch viele andere Verbrechen, derer er ange-
klagt werden könnte.«

Sie erschauderte. Sie konnte den Verbrecher nicht mit
dem Mann in Einklang bringen, dem sie das Walzertanzen
beigebracht hatte, und der mit Audrey geflirtet hatte. »Wir
werden ihm beistehen.«

»›Wir‹?«, fragte Jason.

»Natürlich, wir werden doch heiraten, oder nicht?«

Er zog sie fest an seine Brust und hielt sie fest. »Ja, gleichwohl ich Angst hatte, dich zu verlieren. Bist du sicher, dass
dir nichts fehlt?«

»Ja. Er hat mir nicht wehgetan. Er war anfangs sogar
recht freundlich.« Sie zog sich zurück, und sie machten sich
auf den Rückweg zu Lockwood House. »Warum hat er eure
Livree getragen?«

»Er hat Kerr getötet und seine Kleidung genommen.«
Jasons Arm lag weiterhin um ihren Rücken, und während er
sprach, hatte sich sein Griff verstärkt. Sie konnte spüren, wie
er die Muskeln vor Wut anspannte.

Mit der Absicht, die Anspannung in seinem Körper zu
lindern, legte sie ihm ihre Hand auf die Brust. »Aber
warum?«

»Um in Lockwood House einzudringen, damit er
Wolverton umbringen kann.«

Lydia wurde klar, dass er zum zweiten Mal Wolvertons
Tod erwähnt hatte. Sie schüttelte den Kopf und versuchte,
das alles zu verarbeiten. »Warum?«

»Er war der Anführer der Bande, die dein Haus ausgeraubt hat.«

Lydia blieb stehen und starrte ihn an. »Sag das nicht!«

»Ich fürchte, es ist die Wahrheit. Ethan hat die Bow Street
zu seinem Haus geführt, in dem sie unter anderem deine
Kette gefunden haben.« Auf ein Neues führte er sie weiter.

Sie dachte an den angenehmen Besuch, den sie vor nicht

einmal einer Woche mit Wolverton genossen hatte, und hielt erneut inne. »Er hatte mich letzten Samstag besucht. Er hatte meine Halskette gelobt und die merkwürdigsten Fragen über unsere Dienerschaft gestellt – wie viele Dienstmädchen wir haben und so weiter.«

Jason verzog den Mund zu einem grimmigen Ausdruck. »Das klingt, als ob er den Diebstahl geplant hätte.«

Sie schüttelte den Kopf und setzte ihren Weg mit Jason fort. »Wie furchtbar. Aber es tut mir leid, dass er gestorben ist. Warum hat Gin Jimmy ihn umgebracht?«

»Ich bin mir nicht ganz sicher, aber er dachte offenbar, Wolverton hätte sich gegen ihn gewendet. Jedoch war Ethan derjenige, der versucht hat, ihn von der Bow Street gefangen nehmen zu lassen.« Jason schwieg einen Moment. »Ich verstehe Ethans Plan immer noch nicht. Ich wünschte, wir hätten mehr Zeit miteinander verbracht. Ich wünschte, er hätte mir früher vertraut.«

Lydia drückte seinen Arm. »Du wirst deine Gelegenheit bekommen. Wir werden eine Lösung finden, um zu beweisen, dass er unschuldig an diesen Verbrechen ist.«

»An diesen Verbrechen, aber was ist mit den anderen?«, fragte Jason hoffnungslos. »Gerade erst habe ich meinen Halbbruder gefunden. Ich will ihn nicht wieder verlieren. Insbesondere, wenn ich daran denke, wie anders sein Leben hätte verlaufen können, wenn wir – meine Mutter und ich – ihm nur etwas Mitgefühl entgegengebracht hätten.«

Sie waren fast auf halbem Weg zurück zum Lockwood House. Lydia hielt inne und schlang die Arme um Jason. »Wir werden ihn nicht verlieren. Ich glaube fest daran, dass die Liebe alles besiegt, und du liebst Ethan. Und er liebt dich.«

»Das geht vielleicht ein bisschen zu weit.« Er küsste sie aufs Haupt.

Sie wollte ihm nicht widersprechen, und plötzlich war sie

hundemüde. »Können wir rasch nach Lockwood House zurückkehren?« Außerdem wollte sie noch mehr von diesen Liebeserklärungen hören.

»Natürlich.« Er nahm ihre Hand, und nun gingen sie ihrem Ziel entschlossener entgegen.

»Liebe Güte, dein letztes lasterhaftes Fest wird als ein ganz besonderes Ereignis in Erinnerung bleiben. Es wird dein bislang denkwürdigstes Fest werden.«

»Mein ›letztes‹ lasterhaftes Fest?«

Sie warf ihm einen schiefen Blick zu. »Ich weiß, du willst sie nicht wirklich aufgeben, aber ich möchte als Lady Lockwood nicht gerade Gastgeberin von lasterhaften Festen sein.« Das war ein Punkt, in dem sie sich weigerte, Zugeständnisse zu machen. Er musste keine Bälle besuchen oder vorgeben, nett zu den Leuten zu sein, aber sie würde nicht die Viscountess der Laster werden.

Er schwieg mehrere Schritte lang, und Lydia befürchtete schon, er würde widersprechen.

»Also schön. Keine lasterhaften Feste mehr.« Er klang traurig.

»Du wirst sie wirklich vermissen?«

»Nur die Vorstellung davon. Nachdem ich geächtet wurde, waren sie das Einzige, das mir ein Gefühl der Zugehörigkeit beschert hat.«

Sie dachte einen Moment lang nach und es missfiel ihr, dass er etwas verlieren sollte, das für ihn in seinen einsamsten Jahren ein Licht der Hoffnung gewesen war. »Vielleicht könnten wir Feste veranstalten und dieselben Leute einladen. Wir hätten dann immer noch das Spielzimmer – nur keine Ausschweifungen mehr.«

Jason lachte. »Ein Kompromiss zwischen deinen anständigen und meinen lasterhaften Festen?«

Sie schürzte die Lippen, als Lockwood House in Sichtweite kam. »So in etwa.«

»Na schön. Jetzt, da ich ein Zugeständnis gemacht habe, ist es an der Zeit, dass du dasselbe tust.«

Sie verlangsamte ihren Schritt. »Und das wäre?«

»Du wirst es mir überlassen, mit deiner Tante umzugehen.« Er nahm ihre Hände und sah ihr liebevoll und aufrichtig in die Augen. »Ich werde nicht zulassen, dass sie dich noch länger schikaniert.«

Wärme durchflutete sie und sie lächelte zu ihm auf. «Danke, aber du brauchst dir keine Sorgen um sie zu machen. Ich habe dafür gesorgt, dass sie uns nicht mehr belästigen wird.«

Er schüttelte den Kopf. »Mich schaudert es, wenn ich daran denke, wie dir das gelungen ist.«

»Das erkläre ich dir später – es ist eine ziemlich schreckliche Geschichte, fürchte ich.« Sie fragte sich, was er über die Rolle seines Vaters in Margarets Vergangenheit denken würde, doch sie konnte sich nicht vorstellen, dass er überrascht sein würde.

Sie kamen bei Lockwood House an, und Scot stand mit North draußen.

»Ist alles in Ordnung, Mylord?«, fragte North.

»Ja, Lady Lydia ist in Sicherheit, wie ihr sehen könnt, und Ethan ist entkommen.«

Norths Mundwinkel sanken zu einer betrüblichen Miene. »Ich fürchte, Kerrs und Wolvertons Tod wurde entdeckt, Mylord. Einige der Gäste sind bereits aufgebrochen und die anderen haben sich im Billardzimmer versammelt, um ihre Theorien über die Vorfälle auszutauschen.«

Jason schloss kurz die Augen und schüttelte den Kopf. Er sah Lydia bedauernd an. »Es tut mir leid. Das wird ein Schlamassel werden. Bist du sicher, dass du mich heiraten willst? Du wirst sehr berühmt werden, aber nicht so, wie du es dir wahrscheinlich wünschst.«

Sie schob ihren Arm um seine Taille und drückte ihn. »Es ist der einzige Weg, den ich mir wünsche – mit dir.«

Scot stieß seinen Bruder mit dem Ellbogen an. »Wir sorgen dafür, dass der Eingang frei ist, damit Sie ungestört nach oben gehen können.«

»Ein umsichtiger Mann, dein Scot«, murmelte Lydia, während Jason sie dicht an seine Seite drückte.

»Verdammt neugierig, aber ja, sehr rücksichtsvoll.«

Sie zog sich zurück und sah zu ihm auf. »Eigentlich habe ich noch eine weitere Forderung. Ich würde das Fantasiezimmer gerne so lassen, wie es ist.«

Er schaute herrlich verwirrt drein. »Aber du hast doch gerade gesagt, du willst keine lasterhaften Feste.«

Sie grinste ihn spitzbübisch an. »Oh, es ist nicht für Feste. Es ist für uns.«

Sein antwortendes Lächeln war so verrucht und verheißungsvoll, dass Lydia sich wünschte, sie könnte ihn auf der Stelle dorthin mitnehmen. Dies war jedoch das letzte lasterhafte Fest in Lockwood House, und sie würde es zu seinem natürlichen Ende kommen lassen.

»Ich sehe schon, ich brauche eine Sonderlizenz für unsere Hochzeit. Ich fürchte, ich kann nicht warten, bis das dumme Aufgebot verlesen wird. Bitte sag mir, ob das in Ordnung ist.«

Ihre Liebe für diesen Mann durchströmte sie. Dann liebkoste sie sein geliebtes Gesicht. »Das ist mehr als in Ordnung.«

Erleichterung mischte sich in seine Freude. »Gott sei Dank hast du zugestimmt. Ich weiß nicht, was ich hätte tun sollen, wenn du darauf bestanden hättest, zu warten.« Er ernüchterte kurz. »Was ist mit deinem Vater? Willst du ihn nicht bei der Hochzeit dabeihaben?«

Der kalte Brief ihres Vaters, in dem er sie als »Ersatz«-Ehefrau für Mr. Jarvis bezeichnete, ließ jegliche wohlwollenden Gefühle ersterben. Zudem würde Vater sich zwar freuen, sie endlich verheiratet zu sehen, jedoch bezweifelte sie, dass ihm wirklich etwas daran lag, bei der Zeremonie dabei zu ein. Ein kühler Brief wie der seine würde genügen. »Wir werden ihm morgen früh schreiben.«

Er drehte sie zum Haus und schritt mit ihr die Stufen zur Haustür hinauf. »Du sagst das so, als ob wir zusammen sein werden.«

Sie blieb stehen, drehte sich zu ihm um und schaute zu ihm auf, den Arm fest um ihn gelegt. »Und warum nicht? Du hast mir vorhin nicht geantwortet – macht es dir etwas aus, wenn ich heute Nacht hier schlafe?«

Die Tür schwang auf, als er nach ihr griff und sie in seine Arme schloss. »Ich bestehe darauf.«

Und dann küsste er sie vor den Augen aller, die zusehen wollten – ob drinnen oder draußen. Es war, wie die Gesellschaft später sagen würde, ein passendes Ende für die berüchtigten lasterhaften Feste in Lockwood House.

Möchten Sie wissen, wie es mit Ethan weitergeht? Dann versäumen Sie »Einmal Halunke, immer Halunke« nicht, den spannenden Abschluss der Reihe Ruchlose Geheimnisse und Skandale mit Ethan Jagger und Audrey Cheswick!

Ich danke Ihnen sehr, dass Sie **Die Schöne und der Halunke** gelesen haben. Ich hoffe, es hat Ihnen gefallen!

Möchten Sie erfahren, wann mein nächstes Buch verfügbar ist? Sie können sich für meinen Deutscher Newsletter anmelden, mir auf Amazon.de folgen und meine Facebook-Seite liken.

Rezensionen helfen anderen, Bücher zu finden, die für sie geeignet sind. Ich schätze alle Bewertungen, ob positiv oder negativ. Ich hoffe, dass Sie erwägen werden, eine Bewertung bei Ihrem bevorzugten der Seite Ihres bevorzugten Internet-Netzwerkes abzugeben.

Ich mag meine Leser so sehr. Danke!

Sind Sie an weiterer Regency-Romantik interessiert? Schauen Sie sich meine anderen historischen Serien an:

Die Unberührbaren
Geraten Sie ins Schwärmen über zwölf der begehrtesten und schwer fassbaren Junggesellen der feinen Gesellschaft und die Blaustrümpfe, Mauerblümchen und Außenseiterinnen, die sie in die Knie zwingen!

Die Unberührbaren: Die Prätendenten
In der faszinierenden Welt der Unberührbaren spielend, handelt die Saga von einem Geschwistertrio, die sich darin auszeichnen, sich als jemand auszugeben, der sie nicht sind. Werden ein unerschrockene Bow Street Ermittler, ein niedergeschmetterter Viscount und eine desillusionierte Dame der feinen Gesellschaft es schaffen, ihre Geheimnisse zu lüften?

Die Liebe ist überall
Herzerwärmende Nacherzählungen klassischer Weihnachtsgeschichten im Regency-Stil, die in einem gemütlichen Dorf spielen und von drei Geschwistern und dem besten Geschenk von allen handeln: der Liebe.

Der Club der verruchten Herzöge
Sechs Bücher, geschrieben von meiner besten Freundin, der

New York Times Bestseller-Autorin Erica Ridley, und mir.
Lernen Sie die unvergesslichen Männer von Londons
berüchtigtster Taverne, dem Verruchten Herzog, kennen.
Verführerisch attraktiv, mit Charme und Witz im Überfluss,
wird eine Nacht mit diesen Wüstlingen und Filous nie genug
sein ...

Ihr ruchloses Temperament

Sein ruchloses Herz

Die Verführung des Halunken

Verliebt in eine Diebin

Die Schöne und der Halunke

Einmal Halunke, immer Halunke

Die Liebe ist überall

(eine Regency Weihnachtstrilogie)

Der Earl mit dem flammendroten Haar

Das Geschenk des Marquess

Eine Freude für den Herzog

Der Club der verruchten Herzöge

Eine Nacht zum Verführen by Erica Ridley

Eine Nacht der Hingabe by Darcy Burke

Eine Nacht aus Leidenschaft by Erica Ridley

Eine Nacht des Skandals by Darcy Burke

Eine Nacht zum Erinnern by Erica Ridley

Eine Nacht der Versuchung by Darcy Burke

ÜBER DIE AUTORIN

Darcy Burke ist die USA Today Bestsellerautorin für sexy, emotionale, historische und zeitgenössische Romantik. Darcy schrieb ihr erstes Buch im Alter von 11 Jahren – mit einem Happy End – über einen männlichen Schwan, der von der Magie abhängig war, und einen weiblichen Schwan, der ihn liebte, mit nicht sehr gelungenen Illustrationen. Schließen Sie sich ihr an newsletter!

Darcy, die in Oregon an der Westküste der Vereinigten Staaten geboren wurde, lebt am Rande des Wine Country mit ihrem auf der Gitarre spielenden Ehemann und ihren beiden ausgelassenen Kindern, die das Schreiben geerbt zu haben scheinen. Sie sind eine nach Katzen verrückte Familie mit zwei bengalischen Katzen, einer kleinen, familienfreundlichen Katze, die nach einer Frucht benannt ist, und einer älteren, geretteten Maine Coon, die der Meister der Kühle und der fünf-Uhr-morgens-Serenade ist. In ihrer ›Freizeit‹ ist Darcy eine regelmäßige ehrenamtliche Mitarbeiterin, die in einem 12-stufigen Programm eingeschrieben ist, in dem man lernt, ›Nein‹ zu sagen, aber sie muss immer wieder von vorne anfangen. Ihre Lieblingsplätze sind Disneyland und das Labor Day Wochenende in The Gorge. Besuchen Sie Darcy online unter https://www.darcyburke.net.

facebook.com/darcyburkefans

twitter.com/darcyburke

instagram.com/darcyburkeauthor

pinterest.com/darcyburkewrites

goodreads.com/darcyburke